新編 随筆 慶應義塾

高橋誠一郎

慶應義塾大学出版会

三田山上の著者　三木淳撮影

新編　随筆慶應義塾＊目次

I

II

III

凡例

一、本書は、『随筆慶應義塾』（昭和四十五年、慶應通信）、『随筆慶應義塾 続』（昭和五十八年、慶應通信）収録の作品から厳選した随筆に、『王城山荘随筆』（昭和十六年、三田文学出版部）収録の随筆等を加えて新たに編み直したものである。初出は各編の文末に記した。

一、初出時に旧字・旧かな遣いを使用している文章は、現代の読者の便宜のために新字・現代かな遣いにあらためた（ただし、引用文のかな遣いはそのままとした）。また、明らかな誤字・脱字は正し、難読の漢字への振り仮名を増やした。

一、解説の必要な項目については、各編の末に編者注の形で記した。短いものは本文中に〔　〕で記した。

一、本文中に、今日の人権意識に照らして不適切に思われる表現箇所があるが、作品の作られた時代的背景、著者がすでに故人であることを考慮し、そのままとした。

扉絵・本文挿画　鈴木信太郎

新編　随筆慶應義塾

I

野毛と三田　我が師・我が友

一

憲法発布の前年から、関東大震災の当日まで、私の家は横浜にあった。野毛坂を真っ直ぐに登ると十全病院に突き当る。病院の塀に沿って右に折れ、更に左へ曲ると精神病患者だけを収容している気味の悪い病棟が建っている。その少し先から道は上下の二筋に岐《わか》れて、降《くだ》れば、戸部の百軒長屋と呼ばれていた貧民窟に達し、登れば、今では野毛山公園の一部になっている大富豪の別荘や中流階級の住宅が疎《まば》らに建てられた起伏の多い閑静な地域へ出る。私はその中の三万坪もある生糸貿易商茂木惣兵衛氏の大庭園と向い合った極めてささやかな家に住んでいた。

私は小学校へ通う前から、近所の同じ年頃の子供と親しく遊んでいた。私はその頃流行っていた独楽が下手、凧が嫌い、根木《ねっき》*は全く手にしなかったので、余り友達から尊敬はされなかったが、不思議に角力《すもう》が強く、水泳が上手であったがためか、いつの間にやら餓鬼大将の地位におさまってしまった。夥伴《なかま》は皆生糸の居留地貿易、即ち外国商館売込貿易と関係のある人達の子供であった。商館や売込屋の番頭、群馬や埼玉あたりに本家のある荷主が私共の夥伴の親たちであった。その中で一番派手な生活をしておったものは商館番頭であった。こうした家庭の児童が、学校では最も先生にかわいがられた。私の受持の先生の中に、私を商館番頭の子と間違えて大変親切にしてくれた人があったが、そうでないことが判ると、急に冷淡になったのなどがあった。

私どもは皆当時師範学校の付属であった老松学校へあがったが、下の百軒長屋の子供たちは大抵戸部学校に入った。私共は決して百軒長屋の子供とは遊ばなかった。彼等は初午の稲荷祭の日に大勢連れ立って、「稲荷講、万年講、御十二銅おあげ」と声高に歌いながら家毎に小銭を貰い集めに来る外は、いくらも離れていないに拘らず、私共の遊び場の辺を通るようなことは殆んどなかった。たまたま彼等が通るのを見付けると、私共の夥伴は必ず、これを迫害した。そればかりでなく、「百軒長屋征伐」と称して、手ん手に棒切れを持ってこの貧民街の罪もない子供たちをいじめに押し掛けることもあった。この頃の悪戯夥伴はいずれも若死をしたり、消息不明になったりしてしまった。

この夥伴の中で一番いくじがない癖に、自ら「久米備中守禅師盛俊入道」などと名乗って、一番空威張をしていたのが、『水上瀧太郎全集』第十巻の巻頭に現れる「久米秀治氏」である。久米君は亀善《かめぜん》（原善三郎商店）の番頭さんの三男であった。私共は皆同君を「シイちゃん」と呼んだが、同君は、自分は「シイちゃん」ではない「ヒイちゃん」だと頑張っては、頭を小突かれていた。久米君のお母さんは、見るからに田舎の人らしい形振《なりふり》などには一向頓着しない婦人で、よく幼い久米君を呶鳴りつけていたが、早くなくなられて、その後に、如何にも奥様然とした誠にしとやかな婦人が乗り込んで来た。久米君に対する言葉つきも実に物柔かであった。同君は実の母親よりも却って継母にかわいがられて、楽しい家庭の生活を続けて行くように思われたのであるが、どうしたことか、中学を卒《お》える頃からぐれ出して、かなり長い間北海道辺を流浪し、頽廃的な生活を送った後、横浜へ舞い戻って、慶應義塾へ入学した。その頃、私はもう同義塾の政治科を卒業して、予科の教師をしていた。久米君が理財科や政治科を選ばないで、文科を志望したのは、私の経済原論の講義を聴くことを忌避したがためであるように、その当時私には感じられてならなかった。同君は『三田文学』創刊の当時から、水上瀧太郎君の言葉を以ってすれば、「久米幹事」という「少なからぬ軽蔑の意を含ませた言葉で呼」ばれながら、同人のためにまめまめしく立ち働いていた。彼は『灯』の処女作から『めぐりあひ』の絶筆に至るまで、かなりに数多い創作を公にした外、帝国劇場に入って専務の山本久三郎氏の知遇を受け、有楽座の主事となり、この方面における活躍が期待されたのであるが、大正十四年の元旦に、四十になるやならずで、脆くも死んだ。

二

近くに県庁や税関の官舎が在った関係で、小学校の同級生の中には、官吏の子供がかなり多かった。その中で、県庁の技師をしていた工学士高松政正氏の次男政雄君や、燈台局の工学博士石橋絢彦氏の長男栄達君などが秀才であった。この両少年はその学業において優秀であったばかりでなく、その容貌においてもまた、秀麗であって、一校中の花と耀いていた。ある日私は外に誰もいない教室内で高松君と大喧嘩をやり、机や椅子の間に同君を押し倒して、馬乗りになり、咽喉をしめようとした時、うらめしそうに私を睨んでいる同君の顔の気味の悪いほどの美しさに思わず恍惚として手を緩めたことを覚えている。

高松君は父の転任によって大阪に引越してしまったので、およそ七、八年間は全く会う機会がなかったのであるが、一高に入学してから、三田の寄宿舎に私を訪れてくれた。その時は折悪しく私が外出しておって面会することが出来なかったので、次の日曜に私の方から訪ねて行くと、面皰《にきび》満面のおそろしく醜い顔をした若い男が玄関に現れたので、この家の書生だろうと思っていると、それが当の高松君であったのには全く驚いた。かなり長い間、懐旧談をして帰ったが、遂に紅顔の美少年時代の残る面影を彼のどこにも見出すことが出来なかった。

その後、再び相見ざること約二十年、ある日、なにかの用事があって慶應義塾の幹事室へ入って行くと、ちょうど、そこに居合せた全然見覚えのない紳士に、如何にも懐かしそうに、声を掛けられて、私は甚だ面喰った。名乗られて初めてそれが高松君であることが判った。彼は明治四十三年に東京帝大の建築科を卒業し、曾禰中條建築事務所に入り、やがて病院建築の研究に専念し、その当時は慶應義塾医学部付属病院の設計を引き受けておったのである。その頃には、彼の容貌は、もはや、美しくもなければ、醜くもなく、むしろ平凡に近いものになっていた。彼は昭和九年三月十一日未明に穿孔性胃潰瘍を病んで没した。我が国の建築学界に対する彼の寄与は相当に大であったらしい。石橋栄達君は今、三高の教授をしている。

三

明治二十八年に、野毛坂の下に粗末な新築が出来て、私の一家はそこへ引き移った。ここは少しく裏へ入ってはいるが、野毛の大通りに接近しているので、常に往来する同級生にも小商人の子供達が多かった。生薬屋の清ちゃん、下駄屋の豊ちゃん、飴屋の正ッ平ちゃん、蕎麦屋の鑛ちゃんなどと毎日遊んだ。中屋という蕎麦屋の子の鑛ちゃんとは、殊になかがよかった。鑛ちゃんは色白で小柄な、至極素直な少年であったが、学校の成績は甚だかんばしくなかった。小学校を卒えて、中学校、商業学校へ入学する者、家業を手伝う者、小僧にやられる者など様々であったなかに、鑛ちゃん、すなわち小濱鑛四郎君は、かわいそうに、東京の回向院《えこういん》へやられて、坊主にされてしまった。一緒に卒業した友人の中に、東京の商工中学に入ったものが二人あったが、彼等は学校の行き帰りに、時々、托鉢姿の鑛ちゃんに行き逢うことがあると私共に話した。鑛ちゃんは彼等に遭うのを嫌って、何時も道を避けるということである。鑛ちゃんの名は、もう鑛四郎ではなく、今は浄鑛と改っているという話も聞いた。小濱君の噂はその後いつの間にか全く消えてしまった。ときたま思い出すことがあっても、やはり、回向院にいることとばかり思っていた。

何時の間にか三十余年の歳月は流れて、昭和四、五年の頃、林慶應義塾長の一行が、北国筋の講演旅行から帰った時、福井県知事から私によろしくという伝言を頼まれたということであった。官吏などには一向知人のいない私は聊《いささ》か不思議に思って、福井県知事は何という人かと聞くと、実に驚いた。それが小濱浄鑛君なのである。小濱君はいつ還俗して、いつ中学校へ入り、いつ大学を卒業し、いつ高等試験を通過して官吏になったのであろう。あの極めて善良ではあったが、学校の出来は頗るよろしくなかった鑛ちゃんが！

小濱君はその後、台湾総督府の内務局長などをしていたこともあるらしい。今では、とっくに停年に達して、悠々自適の生涯を送っていることであろう。小学校以来全くあったことがない。

小学生時代に小濱君たちと一緒に通った西ヶ谷先生の塾が思い出される。先生は初め老松学校の教員をしておられたのであるが、これを辞して、店では少しばかりの文房具を商い、二階を私塾にして十数名の少年子弟を教えておられたのである。私は毎日四、五名の夥伴をつくって日本外史の講義を聴いた。私たちが通い出してから間もなく、先生に若い美しいお嫁さんが出来た。金持ちのお嬢さんだそうで、結婚当座のせいか、いつも綺麗な着物を着ておられた。背のすらりとした、色のぬける程白い人であった。私はこの塾でも、よくあばれた。ある日、私は何か甚だ性質《たち》のよくない悪戯をやって、ひどく先生を怒らせ、明日からは、もう来ないでくれと厳しく申し渡された。あやまることを知らない私が、憤然として足音荒く帰りかけると、あとから奥さんが追いかけて来て、「あしたもまた、平気な顔をして、いつもの通りにお出でなさい。先生は今日のことなどはなんにも言い出さないでしょうから」と小声で私の耳に口をよせてささやくのであった。

その奥さんの姿が、いつか見えないようになった。噂では、病気のために実家へ帰ったとか、入院をされたとかいうことであるが、私たちには改まって先生に、奥さんはいかがなさいました、と聞く勇気はなかった。それから幾月かして奥さんは帰って来られたが、もう昔の俤《おもかげ》は全然なかった。糜爛《びらん》した皮膚は既に癒着していたが、顔全体が妙に腫れぼったく、眉毛は悉《ことごと》く脱け落ちていた。奥さんの方からは離縁を申し出られたのであるが、先生は断乎としてこれを拒絶せられたのだと、近所では取沙汰していた。

四

私は明治三十一年の五月一日に慶應義塾に入学した。慶應義塾に入ることには、慶應義塾出身の叔父や、小学校の受持の先生などが反対であったが、私の父は、慶應義塾の出身者ではなかったに拘らず、『時事新報』を通じて大の福澤先生崇拝者であったがために、自分一人ぎめでサッサと入学の手続きをしてくれたのである。

私が初めて福澤諭吉先生を見たのは、明治三十一年九月二十四日の三田演説会においてであった。この当時はもう先生は学校の講義を止めておられたので、先生の講話を聴こうとすれば、どうしても三田演説会を通じなければならなかったのである。記録には、その日は雨天であったと記されている。福澤桃介、林《はやし》毅陸《きろく》、鎌田栄吉諸氏の後に先生が立たれた。演題は『法律と時勢』というのであったが、本題に入る前に、一両日前から病気であった先生の二番目の令息捨次郎氏がいよいよ赤痢と診断せられ、愛宕下町の伝染病研究所に入院したことを述べ、それがために自分の出講の時間が少し遅れたという前置きがあり、捨次郎氏の不摂生、親不幸を詰《なじ》りながら、親の情愛をにじみ出させておられた。

三田演説会は明治七年頃、福澤先生が、当時の慶應義塾の教員たちを集め、「凡そ学問芸術の発達普及を希ふものは、唯だ之れを学塾教場内の研究にのみ委ねて以つて足れりとなすこと能はず、則ち、泰西諸国にはスピーチュ並びにデベートの法ありて、共に学術中重要なる地位を占むるものなり、今日此れ等の技を我が国に輸入して以つて学術の進歩に資せんとする、蓋し又、無用のことにあらざるべしと信ず、これに対する卿等の意見如何」と諮《と》はれたに端を発するものであって、この年の六月二十七日に先生の旧宅の一室で発会式を挙げ、翌八年の四月に三田演説館の新築が落成し、五月一日に開館式を挙げた日本最古の演説会である。

三田演説会は極めて野次が多かった。明治の初期には、三田演説会の壇上に立って、無事に演説をすますことが出来れば、まず一人前の弁士だと言われたものだそうである。私の聴いた頃になっても、まだなかなか愚弄的な野次が飛んだ。当時の学生の機関雑誌『三田評論』の第二号を開いて見ると、明治三十二年一月二十八日に開かれた三田演説会の批評が掲載せられている。後に慶應義塾の塾長になられた当時の普通部主任林毅陸氏の演説に対して、「君、性来短気、嘲罵にあふて激するの癖あり、未だ上乗に達せざるの故か」などと記されている。烈しい罵声にあって全く演説を続けることが出来ず、途中で降壇した人達も少なくはなかった。私の初めて聴いた三田演説会でも、かなりに野次がひどく、塾長鎌田氏の演説に対してすら時々皮肉な評語が飛んだのであるが、最後に福澤先生が演壇に立たれると聴衆の態度は全然変った。今まで騒しかった会場は俄かに水を打ったように静まりかえった。先生の演説は洵《まこと》に通俗平易なものであって、『法律と時勢』を説くに当って、「鼻紙に書いて取り交わした起證誓紙は役に立たぬ」とか、「法律を知らない為めに肱鉄砲を喰はされた上に、金を遣ってアヤまらなければならぬと云ふような事が起る、法律を知らないと不品行もすることが出来ない、法律を知らなければ道楽も出来ないと云ふことになる」というような諧謔百出のものではあったが、我々十四、五の少年には決して面白いものではなかった。私達の夥伴はこの演説を二階で聴いていたのであるが、私と同級の青島卯一という少年が先生の演説半ばに居眠りを始め、仕舞には鼾をかき出した。すると側におった大学生が、ひどく怒って「先生の御演説中に何だ」と、えらい権幕で青島君を叱ったことを記憶している。当時、慶應義塾で「先生」と言えば、必ずそれは福澤先生を指すものであった。私なども福澤先生の外は、副社頭の小幡氏でも塾長の鎌田氏でも、皆、「さん」付けで呼んでおって、唯だの一度も「先生」と言ったことがなかった。

この三十一年九月の演説が三田演説会における先生の最後のものであった。先生はこの演説の後二日で脳溢血を起し、生死の境を彷徨しておられたが、次第に恢復に向われ、もうこの分ならば大丈夫だという報道が伝わった。

明治三十二年十月のある清々しい朝のことである。まだ三田の丘上は眠っていた。当時早起きの癖のあった私が井戸端で顔を洗っていると、そこへ身の丈六尺に近いおそろしく大きい老人が、少し前屈みの恰好で、つかつかとやって来て、いきなり私に「お早うお早う」と声を掛けた。大男の老人の後には、中年の小男がニコニコしていた。老人は「早起きは結構なことだ」と切《しき》りに言っている。私にはこの突如として現れて、至極横柄な口調で朝起きの利益を説く老人が誰であるか一寸見当が付かなかった。私は先きに述べたように三田演説会で一度福澤先生の演説を聞いてはいたが、子供の時分からひどい近眼であったばかりでなく、遠くの方に席を取っておったがために、先生の顔をはっきりと見ることが出来なかったのである。妙な爺さんだなアと思いながら、返辞もしないで老人の大きな顔を見詰めていると、彼れは伴の人を顧みて「この人は新入生かい」と言って、すたすたいってしまった。「新入生」と言われたのは聊か癪に触ったが、妙に大風《おおふう》なようで、しかも気軽なこの老人の態度はそれほど不快なものではなかった。私には何だかお伽噺の世界のお爺さんが朝霧の中から現れたような気がした。その翌朝、同じ時刻に顔を洗っていると、また、同じ老人が同じ伴を連れて現れ、同じ口調で話をしかけるのであった。その時、初めて私はこの老人が福澤先生ではないかと気が付いた。そう思って見ると、演説会で遠くから見た先生の姿と似ているようだ。そこで、私は初めてお辞儀をすると、先生は満足そうに「一緒に歩かないか」と言われる。「エエ」と返辞をすると、今度は袂《たもと》からおこしのような汚い菓子をたった一つ取り出して、食べろと勧められる。何だか袂屎《たもとくそ》でも附いているように思われて貰うのを躊躇していると、「遠慮することはない。すきっ腹で歩くのは身体《からだ》のためによくない、少し食べて、胃の腑の活動をつけてから歩いた方がいい」と言われる。やがて三人で歩き出した。伴の人は前田さんという福澤家の玄関番であった。三田の山の上を何度もぐるぐると廻った。歩きながら先生は絶えずベチャクチャ喋っておられる。実に饒舌である。私の名前を聞く、郷里はどこかと聞く、親のことを聞く、学校の話をする、色々な説法が始まる。一時間ほど歩き続け、喋り続けて福澤家の玄関の前で別れ、私は寄宿舎へ帰った。

私はそれから毎朝先生と一緒に散歩をした。島原藩邸の古い建物の残っておった当時の慶應義塾構内は今とは大分趣きを異にしていた。散歩夥伴の数は次第に殖えた。私のような少年も数名まじっておったが、大学生の他に、慶應義塾の先輩と思われる相当の年配の人達も四、五人見えた。先生の健康が段々恢復すると、病前のように散歩の行程を広尾辺まで延ばすことになった。寒くなると我々は暗い中から福澤家の玄関前で焚火をして先生の出て来られるのを待った。先生は白フランネルの布で顔を包み、尻ッ端折《しりっぱしょり》をして白足袋に草履がけという物々しいいでたちで長い杖をついて現れる。私共はそれから広尾の狸蕎麦の別荘まで行って、帰ってから朝の食事を

すませ学校へ出るのである。先生の詩に、

一点の寒鐘、声遠く伝はる
半輪の残月、影猶ほ鮮かなり
草鞋竹策、秋暁を侵す
歩して三光より古川《ふるかわ》を渡る

というのがあるが、まことにその通りの趣きであった。広尾辺にはまだ広重の描いているような江戸近郊の情調が残っていた。

私は、やがて、福澤家の若い人達、三男の三八君、四男の大四郎君、お孫さん達の中の最年長者中村愛作君などと非常に親しい友達になり、大抵一日二、三回は福澤家へ遊びに行くようになった。昼行ってまた夜行くというように、しょっちゅう福澤家の三階を遊び場にしていた。我々は随分ひどいあばれ方をした。余り悪戯が激しいので、先生から叱られることも度々あったが、風当りは概して令息や令孫に強いので、私どもは、大さんや愛さんが叱られている間に、いつもこそこそと逃げてしまった。

明治三十四年一月二十五日の夜のことである。私はいつものように福澤家の一室で、同家の若い人達と雑談を交えていた。と、午後八時を過ぎた頃、長い廊下を駈けてくる女中の慌だしい足音が聞こえたのである。その時、私共は思わずハッとした。何か不吉なことが起ったのではないかという予感がしたのである。やがて女中は私どものいる部屋の障子を開けて、手をつき「大様も愛様もすぐにおいで下さい」と言うのである。いよいよ不吉な事が起ったに違いないと思って、大四郎君や愛作君の去った後、皆深い沈黙に落ちてしまった。私共の予感は不幸にも適中して、この時先生は大患再発し、全く人事不省に陥られたのであった。

私共はそれから毎晩福澤家へ詰め掛け、黙々として夜を徹し、先生の病気平癒を祈っておったのであるが、ついに、その甲斐もなく、先生は二月三日の午後十時五十分になくなられた。

私が直接福澤先生に接して親しく話を聞くことの出来たのは、わずかに三年足らずの間であって、当時私の頭に焼きつけられた先生の印象は明治の大偉人、大思想家としてよりも、むしろ、親しみ易い一個の好老爺としてであった。私が今日先生の思想について知ることの出来るのは、殆んど全く先生の書き残された文献に徴してである。私は先年、先生のお孫さんの中村愛作君（現三島製紙社長）から、自分はもう少し年を取ってから福澤というものに接して見たかったという沁々《しみじみ》とした手紙を貰ったことがある。私としても洵《まこと》に同感である。

十五、六歳の少年時代にこの老偉人から直接聞いた話で、今もはっきりと頭に残っているものは、いずれも子供っぽい事柄ばかりである。その頃は学生の間に討論会が流行していた。少年学生は少年学生らしい極めて幼稚な議論を掲げて、議論を戦わしていた。ある時、私の寄宿していた中年寮の討論会で、我々少年学生の娯楽としては、相撲と芝居とどちらが優っているかという題が出た。私もこの会へ出て、何か喋らなければならないことになっていたのであるが、どうも一向材料がない。そこで折を見て福澤先生の意見を聞いてみると、「お前さんはどっちに賛成する積りか」と問われる。「芝居の方です」と答えると、それならばこういう議論が出来ると、滔々《とうとう》と芝居の利益を説いて聞かされた。その後で、先生はまだ喋り足りないと見えて「もしお前さんが相撲側に廻って、相撲の利益を述べることになったら、またこういう議論が出来る」と言って、更に長い間相撲見物の利益を面白おかしく説かれたのであるが、やがて、真面目な顔になって、「時に、お前さんは芝居を見るか」ときかれた。私は何の気も付かずに、時々観る旨を答えると、自分は五十四歳になるまで、自分から進んで芝居などを見る余裕は全然なかったとしんみりと談《かた》られた。

相撲について思い出される話が一つある。先生晩年の頃の角界は、水戸の常陸山谷右衛門が素晴らしい勢いで優勝を続けていた時代であった。散歩の道すがら、春場所や夏場所の頃には、よくこの大力士の噂が出た。先生は「私は今まで現れた水戸ッポオには、誰れにだって負けはしない。智慧《ちえ》でも、力でも、何でも来いと思っていたが、今度出たあの強い奴には、力ではどうしても勝てそうが無い。恐ろしい強い奴が出たものだ」などと冗談を言っておられた。長く水戸流の保守主義と戦わなければならなかった昔を追想されてのことだろう。また、名力士の荒岩が初めて常陸山を破った時には、その作戦を聞かされて、切りに彼の頭のよさを称揚しておられたことが記憶に残っている。

先生から新刊の自著に署名したものを頂戴することは、誠にうれしかったが、『女大学評論、新女大学』などは、一、二枚読んだだけで、唯机の上に飾って置いた。先生が揮毫せられる時、墨摺の手伝をして、その都度、お礼に何枚かの紙本を貰ったが、多くは寄宿舎の友人に分ち与えた。「今夜は偉い坊さんがうちへ来て、話をするから、聴きにおいで」と言われて、釋宗演師や山田孝道さんのお説教を長い間聴かされるのも楽ではなかった。それよりは、「今夜は咄家《はなしか》を呼んだから」とか、「芝浦で花火があがるから」とかいって招かれることの方が遥かに有り難かった。ある晩、花火見物に招かれたが、座敷からでは、さっぱり見えない。御馳走の団子か何かを食べた後で、二階の屋根へあがって涼しい気持で見物しているところを先生に呶鳴られ、屋根伝いに逃げたことなどがあった。瓦を何枚とか踏み壊したといって翌日また叱られた。

五

私は福澤先生逝去の少し前に、寄宿舎を追い出されて、死んだ島津理左衛門、北原淑夫、今のイタリア大使の堀切善兵衛、日糖重役の金澤冬三郎、郷里に帰っている吉澤利次、塾の会計にいる黒田吉治等の諸君と一緒に三田の豊岡町に借家をして住むことになった。平屋ではあったが、門構の立派な家で、庭には芝生があり、築山があり、泉水があった。それで敷金なしの家賃三十円というので、大喜びで借りたのであるが、後で化物屋敷だということが分った。旧幕時代には、或る旗本の屋敷だったそうで、主人に手打ちにされた妾の祟りで、この家に住む者には代々不祥事が起こるのだということである。鎌田慶應義塾長も氣賀勘重博士も以前にこの家に住んでおられて、腸チフスを患われたという話は後になって聞いたことであるが、三年前に一家鏖殺《おうさつ》があった家だということはすぐに分った。床の間にはその時の血痕かと思われるしみが二、三点残っていた。犯人は座敷の縁先で切腹し、芝生の上へ落ちて、のた打ちもがいていたということである。皆が夕食後の散歩に出てしまった後の黄昏時、私一人が座敷に残って勉強していると、近所の悪童どもが、塀の上から首を出して、「ちょうど、今、あの人のいる所に、血だらけの女の人がころがっていたっけねー」などと叫んで、私をぞっとさせたことがあった。久しく空家になっていたせいか、鼠の多いのも閉口であった。病人が続出した。北原君の友人で山梨県から来ていた辻君という学生は、この家に滞在中発病し、郷里へ帰って死んだ。

無神経な私共の間にも、流石《さすが》に不気味に思う者も出来、二、三丁先に空家のあったのを見付けて、そこへ引き移ることにした。私共は寄宿舎を放逐されて作ったこの巣窟を窮狸窟と呼んでいた。窮狸窟は最初は女中を置かず、寄宿舎の賄方に食事を搬ばせておったのであるが、私だけが特に掃除をしたことがないと北原君が不平を言い出したのが基で喧嘩になり、堀切君が仲裁するなどのことがあり、やがて、林毅陸さんが洋行されることになったので、不用に帰した台所用具と老婢とを譲り受けて炊事をすることにした。これで掃除当番の問題も解消し、暖い飯も食べられると喜んでいたのであるが、そのうちに、婆さんが中風を病んで半身不随になり、身寄の者もどこにいるか分らぬという始末になったのにはつくづくまいった。

福澤先生のなくなられたのは、ちょうど窮狸窟が引越しをした日の夜であった。先生の逝去に興奮し切った感情家の島津君は、新居の二階で私をつかまえて、「先生の遺言だと思って、あすからすぐに弓を引け」と涙をぼろぼろこぼしながら言っていた。先生は私の身体のかぼそいのを気にして、度々、弓を引けと勧めておられたのであるが、我儘な私が一向これに従わなかったことが彼には心外であったのである。通夜の晩に、先生の霊柩を納めた輿を学生が担ぐべきか否かについて激論があった。結局、これは、不馴れな学生に棺などを担がせて、途中でもしものことがあっては大変だという福澤家の意見に従って取り止めになったのであるが、三月八日の正午頃、先生の棺を担ぐことに大反対であった堀切君が葬式に出掛けようとして、窮狸窟の玄関で靴の紐を結びながら、棺を担ぐことを熱心に主張した島津君を顧みて、福島弁で「先生のがんばこを担ぐことを主張した君と、反対した僕とが、社会へ出てから、どっちが多く先生の霊を慰めるか、見ようではないか」と豪語して島津君を切歯させたことが憶い出される。堀切君は大学教授となり、大蔵政務次官となり、衆議院議長となり、イタリア大使となったが、島津君は学校も卒業しないうちに、腸チフスで死んだ。

　福澤先生晩年老余の関心事の一に、宗教の弘布宣伝による民心の緩和があった。その影響を受けてか、窮狸窟の夥伴は仏教や基督教の説教を好んで聴きに出かけた。しかし、福澤先生自身がそうであったように、私共の多くはいずれの宗教にも本当に帰依することが出来なかった。明治の聖僧と称せられた雲照律師《うんしょうりっし》を目白台に訪うて問答を交して来た連中もあった。アメリカから来た有名なモット博士の『青年の誘惑』という説教を聴いて、日本の青年を侮辱するものだと、プンプン怒って帰って来た者もある。堀切君の如きは、聖坂のフレンド教会で説教を聴いた後、牧師から一人一人「神を信ずるか」と問われて、自分の番が廻って来た時、「宇宙を支配する大自在の力の存在は認めるが、神を信ずることは出来ぬ」と大見得を切った。すると、牧師は「その大自在の力が即ち神である」とやり返した。堀切君は、「それならば神を信ずる」と答える。牧師は、「では神に祈りを捧げなさい」と言う。堀切君は承知したと答えて、大きな声を張り上げ、「神よ、願わくば、明日の天気をして晴朗ならしめ給え。明日は私共の運動会であります」とやった。

その頃、夥伴の黒田君の外出が俄かにふえたことを皆が気にし出した。夜遅くなって帰ることが多い。ちょうど危険な年頃である。悪い遊びでも覚えたのではあるまいかと心配する者もあった。どこへ行くのかときいても返辞をしない。疑いはいよいよ深くなった。大晦日も近くなった十二月の寒い晩のことである。私達二、三人が何かの会の帰りに遅く聖坂下を通ると、或る教団の若い信徒が空き箱か何かの上にあがって、熱烈な語調で辻説法をやっている。しばらくこれを立ち止まって聴いているうちに、その弁士の側らに「大挙伝道」と書いた高張提燈を持って真面目くさって立っている青年が目に入った。なんと、それが我が黒田吉治君ではないか。

黒田君は学校卒業後、久しく長野県の郷里に引っ込んでいたが、十年ほど以前に再び上京して今では母校の維持会の為に働いていてくれている。

六

窮狸窟は女中難その他から、堀切、金澤の両君と同級の古宮新吾君が早くから妻帯しておったので、その家庭と一緒になり、同君の奥さんに炊事其の他の世話になることになった。私は、それが嫌で、皆と別れて、ひとり下宿屋に移ったが、予科生になってから、再び三田山上の寄宿舎に舞い戻った。

寄宿舎で得た友人の数は固より多く、後に色々な意味で有名になった者も少なくはないが、その中でまず出世の旗頭といっていいものは、今の大鐘紡の社長津田信吾君であろう。私がちょうど自信寮の寮長をしていた頃、津田君はその向こう側の進取寮の寮長をしていた。津田君は決して成績優秀な学生でも、運動競技場裡の花形でもなかったが、常に改革家的熱誠に熾《おこ》り立っていた。明治文化の大先達福澤先生によって指導されてきた慶應義塾も、その頃は聊か気崩れの状態に陥り、見ようによっては最も時代に遅れた学校の観がなくもなかった。これではならぬという気持ちが学校の先輩の間にも、年少学生の間にも漲っていた。種々なる点において改革の必要は痛感され、絶叫されていた。津田君は寄宿舎の寮長の外は、余り学生団体の表面には立たなかった。却って私の方が、寮長の外に、学会の幹事、体育会の役員、学生機関雑誌の編集員から消費組合の理事長までもやらせられていた。津田君は絶えず蔭の人として、事務家才能の全く欠けている私に種々な示唆を与えてくれた。津田君が表面に立って勇敢にやった一つの仕事は寄宿舎の改良であった。私達寮長は幾度か舎監を説き、舎生に訴え、塾監局と争い、塾長に要求を提出した。私共が何か舎生全体の為の仕事を始めようとして財源の不足を歎じておった時、津田君は寄宿生四百名の糞尿の売上高を学校当局から回収しようとする案を提起した。「寄宿生の排泄したものは当然寄宿生の権利に属すべきものである」というのが同君の単純な論法であった。

慶應義塾の大学部に進んでから教えを受けた諸教授の中には、ヴィッカース教授、堀江帰一、福田徳三、氣賀勘重の三博士を初めとして物語りたい方々が甚だ多いが、与えられた紙数も既に尽きたので、またの機会を待つこととする。こちらから先生と呼ぶ人の数が段々減って、先生と呼んでくれる人の数が次第に増えることは、まことに心淋しい限りである。同年輩の友人の数も次第に減じて、今では自分の教えた昔の学生と多く交際している。

(『婦人公論』昭和十六年十二月号)

＊ 釘や先のとがった棒を地面に打ち込み、相手方を倒せば勝ちとなる子どもの遊び。

慶応四年五月十五日
——上野の戦争とウェーランドの経済書——

この原稿が『三田評論』に載るのは五月号（昭和三十七年）であろう。五月という月、ことにその十五日という日は慶應義塾にとって忘れることのできないものである。「この日を記念するために毎年講演会を開くことにした。その皮切りを、ぜひ、お前やれ」と学校当局から命じられたのは昭和三十一年のことである。身にあまる光栄と、二つ返事で承諾したのはいいが、あいにく、その日の朝になって気分がすぐれず、起き上る勇気もなく、心ならずもお断りしなければならなかった。なにぶん、急なことなので、代って講演をして下さる人もなく、この日はただ奥井学長の挨拶だけに止めたということである。まことに申し訳けのない次第だった。

ようやく、約束を果すことのできたのはその翌年の五月十五日だった。しかし、約束を果したとはいいながら、その講演はまことに冗長蕪雑、お恥しいものだった。何日かの後、『三田評論』

編集室から速記録を送ってきた。速記は大へんよくできていたが、到底、そのまま活字にしてもらう勇気がなかった。いくらか切り詰めて、少しは読みやすいものにしてお返ししようと思いながら、荏苒《じんぜん》、五年の歳月がたってしまった。

今、はからず、五月の声を聞いて、この怠慢さに気附き、筐底をさぐって一二九枚に及ぶ速記録を取り出し、いささか手を加えて『三田評論』編集室にお返しすることにした。次に掲げるものが即ちこれである。

私は当時理事をしておられた宮崎澄夫氏から紹介されて演壇に立った。

ただいまは宮崎理事から御丁重なごあいさつをいただきまして、はなはだ恐縮に存じます。お話のございましたように、昨年今月今日、こちらへ参りまして、ウェーランドの経済書についてお話し申し上げることにいたしておったのですが、急病のためとうとう参ることができませんで、はなはだ遺憾でした。今日はどうやらお約束を果すことができそうですが、なにかと俗事に追われておりまして、十分勉強して参ることができませず、ろくな講演もできないことと恐縮している次第です。

今日、すなわち五月十五日、この日がわが慶應義塾にとって忘れられない日であるということは、私どもは入学以来塾長鎌田栄吉氏そのほかの先輩から耳に胼胝《たこ》ができるほどたびたび伺ったところでした。この彰義隊戦争の日、すなわち、慶応四年もしくは明治零年の今月今日、新銭座の慶應義塾におきまして、福澤先生が、銃声を耳にしながらウェーランドの経済書の講義を続けられたのであります。まことに、この日は慶應義塾史上ばかりでなく、日本の文化史上でも永く記憶せらるべき日であります。

　慶應義塾が最初に開かれましたのは、御承知のように江戸の鉄砲洲です。この鉄砲洲とか鉄炮洲とか申しますところは、寛永年間に井上、稲富などという人たちが大筒すなわち大砲の町見《ちょうけん》を試みたところと称せられております。鉄砲洲という名称につきましてはいろいろな説がございまして、あそこが出洲《でず》になっていますので、その形がちょうど鉄砲に似ているというようなところからこの名前がついたとも言われています。江戸の名所の一つで、この地を賜った医官、半《なから》井卜養《いぼくよう》という風流人が、「打出づる月は世界の鉄砲洲、玉のようにて雲をつんぬく」というような狂歌をよんでおります。また、西本願寺が横手にありますので、「門跡《もんぜき》の脾腹にあたる鉄砲洲」などという川柳もあります。そんなことはどうでもいいといたしまして、その鉄砲洲という場所が日本の洋学史上特に忘れられないことは、ここにありました奥平藩邸に、慶應義塾のできまする八十八年前の明和八年三月五日に、福澤先生と同じ豊前中津藩士前野良沢の私宅に杉田玄白とか中川淳庵とか桂川甫周とかいうような人たちが集まりまして『ターフル・アナトミア』をひもといたということであります。この書が後に『解体新書』と題して邦訳されたものです。福澤先生は、杉田玄白の著わした『蘭学事始』と申しまする著書に序文を書いておられます。明治二十三年四月一日に日本医学会出版のものです。この書は文化十二年に書かれたものですが、明治になってこれを覆刻したときに先生が序文を書かれたのであります。先生は、玄白らが、せっかくこの貴重な書に接しても、読むすべを知らず、「艫舵《ろかじ》なき船の大海に乗り出せしが如く、茫洋として寄るべきなく、唯だあきれにあきれて」おったという言葉などを引用されまして、「我々は之れを読む毎に、先人の苦心を察し、其の剛勇に驚き、其の誠意誠心に感じ、感極まりて泣かざるはなし」と述べておられます。これは単なる形容でなく、多情多感な先生はこの先輩諸学者の苦心を思われて、自分の身に引きくらべ、おそらくほんとうに涙を流されたことと思います。その鉄砲洲の中津藩の屋敷の一部で福澤先生が慶應義塾をお開きになったのです。このことはまことに日本の文化史上に大きな意義を有するものでありまして、さきに引用した卜養の狂歌にならって申せば、この出洲から打ち出した鉄砲玉に、封建社会はつんぬかれることになるのでありま す。慶應義塾の「建国記念日」とでも申しますのは、この安政五年の何月何日かにさかのぼってこれを定めるべきであると思われるのですが、どうもその日がはっきりいたしておらぬと見えまして、慶應義塾が新銭座から三田に移りました明治三年四月二十三日を記念日といたしておりま す。しかし、この四月二十三日という日にも相当疑問があると承っております。

私は福澤塾創立後、十年たった慶応四年という年、すなわち九月八日に改元して明治元年となった年は安政五年と比べまして、まさるとも劣ることのない慶應義塾史上における重要な年であったと考えます。この年の春、東征の官軍はすでに箱根を越え、船橋、市川などでは脱走兵が戦っておりまするし、上野には彰義隊がたむろしておるというようなありさまで、江戸市中、先生のお言葉で申しまするならば、「風雨腥《なまぐさ》きの時」、先生は奥平屋敷の古長屋を買い取られまして、入費わずかに四百両で、およそ百五十坪の普請を四月ごろまでに完了され、そして塾名を時の年号にとって、かりに慶應義塾と名づけました。名前がついたということだけでも相当意義がありましょうが、これと同時に「慶應義塾之記」と題するものを印刷して頒布されたということが、私はその創立にも増して意義のあるものと考えるおもな理由です。先生はここに、伝統に拘束されることなく「天然に胚胎し、物理を格致し、人道を訓誨し、身世を営求する」「天真の学」を講ずるという宣言を発せられたのです。言葉がはなはだむずかしいのですが、「天真の学」、天真らんまんなどと申しますあの天真という字を使っておられるのです。つまり自然の学、自然科学を講ずる、しかしながら今日のいわゆる自然科学ばかりでなく、人文科学、社会科学というようなものもやはり自然科学的な法則によって支配せられるものである、自然法則——先生はこの年七月の「中元祝酒之記」では「天道の法則」と称しておられます——によって支配せられるものであるというふうに先生は考えておられたと思います。すなわち理性によって一切の価値を判断しようとする啓蒙的な教育実施の大宣言がここに発せられたのです。そして先生は、この慶應義塾という私学を封建的な師弟関係から離脱させて、これを共同組合の原理に従って経営しようとはかられたのです。共同組合原理——封建的な弟子と師匠の不対等な関係で結びついたものではなく、平等な人たちが互に心をあわせ、力をあわせて事に当る共同組合主義によって経営されるべきものである、こういう宣言を発せられたのであります。

慶応戊辰の年はこの「慶應義塾之記」が配布されたということだけでも慶應義塾にとって忘れることのできない年でありますが、それのみならず先生はこの前の年すなわち慶応三年六月アメリカの二回目の旅行からお帰りになりまして――先生は御承知のように初めアメリカに行かれ、その次にヨーロッパに行かれ、またアメリカに渡られましたので、つまり三度目の外遊でありますが、このさいには前と比べると幾らか経済的に余裕があったと見えまして、貴重な米国みやげとして、歴史、経済、法律に関する多くの原書を買って帰られたのです。このことが慶應義塾における洋学の研究がついに社会科学に及ぶ機縁となったのです。

洋学がわが国に入って参りました歴史ははなはだ古いのですが、はじめは先ず医学部門からはいりまして、これと同時に西洋の物理学が学者の間によろこばれ、薬材学に兼ねて、化学、本草学、数学、天文学などを修めるものも少なくなかったのですが、嘉永開国後はこれに次いで兵学が重要視され、築城、鋳砲、造船、操練などが注意されるようになって参りました。しかし、まだ社会科学の研究を洋学によって行うことはほとんどなかったと言ってもいいのであります。ところが、ここに初めて洋学の研究が社会科学に及んだのです。こういう点を思い合せますると、安政以来の福澤塾が慶應義塾に変じましたことは、決して単なる名称の変化のみにとどまるものではないのです。

そうしてまた、この年はやがて五月十五日という慶應義塾にとってははなはだ意義の深い日をむかえることに相なるのです。この日、新銭座の慶應義塾で講義されたウェーランドの経済書について申し述べまする前に、少しくわが国における西洋経済学直輸入の歴史の一端を申し上げさせていただきます。

福澤先生の友人で、後に先生と同じく明六社の社員でありました津田真道《まみち》すなわち当時の真一郎《しんいちろう》、それに西周《あまね》、当時の周助、この二人の秀才が幕府から文久二年三月にオランダに留学する内命を受けました。幕府の留学生として留学したのはこの二人が始まりと云われています。この二人は文久二年六月十八日に遊学の途に上りました。そうして非常に長い時を費しまして、文久三年四月十八日にやっとオランダに着いたのです。おること二年、その間にほのかに故国の風雲が急であることを聞きまして、「墨田川、岸の眺めや変るらむ、花の曙、雪の夕暮」といったような和歌をよみなどして、いろいろな感想にふけりながら、ライデン大学教授シモン・フィッセリングという博士につきまして治国学、つまり広い意味の政治学の一部として経済学を学んだのです。講義は口述であったらしく、彼らはこれを見事に筆記して帰ったのです。私は西周の方はまだ見ることができずにおりますが、津田真道のとりましたノートは、先年令孫から見せて頂くことができました。小さな手帳に克明にノートされておりました。前々から素養があったとは申しながら、この短いオランダ留学の間によくあれだけりっぱなノートがとれたものと感心いたしまして、彼らの勉強ぶりがそぞろにしのばれたのであります。彼らは慶応元年十月に業を卒えて、同じ年の十二月二十九日に帰朝し、ただちに慶応二年一月十五日、開成所教授手伝となったのです。二人はこの年の四月、彼らがオランダから持って帰りました「和蘭政事学の書」を翻訳することを命じられました。この治国学すなわち政治学は五科から成り立っています。その中の四つの部分は二人で分担しまして、二つずつ翻訳いたしました。第一は「性法約説」と題しております。これは天然の本分をきわめる学、ナッウールレグトであります。第二は「万国公法」です。「万国公法」という言葉は今日は使われないようですが、私どもの学生の時分にはまだこの言葉が一般に行われておりました。これは彼らの言葉で申しますると、民人の本分の学、フォルケンレグトであります。第三は「泰西国法論」と題しております。これは邦国の法律、スタートレグト。それから一つおいて、第五が「表記提綱」と題されております。一名「政表学論」とも称されております。スタチスチーキつまりスタティスティックス、統計学であります。この四つのものが相前後して翻訳されたのですが、第四に相当する経済学は、津田真道が翻訳することを約束しておったのですが、ついに果さなかったのです。経済学、すなわちスタートホイスホウドキュンデは一番翻訳しにくかったとでもいうのでしょうか、とうとう翻訳されずにしまいました。西周の方は別に「経済学」と題しまする一書を草しておったということですが、これもついに出版されずに終ってしまいました。ですから、せっかくオランダ流の簡単明瞭な経済学をノートして西周、津田真道の両秀才が日本に帰ってはきたものの、一般に経済学の知識を伝えることにはならなかったと申さなければなりません。フィッセリングという学者はフランスのフレデリック・バスティアの流れを伝える楽天的自由主義の経済学者でありまして、一八六〇年から同六五年にわたって出版された『実践経済学便覧』と題する著書があります。

わが国に系統的な西洋経済学の原理を輸入紹介した最初の人は、これも福澤先生の友人の神田孝平です。この方は英国人ウィリアム・エリスの一八四八年の『社会経済梗概』と題しますものを翻訳出版いたしました。これは英語からすぐに翻訳したのではなく、英語版からオランダ訳されましたものを重訳したのです。

しかしながら西洋経済学を輸入して、古い漢学主義的観念形態を破壊するにおいて、ことに力のありましたものはわが福澤先生であったと申さなければなりません。

福澤先生は初め経済的関係を封建的拘束から解放して、産業及び商業に新しい発動力を注入するがために、特に舶来の新書を通じて自由主義的経済学説を文字通りにわが国に紹介されたのであります。

先生は先ずエディンバラの出版業者ウィリアムおよびロバート・チェンバーズの刊行しております『教育課程』の中の一冊『学校用および家庭教育用経済学』の「社会経済」、すなわちソシアル・エコノミィの部分を翻訳し、これを慶応三年冬『西洋事情外編』三巻として出版されました。先生は、これによって、西欧資本主義社会の柱礎屋壁の構造を我が国民に知らせ、旧来の封建的拘束を排除して彼らを真の開国主義に導き、人は生れながらに自由であり、「人はその人の人」であることを説いて人間本来の自由平等を主張し、旧《ふる》い漢学主義に養われた当時の民心を一新しようと努められたのです。

しかし、先生の西洋自由主義経済書直訳時代はきわめてわずかの間でして、その後、先生のお考えは変り、重商主義的な考え方がだんだん加わって参ったのであります。中央集権的な国家の大勢力のもとに経済的進歩はとげられ、国富はまさに強度の国家的経済政策によって増加せしめられなければならないという時代の要請のもとにおいては、欧米輸入の経済的自由主義は断じてわが国の指導原理たるものではないということを看取されました先生は、つとに明治六年のころに洋書翻訳の時代を脱却されまして、先進資本主義国の経済学をそのままに輸入する事業を停止し、後進国である日本の国情に立脚した独自の国民主義的経済学説を提唱しようと努めるに至ったのです。

ちょうどこの二つの時期の間にウェーランドの経済書講読の時代があるのです。

ウェーランドの経済学、すなわち当時の言葉で申せば『英氏経済論』は、英国正統学派の経済理論を基礎とし、幾分、後進資本主義国の産物である米国学派の所論を参酌して、これを通俗平易に表明したものです。慶應義塾の先輩たちは、なんどもなんども、この書を繰り返し繰り返し読んで、やっとその意味が判ると、毎章毎句、耳目に新たでないものはなく、「心魂を驚破して、食を忘るるに至った」といわれています。

ウェーランドのことは後に申し上げることにいたしまして、またしばらく「五月十五日」に話をもどします。

五月十五日の彰義隊戦争につきましては詳しく申し上げる必要もありますまいが、彰義隊には初め一橋家の家中が特に多く加わっておったそうです。徳川慶喜《よしのぶ》、すなわち十五代将軍が一橋家から出た人であったからであります。特にすぐれた首領というものはなかったようです。天野八郎あたりの名前が一番聞こえておりましょうか。伴門五郎、それに本多晋などの名前が残っております。初めは浅草の本願寺に本拠を据えておったのですが、将軍が上野に屏居することになりましたので、やがて本拠を上野の寛永寺に移すことになりました。初めは物情騒然たる江戸市中の警備などに当っておったのですが、官軍が江戸に入って参りますると、これとしばしば衝突するようになったのです。官軍の方もずいぶん乱暴をやったようでして、江戸っ子の中には、はなはだおもしろくなく思っておった者が多かったのです。官軍は彰義隊解散を命じましたが、覚王院義観などという鼻っ張りの強い坊さんなども出て参りまして、言うことを聞きません。とうとう戦争になったのです。官軍の方は黒門口、それから湯島台、弥生ケ岡――本郷の弥生町の三方から上野の山を攻めたのです。そのときの大将が大村益次郎――九段に立っております銅像の大村益次郎です。この人は村田良庵改め蔵六と称して、福澤先生と一緒に緒方の適塾におりました先生の旧友です。若い時分はまことに乱暴しごくな人間で、好んで女中をふとんむしにしたというような話が先生によって伝えられております(笑)。軍人としてはなかなかえらかったようです。

このころは、写真などがまだ発達しない時代でしたので、錦絵の類によって戦況の一部が伝えられているだけです。もちろん、絵空事が多いのです。まだその頃は、上野の戦争をかいた絵画としては公けにすることができませんので、『本能寺合戦之図』というように本能寺の戦いになぞらえ、また『春永本能寺合戦』などと信長のことを芝居じみた春永という名にして画いたりなどしております。それから『信長公延暦寺焼討之図』と題するものもあります。信長が比叡山延暦寺を焼き討ちにしたそのときのさまになぞらえたものです。それから『太平記石山合戦』、これは信長が本願寺征伐をやりましたときのことにしておるのです。また月岡芳年の『魁題百撰相』という一枚刷りの物すごい組み絵があります。その一枚には上野の宮様すなわち後の北白川宮、当時の輪王寺宮公現法親王という方が谷中道を落ちて行かれます様などが画かれております。幕府が上野に宮様を置いたのは、早くから万一の場合に備えまして、京都を相手に戦いをしなければならない場合には皇族を奉じて旗を翻す、こういうような深いおもんぱかりからであったと思います。それから彰義隊士が血みどろになっている断末魔の姿が毒々しい色彩で一人一人描かれております。

この戦争は、日暮れ方までに終ってしまったからよかったようなものの、夜に入ってもなお続けられたならば、どういうことになっておったかわからないといわれております。江戸の各地で蜂起するものがあったろうと想像されるのです。とにかく大した戦争にもならずに終ってしまったのですが、江戸中はひっくりかえるような大騒ぎだったのです。

その日は、慶應義塾ではちょうどウェーランドを輪講する定日に当っておりましたので、砲声を聞き、烟焰《えんえん》を見ながら講席を終ったのです。これは先ほども申しましたように、長く慶應義塾の昔話となって残っておるところです。「日本国中、苟《いやしく》も書を読んでいる処は、唯だ慶應義塾ばかりである。此の塾のあらん限り、大日本国は世界の文明国である」と叫んで福澤先生は年少学徒を激励せられたと伝えられております。

このことは、慶應義塾の語り草として永く残ったばかりでなく、これに取材したいくつかの作品が現れています。詩人としてかなり名前を知られていた平木白星という文学者は、『慶応から明治』という脚本を書いて、これを大正三年五月発行の『太陽』という博文館から出版されております当時最も大きな総合雑誌に掲載いたしました。それが、その後本郷座で上演されました。それからずっと後になりまして、水木京太という、なくなられましたが、慶應義塾出身の文学者で、今の声優七尾伶子さんのお父さんがラジオ・ドラマに仕組んだものもあります。それから最近では、『かくて自由の鐘は鳴る』と題して、近くなくなられた小林一三さんの発意で、東宝でこれを映画化しました。尾上九朗右衛門君という、かつて慶應義塾に学んだことのある俳優が福澤先生になりまして、この新銭座の場面を写し出したのです。ごらんになった方もあると思います。終戦直後この計画が立てられたのです。初めは塾出身の山本嘉次郎氏が中心になって準備が進められたのですが、いろいろ議論が出まして延び延びになっておったのです。いよいよ映画化されることになりまして、まず悩まされたのは主役を誰にやらせるかということでした。福澤先生になる俳優は相当な人格者でなければ困るというような意見がありましたが、それがなかなか得られませんので、せめて純真な俳優、市川海老蔵君（十一代目團十郎）か尾上九朗右衛門君かどっちかがいいじゃないか、ということになり、それでとうとう慶應義塾に学んだというところから尾上九朗右衛門君に白羽の矢をたてました。先生のお母さんや奥さんや兄嫁その他の外に、相当な役割を演じる女が出てこなければうるおいがないという説が出たのですが、先生には婦人関係のなまめいた話がないので、今泉のおとうさんという先生のねえさんを出すことになりました（笑）。この婦人は暫く大磯におられたこともあって、私も二、三度お目にかかったことのあるかたです。なぎなたをよく使われたということです。この女丈夫に初めは原節子さんを当てたのですが、原さんは運わるく白内障にかかり、途中でやめてしまいました。それからその次に選びました女優はばかに色っぽ過ぎて、とうてい聡明で、勝ち気で、しかも情に脆い婦人という註文にはまりそうにないというようなわけで、二度も役者をかえて、とうとう中北千枝子でとることになったというような話を熊谷久虎監督から聞きました。

この映画を製作しておりました際、「この日、福澤先生はウェーランドのどの辺を読んでおられたのでしょうか」という質問を受けたのですが、これは私にも判りません。こんなことを記した文献などは知りません。シナリオ・ライターは勝手に七十五頁の「分業論」を読むことにきめました。福澤先生役の九朗右衛門君が洋行帰りなので、英語で、かなり長い朗読をやることにしました。ディヴィジョン　オブ　レーバー　イズ　オルウェース　ツー　サム　デグリィ……云々と読みかけて、本をふせ、砲声に耳を傾け「あの音は時代変革の歴史の響きだ」などとやるのです。

余談中の余談にわたりましたが、とにかく慶應義塾の歴史の中で、いちばん劇的な場面はこの慶応四年五月十五日のウェーランド輪講でしょう。この時のことをお調べになろうとしましたならば、明治十二年一月二十五日の「慶應義塾新年発会之記」というものをお読みになるがいいと存じます。次いでは明治十六年に出されました「慶應義塾紀事」、それから三十二年の有名な『福翁自伝』、これらのものをお読みになることがよかろうと思います。

慶応三年の米国渡航に際して先生の買って帰られました本の中のおもなるものを申しますると、ジョージ・ペイン・クワクエンボスの『窮理書』というものがあります。原名は *A Natural Philosophy* で、その後に embracing the most recent discoveries in the various branches of physics, and exhibiting the application of scientific principles in every life と記されているものです。それから同じく『英文典』*An English Grammer* 同じく『米国史』*Elementary History of the United States, with numerous illustrations and maps* それにピータア・パーリイの仮名によって知られておりました米国の文学者サミュエル・グリスウォルド・グッドリッチの『万国史』*A Pictorial History of the World, ancient and modern, for the use of schools*——Parley's, Common School History of the World や『英国史』*A Pictorial History of England*——Goodrich's Pictorial Histories などがありましたが、こういったものと一緒に、これから申し上げようとするウェーランドを買ってお帰りになったのです。先生の言葉で申しますると、塾生の教科用に供して不自由のない程度まで買ってこられたというのですから、何冊買ってこられましたかは不明ですが、むろん一冊ずつではなかったのです。私どものような老人でも、さすがに明治元年の慶應義塾のことは存じないのですが、私の入学いたしました明治三十一年のころになりましてもなお慶應義塾の図書館は、本屋か貸本屋みたいなものでして、教科書などを売ったり貸し出したりしていたものです。ですから同じ本を何冊も持っておりました。明治元年の頃には原書を買おうたってなかなか買うことができないのですから、学校から借りて、講莚《こうえん》に列するということをやっておったのでありましょう。

先生の買って帰られましたウェーランドは、一八六六年すなわち慶応二年に出版された第四十版 Fortieth Thousand であったと思われます。ここに（卓上の書を示す）昆野〔和七〕さんに出していただきました慶應義塾に所蔵されているウェーランドの著書がありますが、この中の一冊、はなはだきたない本でありまするが、これが唯今申しましたフォーティース・サウザンド、一八六六年版です。

それからその後になりまして、先生は「西洋既に経済論あり、然らば則ち論語大学の如き倫理の書もなかる可からずとて語合ふ折柄、小幡篤次郎《おばたとくじろう》君が市中にてモラル・サイアンスと題したる原書の古本一冊を購ひ来りて、之を読めば則ち道徳一偏の論なり。是れは妙なり、直に同様の書を買はんとて米国へ注文したるは、ウェーランド氏のモラル・サイアンスにて、之を修身論と訳したり」、こう物語っておられますように、すでに経済書もあることであるから、倫理学の本もなければならない、そういうものを一つ読みたいものである、西洋倫理学の原理を知りたい、こう考えられておりました際に、慶應義塾の塾長をされた小幡篤次郎さんが古本屋でこのウェーランドの「倫理書」を買ってこられたというのですから、もうこの頃にはすでに西洋の本も相当日本に入ってきておったろうと思われるのです。これを読みまするると道徳一偏の論である、まことにいいものが手に入ったというので、さらに同じものをまた米国に注文した、こういうことを述べておられます。これは一八三五年に初版を出しましたウェーランドの *Elements of Moral Science* と題するものであります。経済書もよく売れましたがこの本もよく売れた本でありまして、五ヵ月以内に再版を出したと伝えられております。

慶応四年四月、慶應義塾が鉄砲洲から新銭座に移りました当時の慶應義塾の授業日課表によりますと、先生は毎週火木土三日「朝第十時より」ウェーランドの経済書を講義しておられたのです。その後明治二年の再版「慶應義塾之記」、先ほど述べました明治元年（慶応四年）に出ました「慶應義塾之記」の再版に付録としてつけ加えられているものを見ますと、ウェーランドの経済書の会読は月木両日の午後一時から小幡篤次郎さんの担任に変っております。小幡先生のことも御承知の方がだんだん少なくなると存じますが、慶應義塾にあって永く福澤先生の女房役を勤められた方であります。その小幡先生がウェーランドの担任に変っておられる。これは福澤先生がなまけられたわけではないのでありまして、福澤先生は水土両日の午前十時からウェーランドの修身論、すなわち倫理学の方の講義を担任しておられるのであります。経済学よりも倫理学の方に興味が移ったためでしょうか、それともまた、自分よりも小幡先生の方が適任と考えて経済書の方は小幡先生に譲ったのでしょうか、その辺はわかりませんが、とにかく先ほど申し上げましたウェーランドの倫理学の講義の方に先生は変っておられるのです。

アメリカの経済学説は、アレクサンダー・ハミルトンの諸報告、ことにその中でも一七九一年十二月五日の「製造業の奨励及び保護に関する報告」(Report on manufacture) などによって影響されるところがはなはだ多かったのです。しかし、なかなか、アメリカ学派と称されまする特殊の学派が成立するには至らなかったのです。アメリカ学派の特徴は一体どこにあるか。第一には、マルサスの人口論を認めない、少なくとも重要視しないということであります。イギリスのような古い国と違いまして、アメリカのような無限の未開拓富源と急速な産業の発達による未来に対する際涯のない展望を有する新しい国におきましては、マルサスの人口論をさほど重要視しなくてもよろしかったのです。やがて、人口の増加は富の増加を表わすものであり、人間だけが等比級数で増加すると想像するのは不合理である、知的機能と生殖的機能の間には対抗が存しており、人口の増加は文明の発達と同時にその割合を減じ、人口の供給は自動的法則によって需要と一致するという学説が起るのです。

それからまたこの人口論と密接な関係を持っておりまするリカードォの地代学説も早くからして幾多の米国学者によって、彼らの国には適用されないものと考えられておりました。

こういう傾向は、ある程度、ウェーランドにも現れています。彼は特に章や節を割いて人口論を述べてはおりません。彼の人口に関する意見は第四編第一章、すなわち分配論の中の賃銀論に現れています。そのセクション一の中に「人口と賃銀」という一項があります。その中で、彼はアメリカ合衆国の人口は二十五年間に二倍になるものと見ていますが、しかし、大地が適当に耕作され、そうして資本が適当に使用されるならば、それはその住民の消費する以上に生産するものと考えております。この余剰は固定資本となり、かくてまた、より多数の労働者にエンプロイメントを与えるであろうと説いています。つまり、ウェーランドは人口は常に資本に従うものと見るのです。資本が増加する時は増加し、資本が停止する時は停止し、また、資本が減少する時は減少するものと考えたのです。ところが、リカードォの流れを汲む英国の経済学者、殊にジェームズ・ミルなどの人口論がはなはだしく陰惨たる色彩を帯びておりますのは、なかばは、資本が人口にくらべて急速に増加する傾向が少ないと見るからです。

彼は地代学説になりますと、依然としてリカードォ流の差額地代説を認めておりまして絶対地代は認めていないようでありますが、しかし、地代が価格の中に入るものであるという説に傾いておるのです。これはリカードォから離れている点でございましょう。地代は生産費の一部として価格の中に入るものである、こういう考え方をしておるのです。

アメリカの経済学の第二の特徴といたしましては、保護政策を提唱しておることを挙げなければなりません。英国の古典経済学が主として自由貿易論を提唱いたしているのに対しまして、保護政策を提唱するというところに特色があるのでありますが、前に申し上げましたように、また小幡篤次郎さんが指摘しておられますように、幾分の制限は加えながらも、ウェーランドはなお自由主義を提唱しております。

それから米国経済学の第三の特徴は、一般的楽観論が提唱されておることです。英国の経済学、マルサスやリカードォも、究極においては決して悲観論者と言うことはできないでしょうが、人口論、地代論というようなものをもとにして進展して参りまする英国流の経済学は、えてして悲観的な色彩を帯びがちなものだったのです。しかるに、アメリカにおきましては、アダム・スミス流の、あるいはアダム・スミス以上に強調されました一般的楽観論が特徴になっております。こういう点におきましては、ウェーランドはやはりアダム・スミス流の考え方を多分に持っておったようです。彼はこういう中途半端な態度の学者であったことを認めなければならぬのです。

まずほんとうにアメリカ流の特色を備えた経済学がアメリカに生れましたのは、一八五八年から九年にわたって出版されましたヘンリィ・チャールズ・ケアリィの『社会科学原論』でありましょう。この本の中でケアリィは「宇宙を以て調和的全一体と見る点でアダム・スミスへの復帰を表示しながら自国の国情によって保護関税論の主張に赴く」と言うのであります。この保護関税論には、とうとうウェーランドは進むことができずに終ったのです。アメリカの経済学者としてまずその名前をあげなければならぬものは、一八二〇年にその著書を公けにしたレーモンド、それからおくれて三四年に著書を出したジョン・レーというような人たちがあるのでありまして、私はこれを英国のローダデール伯爵とともに初期の国民主義者の中に数えているのです。こういう初期の国民主義者流の考え方が、幾らかウェーランドにも伝わっておったのです。しかしながら、何と申しましても、当時全盛でありました英国流の経済学、古典経済学が土台になっておるのでありまして、アメリカ流の国民主義的な立場に立ちまして経済学を改造するというような意図は、彼にはなかったように考えられるのです。

ウェーランドという人はバプティスト派の牧師の子だったそうです。生れたのは一七九六年、なくなったのは一八六五年です。ニューヨークに生れて、一八一三年にニューヨーク州のスケネクタデイのユニオン・コレッジを卒業した後、マサチューセッツ州エッセックス郡のアンドーヴァーという町の組合教会(コングレゲーショナル・チャーチ)の神学校、アンドーヴァー・セオロジカル・セミナリィで研究を続け、二六年にユニオン・コレッジの数学及び物理学の教師になりました。何でもやった学者らしいのです。その翌年ボストンのバプチスト教会の牧師となりました。ちょうど父親と同じ僧職についたわけです。一八二七年から五五年に至りまする二十八年という非常に長い間、ロード・アイランド州プロヴィデンスのブラウン大学総長の任にあって、その学制を改革し、これを隆盛に導いたといわれております。彼はまたこの大学で心理学を教えておったということですが、主として倫理哲学を講じておったのです。彼の倫理哲学の内容は全部これを知ることができないのですが、ちょうどアダム・スミスがグラスゴー大学で倫理哲学を講義しておったと同じように、非常に範囲の広い学問をしておったらしいのです。彼の『経済学要義』、すなわち慶應義塾で読まれましたいわゆる『ウェーランドの経済書』は、ブラウン大学のシーニア・クラスで講義したものだそうです。そして一八三七年に初版を出し、四〇年にその摘要版を出しました。ここに（机上の書籍を指す）摘要版もあります。*Elements of Political Economy, abridged & adapted to the use of Schools and Academies* がこれです。

彼の経済学上の著書はもとより経済学史上重要な地位を占めるものではなく、単なる教科書風のものにすぎないのですが、しかし、よく社会の需要に応じることができて、おびただしい売れ高を示したのです。三十年間に五万部をさばいたと伝えられております。

彼には全部で十九冊ぐらい著書があるそうです。彼はまことに間口の広い学者ではありましたが、しかし、それほど奥行きの深い著書は残していなかったのですけれども、慶應義塾の先輩たちは彼の経済学や倫理学の書によりまして非常な影響を受けたのです。福澤先生は、彼の『経済書』について、その「絶妙の文法、新奇の議論」に心を奪われたと申しておられます。

先生はそのアメリカ土産として舶来された洋書の中で、歴史のようなものは割合にわかりよかったが、経済学ははなはだわかりにくく、取りつきがたかったけれども、みんなで頭を集めて、なんども、なんども読み返してみて、ようやくその意味を了解することのできたときの楽しさ、うれしさは、たとえるにものがなかったと述べておられるのです。

福澤先生はこの経済書の第四編「消費について」の第三章「公の消費について」をとってこれを抄訳し、「収税論」と題して『西洋事情』二編巻之一の後半に当てられました。この『西洋事情』二編の出ましたのは明治二年ですから、ちょうど上野の戦争の翌年です。

このウェーランドの経済書を利用したものは福澤先生ばかりでなく、当時万世といっておりましたが、後に桜痴居士と号した人で、「福地、福澤」と呼ばれ、福澤先生と並び称せられた福地源一郎も青淵渋沢栄一の序文を掲げて、明治四年に大蔵省版『官版会社弁』というものを出しております。これは、「米国学士ウェイランドの著せる経済書綱目中の会社篇を大旨とし、煩を省き、要を撮み、傍ら英国学士ミル氏、荷蘭学士ニーマン氏の経済篇中に就きて抄訳し、遺を拾ひ、闕を補ひ更め」たものであるというふうに記されています。この書の中に抄訳されておりまする部分は、ウェーランドの『経済学』の第二編第三章第一節（オブ・ザ・ネーチュア・オブ・バンクス・イン・ゼネラル）、それから第二節（オブ・ザ・ユーティリティー・オブ・バンクス）であります。すなわちその内容は銀行を論じているものであります。ですからこの訳書の中にいわゆる「会社」は今の「銀行」であるということがわかるわけです。

それから、これより先き、明治三年に、「友人渡部一郎が翻刻せる経済説略といふ英国開版の原書を訳し」さらに「マンヂヴール氏の第四リードル中より通用貨幣、外国貿易、国内売買の三ヶ条を訳し」て本文の欠を補い、これを序にかえて、『生産道案内』と題する書を尚古堂から出版しておられた慶應義塾の小幡篤次郎氏が明治四年に『英氏経済論』と題して、いよいよウェーランド『経済書』の全部を翻訳するという大きな仕事に着手せられたのです。この和装本（机上の和書を取り上げる）がすなわち、小幡先生の翻訳されたウェーランドであります。

ウェーランドの経済書の出ました時代は、英国では、デービッド・リカードォの『経済原論』が現れた一八一七年からジョン・スチュアート・ミルの『経済原論』が現れまする一八四八年に至る経済学史上における空白の三十年と称せられるころであります。私はこの時代を「空白」と呼ぶことにはいささか異説がありまするが、先ず大体そういうふうにいわれております。リカードォの流れをくみまする著書、むしろ第二流の著書が幅をきかせておった時代、あるいは経済学通俗化の時代であったと言うことができましょう。リカードォの流れをくむものの中で最も著名な学者の一人にジェームズ・ミルがおりますが、この人の『経済要義』はまことに簡単明瞭な著作でありまして、その影響力は相当に強かったと考えられます。彼は経済学四分の法をとっております。フランスのジャン・バティスト・セーの経済学三分の法を改めまして、四つに分けて経済学を論ずるというやり方を取っております。ウェーランドもやはりこれに従っています。彼は緒言の後に、ジェームズ・ミルと同じように、まず第一編を生財論、すなわちオブ・プロダクションと題して述べております。小幡先生はこの部分を三巻に分冊して出版されました。それから相当時間がたって、明治六年になりまして第二編の交易論、エクスチェンジ、これが三巻になって出版されました。この交易論を第二に論じた点ではジェームズ・ミルと順序が変っております。そしてさらに明治十年になりまして第三編の分配論、オブ・ディストリビューション。交換（易）論は、ジェームズ・ミルはインターチェンジという言葉を使っておりましたが、ウェーランドはエクスチェンジと申しております。分配論は、用語が大てい同じでして、オブ・ディストリビューション。それから第四編消靡論――この消靡の靡の字は小幡さんは今と違った字を使っておりますーーオブ・コンサンプション、これも同じく三巻に分冊刊行してその業を終ったのです。すなわち、小幡さんはずいぶん長い月日をこのウェーランドのために費されたのです。そして明治十年九月にこの本の第七編に小幡先生は序文を書いておられますが、そのなかで、「英氏経済論の初めて我が邦に来るの日に当ってや、世に尚ほ西国の経済を語る者尠ければ、読者、皆、其の理論の精確なるを喜びて、手、暫くも之を放つに忍びざるが如き感なき者なかりしが、爾来、名家の著書、比々舶載せられて、此書の如きは当時学校少年の読本となりて、世の士君子、殆ど之れを顧る者なきに至れり」とこう述べておられます。

それではどこに不満の点があったのであるか。議論が浅いというようなことはしばらくおくとして、論旨に不満の点があったのではありますまいか。その一例をあげてみまするならば、彼は自由貿易を主旨としています。この点は先ほどちょっと申しかけましたように、そう極端な主張をしておるのではないのですが、生産増加の手段としての直接立法の効果を論じ、第一に一国の資本を増加するか、第二に労働者の数を増すか、もしくは第三に労働に対してより大なる刺激を与えるかのほかには、保護関税のようなものは一国の生産力の上に効果を有することのないものであるとなし、果してかくの如き効果があるかどうかを検討し、差別関税や奨励金に反対する態度をとっています。インダストリィとフリューガリティ、ヴァーチューとインテリジェンス。これらのものを有するならば、神の通常の恵みを有する如何なる国も長く貧乏であり得ないとなして、自由貿易論をとっているという点におきまして、資本主義後進国としての日本の学者の間には不満があったのではなかったでしょうか。そういう意味だろうと思うのです。「自由貿易を主旨と為し、今日の経済と今日の道徳とは並行して相戻《もど》らざるのみならず、互に相輔翼するの説に至っては疑う可きものなきに非ざれども、」――この点が疑問になるところであります。経済と道徳の間には矛盾が存するのではないだろうか、並行していくものであるかどうか、その点におきまして彼は楽観的な議論をしているのであるが、われわれとしてはそこに疑問を差しはさまなければならない。こういうような点でこの書はだんだん不評判になってきたものでありましょう。しかし、「立意明白にして、最も初学の階梯となす可き書なれば、余、逐次、之を訳出し、今又、此の分配、消靡の諸篇を訳し、以つて全部を終るに至れり。敢て之を世の士君子に供して展閲を煩さんと云ふに非ず。」――専門の学者たちに読んでもらおうというのではない。「唯だ之を初学の人に示して経済の端緒を知らしめ、且つは以つて此の書舶載の始めより、年を重ぬること纔《わず》かに十一年なるに、学業の進歩、斯くの如くなるを喜ぶの意を表すと云爾」こういうふうに書いておられます。

なお最後に一言いたしたいことは、ウェーランドの経済書は、これほど慶應義塾と因縁の深いものであり、かつ前に申し上げましたように三十年間に五万部を売り尽したと伝えられているほど広く流布しておったのでありますが、どうしたわけか、慶應義塾の図書館は久しい間その一部をも所蔵することがなかったのです。私どもの学生時代には、このウェーランドの経済書を慶應義塾の図書館で幾ら探しても見当らなかったのです。もう今日ではその名前を覚えておいでの方もはなはだ少ないと思いますが、慶應義塾で社会学を講義しておられた方で、長い間図書館監督

——慶應義塾では図書館長という言葉を長く使いませんで、図書館監督と称しておりました——をしておられました田中一貞さんが非常にこれを遺憾とされまして、この本を探し求められたのですが、初めは、ようやくにして一八四〇年に初版を出したその摘要版の一八七一年版が手に入ったに過ぎなかったのです。それからアーロン・エル・チャッピンという人の改訂版、これは改訂版といいますするよりも、むしろ焼き直し版といった方がいいかもしれません。「リカスト・バイ・チャッピン」と書いてあります。これが『ウェーランド叢書』の中の一冊として出版されました。初版が一八七八年に出ていますが、その一八八一年版が手に入りました。

その後、この図書館は『経済学要義』の一八五六年版を所蔵することができたのですけれども、この五六年版は、おそらく福澤先生がアメリカから買って帰られたものとは同一の版ではあるまいと想像されたのです。この五六年版が手に入ったのを田中さんそのほかの方々は非常に喜んだのですが、しかし、福澤先生の第二回目の米国渡航は前に申しましたように慶応三年です。当時はすでにその前年、すなわち一八六六年、わが慶応二年に売り出された第四十版が行われておったのです。先生は旧版を買って帰られるということはなかろう、必ず新版を買って帰られたと想像されるのでありますが、この一本は版が古いのですから先生の買って帰られたものじゃなかろう、こう想像されておったのです。

ところが慶應義塾図書館は、非常におくれて昭和四年に至りまして、安藤次郎という方から、はからずもウェーランドの『エレメント』一部の寄贈を受けたのです。これはただに一八六六年の第四十版、すなわちフォーティース・サウザンドであるばかりでなく、そのタイトル・ページには明らかに「福澤氏図書記」という朱印が押されておるのです（机上の一冊を開いて聴衆に示す）。はなはだぼんやりしておりまするが、これです。赤いはんこが押されておる。これが果して福澤先生の手沢本であるかどうか、それは疑問ですが、おそらく先生が何冊か買って帰られた中の一部であったでしょう。それを図書館あたりで貸し出しておりまする間に、誰か借りっぱなしにして、やがて古本屋に売ってしまったものでしょう。とにかく古本屋の手に渡っておりましたものを塾員の安藤次郎さんが買いまして、寄贈されたのです。安藤さんはこの本を大正の初めに本郷の露店で偶然発見して直ちに買い取られたという話でありまして、こんなきたない本ですが、とにかくこれは慶應義塾の最も貴重な一本として図書館に所蔵されておる次第でございます。

また、この一冊（他の一本を示す）は同じく第四十版でありまして、義塾の大先輩須田辰次郎氏が「小幡篤次郎先生講義聴聞の際所用」と書いて、昭和二年十二月七日に図書館に寄附されたものです。須田先生はしばらく神奈川県立尋常師範学校の校長をしておられました。私は最初、この学校の附属小学校に学びましたので、式典のさいなどに須田先生のお話をうかがった記憶があります。

せっかく御依頼を受け、また多数の方々にお聞きいただいたにもかかわりませず、まことにお粗末至極な長談義でございましてはなはだ恐縮に存じています。長い間辛抱強くお聴き頂きましたことを感謝いたします。（拍手）

（『三田評論』昭和三十七年五・六・七月号）

明治十四年の政変と日本美術界

本稿は、さる昭和三十七年十一月一日、三田演説会主催、文学部教授、故澤木四方吉《さわきよもきち》氏の追悼会で、小泉信三氏の講演の後に行ったものの速記録に、いささか筆を加えたものである。

澤木四方吉君の追悼会に何か話せというおすすめを受けたのですが、小泉さんと違いまして、私は澤木さんと親しくおつき合いする機会に恵まれませんでしたので、これぞという追憶談も持ち合せておりません。

私が慶應義塾に入学いたしましたのは明治三十一年でございます。その時、私と同時に入学した人に澤木堅吉君という方がおられ、私より一年上の級に澤木淳吉君がおられました。そうしてそれから一年おくれて入学されたのが澤木四方吉君でした。われわれは澤木の三人兄弟というようなことをよく申しておりました。三人ともいずれも秀才でした。あとで聞きますと、堅吉君は他家へ養子に行かれた方だそうです。今はこの三人、いずれもみな故人になられました。

私が明治四十四年に慶應義塾から留学を命ぜられました際には、まだ留学生を派遣する前に、その身体検査をするというようなことはなかったのです。私は全然健康診断などは受けずに出発したのですが、イギリスにおりますうちに突然喀血いたしまして、長い間病養生活を同国で送ることになりました。これで慶應義塾はよほどこりたのでございましょう（笑）、私のあとで留学します方々はいずれもみな身体検査を受けなければならぬということになりまして、検査を受けて留学した第一号が澤木四方吉君です。もちろん、その検査をお受けになった当時はどこにも異常がなかったことと存じますが、その後になりまして、ただいま小泉さんからお話のありましたように、やはり結核をわずらわれまして、若くてなくなられたのです。私の方は健康を回復したと思うことはほとんどないのでして、毎日病人のような気持で生活しておりますが、間もなく八十になろうといたしております（笑）。どうも、人間の寿命というものは判らないものです。

澤木君に関しします思い出話は、ないようでも二、三あるにはありますので、初め「澤木の三人兄弟」と題して、少しお話して見ようと思いましたが、主催者から「何もそんなに澤木先生にこだわらずとも、先生の専攻された美術と少しでもつながりのある話をしては」と注意されましたので、ここに掲げましたような題目を選ぶことといたし、明治十四年の政変とこれが日本の美術界にどういう影響を及ぼしたかを少しばかり申し上げてみることといたしました。ただいま司会者の中村精さんは、美術方面が私の専門だというようなことをおっしゃいましたが、これはとんでもない間違いでして、この方面は私の平生全く研究などいたしておらぬところでございますので、どうぞあまり御期待下さいませんように前もってお願いしておきます。

実は、この演題を選びました最初の動機は早稲田大学創立八十周年の祝典です。御承知のことと存じますが、先月（昭和三十七年十月）の二十一日が早稲田大学の創立八十年の記念日に当るそうでして、私もその祝典に御招待を受けて、その席に列することができたのです。また、ただ今は、文部省主催の芸術祭が行われておりまして、その主催公演として、先月（十月）、歌舞伎座で『人生百二十五年』という芝居が上演されました。これは二幕三場の芝居でございます。この劇の一番もとになっておりますのは、早稲田出身の政治家で、雄弁家として知られておりました永井柳太郎さんの書きましたものです。これを参照して石川達三氏の書きましたものを、さらに久板栄二郎氏が脚色したものだと伺っております。この脚本の批評など今いたすべきではないと思いますが、一昨日、ある早稲田出身の文学者に会いましたときに、その方は、どうもあれは失敗作だった、主人公は大隈侯爵になっているが、もし大隈侯が今なお在世であって、この芝居を見たならば「おお、隈った（困った）ものだ」とおっしゃるだろう（笑）、というような駄じゃれを飛ばしておられました。私はあの二幕の中の最初の一幕をもっと精細にえがいたならば、さらにおもしろいものができただろうというようなことを、その早大出身者に申したのです。

この劇の最初の一幕、これは明治十四年の十月のことになっております。この芝居でははっきり言っておりませんが、十月十一日の出来事だそうです。そのころ雉子橋に大隈邸がありました。

場面はその書斎と控えの間です。静かな秋の夜の気分は、荒々しくはいってきた小野梓と矢野文雄の怒声に破られます。小野は肺を病んで壮齢三十五で他界した後の早稲田大学創立の恩人で、その当時会計一等検査官を勤めておりました。矢野は慶應義塾の出身で、その当時は大蔵省書記官をしていました。『経国美談』や『浮城物語』の作者です。彼らは、大隈の国会即時開設の主張に、藩閥政府の危機を感じ、彼を失脚させようとする陰謀の行われていることを知って、大隈夫人を相手にいきり立っているのです。

その時、ちょうど大隈さんは陛下の御巡幸に随従し、長い旅行を終って帰ってこられ、風呂で疲れを休めておられるところです。そこへ、伊藤博文と西郷従道が訪れて参ります。二人は大隈に辞表を出させようとするのです。このことはもうすでに陛下の裁許を仰いでいるのであるからいかんともすることができないと彼らはいうので、当時参議の筆頭だった大隈はその翌日、辞表を懐にして参内しようとしたのですが、警衛者に阻止され、有栖川宮邸に赴こうとしたが、これも門衛にさえぎられ、まるで罪人扱いされたということです。こういう場面も芝居に仕組んだら面白かろうと思います。

こうして、大隈が野に下った翌年、すなわち明治十五年に早稲田大学の前身であります東京専門学校というものが創立せられ、やがて、多くの大隈傘下の政治家が集まりまして立憲改進党という政党をつくる、こういうことに相なるのです。

ところが、この政変は、ひとり大隈さんに深い関係を持っておりますばかりでなく、福澤先生並びに慶應義塾とも密接なつながりを持っておりますことは御承知のことと存じます。最近小泉信三さんは「大隈重信と福澤諭吉」でありますか、そういう題目で、早稲田大学の創立八十年を記念するために産経新聞に短文を書いておられますが、お読みになりました方も多かろうと存じます。

福澤先生は、明治十二年八月に『民情一新』と題する著書を公けにせられました。そうしてこの中で国会の開設を主張しておられるのです。当時国会の開設そのものに対する反対論は比較的少なかったようですが、時期尚早であるという主張にあなどりがたいものがあったのです。こうした論者は、よく、今を去ること六百五十余年前の英国の例を持ち出し、かの国の国王ジョンのときに有名なマグナカルタに調印させ、次いで百年を過ぎ、三百年を経て、次第に人民の自由が得られたというような緩慢しごくな沿革を論じて、憲法の制定、国会の開設を徐々にする根拠にしておりますが、これは、ひっきょう無益の空言であって聞くに足るものではない。先生にいわせれば、「いわゆる芋蠋の事情を説いて胡蝶に告ぐるもの」である。すでに立派に羽根が生えて飛んでいるチョウチョウに、まだイモムシ時代の話をするようなものであるというわけです。試みに見よ、わが日本は開国二十年の間に二百年のことをなしたではないか、これみな近代文明の力を利用してしかるものである。西洋で二百年もかかっていることを日本はわずかに二十年でやってしまったではないか。先生は産業革命の因をなした蒸気機関の発明、発達を非常に重く見ておられるのです。この長足の進歩のときにあたっては、国勢がさらにまた一変して、早晩、国会を開く日のあるべきことは万々疑いをいれない。こういうふうに説いておられるのです。

それから少したちまして、明治十二年の七月二十九日から八月十日にわたって、郵便報知新聞に「国会論」を載せておられます。先生の名にはなっておりませんが、事実先生の論文と見ていいものでありましょう。その中で先生は、「今日にあって国会を開くことはなお早いと言うならば、戊辰の王政維新も当時にあってなお早いと言わなければならない」。「今の世にあって、十二年前の王政維新をなお早いと言わない者は、また今日国会なお早しという言葉を吐くべきではない」と言うような激しい言葉を使っておられます。今、政府にあって、国会を開くのはなお早いと言っている人たちは、いずれもみな明治維新に関係した人たちであるからして、彼らは今日、国会の開設なお早しなどとは言えたわけではないというような言葉を使っておられるのです。

先生と親交のありました大隈は、明治十四年三月に親裁をもって憲法を制定し、明治十五年末に議員を選挙し、十六年初めに議院を開くべきであるという意見書を、有栖川宮を経てたてまつったのです。この意見書の草案となりましたものは、実に大隈の傘下にあった慶應義塾社中の矢野文雄が、当時慶應義塾の図書館に所蔵されていた米国憲法史を通読して得た知識によって起草した幾編かの中の一編でありましたが、世間には、往々、これを福澤先生の手になったものと取沙汰する者があったのです。

ひとり矢野文雄ばかりでなく、このころの慶應義塾出身者のなかにははなばなしい活躍をしておったものが多かったのです。尾佐竹猛博士の著には、こんなことが書いてあります。「雑駁蕪雑なる政治論及び憲法論横行の時代において、純然たる理論的体系をもって政治界を啓発したものは、実に慶應義塾出身の青年政治家であった」云々。

ところがこの大隈の建議を伊藤博文が内見いたしまして、これを意外の急進論であるとなし、かつ、説の異同ばかりでなく、大隈をもって情義を破ることははなはだしきものであるとなして憤怒したのです。彼は、とても「魯鈍の博文輩、驥尾《きび》に随従し難し」と称して、辞意を漏らしたのです。しかし、この伊藤、大隈の間にはやがて熟談が整いまして、一まず和解ができたのです。ところが国会急設論は北海道官有物払い下げ事件と関連していっそう喧しく主張されることになりました。

明治二年に北海道に開拓使が置かれてから、明治十三年に至るあいだに、その費したところは、大蔵省の予算表や決算表から見積りますと、一千四百九万六千八百四十二円八十三銭二厘になるということです。明治十四年にちょうど満期になりますので、その官有物を処置するに際して、鹿児島の人で、一時政府の要路に立ち、後、辞して大阪に居住している巨商の五代友厚や、旧山口県令で同じく大阪の巨商、長州の中野梧一その他開拓使の役人などが相謀って、大阪に関西貿易商会を興し、すべて当時開拓使の管轄しておったものを、わずかに三十八万七千八十二円一銭七厘という安値に見積り、その上、無利息三十年賦で払い下げを出願したのです。開拓使長官黒田清隆はこの払い下げ処分に内諾を与えた後、太政官に伺いを立てました。初め、廟堂では許否の議論がまちまちで、決するところがなかったのですが、陛下の御巡幸に際して、某大臣、某参議は、駕を追って、千住の行在所に祇候《しこう》し、とうとう勅許を得たということです。太政官は八月一日附けで、上請の趣きを特別の詮議で聞き届けることにし、開拓使は翌二日附けで指令を出しました。

このことが世間に知れますと、あるいは新聞紙に、あるいは演説会に、議論ごうごうたるものがありました。福澤先生が十月一日に、御巡幸に随従して旅行中の大隈さんに宛てた手紙によりますと、こうした喧しい議論を捲き起したのは、ひっきょう、三菱と五代とが利を争い、大隈と黒田とが権を争うところから生じたもので、いわば、一場の私闘であるに過ぎないという説が官界に流布しておりましたことが明らかです。

先生が、同じ手紙のなかで申しておられるように、世上の民権論は全く政府顚覆論に性質を改めたもののごとくであります。この模様では官民はますます反離して、その極、あるいは流血の禍を醸すかも知れぬと気遣われました。

一方では、こういうような不祥事件が持ち上がるのも、ひっきょう日本に国会政治が行われていないからである、一日も早く国会を開設しなければならないという議論が強硬に主張されると、これに対して、他方では、大隈の傘下に慶應義塾の出身者が多かったこと、また払い下げ問題をひっさげて政府攻撃の演説をやっている者に義塾出身者が少なくなかったこと、そうして、また、官有物払い下げによって一番損害を受けるものが三菱であること、そこで三菱が運動費を出してああいう激しい運動をやっているのだという噂が立ち、大隈、福澤、三菱結託の憶説が流布するに至りました。

この年九月六日付の右大臣岩倉具視あて太政大臣三条実美の手紙がありますが、それには、「大隈氏建言已来《いらい》、専ら福澤党の気脈、内部に侵入の事に至っては、一同憤激の模様に有之候間、此般は到底大隈氏と一和は難整、必ず内閣破裂の場合に切迫致候事と存候」と、こういうふうに記されております。

伊藤博文と井上馨の二人は大隈とかたく手を握り、共に誓って事を謀るものであることを福澤先生にも始終申しておったのであります。今の政府にあって、事を企て、事を行うのは、われら三人すなわち大隈、伊藤、井上だけである、われらは頑迷固陋な薩摩出身の参議等を朝に説き、夕に談じて必ずその目的を達成するというようなことを申しておったのですが、この二人は、ちょうど大隈が天皇陛下に随従して東北を旅行しておりますその留守の間に、政府内の形勢を仔細に視察いたしまして、遂に事のならざるを知ったのであります。そうして国会開設は軽率に行うべき事柄ではないとなし、すでに大隈の反対側に立っておったのです。大隈という人は、鷹揚と申しますか、どこか間の抜けたようなところがある人で、彼は伊藤、井上の変節を夢にも知らなかったのです。自分の留守中にも相変らず伊藤、井上は百事に苦心斡旋していることだろうと思いこんでおったのです。ところが、十月十一日、ちょうど陛下がお帰りになりましたその日、先ほど述べましたように辞表の提出を促されたのです。

しかし、大隈に辞表を出させることは、全体、無理なことだったのです。なぜ、大隈に辞表を出させるか、何かその理由がなければならぬ。これは福澤先生の推測でありますが、そこで政府はいろいろな風説、流言を捏造したのです。大隈ははなはだけしからぬことをもくろんでいるという流言飛語を放ったのです。その中に、大隈は政府の秘密を漏らしているということがあります。しかし、これだけでは大隈をやめさせる十分な理由にはなりません。そこで彼らの考え出したのが、この大隈、福澤、岩崎の握手です。そうして福澤先生は政府に地位を得ようとしている、それであいう行動をとっている、福澤は土佐の後藤象二郎などとも相識の間柄であるらしい、この先は板垣退助も同調するであろう、それに三菱会社の謀臣と称する者はことごとくみな福澤の学塾から出た人物であって、福澤と三菱社長の岩崎弥太郎とは特に親しい間柄であるから、今度の一条は福澤が謀主となり、大隈が政府部内に働き、その金主はすなわち三菱社長であって、すでに何十万の運動費を支出した、こういうような噂を立てたのです。

福澤先生は、このような取ってもつかぬことを言いふらす者があれば、朝野の小人輩はこの機会を利そうとして、八方に奔走し、人の家に出入して茶話を聞き、友人の顔色を瞥見して憶説をつくり、去って権門を叩いて注進し、密告すれば、流言ますます流れて停止するところを知らず、事情紛々たる間に大隈の辞職に伴い、福澤の朋友で官にある者は大ていみな放逐されるという、まことに奇怪至極なことになった、と言っておられます。慶應義塾出身者はみんな政府から追い出されてしまったのです。

その慶應義塾出身の官僚の中でただ一人罷免されずに政府に残っておった人物に九鬼隆一があ

ったのです。この九鬼のことは後ほど申し上げますが、しばらくその名を御記憶願いたいのでありｍます。この後、日本の美術行政の元締になりましたのがこの九鬼隆一なのです。

十月八日付の岩倉右大臣あて井上毅の手紙によりますと、「現今の景況、立志社その他昨年の請願連中は、府中において国会期成会を催し、福澤は盛んに急進論を唱え、その党派は三、四千に満ち、広く全国に蔓延し、すでに鹿児島内部にも及び、その他各地、この二、三十日来結合奮起の勢いにて、このまま打ち過ぎ候ては事変不測と相見え候」と説いております。

御承知かと存じますが、西銀座に交詢社という社交クラブがございます。これは福澤先生が明治十三年、すなわちこの前年に創立されたものです。福澤先生がこの交詢社を創立された意図は藩閥打倒のための政治組織にあったと、平凡社の『世界百科事典』などは記しておりますが、私は先生の意図されるところはもっと広かったと考えております。福澤先生はこの慶應義塾において青年子弟を教育する一方、交詢社を設立して、ここに官民朝野の有名人を集め、知識を交換し、世務を諮詢することがその目的であったと思います。また、その社員は、最初のメンバーなどを見ますと、決して慶應義塾出身者だけに傾いてはおりません。

それからその翌々年、すなわちこの政変の翌年に『時事新報』を創刊し、これによって自説を発表し、一般社会に呼びかけようとされたのです。そうして、『時事新報』紙上の先生の論説は依然として官民調和の必要を基本とするものでした。

この慶應義塾と交詢社と『時事新報』の三つが福澤先生の三大施設と称されております。この中で『時事新報』だけがなくなったのはまことに遺憾至極です。

ところがこの交詢社が、当時の政府部内では、暴力革命をすら敢行しようとする危険きわまりない政治結社であるというふうにいわれたのです。当時の官僚政治家に井上毅という人物がおりました。国立国会図書館の司書をしておられます大久保利謙さん、この方は昨年でしたか福澤先生の記念日に慶應義塾に来られて講演をされた方でありまして、大久保利通のお孫さんと記憶しております。この方の書かれました論文によりますと、この井上毅という人物は、巧みに伊藤と結びついて、政府の中枢に深く根をおろした官僚政治家だということです。彼は明治十四年七月十二日付けの手紙の中で次のようなことを言っております。この手紙はだれにあてたものであるか、はっきりいたさないのが遺憾です。「福澤の交詢社は、すなわち今日全国の多数を籠絡し、政党を約束する最大の機械に有之、その勢力は無形の間に行われ、冥々の中に人の脳漿を泡醸せしむ。その主唱者は十万の精兵を率いて無人の野を行くにひとし」云々と大変なことが記されているのです。「十万の精兵をひきいて」というのですから、ずいぶんばかばかしいことを言ったものです。これも大久保さんの言葉ですが、この井上毅という人物は、福澤恐怖症という病気にかかっている患者だったということです。井上に言わせますと、「福澤諭吉の著書一たび出で、天下の少年靡然としてこれに従う。その脳漿に感じ、肺腑に浸すにあたって、父、その子を制することあたわず、兄、その弟を禁ずることあたわず」ということになるのです。この人の同年十月八日付岩倉右大臣あての手紙にも、福澤党の勢力が広く全国に蔓延していることが報ぜられておるのです。この井上という人物のことは、われわれはよく存じませんが、三宅雪嶺博士の言葉で申しますと、「朋党心に富み、猜忌心に強く、権力者のもとに敵と戦うを好み、表面に出でず、外間に知られず、徐密に画策して至らざる無」き典型的陰険な官僚であったということです（笑）。この井上という福澤恐怖症にとりつかれている陰険な官僚が、その恐怖感を太政大臣の三条であるとか、右大臣の岩倉であるとか、参議の伊藤であるとかいうような政府の有力者に吹き込んだのです。

この政変が行われて後、幾ばくもなく政府は反動政策をとり、これまでの教育法を改めて、儒教主義を復活させ、私学を疎外し、邪魔物扱いし、はなはだしきはその発展を妨害しようとするに至ったのです。そこで、早稲田大学などはこの明治政府に対する反抗心が成立の当時におきましてはだいぶ強かったようであります。今度の歌舞伎座でやりました芝居の第二幕第一場には、大正二年十月、早稲田学園創立三十周年記念式典が挙行されました当日に、早稲田の大隈邸の庭園で催された学生の余興劇の場面が現れます。この劇中劇で、写真で見る伊藤公に似せた人物が舞台に出てきます。この劇中の伊藤が、「きょうはお祝いの印に、少し寄附さしてもらおうか」というと、解説者は「ほれ、おいでなすった。……どう見ても、この顔は、新千円札の肖像には頂けませんな」というようなことを、伊藤の顔を指さして、おどけた口調で言うのです（笑）。そこで、急いで幕を引く。伊藤さんが少しお気の毒になるような場面ですが、明治十四年以来八十余年を経過しても、まだ伊藤公に対する早稲田学徒の憎しみと怒りは失せないように思われました（笑）。

明治政府は、この政変後、間もなく、「洋学流行して青年子弟はなはだ不遜なり」と唱えまして、儒教主義の復活により修身道徳を教え込み、民心の動揺を鎮圧しようとし、外国語の教授をすら廃するに至ったと言われております。

思い上がった漢学者流の中には、福澤先生が明治十五年四月十七日の『時事新報』に掲載された「惑溺は酒色のみに非ず」によりますと、たまたま中国の『書経』の中に「利用厚生」という文字のあるのを見出して、イギリスのアダム・スミスは、わが漢土の『書経』を剽窃して『国富論』を著わしたと説く人もあったということです。

先生はまた同じ新聞の論説「儒教豈唯《あにただ》道徳のみならんや」の中で、「老儒先生は四千年前、中華のアダム・スミスより経済論を直伝して利用厚生の一義を語らんとす」るとからかっておられます。

大へん前置きが長くなりましたが、さてこの政変が日本の美術界にどういう影響を及ぼしましたでしょうか。

明治十四年政変後の反動の嵐は美術界をも吹きまくったのであります。嵐の被害の最も大であったものは洋画でした。

明治十五年、この政変の翌年には、政府の農商務省の主催する内国絵画共進会は、「洋式の臭味を帯ぶるものは出品を厳禁す」とあって、西洋画の出品を拒絶しております。十七年の同会も同様でした。

私どもが慶應義塾の普通科でお手本に使いましたものは浅井忠の鉛筆画でしたが、小中学校で鉛筆画を教えることも、この政変後は問題にされました。

そうしてこれより以前、イタリア公使コンテ・フェイの伊藤工部卿に対する進言その他の勧告がもとになって、明治九年十一月六日に設立され、イタリアから三名の教師を呼んで西洋流の画学と彫刻を教えようとした工部省付属工部美術学校は、十六年一月二十三日に廃校となってしまいました。この学校は虎の門際の辰の口に建っていた工部省工作局の建物に手を入れたものを校舎に当てていましたが、開校後、わずかに六年で閉鎖されたことは実に惜しいことだったと思います。この学校に招聘されてイタリアから参りました画家がアントニオ・フォンタネージでして、この人はなかなかすぐれた画技の持主だったばかりでなく、人格的にも立ちまさっておりましたが、明治十一年に脚気病と、彼が壁画の下図までも用意していた校舎の建築が西南戦争に累せられて中止になった失意とから、門下に惜しまれながら、帰国しました。彼の教えを受けた人達の中から小山正太郎、浅井忠、松岡寿などが出ています。彼の後任になったフェレッティははなはだ評判がよくなかったのですが、その後、人物画を得意とするサン・ジョヴァンニーが招聘されました。それから彫刻家はヴィンチェンツォ・ラグーザでありますラグーザおたまさんの御亭主でありまして、後に彼の夫人になった十八歳の清原玉女をモデルにした彫刻などを残しております。明治二十六年十月二十九日に除幕式を行いました福澤先生還暦の寿像を制作した大熊氏広や、今の女子美術大学の源を開いた藤田文蔵その他は彼の教えを受けた人たちです。それから建築に貢献したのが、幾何学や透視画法などを教えていたジョーバンニー・カップレッティで、この人の建てましたものにイタリア・ルネサンス様式の参謀本部やイタリア・ロマネスク様式の遊就館などの建物があります。この人は明治十二年まで日本におりまして、その後、アメリカに渡りました。

この美術学校設立の目的は、「欧洲近世の技術をもって、我日本国旧来の職風に移し」、もっぱら西洋美術の技法を授けるにあったのです。この新しい学校では、ずいぶん、教える方も、教わる方も、苦心したらしいのです。例えば、彫刻で申しますれば、「彫刻学は石膏を以て各種の物形を模造するの諸術を教ゆ」とうたわれているのですが、さて石膏がなかなか得られない。この学校が廃校になります頃、在学していた一生徒の談によりますと、銀座にたった一軒これを売る家があったということです。それも石膏なんと言ったんではわからない、ギプスと言えばわかるのです（笑）。需要者はもっぱら歯医者とランプ屋だったそうです。ランプ屋の方はランプの口金をつけるときにこれを使うのです。結局、彫刻用に使うほど十分に手に入らないので、学校のあった時分は、学校が石を焼いて原料をこしらえたが、学校がなくなると原料を得ることができなくなったというようなことが伝えられております。

この学校が廃校になりました際には、画学生徒は十人おったそうですが、卒業証書を交付するわけには参りませんので、修業証書を出してどうやら満足させたということです。そのころの学生は素直でしたので、修業証書をもらっておとなしく引き下がったのでしょうが、今ならば、なかなかそういうわけには参らなかったろうと思います（笑）。彫刻学科の方はこれよりも半年早く明治十五年六月二十八日に二十名の生徒に卒業証書を渡し、同三十日に廃校となりました。

こうした際に、理路整然と、日本美術の万国に優越する所以を説いて、国粋主義者を喜ばせたものが、アメリカ、マサチューセッツ州の人で、ハーヴァード大学を卒業し、東京大学文学部の講師として日本に来ておったアーネスト・エフ・フェノローサです。この米国人が日本美術協会の前身、竜池会の求めに応じて明治十五年五月十四日に上野の教育博物館で行った講演が、『美術真説』と題して翻訳され、非常な影響をわが美術界に与えました。

彼は西洋の油絵が一たび日本に伝わってから、その勢いは日に日に盛んであって、ほとんど、まさに日本画を圧倒しようとしていることを深く憂えています。彼に言わせれば、欧洲の画術は、今を去ること三百五十年の昔に、その極致に達したのであるが、その後は、他の諸学術の進歩に背馳して、ようやく却退し、今になっては、ただ、当時の絵画を見て、神造鬼作と讃美するに過ぎない有様です。油絵は日本画にくらべれば、実物に擬似することが、なお写真のごとくです。フェノローサの意見によれば、そもそも、天然の実物を摸写するのが美術の本旨であるというような説が、画家または一般公衆の心頭に迫ったのは、真の美術がすでに退歩に赴く兆候でありまず。人がただ巧みに天然を擬することを愛して、さらに天然にまさる妙理を顧みないことが果して是認されるでありましょうか。日本でもまた、天然に擬するの説が画術を害したごとくであります。あなたがたは、応挙の風が一たび起って、もっぱら写生を尊ぶようになってから、日本画術がようやく面目を損じたとは思いませんか。外人は嘖々《さくさく》として北斎をほめますけれども、わたしだけはひとり彼をそしりました。けだし、他の外人が彼をほめる所以と、わたしが彼をそしる所以とは、たまたま同じ事由に帰するのです。すなわち、写生を主眼として、全く妙想（アイディア）をなげうつことが、これです。

彼は、その外、油絵には陰翳があるが、日本画にはこれがないとか、日本画は鉤勒《こうろく》があるが、油絵はこれがなく、ただ色彩の輪郭区界があるだけであるとか、油絵の色料は豊富で濃厚であるが、日本画家の用いるところは、これに反して、おおむね軽疎で淡落であるとか、油絵は繁錯で、日本画は簡潔であるとかいうような相違を挙げて、どの点でも日本画の方が勝っているとしています。

そうして、彼は「日本において輓近家屋を経営建築するもの、何為《なんすれ》ぞ、その壁にかくるに油絵または石版絵をもってするや」と絶叫するのです。

彼が画家を補助奨励すべきことを説いているのは結構ですが、結局、彼は洋画を排斥して、日本画を振興させようとするもののごとき感を与えております。彼は「他日若し宮闕殿閣を経営することあらば、日本画家をして、其頂格より地床に至るまで之を装飾せしめんこと、余が切に希望する所なり」云々と述べています。

この当時、文教の府にあって大きな力を有していたものに九鬼隆一があります。先ほど一言いたしましたように、九鬼隆一という人物は明治三年に摂州三田《さんだ》から出てまいりまして、慶應義塾に学んだ官僚でありまして、ことに福澤先生の知遇を受けた人です。しばしば福澤家に出入いたしまして、先生の家族とも親しくしておりました。それにもかかわらず、この人物だけが明治十四年の政変にも罷免されることがなく、依然文部少輔として文教の枢機に参画し、政変後の極端な反動政策の推進者の一人となったのであります。

福澤先生の明治二十五年二月に書かれました「国会難局の由来」という論文をごらんになりますと、先生はこの九鬼の行動を思い出しながら筆を運んでおられたのではないかと思われる箇所があります。

やがて九鬼隆一とアーネスト・フェノローサと岡倉覚三という三人のコンビができるのです。フェノローサがモールス教授の斡旋で、東京大学で経済学と哲学の講座を担任するために日本に参りましたのは明治十一年のことです。日本に来た当時は彼がそれほど日本の美術を愛好していたかどうかははっきりしません。もちろん、きらいではなかったでしょうが、美術上の反動主義などを主張するつもりはなかったのじゃないかと思われるのですが、この明治十四年の政変の当時から彼は反動の潮流に乗って、極端な国粋主義者になってしまった観があります。そうして日本美術の純粋性ということをしきりに唱え出したのです。

このフェノローサの教えを受け、また九鬼隆一に深く取り入った者が岡倉覚三（天心）です。

天心は九鬼の力で驥足《きそく》を伸ばそうとしました。岡倉の嗣子、岡倉一雄さんという方が『父天心を語る』という本を書いておられますが、これによりますと、自分が四十歳になるまでに九鬼内閣が成立する、そうして自分がこの内閣の文部大臣になる、こういう望みを前途にかけておったということです。これが彼の待望もしくは悲願であったと見ていいでしょう。そうしてこの望みは、さすがにあわい夢と消えてしまったのですが、とにかく、一時はこの九鬼という有力な官僚政治家のうしろだてによりまして、彼は日本の美術行政、美術教育の上に強い力を掌握することができたのです。

これはだいぶあとの話になりますが、明治二十二年二月に東京美術学校が開校されました時、先ずその幹事になったのが岡倉です。校長は慶應義塾出身(明治二年九月朔日、二十一歳で入学)で、後に再度帝大総長になり、また文部大臣の任にもつきました浜尾新《あらた》です。間もなく浜尾がやめまして、二十三年六月二十七日に岡倉が校長心得になり、次いで同年十月七日に校長になりました。そうして三十一年にこの学校の大紛擾が起り、囂々《ごうごう》たる非難攻撃のうちに、彼は辞表を提出し、非職になるというまことに気の毒な羽目に陥るまで、校長の任にあったのです。

これは、ずっと後のことであり、かつ余談にわたりますが、この美術学校の大騒動は、岡倉側の人たちによりますと、彼に免職させられた教授の策動によるものと伝えられていますが、天才肌で熱情家の岡倉のややともすれば常軌を逸しがちの行動に対する校内多数の不満が暴発した結果でしたろうか。一昨年(昭和三十六年)甲南大学教授の伊藤正雄氏のお書きになりました論文を見ますと、岡倉の非職には彼と九鬼の夫人初子の不倫の恋がからんでいたことが指摘されています。岡倉は九鬼に見放されてしまいまして、結局、羽をもがれた鳥のようになってしまったのです。彼は、美術行政の方面では、全く九鬼によって出世し、九鬼によってその思うところを実行に移すことができた人物だったようです。アメリカで九鬼の奥さんが妊娠したとき、これを日本に送り帰すために、九鬼は岡倉に夫人を託しました。ところがこの二人の間に不思議な縁が結ばれてしまいました（笑）。先ほど述べました岡倉の先輩浜尾新そのほかの人たちが心配いたしまして、九鬼夫人と岡倉の関係を断たせたのですが、夫人は懊悩煩悶の極、発狂して、数年間巣鴨の精神病院に生きた屍を横たえた末、はかなく世を去ったのです。こういうような悲恋などがからみまして、とうとう岡倉は九鬼に見放されるのです。伊藤氏の言葉で言えば、「九鬼隆一との縁の切れ目が、天心の運命の分れ目となった」のです。そうして彼が手塩にかけて守り立ててきた美術学校も大混乱のために追われてしまいました。そこで、彼が自分の同志の橋本雅邦らとともにこしらえましたのが、今日なお残っております日本美術院です。院展は今も毎年九月に開かれております。

　ところで、この美術学校でありますが、明治九年にロシア人でペテルスブルグ、ゴードス新聞社同盟のグリーツェンが文部大輔田中不二麿に進言したものは、ちょうど昭和二十四年に創立された今日の東京芸術大学風のものだったようです。つまり、美術学校と音楽学校を一緒にしたようなもので、これはもっぱら西欧芸術文化の輸入を行おうとするものでした。ところが、その後、岡倉一派によって計画されたものは、音楽と美術をおのおの専門の学校に分けたのです。そうして音楽の方は純然たる西洋流ですが、美術の方は純然たる日本流、こういう方針でいったのです。

この学校の開かれた当時は専修科に絵画、彫刻、美術工芸の三科がありましたが、絵画は日本画を、彫刻は日本固有の木彫だけを、美術工芸のなかの金工は彫金だけを教授いたしました。洋画科が新設されたのは、ずっと後の明治二十九年五月、西園寺公望が文部大臣の時のことです。

この学校をこしらえます以前、明治十九年九月にフェノローサと岡倉は美術調査のため欧米出張を命じられ、翌十月に日本を離れ、二十年に両人は帰朝して、すぐに開校の準備にかかり、二十一年十月四日の勅令で東京美術学校は設置されました。明治文化史家に言わせますと、視察に出かける前にもうちゃんと計画が立ってしまっておったのです。見にいったと言っても何を見にいったのか、ほとんど何も見てこなかったと言ってもよいほどでした。ただ学校の組織や設備などの点で多少学ぶところがあったくらいのものでしょう。フェノローサの二十年十一月六日の演説によりますと、ヨーロッパ人が次のように言っているというのですが、はたしてヨーロッパ人がそんなことを言ったのかどうかわかりません。「何ゆえにお前たちは万里の山海を跋渉してお れの国にやってきたのであるか、欧洲の美術は、今、澆季《ぎょうき》だ、一物もお前たちに教えるものはない、すみやかに日本に帰るがいい、りっぱな日本美術が西洋美術にならうのは自殺行為だ」「日本に美術学校が設立されたならば、欧洲から多数の留学生を出すであろう」と、こんなことを述べているのです。

日本美術の価値は、一部の欧米人によって旧幕時代から、ある程度認められておりました。徳川幕府は、慶応二年に、翌年パリで開かれる第二回万国博覧会に出品の勧誘をナポレオン三世時代のフランス政府から受け、浮世絵画帖を大勢の浮世絵師に金四百両で請け負わせました。明治維新後、日本政府は古美術や現代工芸美術を、明治六年、墺国ウィーンの万国博覧会に出品して予想外の好評を博しました。

しかし、ひたすら欧米先進国に心酔し、その文物の輸入移植にのみ齷齪《あくせく》して、いわゆる「厭旧尚新」の極端に流れたわが国民の前に立って、日本美術固有の特徴を論じ、その真価を内外人に知らせた者は、なんといってもフェノローサでした。

そうしてまた、明治十四年に日本の国情を視察し、日本美術を研究するために来日したボストン生れの外科医学者ウィリアム・ビゲロオ博士は彼と手をたずさえて日本美術の研究に従事し、おびただしい美術品の蒐集を行いました。

これらのアメリカ人に煽られて、九鬼、岡倉らの行いました国粋主義的美術行政に対する反抗ももとより強かったのです。しばらく、雌伏忍従を続けていた洋画派もようやく頽勢挽回の気運に向いました。明治二十二年二月下旬には有力な洋風美術団体、明治美術会というものができまして、その会長になりましたのが渡辺洪基《こうき》です。この人は早く慶応元年十一月五日に慶應義塾に入学した人で、明治十九年には、東京府知事から、帝国大学総長になりました。このころは方々の官立公立の学校長に慶應義塾出身者のなるものがなかなか多かったのです。この美術会の趣意書を見ますと、「明治の聖代は推古、天平の未開時代ではない。明治の社会は元禄、享保の鎖国社会ではない」というような激しい言葉が飛ばされておるのであります。

開国以来、古文化財の遺失破壊されることが、あまりにも多いので、明治四年四月二十五日、大学は、至急古器物の保護令を布達するの必要を献言し、太政官もこれを至当と認めて、同年五月二十三日、『古器旧物保存方』を布告しましたが、もとより極めて不十分なものであったので、岡倉天心は、九鬼、フェノローサとかたく結んで日本古美術の保存に乗り出しました。岡倉は早く明治十七年六月に九鬼の旨をうけて京阪地方に出張し、古美術に関する事項の調査に従事しました。

明治十七年に特命全権公使としてアメリカに駐剳《ちゅうさつ》し、二十一年に帰国し、宮内省図書頭に任じられた九鬼は、同年九月二十七日に同省に置かれた臨時全国宝物取調委員長に就任し、次いで宮中顧問官および帝室博物館総長を兼ねることになりました。

フェノローサが、日本の古美術をほめ上げ、むなしく時代の塵に埋もれて顧みる者もない古文化財を探訪し調査する必要を当時の有力者に説いて廻ったのは、そのころ、大学雇いの期限が切れた彼が、なお日本にとどまって何かの仕事をしたいという希望から思いついたものだと推測する人もありました。もし、この推測が正しいとすれば、いささか瓢簞から駒が出たきらいがなくはないのですが、とにかく、明治二十一年九月の臨時全国宝物取締局の設置に始まる一連の文化財保護の事業は、十四年政変以後の反動政策の産んだ優良児であったと言ってもよろしいでしょう。

福澤先生は明治十一年の頃、古社寺、古美術保存の必要を熱心に主張されました。『古社寺保存法』が制定される実に約二十年の昔であります。すなわち、先生は、この年五月、先生ならびに慶應義塾社中の意見発表の機関『民間雑誌』に「国の装飾の事」と題する論文を掲げ、国の装飾である社寺の衰頽を痛み、その保存法を説かれました。

しかるに、福澤先生が、明治三十年の『古社寺保存法』に対し、極端な言辞を弄して、これを非難されたのは、さきに挙げました伊藤教授の論文に指摘されているように、その創案者の九鬼に対する先生の憎悪の念からきたものも、あるいはあったかも知れませんが、それよりも、むしろ、当時宝物取調べの任に当っていたものが、真の文化財保護の国家的意義を忘れ、たんに好事一偏の末に走り、また、官権を笠に着て、あるいは古来の信仰の対象に対して、ほとんど冒瀆に近い行為を敢てし、はなはだしきにいたっては、その一部を私《わたくし》しようとする不心得者のありましたためではないでしょうか。

先生は、個人としては、数多くの日本の古美術品が米国に輸出されることを惜しみ、大金を投じて、これを買い取るほどの熱意を心の奥底にもっておられ、またその言論においては、西洋流の言葉で言えば、「国家の光栄、拡張、富裕」をすべての政策の自明的最高目的と推断する意味でのマーカンティリスト的な見地に立って古文化財の保護維持を主張し続けられたのであります。今に遺る先生の書には、「国光発於美術」というものもあります。

最後にこの明治十四年の政変の影響が浮世絵版画の上にどういうふうに作用したかを少し述べてみたいと思います。ここに明治版画を数枚持って参りました。今日持参いたしましたのは小林清親と井上安治の二人の作品だけでして、これをもって全般を推すというわけには参らぬと存じますが、あるいは一斑を見て全貌をトするたしにはなるかも知れません。

明治版画の中で、今日一番声価の高いものは小林清親の作品です。小林清親という人物は、幕府の御蔵方小揚総頭取の子として生れたそうですから、相当なさむらいの家の出であったのです。十四代将軍家茂の上洛に従い、また、鳥羽伏見の戦いに参加いたしました。上野の戦争のときには御蔵方の役人から戦況を視察しろと命ぜられまして、山下の雁鍋の用水桶に隠れて、いくさの模様をうかがっておったそうですが、流弾が飛んで参りまして桶がひっくりかえったので、びっくりして逃げて帰ったというような話が残っております。維新直後は前将軍慶喜のあとを追いまして静岡に行っておりましたが、やがて鷲津に移りました。おそろしく大きな男でして、身長六尺五分あったといわれております。剣術の方は果してどれだけの腕前だったか存じませんが、とにかく堂々たる風采でしたので、それが買われまして、剣術興行団に入ったのです。これは維新後生活に困った剣客たちが糊口のために思いついたものですが、清親は、榊原鍵吉という有名な男谷信友門下の直心影流の剣客について地方を興行して廻ったのです。しかし、これもそう長くは続きませんで、刀剣をすてて横浜に出て参り、『イラストレーテッド・ロンドン・ニュース』の特派員として安政六年以来同市に住んでいた英国人チャールズ・ワーグマンについて洋画を学んだということであります。これが一般に伝えられているところです。

ところが、小林哥津さんというご婦人がおられますが、この方は清親のお嬢さんでして、ひところ平塚雷鳥などの青鞜社に加入して活躍され、後に、同じく小林を名乗る方と結婚されたと承っております。私はお会いしたことはありませんが、『文学散歩』の野田宇太郎さんや洋画家安宅安五郎氏の未亡人から承りますと、まだお達者だそうです。この小林哥津さんが、だいぶ以前でありますが、『中央公論』に、「父、清親を語る」という長い文章を載せておられます。これによりますと、清親が横浜で学んだのはワーグマンではなく、あるドイツ人だったそうです。清親はどうしてもそのドイツ人の名前が思い出せないといっていたそうです。そうしますとだいぶ話が違うようです。清親は、このドイツ人が克明にアサガオの花などを写生しているのをそばで見ておったり、また、その書斎に入って、たくさんの美術書を片っ端から開いて見たりしたということです。彼はこれらの洋書を読むわけにはいかなかったかもしれませんが、美術書でありますから絵ぐらいを見たのでしょう。しかし通説に従いますと、彼はワーグマンのところにおります間に、彼にくつばきのまま足蹴にされた、それに憤慨して、横浜から東京に帰り、惺々暁斎とか柴田是真とか淡島椿岳とかいうような日本画家について学んだということです。しかし、それも一時のことで、大体独学自習で一家を成した画家と見ていいでしょう。

〔以下絵の説明に入る〕

最初にこれをごらん願いたいと思います（第一図）。これが明治九年八月届出の大平版です。

第一図　小林清親筆「東京小梅曳船夜図」（慶應義塾蔵）

第二図　小林清親筆「猫と鼠」（慶應義塾蔵）

十四年の政変以前に出版したものでして、清親の洋風版画の中では一番古いものの一つです。この年におよそ四図ほど出しております。ごらんになるとわかりますように、下には英語が入っております。こんなことをいたしましたものは、明治十四年の政変以後には喜ばれないわけです。そればかりでなく迫害を受けるおそれすらありますところから、後版になりますと、この横文字を削ってしまいます。ですから今では、市場の値打は、この横文字の入っておりますものが高いのです。かなりひどい値の違いがあります。これは小梅のひき舟を画いたもので、「東京小梅曳船夜図」と題されています。彼は明治九年から十四年に至りますまで、ずっと洋風版画を画き続けています。彼はこれらを光線画と称しております。日本の版画にこれまでなかったものを取り入れたのです。風景画、動物画、いずれもみな木版技術で表現された西洋画です。

次の一図（第二図）は清親のあらゆる作品の中で一番傑作じゃないかと言う人のあるものでして、ネズミがちょうちんの中に逃げ込みましたのをネコが追いかけていって、その尻尾をつかまえたところをかいたものです。倒れたちょうちんの光線などにかなり意を用いております。

それから次は雌雄のニワトリの図です（第三図）。メンドリの方は馬鹿でして、トンボの影をトンボだと思ってくちばしで突っついているのです。オンドリの方は利口ですから影を追うようなことは絶対にしない（笑）。トンボの実体をにらんで立っています。

この時代の清親版画は二ヵ所で出版されております。大黒屋松木平吉版、すなわち大平版と、それからこれよりも数は多いが質のやや落ちる福田熊次郎版です。大よそ何枚こういう洋風版画

第三図　小林清親筆「鶏と蜻蛉」（慶應義塾蔵）

を出しましたかはっきりとは申し上げかねますが、私の手元に五十何枚かありますし、それから上野の博物館に先月陳列されたのを見に参りましたら四十何図かありました。それらのものの中にはむろん同じものもありますが、大体百図以上画いているのじゃないかと思います。

　それからこれもかなりできのよい方ですが、大森のノリ取りを画いたものです。こういう景色も今では見ることができなくなっております。まだ粗朶《そだ》篊《ひび》*を使っております。後のもののように網ひびや簾ひびではないようです。

　次にこれは明治十三年に出た『本町通夜雪』です。明治時代をよく現している一図です。往き来も稀れな雪の夜の本町通りを幌馬車が一台、犬に吠えられながら馳せてきます。街灯と馬車の灯に照らされて風に舞う雪片が白く見えています。私のような老人にはなつかしい遠く去っ

第四図　小林清親筆「東京名所真景之内如月」（慶應義塾蔵）

た明治の風景です。

ところがこういうふうに、これまでの浮世絵木版画に西洋画風の表現を行おうとした清親の試みは、明治十四年の政変とともに終りました。彼の版「光線画」の命脈はここで絶えました。彼の版画はいちじるしく日本画的、浮世絵的のものになってしまうのです。政変と洋風版画の終焉――そこには何等かの関係があったように思われます。

清親は明治十七、八年にわたりまして『武蔵百景』というものを画いております。ちょうど広重の『名所江戸百景』にならったようなものです。これになりますと画格は著しく下がります。それから二十七、八年の日清戦争時代になりますと清親その他の浮世絵師の戦争絵がたくさんに出ております。ちょうど私らが育った頃でして、よく親から小づかいをもらいまして彼の戦争絵を買ったものですが、これらの中にはあまり尊重されているものがありません。市場の値段もきわめて安いものです。彼は後には、今日で申しますならば漫画雑誌の挿絵のようなもの、当時の言葉で申しますならばポンチ絵、そういうようなものを多くかいております。

これはずっと後れて明治二十九年三月十日に発行された井上吉次郎版三枚続き『東京名所真景之内如月』と題するもので、待乳山のたそがれ、雪の渡し舟を画いたもので、十四年後における清親の最佳作といわれているものです（第四図）。大へんできがよいようですが、こうなりますと洋風版画とは言えないのです。「明治の広重」と言った感じのものです。これは後年の清親の作品では一番出来のいいものですが、それでも、さきのネコなどに比べますと市場の値段は二十分の一くらいのものです。三枚続きですが大へんな違いです。

清親の版画はどうしてこうした変化を来たしたのであるか、これは浮世絵学者が早くから目をつけたところです。昨年なくなりました東京国立博物館の近藤市太郎さんが『清親と安治』という薄い本を出しておられます。まことにまとまりのよい本ですが、その一番終りのところに、「明治十四年という年が、国粋主義運動にいかなる意味を持つ年であるかを私は知らないが、清親が妻を離別したという私的な原因も手伝って、洋風版画にとっては最も呪咀すべき年であった」、こう書いて筆をおいておられます。この十四年という年がどういう年であったかということを近藤氏は疑問にしておられるのですが、この年こそはただいま申しましたように、明治の政治史上におきましても、慶應義塾の歴史にとりましても、早稲田大学の創立にとりましても、非

第五図　井上安治筆「富士見渡し」（慶應義塾蔵）

常に重大な意義のあった政変の年であると申さなければならないのです。

なおもう一人、井上安治という画家がおります。この人は大へん若くてなくなりました。先ほど述べました清親のお嬢さんの哥津さんは、むろん安治を御承知なかったと思いますが、「父のスケッチに残る面影は、青白い、髪のふさふさした美しい若者であった」と書いておられます。清親に学んだ人で、清親と同じような洋風版画を同じ時代に出しています。

安治の版画をお目にかけます。これが十四年政変の直前三月二十五日に届け出された松木平吉版『蠣殻町川岸の図』で、安治の一番の傑作といわれているものです。

それからこれも安治でありますが、私はかえってこの方がいいような気がします。同じく松木版で、富士見渡しをかいたものです（第五図）。向こう岸は富士を背にして、人家が櫛比《しっぴ》しておりますが、こちらの方には渡し守の小屋らしいのが一棟と親木が一本立っておりまして、その親木に細い若木が寄り添うように描かれています。まことにさびしい絵です。若くして死んだ美青年の画でありますだけに、特にそんな感じがするのかもしれません。この人がやはり明治十四年以後にはその画風を一変するのです。

これは「探景」と署名されていますが、明治十八年十一月に同じく安治のかいたものです。丸鉄すなわち小林鉄次郎版です。全く変ってしまいました。これならば明治の末流浮世絵師の一般のものとほとんど変りがないのです。これは『武州川口鉄橋図。秩父八王子遠景』と題されているものでして、荒川に架した鉄橋の上を汽車が通り、緋桃の咲く茶見世から日本三善光寺の一つ、平等山善光寺、別名川口寺を望んだ光景です。

これらは、ほんの浮世絵版画界に及ぼした十四年政変の影響の一部ですが、もっと広く一般美術界を見て参りますならば、まだまだ変化のあとを認めることができるかと存じますが、私にその力がございませんので、今日はこれをもってお話を終ることにいたします。どうも長い間の御清聴、ありがとうございました。

（『三田評論』昭和三十八年六・七・八月号）

＊ 粗朶と呼ばれる木や竹などを浅瀬に立てて、簗という柵囲いをつくり、そこで魚をとるもの。そこにノリが符着する。

福澤先生の帝室論　二十年前の速記原稿

先日ある必要から、古い草稿を書斎で探していると、肝腎なその草稿は見つからず、その代りに全く忘れていた二十年前の速記録が出てきた。表紙には麗々しく「慶應義塾創立九十周年記念講演『福澤先生の帝室論』文部大臣　名誉教授　高橋誠一郎　昭和二十二年五月二十四日（於三田）」と記されている。

速記者の筆に成るこの速記録の表紙を見ていると、そぞろに九十周年の式典のことが偲ばれる。この式典に私は文部大臣として、式壇に立って祝辞を述べるのか、それとも一塾員、一名誉教授として式場に参列するのか、私には見当がつかない。自由党はすでに総選挙に敗れ、第一党たる地位を社会党に譲った。私はとっくに辞表を吉田総理のもとに提出しているが、まだ新内閣が成立しないので、その職にとどまっている。しかし、総辞職の時は寸前に迫っている。瀕死の内閣は果して二十四日まで寿命が保てるだろうか。内閣が倒れて、文部大臣という重荷をおろすことのできるのは、むしろ有りがたいが、母校の式典に参列する自分の資格だけが気懸りである。

二十二日の閣議のあとで、このことを微苦笑を浮べながら言いだすと、幣原国務大臣は、いささか剽軽な口調で、「それでは高橋文部大臣のために、あすの三頭首会談で、ごてるか」と言って、並居《なみい》る閣僚たちを笑わせた。当時は、まだ今の自由民主党は成立しておらず、第一次吉田内閣は自由進歩両党の連立内閣であり、幣原喜重郎氏は進歩党総裁だった。後継内閣も、おそらく、社会党単独では成立すまい。社会、自由、進歩、三党首会談がゴタつけば、後継内閣の成立はおくれる。

どういうことになるか判らないが、とにかく、念のために文部省の係官に祝辞の原稿を依頼すると、こればかりは平にご勘弁願いたいと辞退する。どうせ、あと一日か二日でやめる大臣のために原稿を作るのはいやだというわけではない。ほかの原稿なら、何でもご命令通りに書きますが、慶應義塾の祝辞だけは、どうしても書けない、慶應義塾生活五十年の大臣に代って、私どもが祝辞を書くのはいかにも烏滸《おこ》がましいと殊勝に遠慮するのである。

ままよ、もし大臣として式壇に立つことになったら、異例ではあるが、原稿なしでやろうと決心したが、さて、早く引き受けていた記念講演の準備などは、この身辺多事のさい、到底思うようにはできない。これも不用意のまま厚かましくやってのけよう。

こんなわけで、午前の式典を終り、午後一時に演壇に立ってお粗末な講演を行った。その時の速記録が、すなわち、これなのだ。いったい、私は自分の講演速記を読むことを、はなはだ好まない。その内容の空疎、話術の拙劣が、まざまざと見せつけられるからだ。この速記録なども、送られてくると直ぐに一応目を通したはずであるが、つい返すのが嫌になって、二十年間、空しくしまいっぱなしになっていたのであろう。今、これを読み返して見て、やはり、同様の感が深いのであるが、しかし、さすがに、二十年前を顧みて、いささか懐旧の情に堪えないものがある。慶應義塾では、おそらく、この速記原稿を『三田評論』にでも載せるつもりだったのであろう。少しく添削を施して連載随筆の一部に当て、二十年前の旧債務を弁済することとした。この長い年月の間に積り積った利息を支払うことなどは、もちろんできそうもない。かえって、編輯者や読者にご迷惑をかける結果となるであろう。

（講演）きょうは「福澤先生の帝室論」と題しまして、三、四十分講演をさせていただきます。私が、本年の一月、はからずも文部大臣に就任いたすことになりました際に、総理大臣から、天皇陛下は、民主政治下における天皇制のあり方について、非常に御軫念《ごしんねん》に相なっておられる。これについて、陛下に、文部大臣の考えを申し上げたらどうかという勧めを受けたのです。その時、私はただちに、私の意見を述べまするよりも、明治十五年の頃に、福澤先生の書かれた『帝室論』と題する論文がある、これを陛下に読んでいただきたいのである、こう答えました。そして慶應義塾の図書館の書架をさがしまして、この書の初版一篇を見つけ、これを古風な言葉で申せば、乙夜《いつや》の覧に供したのです。ここに持参いたしましたところのものが（古書一冊を取り出す）、それであります。明治十五年の四月に『時事新報』に掲げられたものを一巻に取りまとめ、五月に丸善から出版されたものです。私はこの書を宮内省に差し出しました。その後、先ほど式典の際に一言いたしました新日本の教育宣言と申すべき教育基本法がいよいよ制定せられることになりました際に、陛下に、この法律の内容について御説明申し上げる必要にかられたのです。その時、陛下はこの古色蒼然たる文献をお読みになって、お感じになったままを率直にお話しになりました。そうして、大金侍従長よりお返しをいただきましたものが、この一冊です。なお、吉田総理からのお話もありましたので民主政治下の天皇制について私の考えを、その内、言上いたしたいと申し上げますると、陛下は「今でもいいよ、聴こう」と仰せがありました。私も乗り気になって、直ぐにも御進講いたしたかったのですが、あいにく、他に予定された用事がございましたので、後日重ねて拝謁を願い出ることにして退出したのです。

それから四、五日して、再び参内し、御進講申し上げました。一時間余にわたる私の下手の長談義を陛下は始終「ウン、ウン」とおっしゃりながら、我慢強くお聴き下さいました。

しかし、まことに遺憾なことには、私は陛下の御参考になるような、お耳新しい意見を何も申し陳べることができませんでした。私の話は主として西洋思想史にわたるものになりました。陛下からは、別段、記憶に残るような御質問はありませんでした。あまりにも平凡な見方、考え方なので、格別、御疑問の点もなかったのでしょう。私は、何の飾り気もなく、すこしの容態振るところもなく、極めて御自由に、思いのままをお話しになる天皇陛下の御様子そのものがすでに民主政治下の天皇になり切っておいでになる、われわれの意見などをお徴しになる必要は更にないと感じたのです。

さような次第でありまするので、今日は、陛下の御来臨を辱《かたじ》けのういたしましたにつけても、福澤先生の『帝室論』についてお話を申し上げたい。こう考えまして、かような演題を掲げたのです。

余談にわたりまするが、福澤先生の文章は、はなはだ明快流暢なものであるとわれわれは考えておるのですが、さすがに明治十五年のものですから、私どもより歳の若い方々、諸君のごときお若い方々がお読みになりましたならば、難解な字句が相当あると考えられるのですが、陛下は私に向われまして、この書の中に説かれておるところはすこぶるもっともである、わが意を得たと考えられるのであるが、どうも文章が難解で、読むのが少しつらかったということをおっしゃったのです。福澤先生の文章も、さすがに時代の趨勢に伴うことができませんで、今日から見ますと、もう大分古くさいものになり、現代人にとっては、難解なものとなった。こういう思いが深かったのです。

日本の皇室というものは、長く政治力をもっておらなかった。ここに皇室の尊さは維持されたのである。こう私どもは考えておるのです。もし実際に、日本の皇室が大きな政治力をもって国民に臨まれましたならば、今日、日本の皇室が有しておるような尊厳はなくなってしまったのではないか。こうすら考えられるのです。遠い昔はいざ知らず、天皇の政務にあずからざること六百八十年と称せられております。一八〇四年に日本に参りましたロシヤの遣日全権使節ニコライ・ペトロウィッチ・レザーノフが、皇帝アレクサンドルから受けました指令に、日本は二頭政治の国なり、と述べられています。もと兵権を掌握したところの将軍は、漸次その勢力を増加して、ついに政権をほしいままにするに至った。皇帝あって、京都に政庁を設くと雖《いえど》も、その実権なし、と述べられておるのです。日本の皇室というものはまったく政治力なきものと化してしまったのであります。

この日本の皇室が政治に参加し、政治力を発揮するようになりましたのは、嘉永六年、ペリーの来航以来のことであると申していいのではないかと考えます。すなわち、黒船渡来以来、幕府の措置が機宜を失しましたので、天皇はついに幕府に干渉されるに至ったのです。天皇は、しばしば幕府に勅して、列藩の公議をとり、諸大名をして衆議を尽さしめて上奏すべきことを命ぜられたのです。

やがて、福澤先生の『西洋事情』というものが現れますると、これによって多大なる示唆を受けましたところの慶応四年、すなわち明治元年三月十四日の「五箇条の御誓文」が現れることになりました。この日、天皇は「御親《みずか》ら南殿に臨御し、天神地祇を祀り、公卿諸侯を会同して、神前に誓わせられた」と記されています。この「五箇条の御誓文」と福澤先生の『西洋事情』との間に密接な関係のありますことは、多数の維新史家の認めておるところです。

士族はすでに徳川幕府を倒して、新政府を開き、天皇を奉じて、皇政の古《いにしえ》に復しました。しかし、政権の帰するところは明らかでなかったのです。福澤先生は明治初年のわが政情を述べて申されまするに、諸藩の士族が新政府をつくり、上に帝室の名をいただくと雖も、実権の帰すべき首領を得ず、あたかも天上にまします天子のもとに士族合議の政体を設けた姿であって、家にしては厳父なく、学塾にしては先生なく、兄弟、門弟子の寄り合いであって、兄も塾長も常に差し控えて意のごとくならざるもののごとくである。こう先生は、後に記しておられます。まずこういうような有り様であったのです。かくのごとく士族らが討幕維新の奇功を奏しながら、まだ実権の帰するところのないのに苦しみ、新秩序の確立に焦慮しておりました際に、朝野を動かす大勢力を有しておりましたところのものは、先生の著書であったのであります。すなわち彼らは福澤先生の『西洋事情』を手にして、ようやく西洋文明の一端を窺い知ることができ、その説を利用して自家の窮地を打開しようとし、誰、言うとなく、「天下の事は天下の輿論によって決すべし」といい出したのです。すなわち、当時のいわゆる天下の輿論なるものは、必ずしも、全国民の輿論を指していうのではなく、ただ、各藩異種の士族の異論を統一して事を決しようとするにあったのです。

木戸孝允がアメリカにまいり、憲法を立てるにつきまして、参考に供すべき書をかの地の政治家に聞いたのです。これに対してそのアメリカの政治家が答えて申しまするのに、立憲政治は、もと、モンテスキューの『法の精神』に論じられているところによるのであるから、まずこれを参考としろ、こういう注意を与えられたのであります。そこで木戸は、属僚に命じて、これを邦訳させました。『万法精理』と名づくるところのもの、すなわちこれであります。立憲政体の本旨はこれによって明らかではありますが、当時の社会におきましては、モンテスキューの翻訳が現れましても、まだ本当にこれを読みこなすだけの力をもつものはきわめて少なかったのです。やはり日本の社会を動かしておったのは、福澤先生の著書であった。「然れども、世上は福澤氏等の簡易にして急進的なる欧米政談を喜び、論動、ややもすれば軽躁ならんとす」。

今私の引用しましたところのものは、ケーニヒスベルクのパウル・ラバントに学び、長く東京帝国大学において、君権絶大主義の憲法の講義をいたしておられました穂積八束博士が大正元年八月二十日に脱稿された論文の中に書かれているところです。

明治七年になりまして、一月十七日附をもって、古沢滋、岡本健三郎、小室信夫、由利公正、江藤新平、板垣退助、後藤象二郎、副島種臣、などの八名が連署いたしまして、民選議院設立建白書を、一月十八日に左院に提出したのです。ちょうどこの頃が慶應義塾の全盛の時代であったと記しておるものがあります。

これも非常に古い本でありますが、『薩長土肥』と題する書を、小林雄七郎という人が著わしております。この中にこういう言葉があります。ちょうど民選議院建白書の出たのは、慶應義塾のもっとも隆盛なるときであった。各個的自由教育を受けたる三田書生が、文壇に、演壇に、ようやくその技倆を試み始めたるときであった。民選議院論をして天下に波及せしめたるもの三田書生の功半ばにある。こう説いているのです。

政府部内におきましても、欧米の制度を参酌して、わが政体を改革すべしとなすの論がしきりでありまして、明治六年十一月十九日、工部卿の伊藤博文、外務卿の寺島宗則が、政体取調係を命ぜられましたとき、時の政府にあってもっとも大きな勢力をもっておりました大久保利通は、福澤先生をもその一人に入れようという意見をもっておったのですが、伊藤博文はこれを喜ばなかったのです。そしてついにこれが実現を見ずに終ったのです。この間の消息は、伊藤博文が木戸孝允に与えた手紙並びにこれに対する木戸の返事などによって明らかにすることができます。学者を入れることは決して悪いとは考えないが、しかし、どうも学者が一枚加わると、話がむずかしくなって困る。こういうような意味のことを述べて、伊藤は、これに反対いたしたのです。

当時の政情を見まするに、憲法を制定するにつきましては、大体、三つの意見が行われておったものと解釈されています。第一のものは、土佐の立志社系を中心とするものです。これはフランス流と、まず、申していいでしょう。主権在民を主張するものです。一院制度、普通選挙の制度をとろうとするものであります。当時、これがもっとも急進的なもの、もっとも極端なものであったと解せられます。ことに植木枝盛の起草した大阪立憲政党の憲法案のごときは、はっきりと「日本国の最上権は日本全民に連属す」と規定しています。第二は、交詢社系のものでして、一言にして申せば、英国流と申してよろしかろうと思われます。立君共和ということを標榜しておるのです。両院制度、制限選挙制度を基礎とするところの責任内閣を組織しようという考えをもっておりました。これらのものに対しまして、岩倉らの廟堂派と称せられるもの、すなわち実際に政権を握っておりますものは、プロイセン流をとっております。ドイツ流と申していいでしょう。政党内閣を認めないのであります。制限選挙による上下両院に国政を諮詢しようとするもの。ただ諮詢機関として議会を認めていこうとするものです。ことに当時の半官報『東京日々新聞』などは、皇室中心主義を標榜していました。

この三つの意見が行われておりますその中で、福澤先生は第二のもの、すなわち交詢社案に近い意見をもっておられたものと見なければなりません。

交詢社は明治十三年一月二十五日に発会式を挙げたもので、福澤先生が社会各方面の最良分子を網羅するに努めて、知識の交換市場たらしめようとしたものです。小幡篤次郎、矢野文雄、中上川彦次郎、馬場辰猪など、交詢社員が六、七名集まり、「私《ひそか》に憲法を擬して草定」したものが明治十四年四月二十五日発行の『交詢雑誌』第四十五号に載せられています全篇七章七十九条から成るものです。

その第一章が「皇権」になっています。七箇条から成っています。第一条　天皇ハ宰相並ニ元老院国会院ノ立法両院ニ依テ国ヲ統治ス。第二条　天皇ハ聖神ニシテ犯ス可ラサルモノトス、政務ノ責ハ宰相之ニ当ル。第三条　日本政府ノ歳出入租税国債及諸般ノ法律ハ元老院国会院ニ於テ之ヲ議決シ、天皇ノ批准ヲ得テ始テ法律ノ効アリ。第四条　行政ノ権ハ天皇ニ属シ、行政官吏ヲシテ法律ニ遵ヒ総テ其事務ヲ執行セシム。第五条　司法ノ権ハ天皇ニ属シ、裁判官ヲシテ法律ニ遵ヒ凡テ民事刑事ノ裁判ヲ司ラシム。第六条　天皇ハ法律ヲ布告シ、海陸軍ヲ統率シ、外国ニ対シ宣戦講和ヲ為シ、条約ヲ結ビ、官職爵位ヲ授ケ、勲功ヲ賞シ、貨幣ヲ鋳造シ、罪犯ヲ宥恕シ、元老院国会院ヲ開閉シ、中止シ、元老院議員ヲ命ジ、国会院ヲ解散スルノ特権ヲ有ス、但海関税ヲ更改スルノ条約ハ予メ之ヲ元老院国会院ノ議ニ附スベシ。第七条　天皇ハ内閣宰相ヲ置キ、万機ノ政ヲ信任スベシ。

大隈が明治十四年三月、有栖川宮を経て陛下に奉った国会急設の上書に添えて捧呈された憲法制定意見書は、この交詢社私擬憲法案だといわれていますが、これは誤りでして、この方はやはりこの学校出身の矢野文雄の書いたものと見なされています。

福澤先生と大隈の関係はすこぶる密接なものでありまして、大隈の傘下に馳せ加わりました慶應義塾出身者の中には、今日の式典に見えておられました尾崎行雄氏を初めといたしまして、矢野文雄、犬養毅というような政治家がはなはだ多かったのであります。そうして、この矢野文雄によって起草せられましたところの草案のごときものも、種本は慶應義塾のごく貧弱な図書館から出ておると言われております。が、しかしながら、政府はむろんこれらのものを喜びませんで、第三の案をとって進んで行ったのです。伊藤博文が明治十五年三月十四日に出発いたしまして、ベルリンからウィーンへまいり、ロレンツ・フォン・シュタインそのほかの人々の意見を聴いて、帰ってまいり、これによりまして、明治憲法、すなわち旧憲法が制定される段取りと相なるのであります。

伊藤という人物は、はなはだ才子肌の人物でありまして、これに対して、大隈の方は豪傑肌の人物であったというふうに見うけられるのです。これは中江兆民の書いておるところでありますが、両者を比較いたしまして、こんなふうに述べております。伊藤は才子利巧者としての頂点に達せり。大隈はこれに反して英雄豪傑の天地におる。しかれどもその風韻の低き、その俗臭の多き、到底英雄豪傑の最下層を出でざるなり。すなわち、一は才子小人の絶頂、一は英雄豪傑の末底、その間の差白紙一枚のみ。こんなふうに記しております（笑）。どうも福澤先生と伊藤との間はしっくりしなかったようです。殊に明治十四年の政変後におきましては、両者の間はいちじるしく疎隔したように思われるのですが、大隈とは、終生変らざる交りを結んでおられたのであります。この伊藤大隈両者の気風が最近に至りまするまでもなお残っておったようでして、才子利巧者の伊藤の風格が、官立の諸大学などに残っておりましたし、また英雄豪傑気取り、これが早稲田大学あたりに残っておったように考えられるのです（笑）。その間にあって、福澤先生は「平凡の偉人」と称せられ、先生の影響を受けた慶應義塾の人間は、才子肌でもなく、豪傑風でもなく、ただ独立自尊の社会人たることを期するものが多いようです。

ここにまた、福地源一郎という人物が登場いたします。これは以前から有名な人物ではありましたが、明治二十五年に第一版を出しました指原安三編の『明治政史』の中の言葉で申しますならば、ここに一才子あり、福地源一郎と言う――桜痴居士であります――夙《つと》に泰西の学を修め、縦横の筆、懸泉の弁、かつて官界にありしが、当時日報社長の印綬を帯び、もって日々新聞の声価をして、九鼎大呂《たいりょ》よりも重からしむるのみ、云々。こう記されております。福地、福澤と称されまして、先生とは、いちじるしく、対立的、競争的な地位にあった人物です。われわれが慶應義塾の学生だった頃には、福地桜痴はすでに政界から退隠して、戯曲、小説に隠れておりました。行くとして可ならざるなしという才物だったのでしょう。千葉勝五郎とはかって歌舞伎座を建てたり、九代目市川團十郎と結んで活歴劇の脚本を書いたりしておりました。今日も時々上演されます『春日局』とか『侠客春雨傘』とか『春興鏡獅子』とかいったようなものはこの桜痴居士の書いたものです。

この人の『東京日々』という新聞、これが太政官記事出版の御用を勤めまして、半官報の姿をなしておったのです。常に漸進論を唱えまして、暗に木戸の政策を助けておったのです。

十五年の春――すなわち福澤先生の『帝室論』の現れた年でありまするが、福地は、各種の政党が各地に起るに当りまして、いずれも急進主義を標榜するのを見て、事態容易ならずとなし、同志に謀って、立憲帝政党を組織いたしまして、右翼的な漸進主義を標榜し、自由民権の諸政党に当ろうとしたのです。

立憲帝政党――こういう政党ができましたということが、福澤先生がこの『帝室論』を書かれるに至った直接の動機と申さなければならんのです。

帝政党の首領は暗室にあってその形貌を現わさずと言われております。ほんとうの首領はどこにおるのであるか。暗室の中に閉じ籠っておりまして、形を現わさないのです。表面に現れておりますものは、ただいま申しました桜痴居士一派でした。

『明治政史』によりますると、当時の人々の中には、この立憲帝政党の目的が、自由、立憲改進二党の横流を防障して、わが国体の尊厳を保護しようとするものの如くであるとする向きがあったということです。福地らの主唱するところは、その党名の示すごとく、在来の帝政を保守するにあるのです。在来の帝政とはなんであるか。その大源を天照大御神の神勅にとるのである。こういう至って神懸りのものとされております。恭《うやま》って案ずるに、天孫瓊々杵尊《ににぎのみこと》、筑紫《つくし》日向の国、高千穂の峰に天降り給ふ時、云々。こういうことに相なりまして、やがて三種の神器の説明になるのです。その綱領の中には、当時のことですから、西洋の学者の説を引用しなければ、一般を承服させることができないと考えたのでしょうが、この人たちによって引用される主権論は、だいたい、自分たちの主張に都合のいいものでした。

主権は元来全国民に属すると雖も、一旦これを有徳の君子に譲り、これを奉じて君主とした以上は、万民ことごとくその臣民である。こういう説が西洋に行われておるというのです。これはまず、いいとして、次には、父権的国家説のようなものが援用されます。一家の父はその家の厳君にして、家族はことごとくこれに服従するの義務あると同じく、太古にあって主権すでに定まる以上は、全国民は皆服従の義務あり、という説であります。あるいは曰く、父祖相伝正統のごとく、君主の主権はその相続子孫の身に止まり、世に遷るものにあらずと。こういうような説をあげております。あるいは曰く、主権の君主にあるは、なお天の地を覆うがごとく、天地自然の大法なり。もしこの大法に背くときは、国内動揺して寧日なきに至る云々。これらの説が帝政党の資料となっておったと記されております。

ちょうど十七世紀のイギリスにおきまして、サー・ロバート・フィルマーが『パトリアルカ』などの中に述べておりましたような、国王神権説、あるいは父権的国家説が思い出されるのです。すなわち、国王はアダムからの系統を伝えるによりまして、あらゆる生物の上に支配権を有するとなすものです。すべての人は生れながらにして「親」に従属する。そうして、こうした子女の従属は、神自身の命令によって、すべての「王権」の泉源であります。これらの支配権は創造に際して、神によって全部全体としてアダムに授与され、そうして、そのまま彼の後裔に譲渡されたのです。こんな風に説いています。

「憲法は国家の大法なり」――こういうような言葉が、後に欽定憲法が発布され、やがて、「帝国憲法」の講座が大学などに設けられるようになりますとよく使われました。先ほども申しました、長く東京帝国大学で帝国憲法の講座を担任しておられた穂積八束氏の講義は、「憲法は国家の大法なり」、こういう言葉で始まるのです。その甥に当られます穂積重遠博士の話ですが、穂積氏が、自分のおじさん、すなわち八束博士の講義を聴きました際に、博士は、まず自分が教室に臨む前に、教壇のまわりに、小使に水をうたせ、塵を静めました後に、教壇に立たれる。そうして荘重な口調で「憲法は国家の大法なり」とやり出す。ノートしております隣りの学生の書きましたのを重遠氏覗きこみますと、憲法は国家の大砲と書いてあったということです（笑）。これは笑い話でありますが、とにかく憲法は国家の大法なりという言葉で、当時の自由民権論者を撃ち払おうとするかのごとくにも思われるのです（笑）。ちょうど、フィルマーが「人類自然の自由」を主張するあらゆる者に対して父権的国家説をぶっつけたのと似ています。

立憲帝政党は「三人政党」などと称せられたのですが、福地の外、その首領の一人に、水野寅次郎という人がおりました。これは高知の藩士でした。初めは板垣の立志社にはいっておったのです。明治十年に、同志とともに西郷の乱に加わろうとしてならず、一時囹圄《れいご》の人となりました。ところが後になりまして、退助と政見を異にし、立志社を去り、共行社を組織して、その社長となり、官界にはいり、和歌山県少書記官となりました。この人が『東京あけぼの新聞』を売収いたしましたのですが、この『東京あけぼの新聞』が、後に『東洋新報』と改題するのです。これを機関といたしまして、帝政党の主張を宣伝したのです。この人物は、明治四十二年まで存命でしたが、この年の六月に五十六で病歿したと伝えられています。

それから、丸山作楽《さくら》という人物がおります。これは島原の藩士で、三田四国町に生るとあります。おそらくこの辺で生れたのではないかと思われます。御承知の通り、この三田の山は島原の藩邸だったのですから……。先ず、お坊主見習として、活躍いたしました。――維新前のことですが、長崎にまいりまして、往来の頻繁な港頭で、白昼提灯をつけて歩いたと言われています。人これをあざければ、すなわち曰く、天下今や暗黒にして道を知らず（笑）、こう答えたということです。明治二年五月に徴士神祇官権判事になり、制度取調御用係、公議所副議長心得を兼ね、集議院下局次官になりましたが、まもなく外務大丞となりまして、樺太に出張しておったのですが、夙《つと》に平田篤胤に学んだ彼のもっておりました神国的な思想は、明治の改革を喜びませんで、五年、ついに愛宕という公卿をいただいて、神政回復を企てたのです。日本にセオクラシー、神の政治を施そうと企て、ひそかに朝鮮を襲撃しようとしたのですが、事成らずして、愛宕氏は死に、作楽は五年九月二十三日終身禁錮に処せられました。十三年の一月に特赦出獄いたし、ひそかに山県有朋の命をうけて、帝政党を組織したのです。そして山田顕義の補助によりまして、『明治日報』という保守主義の新聞を発行いたしました。十九年、宮内省図書頭となり、その翌年、ヨーロッパにまいり、先ほど一言いたしましたシュタインについて憲法学を学び、帰朝後、帝政制度取調係を仰せつかりました。明治二十三年、元老院議官に、次いで貴族院議員に勅選され、明治三十二年八月十九日、六十歳で歿しました。こういう人です。

なおまた、岡本武雄という人がおります。これは桑名の人です。維新の際に、脱藩して、幕兵に投じ、大津に戦ったのです。後、先ほど申しました『あけぼの新聞』を出版いたし、その後『日々新聞』にはいり、この当時は、その幹事をつとめておりました。後に東京通信社長となりました。この人は明治二十六年に四十七歳でなくなりました。

これらの人々によって組織せられた立憲帝政党の党議綱領というものが発表せられましたのが、明治十五年三月十八日です。これは福地源一郎の起草したものと認められております。その各条項はここに読み上げる必要もないでしょうが、その第三章に、こういうことが記されております。すなわち、わが皇国の主権は聖天子のひとり総攬したもうところたることもちろんなり。第七章、聖天子は国会議院の決議を制下し、もしくは制下せざるの大権を有したもう。こういうのでありますからして、要するに、国会というものは、まず諮詢機関と見てよいのではないかと考えられます。しかしながら、陸海軍人が政治に干渉することは、やはり断乎としてこれを抑えなければならんと、こう考えておったのです。この点は福澤先生と同意見であると申さなければなりません。第八章、陸海軍人をして政治に干渉せしめざることを要す。こういうのです。

やがてこの帝政党の綱領衍義が公にされたのですが、それには、今日の内閣の主義とせられておりまするところのものは、この綱領と全然同一であると記されています。今日の内閣はいまだあらわに政党内閣を標榜してはいないが、すでに立憲帝政党と主義を同じくするものである以上は、その実際について見れば、とりもなおさず立憲帝政党の内閣である、立憲帝政党は今日の政局に当る政党であるといっても、あえて不可ではないであろうと、こう自ら称しております。こんな文章になっております。今日の内閣の主義とせられるところは、この綱領に異同ありや否や。もし異ならば、乞う、これを明示したまえ。と、こういうふうに政府の当路者に望んだところが、内閣諸公は、立憲帝政党の綱領と内閣の主義とはことごとく同一である、内閣も固くこの主義をとって動かざるものなりという回答を得たのである。この言葉は、現に、わが党員、その席に列なって親しく聞いたところであるから、その正確の言であることを信じないわけにはいかぬというのです。自分たちがちゃんとそこにおって聴いたのですから、間違いないところである。しからばすなわち、今日の内閣は、その実際について見れば、立憲帝政党の内閣であると言わなければならん。立憲帝政党は今日の政局に当るの政党なりといっても、あえて不可なかるべきである。こういうふうに自らあえて政府党であると名乗っております。

先ほども申し上げましたように、この政党の中心となっておった人物が誰であるかということは秘密ではありますが、実際には岩倉右大臣及び長州出身の諸参議であったことは疑いのないところとされております。山県有朋とか、そのほかの人たちがその背後に隠れておったことも明らかだと言われております。

そうしてこの党員は、三月二十一日になりまして、当時の大劇場、新富座で、第一回の演説会を開いております。この演説会には、水野が「勤皇論」という演題を掲げております。岡本が「日本帝国をあやまるなかれ」、丸山が「勲閥政府を論ず」——勲閥は藩閥に対して、こういう言葉をつかったのだと思います。明治維新に勲功のあったものによって形成されている政府——こういうふうに言葉を改めたのだろうと思います。福地は「政党の区別を論ず」という演題で弁じております。いま一人、藤田一郎——先ほどの四人は、ただいま略歴を申し上げましたが、藤田一郎は勧農義社というものの社長をしておったそうです。これが「富強論」という演題を掲げております。

聴者満座立錐の余地なし、と史家は記しております。会場は満員でしたが、さすがにこういった意見は、当時の自由民権思想を抱いておるものには、はなはだ喜ばれなかったものと見えまして、四隅、つねにノー・ノーの声を聞く、喧噪、雑踏、実に言語に堪えざるの景状なりし、と言われております。かまびすしい反対の野次にぶつかったらしいのです。

大阪におきましては、羽田泰助、西川甫などという人たちが『大東日報』という新聞を刊行いたしまして、気勢をあげておりました。

福澤先生はこれを見て、非常に慨されたのです。陛下の側近にある岩倉右大臣並びに時の政府に勢力を得ておる長州政治家、こういった人たちが、立憲帝政党というようなものをつくって、陛下を政争の渦中に巻きこむということは、実に畏れ多いことである。慎しまなければならんことである。このことを先生は痛切に感じられたと見えまして、明治十五年三月三十一日の『時事新報』紙上におきまして「立憲帝政党を論ず」という論文を掲げておられるのです。立憲帝政党の諸士が、帝政の文字を用いたるは、他の党派に対して自他の区別を表わすにも足らず、かえって人を驚かす不祥の文句なり。こう記されております。

それから四月にはいりまして、『時事新報』に連載せられましたものが、この『帝室論』なのです。『帝室論』中に述べられておりますところのものを、一言にして申しますならば、帝室は万機を統《す》ぶるものであって、万機に当るものにあらず、というにあるのです。今日の言葉に翻訳いたしますならば、帝室は国民的統合の象徴であるというにつきるだろうと思われるのです。天皇は政争の上に超然たるものでなければならんというにあると思います。この書は御覧の通り、薄っぺらなものでありますが、それでも相当の量のものでありまして、一々ここに申し上げる余裕もないのですが、先ほど述べましたものは、この五ページ辺にある言葉です。「帝室は万機を統ぶるものなり。万機に当るものに非《あら》ず。統ぶると当るとは大いに区別あり。これを推考すること緊要なり」云々であります。

この文句が私は非常にいい言葉と思いまして、陛下の御前におきまして、とくに、この言葉をひいてお話し申し上げたのですが、「国会の政府は、二様の政党相争うて火のごとく、水のごとく、盛夏のごとく、厳冬のごとくならんと雖も、帝室はひとり万年の春にして、人民これを仰げば悠然として和気を催すべし」とこう言うのです。

なお、何かの機会がありましたならば、この福澤先生の『帝室論』一篇をお読みいただきたいと思うのです。もう少しくわしく申し上げたいのですが、時間がないので、これについてくわしい内容を申し上げる余裕はないのですが、この論文が現れました後におきましても、なお国憲に関しまする議論はつきないのです。

西洋思想の紹介といたしましては、ルソーの『民約訳解』というものが、この年の十月に版権免許を得ております。これはご存知の、ルソーの『民約論』の翻訳です。漢文で訳されております。訳者は、先ほど引用いたしました中江兆民です。西洋では、初め個人を引き上げ、国王を引き下げるために、国王神権説に対して自然的自由の教理と契約説とが主張されたのですが、やがて、いくばくもなく、社会の要求は個人の権利に向って再び提起されたのです。ルソーは民約説を英国のジョン・ロックから受けて、これから総意説を引き出したのです。

それから、その翌年、十六年七月になりまして、トーマス・ホッブズの『リヴァイアサン』の翻訳が現れています。原書は非常な名著で、十七世紀中葉の英国の政治思想の上に大なる影響を与えたところのものです。ホッブズは、自然権の原理にしたがって、厳密に個人主義的方法で、人間の政治生活を解釈した最初の人といわれています。個人の自利によって、自然の状態および国家の起源を説明する彼の学説は極端な尊王主義者のよろこばないところでしょう。しかし、彼が主権をもって、絶対不可分のものであり、単一なる機関にその所在を見出さなければならぬと主張し、進んで、内乱の起源を、諸権力が、国王、貴族院および庶民のあいだに分割されるとなす見解の普及に帰せしめようとした点で、当時の官僚政治家はこれに共鳴するところがあったのでしょう。フィルマーの『パトリアルカ』の再生しました一六八〇年は、じつにチャールズ二世朝の後期における党派的闘争が激甚を極めた時でした。当時の日本の主権在君論者は、十七世紀末の英国の国情を現在の日本のそれと思い合せるものがあったのでしょう。後年、「光栄革命の哲学者」であり、「ブルジョア経済学の源流」である近世における経験論および唯物論の父、ジョン・ロックが『政治二論』(ツー・ツリータイジェス・オブ・ガヴァメント)を著しましたとき、その前半におきまして、フィルマーを論駁し、後半において自説を表明しておるのですが、後世の批評家のある者は、ロックがなぜフィルマーのごとき弱敵を相手として、その論陣をはったのか、なぜホッブズの『リヴァイアサン』に対して鉾を向けなかったかと申しております。絶対王政を主張しておりました政府は、主権の絶対不可分を主唱しておりましたホッブズの名著の翻訳に賛成して、これを日本の政治的指導原理たらしめようと考えたのではないかと思われるのです。

この書を翻訳させたのは、時の文部少輔の九鬼隆一――これは慶應義塾出身者であり、福澤家に親しく出入りした人です。はなはだ申しにくいことですが、昔話でありますから御容赦願いたいのですが、九鬼は明治十四年の政変に際して、慶應義塾社中にとりましては、獅子身中の虫として行動したものでありまして、政変後は極端な反動政策の推進者の一人となった人です。福澤先生は、九鬼隆一氏のことになりますと、はなはだしく語気が荒くなるのです。この九鬼隆一氏が文部少輔として序文を記しております。すなわち、彼は強力な中央集権的、官僚的国家組織を打ち立てようとして、正しく解釈したかどうかは知りませんが、ホッブズの名著を翻訳させておるのです。半分だけしか翻訳はでておりません。

それに対しまして、また、ジョン・スチュアート・ミルの諸著、殊に彼の『代議政体』が翻訳されております。慶應義塾の政治論というものは、大体におきまして、このミルに学ぶところがもっとも多かったと申していいでしょう。今日の陳列のなかに出ておるかどうかわかりませんが、先生の旧蔵書、一八七四年のミルの『功利主義』（ユーティリタリアニズム）第五版を見ますと、福澤先生が、あるいは毛筆で、あるいは鉛筆で沢山の書き入れをされております。先生は早く明治九年四月十三、十四日の両日にこのミルの書を読まれたのです。ミルの『コンシダレイションズ・オン・リプレゼンタティブ・ガヴァメント』の翻訳が、永峰秀樹という人によりまして、早く、明治八年の五月並びに明治十一年の三月に現れております。二十三年になりまして、前橋孝義という人の別の翻訳が現れました。もっとも早くミルを翻訳いたしましたのは、中村敬宇（正直、敬太郎）ではなかったかと思われますが、これが明治四年に、『自由之理《ことわり》』と題して翻訳され、同五年二月に出版されているミルの『オン・リバテイ』です。

日本の政府当路《とうろ》者、殊に伊藤博文その他のものの憲法思想は、シュタイン博士によって影響されるところがはなはだ多かったということを先ほども申したのでありますが、シュタイン博士は、ある人を介して、福澤先生の著書を見たいと申してきたということです。先生は、そこで、この『帝室論』を馬場辰猪に訳させて贈ろうとしたのです。——馬場辰猪という人、これも今日のお若い諸君は御承知ない方も多かろうと思いまするが、長い間慶應義塾の先生をしておられました有名な文学者の馬場孤蝶先生の令兄に当る方であります。早く慶應義塾に学んだ大雄弁家でありました。当時これほどの雄弁家はなかったという話をしばしば聞くのです。その上になお英文に非常に堪能な人でした。加藤弘之の『人権新論』に対して、『天賦人権論』を草して、立ち向ったのです。しばしば時の政府から迫害を受け、日本の暴状をアメリカに訴えようとして渡米し、二十一年十一月一日に壮齢三十九歳でフィラデルフィヤの土となった人です。——その馬場辰猪に『帝室論』を翻訳させて贈ろうとしたのですが、辰猪は政治上多忙でありましたがために、ついにこれを果さなかったということは、まことに遺憾と申さなければなりません。

福澤先生は、その後、明治二十一年九月になりまして、『尊王論』というものを公にしておられます。後に、『帝室論』と『尊王論』を一冊にして、出版したものなどがあります。大体『帝室論』をお読みになれば、『尊王論』の方はお読みにならないでもいいのではないかと思います。同じような議論であります。帝室の尊厳、神聖を維持するの法に二つの手段がある。こう先生は説いておられるのです。第一の手段は何であるか。尚古懐旧の情に基づくのです。これは帝室の尊厳、神聖の維持を人情に依存させるものである。文明日進の今日にあって、尚古懐旧とは、いかにも老論、因循《いんじゅん》の説だという譏《そし》りもあるであろうが、少しく眼界を広くして考えるときは、老論決して老ならず。因循かえって活潑の方便たるを発見すべきである。第二は、日本全国を同一視して、官民の別なく、至尊の辺より恩徳を施し、民心を包羅収攬して、日新開明の進歩を奨励することであります。本来、先生の意見は帝室を政治社外の高処に仰ごうとするもので、施政の得失のごときは、もとより至尊の責任ではないのです。帝室は政府の帝室ではなくて、日本国の帝室であるから、その降臨するところに官民などの差別のあるべきはずはないのです。帝室は政治の外にあると申しても、無為無事であるというわけではない。政府は国民の有形の部分を司どり、帝室はその無形の人心を支配するものであるといってもよろしかろう。学問教育の振興、商工業の推進、道徳の涵養、宗教の弘布などに帝室の余光をもってしたならば、その功徳はじつに無辺であろうと先生は説くのです。

帝政党の首領たちはいずれも新聞人でした。明治十五年三月、中洲居士中島勝義は、小池洋次郎の著『日本新聞歴史』に序して、「我国新聞紙あって、独裁専制の跡滅し、民権自由の風起る」という意味のことを漢文で述べています。しかし、その当時でも、『東京日々新聞』などは薩長藩閥政府の御用新聞と目され、その主宰者福地は金十万円と大書した笹折に薩摩と長州になぞらえた焼芋と牡丹餅すなわちお萩を入れて贈られました。『日々新聞』の太政官記事掲載の御用紙的特色は十六年七月の『官報』発行によってなくなりました。

福澤先生をして、『帝室論』を起草せしめる直接の因となった立憲帝政党は早く立党の翌明治十六年九月二十四日に解党を決議し、公告するにいたりました。これを守り立て、支持して参りました政府は、憲法制定の方針が確立しまするると、薄情にも、内閣は政党の外に超然たるものである、お前たちの政党組織は政府の意ではないと称して縁切りを宣告したのです。帝政党は解消しましたが、しかし、政府は、政局が紛糾すると、ややともすれば、袞竜《こんりょう》の袖にかくれようとして、詔勅を奏請する。野党はまた、帝室に向って、政府弾劾の上奏を企てるという有様で、帝室を政争の渦中に巻きこもうとする、はなはだ畏れ多い事態をしばしば引き起したのです。

明治二十二年十一月十五日に、『時事新報』に先生の掲げられました社説に、「皇族と政府」と題するものがあります。これは当時、有栖川宮を煩わして、総理の任に当らしめようとする意見に反対されたものです。政局が困難に陥りましたので、有栖川宮を総理大臣の地位に据えて、難関を突破しようとする計画があったがためです。先生は、そもそも帝室は、常に政治外に独立して、その神聖、尊厳を保ち、政界の冷熱に関与せられるべきでないという、この『帝室論』以来の主張を重ねてなされておるのです。

福澤先生の帝室に対する尊敬の念は、先生の最晩年に至りますまで、いささかも変らなかったと申してよかろうと思います。

本日午前、式典の際に一言いたしましたように、明治三十三年二月二十四日に発表されました『修身要領』――慶應義塾で制定いたしました道徳綱領がございます。これの出来ましたのは先生の大患以後のことでして、先生自ら筆をとって、起草されることができなかったので、先生の直弟子たちが集まって、二十九箇条の道徳律を制定したのです。稿なって、先生にお目にかけました際に、先生は、これに対しまして、ごくわずかな訂正を要求されたのです。たとえば、小さなことを申しますならば、「大凡」という文字――その頃、私は十五、六歳の頃でありまして、先輩から聞きました話をうろ覚えに覚えておるのですが、「大凡」という字は、「大」の字をとってしまって、「凡そ」としろ、ということを言われた。それから、もう一つは、最初の印刷には、帝室という文字が行の一番下にきておった。これはなおせ。組み変えろ。この文字が一番上になるようにしろ。これは印刷が出来ましたさいに注意されたところだということです。何も、帝室という文字が上の方にいくように、特に欠字を設けることはしなくてもいいだろうが、ちょっと注意して組めば、一番上へいくことになる、と申されたということです。

それからなお、一番最初に――これは先ほど申したところでありますが――凡そ日本国に生々《せいせい》する臣民は、男女老少を問はず、万世一系の帝室を奉戴して、其恩徳を仰がざるものある可らず、という文句がありますが、この文句だけが、まったく先生の意思によって挿入せられたところである。こう聞いております。

皇室のありかたについては、よく英国のことが引き合いに出されますが、この国では早くから明確な制限が王権の上に設けられていました。人民の諸権利は、戴冠式の宣誓や、憲章や、誓文によって王権に対して保証されていました。そればかりでなく、陪審制度や、かなりに独立した司法官は国王の絶対権を制縛しました。十五世紀の英国法律家、サー・ジョン・フォーテスキューは君主政体と立憲政体とを結合した英国の政体を讃美しております。彼は当時英国で見出されるところのものは専制君主政治、ドミニウム・レガレと、立憲政体、ドミニウム・ポリティクムの両政体を結合した第三の立憲君主政体、ドミニウム・ポリティクム・エト・レガレであるとしています。人民が煩雑な中世的制度を避けて、さらに遠大な利益の同盟を結ぶにいたったとき、都市的または領域的な地方的支配は国民的統治および絶対王政に移行したのです。しかし、スペインの無敵艦隊の撃滅によって、この国の前途が洋々たるものとなりまするとともに強大な権威に対する必要は減じまして、エリザベス一世の死とともに、国民的な統一と利益と安全の闘士として、よく独裁的に統治することのできた支配者に対する帰依は終滅することになったのです。

そうして、主権に対する国王と議会のあいだの長い闘争は、一六八八年の光栄革命によって忽《たちま》ちにして終熄し、国王神権説は人民主権説によって取って代られることになったのです。国王は、ひとり、国民的統合の象徴的体現としての価値によってのみ、その存在を維持することができるのです。

わが国は特殊な国体の国であると言われているのですが、ややともしますると、日本の古い歴史におきましても、天皇が御自身政治をなさろうとする、あるいはまた、当時の実力者を排斥なさろうとすると、往々にして、「天皇御謀叛」というような、はなはだ畏れ多い言葉を聞いたのであります。殊に、高師直、師泰の言葉として伝えられておりますところのものに、「都に王と称する人のましまして、若干の所領をふさげ、内裏、院の御所というところありて、馬より下りるむずかしさよ。もし王なくしてかなうまじき道理あらば、木をもってつくるか、金をもって鋳るかして、生きたる院、国王をば、何方へも皆流し捨て奉らばや」というのがあります。永く皇室の尊厳を維持していこうとするがためには、どうしても、帝室を、まったく政争の外に置かなければならん。天皇を政治的に無力なものにして置かなければならん。これが福澤先生のお考えであったと考えるのです。

はなはだ粗末な講演でございますが、これで終ります。(拍手)。(講演速記終り)。

こんなことを述べて、降壇すると私の秘書官をつとめておられた石丸重治氏が、演壇の下で待っておられて、臨時閣議が今日の三時から総理官邸で開かれる旨を告げてくれた。私はちょうど、その日のうちに文部大臣の椅子を去ることになったのである。新大臣森戸辰男氏と事務の引き継ぎを行ったのは六月二日だった。

（『三田評論』昭和四十一年五・六月号）

II

男女の交際

慶應義塾で出している雑誌に『塾』というのがある。その本年（昭和四十年）一月号（通巻第八号）に「小泉信三先生をかこんで」と題するものが載せられている。これは日吉木曜会で行われた小泉さんと学生の対談速記の抄録である。

そのなかで、学生の一人が、福澤先生は「女権論を主張されたのですけれども、自分の家では奥さまやなんかにはあまり……」というのを受けて、小泉さんは「それはちょっと誇張されて伝わっていますね。高橋誠一郎さんが福澤家に行った時に、先生が台所で大きな声でも出していた時で、先生の奥さんと一番上のお嬢さんが、『時事新報』に女権論を書きながら、ああやってワイワイいっているんだと話したということを高橋さんが覚えていて書いたのですが、少し伝わりようが曲っているんですよ。先生はやっぱり奥さんを大事にしました」と語っている。

この小泉さんの挙げている私の旧い悪文は次のようなものである。昭和二十一年七月の『新女苑』に載せたものの終りに記したところである。読んでくれた人も少なかろうし、また、たとい読んでも、覚えていてくれる人はなかろうと思っていたのであるが、小泉さんが、曲りなりにも記憶していてくれたのは有り難い。ただ同君の記憶には、すこし間違いがある。

「先生は婦人の熱愛者であって、常に一家内における男子の無礼、無作法、粗野、暴言が、穎敏で感受性に富んでいる婦人を驚かし、家庭の調和を破ることが多い旨を述べ、これを慎むことが男子第一の務めと見なされたのである。しかしながら、先生自身はもとより家庭における善良な夫であり、慈愛の深い父ではあったが、性来の癇癖はいかんともしがたく、他人ばかりでなく家族の人々をも呶鳴りつけることがしばしばであった。私が、先年、先生の長女中村里子刀自の病床をおとずれて、談偶々『新女大学』執筆当時の先生に及んだ時、刀自はなごやかな笑を浮べながら、同篇が毎朝『時事新報』紙上に連載されて居った頃、先生が常に、口には、一家の主人の専制君主的傍若無人の態度を戒めながら、自分自身はしばしば遠慮会釈もなく家人を大声に叱りつけて仮借するところがないのに平かならず、『母と私とは何度も台所で、なんて憎らしいのだろう、と申し合いました』と物語られた。

刀自は昨年（昭和二十年）十一月十三日、七十八歳で歿せられた。先生は『新女大学』その他で、若い寡婦の再婚を主張しておられたが、里子刀自は明治二十八年七月、二十八歳で夫貞吉氏を失い、愛作、壮吉の二児を擁して、永く寡居を続けられた賢婦人である。」

私自身、福澤家の台所で、先生の呶鳴り声を聞いたわけではなく、中村母堂から聞いた話をそのまま書き記したに過ぎない。中村君も私も、恵比寿駅の近くに住んでいたころだった。ちょいとした用事があって、中村家を訪れると愛作君は不在だった。玄関で奥さんに伝言を依頼して、すぐに帰ろうとすると、「母がおあいしたいと申しておりますので……」ということで、病室に通され、長話しをしたときのことだった。長煩いにやつれた「老醜」の影などは微塵もなく、純白の蒲団の上に端座して、物静かに、父をしのび、子を語る老夫人の姿は神々しいまでに美しかった。

ここに話題にのぼった『新女大学』は、じつに、福澤先生の四十余年にわたる文筆的生涯の最後の労作となったものであるが、しかし、先生は早くから婦人問題に関心を持っておられ、ことに明治十四年の政変後、いくばくもなく、政府が反動政策を採用し、儒教主義を復活させ、道徳の標準を漢学に求めようとしたとき、先生は儒教主義的教育の余弊が女子の心身の発達を害するに至るべきことを深く憂慮された。先生は、女子と小人とは近づけ難しと云い、女子才なきはこれを徳と云い、五障三従、罪深き女人の身などと云い、しきりにこれを圧迫して、淑徳謹慎の趣旨を教え込み、ついには、耳目鼻口の働きを妨げて、なお悟らない儒教主義の流れに沿い、また仏教の風を帯びた教育法を取り入れたことを痛烈に非難した。先生は、日本の女子をして常に憂愁を抱かせ、その感覚を過敏ならしめ、ついに身体を破壊して、今日のように虚弱なものにした一大原因を求めて、これを社会の圧制により、その春情の満足を得させないで、徒らにこれを束縛幽閉するの一事に帰した。先生を以て観れば、女性の進退が今日のごとく窮屈不自由となったのは徳川の治世以来のことである。即ち、元和偃武《えんぶ》の頃から事物の秩序が漸くその緒に就くに従って、儒流が漸く世に頭角を現し、専ら名教なるものを喋々して、上下貴賤の分を明らかにするとともに、女性の分限をも束縛し、人の私徳を正し、内行を慎むの教は、その鉾を女性の一方に向けて、その快楽を抑制し、その自由を奪ったのである。先生は明治十八年七月発兌の『日本婦人論』でこう論じておられる。

先生はまた、その翌明治十九年六月発兌の『男女交際論』で、次のようなことを言っておられる。人間は草や木の花を見ても、なおかつ、目を悦ばせるに足るのである。いわんや、男女相見るの情においておやである。男子は美人を見て「解語の花」と評するのであるが、婦人の目で男子を見れば、「有情の松柏」とも称すべきであろう。すなわち、両性相引いて、相悦ぶの情は、天然の紅花緑葉を観て悦ぶの情に更に幾段を加えたものである。そこで、先生は男女の交際を自由にしたならば、双方の心はやわらいで、桃李春風に吹かれ、百禽花にさえずるの極楽世界をあらわすべきであると考えておられた。しかるに、社会の圧制は、あたかも、嫉風妬雨のごとくであって、この花を萎靡《いび》させ、この鳴禽を驚かし、かえって、春天の温和に代えるに、盛夏厳冬の酷烈を以てし、内に鬱するの憂苦は甑中《そうちゅう》に蒸されるがごとく、外に発するの不平は狂風の雪を捲くがごとく、社会の全面を無味、無情、落莫、荒涼たる風景に変ぜしめたのである。そうして、先生は最後に、婦人の道が、もっぱら、柔和、忍辱、盲従にあることを力説して、これを封建社会の秩序に適合させようとした旧女大学に代るべき新時代の『新女大学』を選定しようと努めたのである。

その後約半世紀、わが国の女性は、大戦の苦い経験の後、漸くにして解放の悦びを味わうことができるようになった。昭和二十二年五月三日に新憲法施行式典が、冷たい雨の日に宮城前で行われた。翌朝の新聞紙には、いずれも式典の模様がくわしく報道されていたが、その中で、『朝日新聞』は「おのおのの人が、それぞれのきょうの感慨につつまれながら、二重橋を背景に、どっしり構えたアーチをくぐって来るなかに、わけて嬉しげに見えるのは、その権利を封建の圧制から解き放たれた女性の輝かしい顔である」と記している。

そうして、やがて、男女の交際が著しく自由となり、あちらこちらで露骨な痴態の演じられるのを見かけることが多くなり、結婚前の娘が妊娠して中絶し、有夫の婦人が他の男子によろめきかかる噂を伝え聞くことが少なくないようになると、福澤先生流の語法を以てすれば、あまりに強く春風が吹き過ぎて、花が乱れ、鳥が狂っているように思われるようになった。先生も、これは少し薬が効き過ぎたかな、と、地下で、小首をかしげておられることであろう、と私が与太を飛ばしたのは昭和二十八年一月一日の『日本婦人』誌上であった。

福澤先生は、元来、男女の交際には二様の別のあることを指摘しておられた。一は情感の交わりであり、他は肉体の交わりとも称すべきものである。男女両性の肉体的直接の交わりは、人間の快楽の中でも頗る重いものである。しかしながら、男女の間柄は肉交だけで終るべきものではない。ことに、人文漸く開進に赴き、人の心事が漸く多端となるにいたったならば、情感の馳せるところもまた広く、かつ多端であって、男女の交際はたんに肉交の一事に止まるべきではない。同性だけの交際では、何の風情もないことでも、ただ異性であるがために、一顰一笑の間の細にいたるまでも、互にこれに触れれば、千鈞の重きを覚えて、言うべからざる中に、無限の情を催すのである。すなわち、これが男女両性の間に南風の薫ずるものであって、これを名付けて情感の交わりと申すのである。肉交は必ずしも情交に伴うを要しない、両者の間には、はなはだしい距離のあるもので、おのおの独立の働きを為すばかりでなく、その性質を吟味すれば、肉交の働きは劇しくて狭く、情交の働きは寛やかで広く、人間社会の幸福快楽を根本として、両者の軽重如何を問う者があるならば、先生は、そのいずれを重しとし、いずれを軽しとすべきであるか、容易に答えることができない、ただ両者ともに至大至重であって、その一を欠くべきでないと言わんのみであると説いている。結局、先生が男女の交際を奨励し、とくにそのいわゆる情交の発達を促したのは、ただ両性の品行を高尚の地位に進めようとするに発したものだったのである。

私たちが三田の学生だった頃、福澤家とも縁の近い三田通りのある食料品店の娘さんにラブ・レターを送ったと噂された学生があった。私どもがこの男をつかまえて、「本当か」と訊くと、彼は平然として、「艶書などは送らない、ただ男女交際論を説いて聞かせただけだ」と得意顔に答える。「どんなことを書いたか」と問うと、彼はますます得々として、冒頭先ず、福澤先生の文章を引用し、「婦人の身体は生殖器を中心として、他はこれに附属するものの如し」と書いたと言う。なるほどこの言葉は、先生の『福翁百話』の中の「女性の愛情」の始めに出てくるものである。しかし、これでは彼の大論文が物議を醸したのも無理ではない。

男女の交際といえば、とかく、先生のいわゆる情交よりも、肉交の方に重点が置かれがちである。「情交」という言葉も、今では肉交と解されるおそれがある。

「現代生活の性の混乱と矛盾――。そして、欲求不満がもたらす現代人の不安の種々相にレンズを向けた」と称する映画に『女の裏窓』と題するものがある。吉行淳之介氏の原作から椎名利雄氏が脚色したもので、三十五年十一月三十日に封切されている。

平和住宅新報社の守衛、平さんは叫ぶ。「赤線はねえしよ、駅前に立っている女は、五千円だの、一万円だの抜かすってじゃないか」「恋人の得られない顔の醜いひとり者は、いったい、どうやって処理する?」「人権ジュウリンだぜ。どうしてくれるって、議事堂にデモりてえくれえだ」。

夫の愛情が冷めて、「暗い毎日と、自分の貞淑に厭き厭きした」「身の上相談の先生」「婦人評論家という商売」の藤堂初子女史は性欲に悩んでいる方達を救済する一つの計画を立てる。「人間の生活は昼だけじゃございませんのよ。いいえ、夜の方が、もっと、正常な男性女性の生活の充実に大事なんじゃないかしら………経済的理由、社会的規範なんかに縛られて、どれだけ多くの方達が、ひそかに懊悩していらっしゃることか……」。「未婚の青年男女、未亡人、男やもめ、いいえ、婚者だって、不当に性的不満を持つ方だったら、私達は、その方々のために力を貸して上げたいわ」。女史は、こうした意図の下に「崇高な社会事業」に着手する。じつは「亭主に捨てられて、死ぬ気で浮気しかけた美しい奥さんが、一夜明けて思いついた事業」である。女史は堂々と『自由恋愛の社会性』と題した著書を世に送る。

「政治力の一番いいエネルギー源」として「機密費」から、たんまり報酬を支出して、相手の周旋を藤堂女史に依頼する女市長松平女史は雄弁に主張する。「乏しきを憂う。それ丈じゃ駄目。等しからざるを憂う。総理大臣が就任早々に言ったわ。至言じゃありませんか。私は未亡人ですが、女として、精神も肉体も健康です。健康な肉体が求める欲求は、人間誰でもが公平に充たされるべきだと思うの」。

しかし、歌舞練場附近で『自由恋愛の社会性』の講演を聴いた祇園の芸子Aは、元気よく手を上げて講師に質問する。「先生が今云やはった自由恋愛いうもん、人間誰でも好きや思うたら、何やったかて、かめしまへんのん?」「そなら、犬や猫と、ちっとも変りまへんな………そうどっしゃろ?」。芸子Bは訊く。「そやったら、生れた赤ちゃんは誰が責任とらはりますの?」

こうした映画を見ていると、そぞろに、フーリエやサン・シモン学徒の時代から社会主義的または共産主義的社会改造計画の顕著な部分を構成するものとなった自由恋愛の教理と、これに対する専らキリスト教倫理の立場に立つ批判が思い出される。

初めに引用した座談会の速記録の中で、小泉さんが、福澤先生が婦人を大事にしたことを述べた直ぐ後に「しかし、この頃、女の方が威張り過ぎている」と語ると、相手の学生は「賛成」と叫んで、笑声を捲き起した。この点では明治四十三年卒業の老先輩小泉さんも現在生も同感であるらしい。五十五年のへだたりはないようだ。この席には女子学生はいなかったのだろうか。

私は、今の婦人が威張り過ぎているか、どうかを知らない。私は、ただ、今の時はまさに新しい文化国家日本における男女間の清純な交際の正しい規範が生じなければならないときではないであろうかと感じるだけである。私は、軍国主義的、半封建的拘束から解放された日本婦人が、男子と同等同位、独立自尊主義を奉じ、たがいに相携えて、その社会的義務の遂行に邁進されんことを望んでやまないものである。

（『三田評論』昭和四十年四月号）

学校スト昔話

けさ（昭和四十一年一月二十七日）の新聞を見ると、東大医学部と東京医科歯科大学のいわゆる「インターン・スト」騒ぎはおさまったが、早稲田大学の全学ストはまだ解決の見通しが立たないと報道されている。昨年今頃の慶應義塾のいざこざと思い合せて、大浜信泉総長その他のご心労のほどが沁々と感じられる。

私は昭和三十五年六月八日、ボーナス争議で、慶應義塾の労働組合が第一波のストをかけた直後、毎日新聞社で発行している週刊誌『エコノミスト』に連載していた「経済学と浮世絵」と題する漫筆のなかで、池田潔氏の尻馬に乗って、義塾を「静かな学校」と呼んだ。時局認識が浅いのではないかとすら思われるほど、この学校の教員や学生は、たとい天下騒然たるなかにあっても、冷静な態度を維持するものが多かったと書いた。この学校が創立された事緒紛紜、物論喋々、文物暗黒の時代に、青雲の志を抱くことがなく、悠々乎として学問の天地に自から信じ自から楽しみ、「天真の学」を講じ、新教育の実施に努められた福澤先生の精神がそこに活きていたのかも知れない。

明治維新の際、慶應義塾の学徒の中には、幕府の滅亡を黙視するに忍びないで、官軍と一戦を交えようとするものもあったが、先生は切にこれを思い止らせようとした。また明治十二、三年の頃、過激無責任な民権論が横行し、諸方の「壮年書生輩」が先生を訪問して、その説を叩いても、先生は一向に取り合わなかった。こうした先生の態度に憤慨し、慶應義塾出身者のあいだにも、先生の挙動に我慢ができず、卑怯呼ばわりして詰め寄るものもあったが、先生は、じっと我慢して、柳に風と受け流していた。

慶應義塾の教育の本旨は、明治九年三月の改革案に示されているように、人の上に立って人を治める道を学ぶのではなく、また、人の下に立って人に治められる道を学ぶのでもなく、まさに社会の中におり、みずからその身を保全し、一個人の職分を勤めて、社会の義務を尽そうとするものであるから、つねにその精神を高尚な地位に安置しなければならないというにあったのである。有形、無形、諸種の科学書の読習、東西作文法の修得、語学の稽古、演説、弁論の錬磨など、学者の仕事は繁多である。そうして、当時の有り様を見ると、学内の生徒ばかりでなく、教師の員につらなる者でも、その学業はもとより不十分であって、いまだ学者の名を下すことのできないものといわなければならない。教える者も、学ぶ者も、ただ一ト筋に勤むべきは学問修行の道である。

とは言うものの、こうした福澤先生流の教育方針にしたがって、この学塾内の教師も生徒も、みな静かに学問一途に矻々《こうこう》といそしんでいたとばかりはいえなかった。厳重な学則に背いて学業を怠ける生徒、乱暴な挙動に出る学生、研究をなおざりにする教員、職務上の責任を十分に果さない職員もかなりにおったであろう。あえて、ストライキとかボイコットとかはいえないまでも、教師と学生、学生と当局、当局と教師のあいだなどの学内のごたごたは次から次と起ったらしい。

昨年二月初め、富田正文氏の来訪を受けたさい、ちょうど三田山上の風雲急なるものがあったので、「いったい慶應義塾でストライキの起った初めはいつか」ということが話題にのぼった。この点に関して、同氏は同月九日附けの手紙で、ていねいに報告して下すった。明治十二年四月に登級試験新規則の実施によって登級がむつかしくなったので、学生がこれに対して抗議し、大悶着の末、福澤先生が乗り出して、どうやら解決を見た。富田氏はこの紛議解決後、先生の作った狂詩二篇を挙げて、おそらくこれが慶應義塾ストの走りではないかといわれるのである。同氏の訳文とともに引用する。

試業紛議之後与学生（試業紛議の後に学生に与ふ）

（「祝生徒之登級」と題したものもあるという）

一尺遠慮一尺負（一尺の遠慮は一尺の負）

一寸進取一寸勝（一寸の進取は一寸の勝）

歎願議論須無避（歎願議論、須らく避くる無かれ）

議論沸騰級亦騰（議論沸騰して級も亦騰る）

又

四月試業大悶着（四月の試業の大悶着）
新法唯々又諤々（新法唯々たり又諤々たり）
再吟味罷皆登級（再吟味罷んで皆登級す）
先以千秋万歳楽（先づ以て千秋万歳楽）

この狂詩に現れた「登級」が、たんに「進級」または「昇級」を指すものであったか、あるいは、学期ごとに昇級のあったこの頃の成績優秀の者の一級飛び越して進級することを指したものか、今のところ私には不明である。私の入学した頃には、もう後の意味の「登級」はなくなっていたが、この一期飛び越しての進級を「登級」と呼ぶ風が残っていた。幼稚舎の課程を終って普通科に入学したものの中、成績の優れた者は二年に編入されることになっていた。しかし、二年生の科目のむつかしさに、自から一年生に逆戻りしてくる者も少なくなかった。

それはとにかく、この先生の狂詩から推すと、この争議はどうやら学校当局の負けだったらしい。福澤先生という人は、家庭では子供に甘く、学校では生徒に甘かったようだ。私どもが入学してから、退塾を命じられた非行学生が福澤先生に「直訴」して、処分を取り消してもらった例をいくつか聞いている。

この明治十二年のストよりも、さらに規模が大きく、さらに根強かったものは明治二十一年のそれであろう。[*] この事件の顚末は『慶應義塾五十年史』にも、『百年史』（中巻前）にも記されているので、塾員諸君、いずれもご承知のことと思う。私の入学したのは明治三十一年で、この事件後、すでに十年を経過していたが、それでも時折、このストライキ昔噺を先輩から聞かされることがあった。ことに明治四十四年にロンドンに留学したさい、何度か私を食事に招いてくれた三井物産同市支店長磯村豊太郎氏から、このストの手柄話を聞かされた。酒がまわるにつれて、同氏はいよいよ弁舌さわやかに往年の追懐談に打ち興じた。氏が塾の正科を卒業したのは、このストの翌二十二年四月で、卒業後、しばらく塾の教員を勤めていたこともある。後年の北海道炭礦汽船の社長である。なお、このストライキのリーダーのなかには、前三井銀行社長柳満珠雄君の父荘太郎氏（後の第一火災海上保険取締役社長）がおり、後年、この騒動の話がでると、同氏と磯村氏とは、共に主謀者として、互に「功名」争いをして、相譲らなかったという。

このストのさいにも、福澤先生の態度は学生に甘く、義塾当局に厳しかったようだ。ストの動機となったのは、この年大蔵省主税官を辞して、塾長に就任した小泉信吉氏が新たに採用した試験の採点法だった。したがって学生の風当りは、とくに小泉氏に強かったが、しかし、この試験制度改正案は教場長門野幾之進氏（千代田生命初代社長）の発案だったらしい。福澤先生は退学処分を受けた学生の委員もしくは一同を一再ならず自宅に呼び集めて慰撫説得につとめたが効果がなかった。さすがの先生も、「塾のゴタクサには困り申候。（中略）。是れは小泉の不幸なり。色々説もあれども、目下これを云ふは不利と存じ、老生は勉て黙し居候」と称して、しばらく静観するの外はないと観念しておられた（同年二月二十七日附、中上川彦次郎氏宛書翰）。

同盟休校は二月十六日から三月五日まで続いた。学教当局が福澤先生に相談しないで、新制度の実施に反対する学生を退塾処分に附したのは二月十七日だった。退塾はすなわち退舎である。これによって、住居難になやむ学生を先生は自分の麻布広尾の狸蕎麦の別邸に収容したりした。小泉塾長がようやく譲歩の色を示し、学生側が先生の説得に服して授業を受けるにいたったのは六日であるが、その翌七日の午後、先生は教職員一同と塾生を三田演説館に集めて演説し、そのあとで運動場で園遊会を催すなどして塾内の融和をはかった。

これで争議は一応片附いたようであるが、問題は長く尾を引いた。教員中の物論はなかなか収まらず、福澤先生は小泉塾長の意に反して、門野氏に暫時塾務から「休息」するように勧告する以外に途がなかった。門野氏は、後年、みずから、その後、「私は先生から甚だ信用がなくなった」と物語っている。門野氏が後年塾長に擬せられながら、ついにその職に就くことができず、鎌田塾長の下に教頭たる地位に甘んじなければならなかった源は、あるいはこんなところに発しているのかも知れない。私が慶應義塾に入学したのは、鎌田氏が明治三十一年四月四日の評議員会で塾長を「嘱託」されて間のないころだった。十三歳の私をつれて外塾寄宿舎に入舎の手続をすませた父は、舎監川勝貞吉氏から「塾長鎌田栄吉」という名を初めて聞いて意外の面持ちだった。父は塾長は門野幾之進氏だとばかり思っていた。

鎌田塾長、門野教頭、益田(英次)塾監の「三頭政治」はこのころに始まる。

ひとり門野氏ばかりでなく、その総長就任のさい、「小泉君の温良剛毅を以て塾務を総べ」と、その前途を祝福された小泉信吉氏に対する福澤先生の信頼も、このスト以前に早く薄らいだようだ。中上川彦次郎氏に宛てた二十一年一月三十日の手紙には「(前略)此方を顧れば、塾も甚多事にて、殊に新鮮の壮年を入るるは今正に大切なる事情もあり(内実は小泉も事務を処するはあまり巧ならず、所謂郷里心と愛憎情を脱すること能はず、是れが為めには今後も随分困る事情を生ずべしと、老生は独り自から心配致し居候)」と記されている。この時の先生は、次男捨次郎氏を「半身でも塾に入れて」、思い切った議論を吐かせることが必要だと考えておられたのである。

福澤先生ならびに慶應義塾の同窓が小泉氏を塾長に推したのは、同氏が義塾出身でありながら、あるいは官立の大学に入って教授となり、あるいは、大蔵官吏となり、あるいは横浜正金銀行の副頭取となったりしたその経験によって、大学部設置の気運が熟した義塾の資金募集にその手腕を充分に振ってもらおうとしたにあったのであろう。

先生は、小泉氏が総長となるならば、自分と小幡篤次郎氏とは顧問もしくは隠居の地位につこうと覚悟しておられた。福澤が義塾の表面に立っていたのでは金は集まらない。政府からの援助は末代までも行わるべきでない。たとい何人《なんぴと》の政府になっても、権を執れば、義塾に反しなければならない。官にあって運動しようとするには、民間の独立者を邪魔にしなければならない。これが東洋の一国である日本固有の風である。金を集めるには、福澤を疎外するか、然らざれば、他に不思議の金を拾い出すかしなければならない。これは早く明治二十年十月一日の中上川氏宛の書翰に現れたところである。

先生は小泉氏に多大の期待をかけながら、ついに幻滅を感じなければならなかったのではあるまいか。氏が塾長を辞して後、三井財閥が、その「大伽藍」の大掃除を行うべき人材を求めたとき、高橋義雄氏や小泉氏の名を挙げる者もあったのであるが、先生は高橋は一個の書記であるに過ぎず、また「小泉の如来様にても間に合」うまい、差し詰め中上川氏の外にその人はないと説いている（明治二十四年六月二十四日附、中上川氏宛書翰）。

前掲二十一年一月三十日附先生の書翰は、小泉氏に関する部分だけが昭和三十五年十二月版の『百年史』中巻（前）に引用され、さらに三十七年五月版『福澤諭吉全集』第十八巻にその全文が登載されて、今では人の目に触れることも多くなったが、これより何年か前、故中上川鉄四郎氏（彦次郎氏の四男）から同家に秘蔵されるこれらの書翰の話を聞いたとき、私は意外な感に打たれた。明治二十七年十二月一日に小泉氏が病歿したさい、その霊前に先生の捧げた凡そこの世のありとあらゆる讃詞を羅列した弔文と思い合せてあまりにも相違の甚しいのに驚かなければならなかった。私は亡き先生に対して「巧言令色、鮮し仁」と叫びたくなった。しかし、地下の先生は「一面は真相、一面は空」と案外涼しい顔でうそぶいておられるかも知れない。

私が慶應義塾に入学してから六十九年になる。その間、なにかとごたごたはあったが、学生のストと称すべきものは、昭和六年一月二十八日から二月十六日にかけて高等部の学生が学則改正に反対して行ったものの外には、昨年のストまではなかったといってよかろう。この高等部の同盟休校も、高等部だけのもので、大学部の学生は冷眼視するものが多かったようだ。

教職員の待遇改善を叫んで当局に対抗した古い運動では、バリスター松本誾薫《ぎんくん》氏を主導者とするものが思い出される。

今では松本氏について知る人も少ないであろうが、氏は明治二十八年十二月に慶應義塾の法律科を卒業し、英国に渡って、三十一年四月、ミッドル・テムプル名誉協会会員となり、前後四回の口頭および筆記試験に登第し、三十五年四月、バリスター・アット・ローの学位《デグリー》を得て日本に帰り、三十六年五月、慶應義塾大学教師に任ぜられ、法理学の講義を英語でやったということである。その後、四十一年九月には第七高等学校、大正二年六月六日には第二高等学校の教授に任命され、官等も高等官七等から六等、五等と次第に進み、位階も従七位から正七位、従六位に昇ったが、大正四年七月十四日、病気の故を以って辞任した。

同氏が再び慶應義塾に帰り、大学部予科教員に採用されたのは大正六年九月十日だった。担任学科は英語、担任時間は一週二十一時間、月給本俸は百十円だった。但し、当分の間は担任時間一週七時間、月給本俸は三十七円ということになっていた。

松本氏が教員俸給のベース・アップ運動を起したのは何年であったか。今、私の手元には何の記録もないが、同氏が辞任したのが大正九年四月であるから、六年と九年のあいだであることは確かだ。運動の矢面《やおもて》に立ったのは主として幹事の石田新太郎氏と予科主任の田中萃一郎《すいいちろう》氏だった。松本氏は主として予科の教員諸君に呼びかけたようだ。私などは、万来舎（教職員クラブ）の食堂などで同氏とたびたび会ったが、一度も意見を求められたり、参加を勧告されたりした記憶がない。敢えて歯牙にかけるに足らない人物と見くびられたのか、それとも慶應義塾における特権階級と見なして敬遠されたのか。当時の教職員の俸給は決して多いとはいえないが、しかし、松本氏の俸給は、もし本俸全部が支給されたとしたら、私どもとくらべて、さのみ悪くはなかったろう。

私がこの運動のことを聞いたのは、松本氏らよりも、むしろ石田幹事からだった。私が石田氏に「学校教師の賃上げ運動は、相手の資本家がいないので調子が出ない」と冗談まじりにいったのを、石田氏が覚えていて、松本氏と会見のさいに、その通り伝えたそうだ。そうすると、松本氏は居丈高になって、「いいや、資本家はいる。学生が資本家だ。月謝を多く取ることだ」と怒鳴ったということである。授業料の引き上げによる教職員の生活改善、これが松本氏らの喊声だったらしい。しかし、この鬨の声もその調子はあまり高くはなかったようだ。ただ、いかにも、労働運動の闘士らしい堂々たる松本氏の風貌が、今、眼底に浮ぶ。

当時はまだ労働組合の存在はなく、医学部は新設されたばかりで、勇壮な看護婦諸嬢の労働歌も聞こえなかった。「天は人の上に建物を造る」などという声もなかった。ただ辛《から》い点をつけられて、進級することのできぬ学生が、一人二人、しょんぼりと訪れてきて、哀願されるのが毎学年末のことだった。学生は、何年も現級にとどまる友人を「多額納税者」と呼んでいた。

（『三田評論』昭和四十一年二月号）

＊　本書二九七ページ「小泉信三君追想」参照。

三田評論

本年（昭和四十三年）三月は、わが『三田評論』創刊七十年に相当する。これについて、何か思い出を書けという。この註文を受けた時、私は、今の『三田評論』の前身、すなわち、明治三十一年三月七日附けの初号以来の『慶應義塾学報』について述べろということだろうと独り合点していた。ところが、その後、係の方《かた》に聞くと、明治三十二年二月五日に初号を発行した慶應義塾学生の機関雑誌『三田評論』に関して述べろということなのだそうだ。今少しで、註文外《はず》れの原稿を書くところだった。

学生の機関誌『三田評論』は、たしか、明治四十一年三月一日発行の第四十四号を名残りに、廃刊となったように記憶する。それから、八年ほどたって、義塾当局の刊行する『慶應義塾学報』が、大正四年一月に改題して、『三田評論』と称することになったのである。その頃は、『三田評論』の名を懐しく思う人たちが、何人か、学校の教師になり、事務員になっていた。こうした人々の意見に基づいての改題であろう。

明治三十一年から同四十一年にわたる十年間の慶應義塾学生生活を顧みて、私にとって、いちばん、深い思い出の残っているのはこの学生の機関雑誌とのつながりである。

私が、初めて、先輩に勧められて、この雑誌に幼稚極まる文章を載せたのは普通科二年生の時だった。三十二年七月十九日の第四号に載っている「中年寮遠足会」がこれだ。中年寮生一同が、制服、制帽、脚半《きゃはん》、草鞋という大形《おおぎょう》な出で立ちで、舎監や室長（いずれも大学生）に引率され、新宿角筈の十二社《そう》へ出かけた紀行である。今、読み返して見ると冷汗の出るほどまずいものであるが、それでも十二社の池で泳ごうとして、室長の堀切善兵衛君に止められ、反抗するあたりが寮生たちの語り草になった。

それから三十六年経《たっ》て、関東大震災で、横浜の家を焼かれた私は、大磯から三田へ通うのを億劫がって、淀橋角筈に借家していたことがある。私のゼミナールの学生だった榎本鉱治君が、焼け跡に新築してくれた二階家である。ある日、私は、ふと十二社のことを思い出して、榎本君の父君に、行って見たいというと、老榎本氏は、あわてて止めた。「あんなところに行ったら大変です。今では化生《けしょう》のものの住家です」。

それから更に四十五年、もう昔の面影は全くあるまい。池や滝は、どうなったか。きいて見たこともない。

話が横道にそれた。

この学生の機関誌の生れたのは、去る昭和十五年一月の『三田文学』に書いておいたように、[*1]わが慶應義塾が維新前後の激しい奮闘努力に疲れ、その挙げることのできた華々しい業績に思い上って、しばらく陥っていた沈滞不振の状態から漸く醒めて、立ち直ろうとし、義塾の先輩や学生のあいだに各方面にわたった改革の必要が痛切に感じられ、叫ばれた頃である。福澤先生は齢すでに六十を越え、慶應義塾の経営はこれを小幡篤次郎氏らに委ねておられたが、しかし、この塾との因縁は深くして断ち難く、その維持の不安、前途の暗黒に襲われて、老後の煩悩自《おのず》から禁ずることのできないものがあった。先生が三田演説館で「学事改革の旨を本塾の学生に告ぐ」という大演説をされたのは、私の入学する前年、明治三十年九月十八日だった。先生は、その中で、学生の自治、もって塾風の美を成して、世間に愧じるところのないことを希望された。独立自治の気品は、ただに在塾中ばかりでなく、人間居家処世の要諦として、終身忘れてならないところである。

さて、学制を改革し、塾務を整理して、義塾の進歩を図ろうとするのに先ず必要なのは資金である。先生に言わせれば、経済一偏の主義からいえば、教育もまた、売買であるが、今の世界で少しく高尚な学校教育は学生の納める授業料では、その費用を償うに足らない。そこで、世間の富んで、しかも、志のある人々が多少の金を寄附して、その不足を補い、もって事の永続を図る風がある。この点から観れば、学生生徒は、教育の代価として銘々で納めるべき金を、他人に代納させて、割合に安い品物を買い取ると同様である。官公立の学校は国法で立ち、私立学校は有志者の私徳に依頼して維持されるものである。「私徳に報ずるに私徳を以てす、其辺は諸君の一考して容易に了解する所ならんと、老生の敢て信ずる所なり」。すなわち、学生諸君は卒業して塾を去って後も、在塾当時の事情を回想して記憶に残し、陰にも陽にも、機会さえあれば、旧恩に報ずるの一事を忘れてはならない、と結ぶのである。

こうして、福澤先生を初めとして、義塾の先輩の間に、学制改革、塾務整理、基金募集の計画が立てられたのと呼応して、学生側では、私が入学して半年ほどたった明治三十一年十一月二十六日の午後一時から、自治制委員会なるものが三田演説館で開かれた。出席委員五十六名、先ず特務委員の改選を行った後、正副議長と書記を選挙した。議長に挙げられたのは、先年、歿後間もなくその追悼談を『三田評論』第六〇八、九号に書いた福澤先生の三男三八君である。[*2]

この委員会で、あらかじめ提出されていた三議案が、一時四十分から審議された。第一に附議されたのが、渡久地政昜君外八名の提出にかかる「慶應義塾学生機関雑誌発刊規則案」だった。十四箇条から成るもので、その中には、「各級自治制委員ハ毎月其級中最高点ヲ得タル文章ヲ集メ之レヲ編輯委員ニ差出スモノトス」（第九条）とか、「本塾学生ハ各自雑誌費トシテ各学期金二拾銭ヲ前納スルモノトス　但シ収納及保管方ハ塾監局会計掛ニ嘱托シ仕払事務ハ委員会書記之レヲ取扱フ」（第十一条）などというものがあった。

「我塾にして、学生間の雑誌を認め得ずとは、実に我塾の一大恥辱とするところ、此不面目を免れ、此欠点を補うは、正に我等の一大責任なりと信ず」とその提案理由には説かれている。この案は実に全校多年の宿論であって、質問もなく、異議もなく、満場大喝采裡にこれを可決したと録されている。次で、規則案について、逐条審議し、その中三箇条（雑誌の名称その他）はこれを編輯委員に一任することとし、他はことごとく原案通り可決した。

『三田評論』は、創刊の当時から、義塾当局に対して抗争的だった。

初号に「三田評論生れたり」と題する巻頭論文を書いている桜村、玉田広君は、青年の堕落を憂い、わが塾生の中にも、時勢の濁流に捲き込まれ、昏迷自から失う者のあることを慨歎し、堂々たる筆陣を張り、渾身の熱誠をそそいで、縦横論議、時勢の濁流に徨《さまよ》う者があるならば、これを導き、迷う者があるならば、これを醒まし、いやしくも、邪曲、道を遮ぎる者があるならば、打して、もって正路に導くべきであると論じて、意気の盛んなところを示したのち「時に或は我塾に対しては、満腔の不平を洩し、希望を示し、或は論難争議、非を退けて、是を進むることあらんとす」と述べ、「顧ふに、我塾は、仮令《たとい》、吾人が縦横是非を論ずることあるも、彼の諸生横議の弊を絶対に打破せんとして、焚書坑儒の手段を採りし秦皇が愚を学ぶものに非ざる可し」と説いて、あらかじめ、後日の弾圧に備えている。このところは特に圏点附きになっている。同君曰く、「要するに、吾人は純正の所信を以って、塾生通有の弊源を除き、我塾の革新を助け、終始一貫、塾生の機関たる責任を尽さんとするに在る」と。

思うに、今の世には、弊源の除くべきものや、革新の要すべきものは、ひとり我塾ばかりにあるのではない。政治、宗教、道徳、文学、その他、百般社会、これみな、思想的大革命を経なければならないものである。そうして、筆者は、最後に、またも圏点附きで、「昔、マーセユの楽譜（筆者はラ・マルセエーズを指すのであろう）、一度、仏の内方（南方の誤植？）に響くや、全仏挙って革命の民となれりと。今や、三田評論、此の高台に呱々の声を挙ぐ。知らず、何れの日ぞ、塾生挙って革新の児と為る。乞う、之を他日の三田評論に徴せよ」と大見得を切っている。

この日の自治制委員会は、第三に、大学部講師に関する建議案を取り上げた。大学部では、専門学者の講義に乏しいのを遺憾とし、学校当局に建議して、専門適任の講師を招聘させようとするものである。異議なく可決。

翌三十二年二月十一日の紀元節に、第一回を開いた塾員塾生合同の擬国会、議事倶楽部では、土地国有法案や地租条例中改正法律案と並んで、「海外留学生派遣費として、金八千円を支出するの件」が上程された。

この議事に際し、菅学応さんという慷慨悲歌の士（当時普通科教員）が立って、次のようなことを述べたことが、三十二年四月五日発行の『三田評論』第二号に載せられている。曰く、慶應義塾には慶應義塾独特の主義精神がある、しかるに、その主義精神を異にする帝国大学出身の切り売り教師を招聘するは断じて不可である、本塾は本塾の精神気風を有する教師の手によって、本塾独特の人物を養成しなければならない、そもそも、教育なるものは、書を読み、理を講じることを得るだけで、その成績を挙げることはできない、学問以上に人を感化する精神を有しなければならない、私どもは、この点から推して、たとい本塾基本金の全部を費やしても、海外留学生を派遣し、完全な本塾精鋭の人物を作らなければならない、金ばかりあっても、活きた人物がなければ、本塾の隆盛を期することはできない、と。

私が菅学応さんから福澤先生の『修業立志編』の講義を聴いたのは普通科五年生のときだったが、菅さんは、しばらく、福澤家の一室に住んでいたので、早くからよく知っていた。非常に変った人物だった。自から「小福澤」と称していた。福澤先生が六尺ゆたかの大男であるに反し、菅さんは五尺に足らぬくらいの小男だった。しかし、菅さんは、自分は福澤先生そっくりだと、いつも自慢していた。ただ違うのは、自分の食事が早いのに、先生の方は遅いことだけだといっていた。

この擬国会における海外留学生派遣費の件は、満場一致で可決され、福澤桃介氏の動議で、議長指名の七名の委員に附託され、その実行を期することとなった。

そうして、この年秋、待望の留学生派遣がいよいよ実現されることになり、神戸寅次郎、川合貞一、氣賀勘重、名取和作、堀江帰一の五氏が独米に派遣される運びになったとき、『三田評論』第五号（三十二年九月二十一日発行）は、当局の大勇断を称讃するとともに、「本《もと》を質《ただ》せば、之れ評論記者の一言論而已《のみ》、而も記者が誠意と熱心とは遂に義塾革新の第一着手として其言を実にするを得たり、評論の功、没す可らず」と得意顔に述べ立てている。もとより誇大の表現であろう。

筆者は後の慶應通信社長故金澤冬三郎君である。

私が板倉卓造君その他の先輩に勧められて、この雑誌の編輯を担任したのは、たしか、普通科四年の頃だったと記憶する。私の相棒は同級の西原雄次郎君だった。同君は理財科卒業後、十五銀行、『時事新報』を経て、大日本製糖に入り、藤山雷太氏（愛一郎氏の父）の知遇を得て、長くその側近にあった。当時毎年行われていた試文（懸賞文）普通科生の部の第一等に当選して、一躍、普通科第一の文章家とうたわれるようになった。君の当選作「豊太閤掉尾大活動」（朝鮮征伐に就て）が『三田評論』の第二十号（三十五年三月二十日発行）に載せられている。三十五年度の試文でも、君は「品性論」で普通科の甲賞を獲得している。四十一年三月一日発行の同誌第四十四号は、卒業直前の同氏を評して、「其学才を以て、其常識を以て、或は筆に鼓吹の士となり、或は巷に実務の人となる。しかも、何《いず》れに之《ゆ》いても適せざるなし。乞う、自重せよ」と誉め上げている。

普通科生のこしらえた幼稚な雑誌を我々大学生が読めるかとぼやく上級生もあったが、とにかく、どうやら、遣り通した。そのうちに、私どもも大学生になってしまった。編輯主任は本科二年のときにやめたが、書くことは卒業するまで続けた。ことに巻頭の社説をほとんど毎号書かせられた。

『三田評論』は「慶應義塾学生自治会唯一の機関雑誌」ということになっていた。

しかし、この自治会なるものは、前に述べたように福澤先生の演説に感激してできたものであるが、どうも、学校当局の歓ぶところではなかったらしい。当時の塾長鎌田栄吉氏は明治三十二年五月十三日の三田演説会で、「我が塾生は自治という語を誤解している、彼らの間には自治会なるものがあるが、彼らは自から自からを支配することができずに、しかも、かえって、他人の権内に乱入しようとした、誤解もまた甚だしいではないか」と戒めている。

その機関誌『三田評論』はまた、真面目に「学制改革論」や塾長、教頭、塾監から成るいわゆる「三頭政治」の廃止論などをやっているだけならまだいいが、筆がすべって、学校の要路にある人たちの人身攻撃までもやった。

前にその名を挙げた菅学応氏などは「一寸一筆」欄の「教員漫評」で

「菅。笑福澤、小福澤、国音相通ず」

などと冷やかされている。

これは、まだ、罪の軽い方だ。第十六号には、「天口壁耳（説之真偽記者不関知）」という欄があって「塾員学生姓名録の孟浪杜撰」という文章が載っている。学校の出している『姓名録』の極端な誤謬を指摘しているのはいいが、用語がいかにもドギツい。塾監局の諸君に対して、「野郎共のする事が平生から気に喰わぬ」とか、「コンナ頓智奇な事ばかりする野郎共を、イー気で飼ッて置く奴も奴だが、ズーズー敷《しく》、貰らッて喰ッてる奴も随分な奴だ」、云々という毒舌が続くのには私ですら閉口する。塾監局の今井実三郎氏が激怒したのも無理はない。編輯責任者の私に筆者は誰だと訊く。署名は「一野郎」とあるが、板倉卓造君であることは明らかだ。しかし、私は「匿名の投書だから誰だか分らない」と方便の嘘を吐く。しかし、今井氏は「それでは原稿を見せろ」と追及する。「原稿は校正がすむと直ぐに反古にしてしまった」とまたもごまかす。板倉君は、いつも、先きを切った毛筆で原稿を書く。実に見事な筆蹟だ。誰が見ても直ぐ分かる。塾監局にも君の書体を知っている人もあろう。原稿を見せたら大変だ。

この雑誌があまり乱暴な原稿を載せるので、学校当局は、我慢ができなくなり、ついに検閲を申し出した。これは本誌の初号であらかじめ警戒していた「秦皇の愚を学ぶもの」ではないかと強く抗議すると、当局は、それならば、勝手にやれ、その代り、会費を、月謝と一緒に、体育会費同様に取り立てることは断るぞという。会費の徴収を断られては、雑誌は潰れる。口惜しいが、どうも致し方がない。とうとう負けて、原稿全部を、印刷に廻す前に、当局に見せることにした。

こんなことがあった。三十八年十一月十五日発行の第三十八号に、義塾歴代の塾長の写真を集めて口絵にしようと思い立ち、写真集めにかかったが、それが、なかなか集らない。私は鎌田塾長にこの企画を話したら、定めて塾長はこれに賛成し、写真集めに協力してくれるだろうと早合点していた。ところが、塾長は無愛想に、「そんな幽霊の写真を集めて何になる」と頗る冷たい挨拶だ。私も少しムッとして、「死んだ人ばかりではありません。現に活きて働いている人の写真も載ります」と口を尖らせて答える。おそらく「あなたの写真も載りますよ」という意味もあったろう。すると、鎌田氏は、皮肉な薄笑いを浮べて、「生きていても、塾長なんか、みんな幽霊みたいなものだよ」と投げるように言う。私はこの自嘲的な言葉にヒントを得て、次号の社説に「塾長幽霊論」を書いた。塾長は、一見、直ちにこれを没収してしまった。

鎌田塾長という方《かた》は、随分と細心なところもあったが、概して鷹揚で親しみやすい人だった。余談になるが、本誌（『三田評論』）の前号に明治四十四年政治科卒業の谷井一作君が次のようなことをしるしている。鎌田塾長の面影を偲ばせるものがあるので、お読みになった方も多かろうが、ここにその一部を引用させて頂く。

「明治三十九年の早慶野球戦が中止になった直後、寄宿舎では、中止の話を纏めた林毅陸さん（舎監長）の問責舎生大会を開いた。電気を消して舎監長をなぐろうとの物騒な計画さえあった。がそこまでは行かず、寮長の一人高橋誠一郎さんが、代表して痛烈極まる弾劾論説をやり、満場大喝采、とうとう林さんを舎監長退身まで追い込んでしまった。当時林さんは政治科の主任教授で、舎監長高橋さんは政治科の優等生で寮長、という二重の師弟関係にあった。我々は勝ったと思ったが後味はよくなかった。果せるかなこのことが報告されると、鎌田塾長は大いに怒られた。いや怒られたらしく見えた。『高橋は怪しからぬ、即時退校か退舎せよ』と言い出された。これが吾々に伝わったから、今度は吾々が承知しない。僕等も一緒に寄宿舎を出ようと話合い、塾長邸に向ったところ、『ソウか、よろしい、君たちも皆やめろ』と厳粛に言われた。斯く一たん吾々の度胆を抜いて置いて、『ところで寄宿舎には今何人居るか』『ナ二三百五十人もおるか』『それが皆出られては塾の経済が困まるなア』『よろしい、高橋も君たちも皆勘弁しよう』と一言で万事解決となった。鎌田さんは凡そこんな腹芸の出来る人であった」。

大体において谷井君の申されるところに誤りはなかろうが、私の記憶は少し違う。塾長は、慶早戦中止後、寄宿生が不穏の挙に出た責任をとって、寮長六人全部退舎しろという。「寮長六人といっても、あの夜、寄宿舎の大広間に集まったのは三人だけです、他の三人は全く何も知らなかった、彼らを巻き添えにするのは、いかにも忍びない」と答えると、塾長は「それならば、三人だけでいい」と申される。「三人といっても、林さんを責めたのは、私一人です。あとの二人は何も喋っていない。私の外には、寮長以外の二、三の学生が喋ったのです」。塾長、「それなら、君だけ退舎しろ」。「承知しました。だが、私だけが処分されるのを見て、ほかの連中はだまっているでしょうか」。鎌田さん曰く、「よし、それなら君も退舎しなくてよろしい」。

こんな問答でけりが附いた。

こんなことを書くと、私がいかにもずるい男のようであるが、実際、私は、その時、善良な他の寮長が、私と一緒に処分されることを衷心から気の毒に思ったし、また、私一人が処分されれば、あとにまた、いざこざが起きることを恐れていたのだ。鎌田さんの鷹揚なところに附け込んで、退舎処分を免れようなどというつもりは更々《さらさら》なかった。これは決して言い訳《わけ》ではない。

このさい、林さんの私に申された言葉が頗る印象的だった。「私は決して君たちのやったことを怨んではいない。私にとって尊い教訓だったと思っている」。林さんという方は立派な人格者だと、その時以来尊敬の念を増した。この人に不愉快な思いをさせたことを心の中で、深く詫びた。

そんなこんなで、勉強はちっとも手につかない。われわれ本科学生にとって最大の難物であるヴィッカーズ教授の第一回試験が一両日の中に迫っている。「お前、勉強したか」「していない」「困ったな」という歎声が、しきりに私どもの間に起きる。「私に考えがある、まかせてくれ。塾長を訪問してくる」。こういって、私は三田山上の鎌田邸を訪問した。「慶早戦の中止で、全学生は昂奮し切っています。このままではどうかと思います。ここで、一つ、学生大会を開いたらどうでしょうか」と切り出すと、鎌田さんは「よかろう」とおっしゃる。「それでは、十三日に開く準備をします」。鎌田塾長は大きく頷いて、また、「よかろう」と承知してくれた。十三日は、すなわち、ヴィッカーズさんの試験の日だ。

日取りを十三日に決めたのは、私の謀略だが、しかし、慶早戦中止の昂奮を癒やすために学生大会を開くことは、策の得たものだと私は信じていた。この『学生大会記念号』と題するものが明治三十九年十二月十三日発行の『三田評論』第四十一号になっている。私はこの号の巻頭に「士君子の競技」という社説を書いている。

この学生大会では、蹴球（今のラグビー）部長で社会学者の田中一貞氏が次のような決議案を提出した。「吾人は自今益々文明士君子の態度をとり、学問に、運動に、正義、真摯、敢為、活潑を旨とし、独立自尊の主義に拠り、誓って気品の泉源、智徳の模範たらんことを期す。明治三十九年十一月十三日　慶應義塾学生大会」。

私は忘れてしまったが、上杉弥一郎君の書いた記録によると、水泳部幹事の私が「沈痛悲壮な」賛成演説をやり、鎌田塾長を「文明士君子の典範、独立自尊主義の権化」と祭り上げたらしい。そうして、その鎌田氏を議長席に着かせ、満場一致で、動議は可決され、万歳の声は晩秋の空に響いたとある。

この大会の光景を、当時の洋画家、倉田白羊氏の描いたものが、前記『三田評論』第四十一号に載っている。

大会を終って、「五千の学生」が大崎村の福澤先生の墓地に参詣し、午後三時に解散した。冷たい村時雨が頬を打ったが、学生たちは、温かい春雨に濡れて行く感があったと記されている。

それから、また、こんなことがあった。

私は大学予科を終ろうとする三十七年三月、『評論』誌上に「久保田文相に呈するの書」と題する社説を掲げた。私は、文部省が常に無用の監督干渉を諸学校、ことに私立学校に加え、かえって教育上の効果を害することを慨し、ついには、文部省無用論にまでも及んだ。この稚拙な文章は、教育上の官僚的コントロールに対する慶應義塾学徒の抵抗の一端とも見ることができよう。

この時から四十何年かたって、私は不思議なめぐり合せで、久保田譲氏から数えて四十四代目の文部大臣になった。久保田氏は慶應義塾に学び、文部省出仕を命じられ、累進して文部次官となったが、病気のため辞任し、貴族院議員に勅選され、学制改革案を提げて文部省と争い、その演説は文部当局を震駭させたが、三十六年九月、自から文部大臣になって後は、「檻中の獅子のごとく」、ついに何事をもなし得なかった観がある。

元来、獅子でも虎でもない私が、文部省にはいったところで、何事も成し得ないことはよく分っていたが、それでも、周囲の力に押されて、文部大臣の行政的権限を極力縮小し、教育行政における中央集権を打破し、地方の実情に即し、個性の発展を期するために、地方分権の方向を明確にするとともに、私学の自由な発展を期するために、行政上の裁量を避け、これを法制的間接監督に改めた学校教育法を通過させたことに密《ひそか》な喜びを感じた。

慶應義塾の新学風を鼓吹することを使命とするこの『三田評論』を発行した自治会は、もとより幾多の行き過ぎを犯したろうが、しかし、学生の自治を強化し、好学の精神を振興する上に、ある程度、功績のあったことはこれを認めなければなるまい。

自治会の結成されたと同じ年に、文科の文学会、法科の法曹会と並んで、三田経済学研究会が理財科および政治科の有志の間に起った。その第一回が開かれたのは六月八日だった。会員十六名、その組織は実に欧米大学におけるゼミナールに倣ったものである。

『三田評論』誌上にも次第に研究論文が多く載るようになった。間野春治君の「経済学の範囲に就いて」、同じ人の「金利と利子の差違に就いて」、佐藤勇君の「各国幣政上に於ける複本位の地位」、川上義雄君の「富の分配の意義」、堀内輝美君の「利子論」、塩田勉之助君の「賃銀説の歴史、其の必要と目的」、五十嵐忠彦君の「利潤論」、山本道太郎君の「英国学派の地代論」、板倉卓造君の「等閑視せられたる経済学上の一主題」といったような論文が毎号二、三篇ずつ登載された。やがて、第一回の留学生が帰朝すると、堀江帰一氏の「英米独三国に於ける経済学の研究」、川合貞一氏の「哲学の時代は既に過ぎ去れるか」、神戸寅次郎氏の「外国法律の研究」などの堂々たる論文が学生の文章の間に並んで誌上を飾ることとなった。

そうして、『三田評論』は、やがて、純然たる学術雑誌『三田学会雑誌』に形を変えることになる。私はこの雑誌の初号から星野半六教授や田中萃一郎教授の下に編輯委員を勤めることになる。

(『三田評論』昭和四十三年六月号)

＊1　『三田文学』昭和十五年一月号には、やはり「三田評論」と題する高橋の作品が掲載されている。
＊2　本書二一八ページ、「福澤三八君」参照。

思い出の洋書

「この連載随筆の次回（昭和四十四年六月号）の内容は『思い出の洋書』という題で御執筆下さい」という簡単な手紙が『三田評論』の編集部から届いた。この頃、私の書く原稿はいずれもみな「註文生産」である。「商品生産」は一篇もない。

私に初めて洋書の匂いを嗅ぐ快味を知らせてくれたのは私の父である。慶應義塾の普通科に入学する際のこと、もう十三歳になっていたが、今と変らず、物臭がり屋の私は何事も親任せだった。父は普通科の教科書表を見て、その中にスウィントン英語読本のプライマーのあることを知り、廉価な日本製の覆刻本がいくらも行われていたことをよく知りながら、特に丸善から紙質の上等な、印刷の鮮明な舶来の原版を取り寄せてくれた。私の家はその当時、横浜の野毛にあったが、父が毎日通う店が弁天通りにあった関係から、その直ぐ近所の丸善の店を訪れることが多かったのである。父が店からの帰りに買ってきてくれたこのスウィントンの薄い紙包みを開いた時の匂いは今に忘れることができない。授業が開始されると、同級の少年たちの大多数が、和製本を使っていることを知った。彼らは自分の持っているリーダーの挿絵がひどく鮮明を欠いていて、何の図かほとんど見分け難い場合には、よく私の本を覗きにきたことなどを思い出す。

私の在学当時の普通科では、日本に関するもの、その他少数の例外を除き、多くの科目では、英書を教科書に当てていた。私は、一度洋書の匂いを嗅いだのが病み付きで、スウィントンやナショナル・リーダーばかりでなく、スティールの生理学も、ゲーキィの地質学も、みな原版で買わなければ承知できなかった。ただホールとナイト共著の代数学や、ウイルソンの幾何学のような数学の教科書だけは、挿画がないので、日本版で我慢した。

普通科五年の時、英語を教えておられた中村丈太郎先生が、特に有志の学生を集めて、シェークスピアの『ハムレット』の講義をしてくださることになった。廉価版の『ハムレット』一冊だけを買えば用は足りるのに、私は父にねだって、横浜の丸善で沙翁全集を買って貰った。ちなみに記すが、丸善は東京本店が丸屋善七、大阪の支店が同善蔵、京都のそれは同善吉という仮りの名で経営されていた。横浜は善八という名になっていた。その丸屋善八商店の支配人だったか、あるいは唯だの番頭さんだったか、八字髭のいかめしい、風采のいい、がっしりした体格の人が店頭で応対してくれたことを覚えている。

その頃、大学予科では、イー・ビー・クラークさんが、チャールズ・ラムとその姉のメアリーの共著『シェークスピア物語』を講義していた。予科生たちは沙翁劇の筋の面白さをラムから得た知識で語り合っていた。それを私たちは「ヘン、甘えもんだ、こっちは原典で読んでいる」と鼻で笑って、いい気持ちに反り返っていた。

それから三年経って、政治科本科一年に進んだとき、ドイツ語の三並良先生はゲーテの『ファウスト』第一部を教科書に当てた。レークラムの『世界文庫』版ではあるが、とにかく、この大詩人一代の傑作を、字引と首っ引きで読む楽しさは今に忘れることがない。先生と私どもとでは、ドイツ語の知識は、むろん、天地霄壌《しょうじょう》の差があるが、しかし、こうした難解の詩になると、往々、われわれにも、先生とは別個の解釈が生じて、しばしば議論の種となった。この詩の第二部には、とうとう、手を付けなかったが、とにかく、英のシェークスピア、独のゲーテ――この二大家の代表作を生っ齧りに齧ることができて、私どもは悦に入っていた。

その頃、慶應義塾では、毎年、「試文」と称して学生から懸賞文を募集した。作文には自信がなかったが、友人たちに勧められて、私も二、三度応募した。その中、一度は同級生上杉弥一郎君の名前を使った。最初入選した時に貰ったのが、日本橋の丸善の包み紙におおわれたジョンソンの『ワールドワイド・アトラス』だったことを忘れない。真赤な表紙に大きく書かれた金色の大文字が今も鮮かに目に浮ぶ。二度目から褒美は丸善の商品券に変った。何となく、有り難みが減じたように感じられたが、それでも、これを持って日本橋の本店へ洋書漁りに出かける味は決して悪くない。私たちの仲間では、褒美を貰った者は必ず麻布の永坂の更科蕎麦をおごることになっていた。心地のいい散財だった。その懸賞文も、私が予科に進むと同時に、どうした理由からか中止になってしまった。

大学予科から本科にかけて、教科書または参考書として買わされた本の数はかなり多いが、ここではこれらのものについて一々述べることを省略する。

これまで述べてきたように、慶應義塾入学と同時に洋書の香を嗅いだのであるが、経済学関係の古書の原版を手に入れたいという欲求が私に生じたのは、経済原論及び経済学史研究の塾命を帯びて英国に留学した直後である。

留学がきまった時、ある先輩は、「経済学史を勉強するといったところで、短い留学の期間中に、一々原典を手に入れて精読するなどということができるものではない。西洋へ行ったら、先ず、帰国後の講義の種本を一冊探し出すことだね」と親切に教えてくれた。

しかし、ロンドンに滞在することになると、大英博物館の図書部やゴールドスミス図書館などへ行けば、経済学古典のほとんど総てを容易に見ることができるばかりでなく、古本屋漁りをすれば、名著の初版本から、福田徳三博士ほどの碩学ですら「日本に在る予輩が之れを見るの機会は終に到来することあらざる可きか」と歎じた「流布の極めて尠」ないものまでも、買い入れることが必ずしも不可能でないことを直ぐ知った。

こうしてロンドンの古本屋に探させて手に入れた思い出の深い経済関係の古書はかなりあるが、今その二、三について簡単に述べることにする。

古書といっても、今私の手元にあるものでは、西紀一五〇〇年以前の初期刊行本、すなわち、いわゆるインキュナビラは、たった一冊しかない。十六世紀のものも極めて少ない。その中に、「近世経済思想史の第一ページに記さるべきもの」といわれている一五八一年の版本『種々なる人々の有する目下の不平の簡単な検討』がある。著者は、ただ、W・Sの頭字だけをしるしている。この「W・Sジェントルマン」とは、いったい誰か。これが後世の疑問となった。一七五一年の覆刻本には麗々しく「ウィリアム・シェークスピア」と署名されている。

私が、ロンドンの「博物館書房」の主人カシノアにこの本を探してくれと頼んだのは一九一一年のことだった。しかし、この書の原版は余程の珍籍と見えて、私がやっとこれを手に入れることのできたのは、それから二十七年の後だった。私はとっくの昔にロンドンを引き上げて帰国し、初めこの本の探索を依頼したカシノアは死に、博物館書房は閉鎖し、明治は、大正を経て、昭和と改まっていた。

この本を一冊、何処かで掘り出してきたのは、私がロンドン滞在中、よく漁りに出かけたグレート・ラッセル街六十四番の古書店ジョージ・ハーデングだった。私は日本から大急ぎで電報を打ち、一九三八年（昭和十三年）十二月十二日に郵送されたこの本を受け取る

A COMPENDIOUS or briefe examination of certayne ordinary complaints, of divers of our country men in these our dayes: which although they are in some part unjust & frivolous, yet are they all by way of dialogues throughly debated & discussed.

By W. S. Gentleman.

IMPRINTED at London in Fleetstreate, neere unto Sainct Dunstones Church, by Thomas Marshe. 1581.

Cum Privilegio.

『種々なる人々の有する目下の不平の簡単な検討』（慶應義塾図書館蔵）

ことができた。この版本は米国では、コーネル大学の図書館にただ一冊あるだけだと本屋は自慢していた。本書はいわゆる黒体活字（ブラック・レタース）で印刷されたエリザベス一世朝版本の好典型で、私蔵に帰した一本はクランバー文庫から出たもので、モロッコ皮の表紙の両面にはニューキャッスル公爵の金章が燦然と輝いている。

私はこれを入手すると直ぐに『三田学会雑誌』誌上におそろしく長い紹介文を書いた。

次いで思い出すのは、サー・ダッドリィ・ノースの一六九一年の著『貿易に関する諸論』である。この本もロンドン滞在中に購入を希望して、ついに目的を達することのできなかったものである。帰国後、ロンドンの古本市場に現れたことを知ったが、ちょうど、暑中休暇中で、箱根の旅館に、のんびり、長逗留を続けていたさいで、外国電報を打つのが億劫なところから、郵便で註文したため、とうとう買い損ねてしまった。買い物は敏捷でなければならぬと、先に立たない後悔の念に駆られた。それから十年近く経って、再びこの書が市場に現れたとき、私はやっとこれを買い取ることができた。

本著はノースが、長年悩まされていた肺結核が昂じて十二月三十一日に長逝したと同じ年に出版されたものである。この小冊子は出版後間もなく、忽然として世上にその跡を絶ち、著しく稀覯の書となったと昔から言われている。しかし、前述したように私の知っているだけでも、十年に足らない間に、古書市場に二度も姿を現したところを見ると、それほどの稀書とはいえないように思われる。現にわが国においてすら、私の知る限りでも、一橋大学の有に帰したメンガー文庫と私の貧しい書架とにおのおの一冊ずつ所蔵されている。

この書が、たとい、著者の末弟ロジャア・ノースの記しているように、全然姿を没して、金銭づくでは買うことができなくなった、というほどではないまでも、とにかく、稀書の中に数えられるようになったのは何故か。ロジャアの記しているように、果して故意に絶版せしめられたとするならば、これを絶版に付した者は誰か。

一六八八年の光栄革命の経済的結果が、必然自由貿易主義の勝利であろうと想像した彼の予想が余りにも速かに裏切られたがために、その一身上に累を及ぼすべきことを恐れ、「明哲保身の道」を知っていたノースは自由貿易に関する自己の意見が印刷物として証拠を留めることを嫌い、自からこの書を買い上げて、全版本を破棄したに在るというのがドイツのウィルヘルム・ロッシャー以来、次第に尾鰭が付いて、マイツェルその他の解釈となり、更に日本の経済学者によって潤色されたところのものである。私はこれに対し、英国の経済学者アッシュリィの説くところに従って、この小冊子が跡を絶つに至ったのは、時の政府が貨幣改鋳を行うに当り、彼ノースの意見に従うことがなかったためであるという説に賛し、彼が政府と見解を異にした主なる実際問題は自由貿易よりも、むしろ、自由鋳造であると論じて、『三田学会雑誌』誌上で、先輩に挑戦した若い日のことが思い出される。

十七世紀から十八世紀になると、さすがに経済学が生れる時代だけに私の書庫には、著名な著書の初版本その他がいちじるしく増加する。今、ここではその一つだけを挙げるに止める。

数多くの「神秘」に包まれている「経済学者の経済学者」と呼ばれているリチャード・カンチロン（リシャール・カンチョン）の名著に、「経済学の揺籃」といわれている『商業一般の本質論』がある。この篤学の銀行家には稿本のままになっていた貴重な著作も数多くあったろうが、彼が一七三四年五月十三日の深夜、十一年間料理人として雇っており、約十日ほど前に解雇したルバン事、本名ジョヅェッフ・ヅニエに殺害され、現金、貴金属、宝石の類は奪われ、その邸宅は放火された惨劇のさいに、その著者とともに失われてしまったらしい。翌十四日朝、彼の遺体は邸宅の焼け跡に灰となって発見されたが、その貴重な遺著は断篇すらも止めていなかった。ただ、彼が初め英語で書き、その後フランスの一友人のために自分でフランス語に翻訳したといわれているその『商業一般の本質論』だけが、某氏の手にあったために、世に伝わることになったのである。この著の補遺は翻訳されるに至らなかった。今日に伝わる版本はその写本から印刷されて、著者の横死後、二十一年の後、一七五五年に初めて出版されたものである。

この版本には不思議な点が多い。その一つ。

一七五五年版のタイトル・ページには出版者をロンドン、ホルボーンのフレッティヤ・ガイルズと記している。なるほど、十八世紀の初期に、ホルボーンのミッドル・ロー付近に店舗を持っていた同名の有名な本屋のあったことは事実だが、フレッティヤ・ガイルズという人は一七四一年に中風で死んで、この店の名は、その前、一七三六年頃にはガイルズ及びウィルキンサンと改っている。

時代の砂の中に埋れていたカンチロンを掘り出したジェヴォンズ教授は、とくに大英博物館の老巧な二人の図書学者に鑑定してもらったところ、本書はおそらくパリで出版されたものだろうということだった。何か憚るところがあって、その出版地をロンドンと記したのであろう。活字からいっても、紙質から観ても、装幀から推しても、本書が英国で出版されたものでないことは専門家を煩わすまでもなく、私でも想像が付く。

それならば、この本の本当の出版者は誰か。

フォックスウェル教授の講義で、カンチロンに対する興味を喚び起され、彼に関する研究を進めて行った現代経済学者にヘンリィ・ヒッグズ氏がある。彼は一九三一年に本書の新修版を刊行するに当り、前掲五十五年版を十余部ほど手に入れて校訂したのであるが、その中のただ一部、フォックスウェル教授の所蔵本だけに、その巻末に十一ページにわたるフランスの書肆バルロアの出版目録が付せられているのに気付いた。このカタログの第三ペー

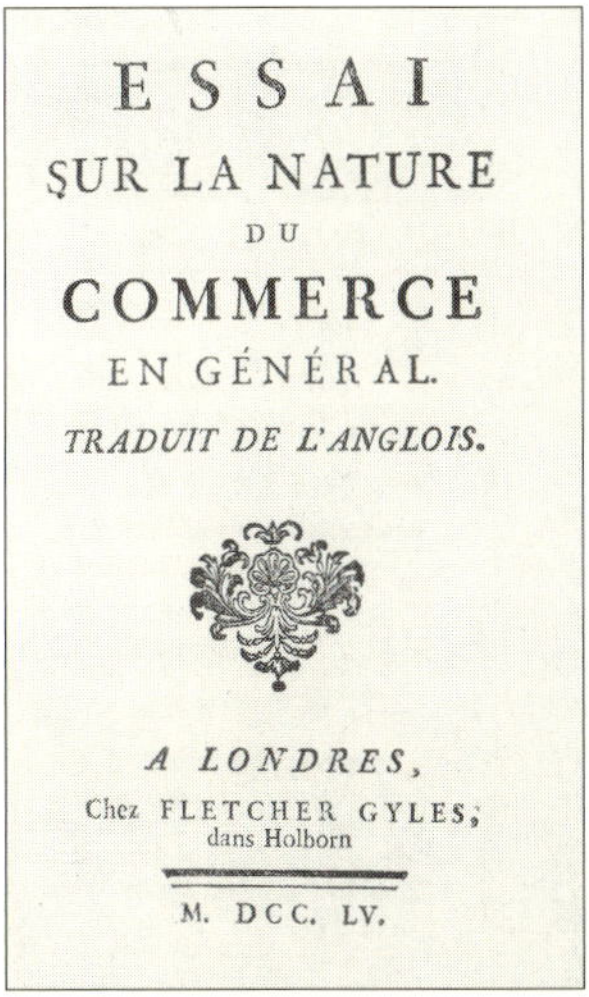
ESSAI
SUR LA NATURE
DU
COMMERCE
EN GÉNÉRAL.
TRADUIT DE L'ANGLOIS.

A LONDRES,
Chez FLETCHER GYLES, dans Holborn

M. DCC. LV.

『商業一般の本質論』(慶應義塾図書館蔵)

ジに「C氏著、商業本質論」を掲げ、その定価を記している。これで観ると、この書の真の出版者はバルロアであることが、ほぼ疑いのないところであろう。しかし、ヒッグズ氏はこの出版目録の綴じ込んであるのがフォックスウェル所蔵本ただ一冊だけであることを遺憾とした。

私がこのヒッグズ氏の新修本を読んだのは、昭和九年の秋も更けた深夜十二時頃だったが、ふと思い付いて燭台に火をとぼし、書庫に当てられている隣室にはいって私蔵本（カール・ビットナー博士の旧蔵本）を取り出した。私の本にも、この目録がちゃんと付いているではないか。本書がバルロア書店の出版であることを確証するカタログ付きのカンチロンの『商業本質論』は、少なくとも、フォックスウェル教授所蔵本と私蔵本の二冊だけはこの世に存在することになる。慶應義塾図書館の所蔵する旧露国参謀本部図書館本には附いていないが、しかし、探せば、まだ外にもあると思う。

まことに、些細なことだが、悦びに堪えなかったので、早速、このことを『文藝春秋』の同年十一月号に書いて送った。

これも書痴の儚ない満足、小さな自慢の一つであると、読者諸君よ、お笑い下さい。ヒッグズ氏は一九四〇年に死んだということである。

（『三田評論』昭和四十四年六月号）

読書

福澤先生は生来癇癖の強い方だったと聞いているが、殊に私が親しく接することのできたその最晩年には、些細なことで、ひどく癇癪玉を破裂させる場合が多かった。あるいは明治三十一年九月二十六日に脳溢血に罹られてから一層怒りっぽくなられたというようなこともあったのであろうか。

明治三十三年の夏、福澤先生の四男大四郎君や、堀切善兵衛、金澤冬三郎その他の諸君と一緒に沼津の杉本旅館に陣取り、同市で開かれた仏教講演会に出席して、その頃名声の高かった仏教学者や有徳の僧侶たちの説教を殊勝に聴聞し、更にこれらの講師の宿泊しておられる旅館に押し掛けて法問答を交わしたりした、といったら無論大袈裟である。ただ青臭い書生論を叩き付けた挙句、軽くあしらわれて引き下がったに過ぎない。

そうこうしているうちに、福澤先生が七月十九日に東京を立って、午後四時に沼津駅にお着きになるという報知があった。私ども一同で同駅に先生を迎え、ご一緒に静浦まで歩いて、保養館という旅館の離れ座敷に通された。その時、私どもと同じく停車場に先生を迎えて、保養館まで行を共にし、われわれと一緒に先生から夕食のおもてなしを受けた沼津の塾員に仁王藤八という紳士があった。仁王氏は私どもにとっては初対面である。先生も同氏を記憶しておられないようだ。先生は私どもと膳を並べて箸をとられた。

先生は食事中も絶えず喋っておられる。そのうちに先生は思い出したように仁王氏の方を向いて「お前さん、本を読んでいるかね」と問われた。仁王氏は「学校を出て後は全く読書を怠っています」と正直に答える。そうすると先生の語気は俄かに荒らくなった。「お前さんは何年の卒業か」と問う。卒業の年を答えると、先生は激しい口調で、仁王氏を叱責する。「その年なら、卒業式の時に、私は特に学校を出てからも読書を廃してはならないということを強く説いた筈だ」と怒鳴り付ける。

卒業後何年目かで、久し振りに先生の懐しい姿に接し、優《やさ》しい言葉の一つもかけてもらえることと、この塾員は楽しみにしておられたのであろう。それで夏の盛りの暑い道を沼津駅から静浦までついてこられたのであろう。先生から鄭重なご馳走にあずかり、四方山の話を承ったまではいいが、最後に、後輩四、五人の居る前で、読書を怠ったということで面罵されたのは如何にも気の毒千万だった。しかし、これも、慶應義塾の学徒が世の中へ出てからの心掛けを始終気にしておられた先生の親心の現われと見ることもできよう。

学校卒業後、読書を怠る者はひとりこの塾員ばかりではあるまい。私どものように、書籍に頼らなければ、何事も為しえない人間でも、本らしい本はなかなか読めない。

福澤先生在世の頃は、同家の許しを受けて、勝手に裏木戸から庭づたいに同家の広い閑静な書庫へただ一人で這入り込み、手当り次第に雑多な書籍を書架から抜き出して読み耽る特権（？）を私は享有していた。先生は時折、庭を散歩しながら、ガラス障子を少し開けて顔を出し、「何か面白いものが見つかったか」と声を掛けて行かれた。先生は読書好きの少年に好感を持たれたのかも知れない。しかし、書庫の中へ這入って、私の耽読している書物を覗き込むことは一度もなかったからよかったようなものの、もし、その本の題目や内容をお知りになったら、私の読書欲をお褒めになるどころか、却って「こんな本は読むな」とひどく叱られるようなこともあったであろう。

爾来六十五年、別段、故先生の静浦での教訓が身に染みているためではないが、絶えず東西の書籍を座右に置いてはいるものの、学校の講義に役立てるものの外にはあまり身になるものは読んでいない。何かに利用するために読むと、面白い本も面白くなくなる。「書を読まざること三日、面《おもて》に垢を生ずる」と言われているが、読んだために却って肌が汚れるように感じられることもある。

「自分では何物も創造する力のない私の前には、いつも古人今人の書が開かれている。滾々《こんこん》として尽きない思想の泉が紙上の文字を通じて絶えず私の貧しい脳髄の中に流れ込む」。こんな文章を書いたのは大正十一年の頃だった。今でも忙中閑を盗んで、書斎兼寝室に閉じ籠る時間が多いが、読書力の弱い悲しさには、東西新古の書籍が唯だ徒らに身辺に堆《うずだか》きを加えるばかりで、なかなかこれを読破することができない。到底「読書破㆓万巻㆒」などというわけには参らぬ。「読書万巻を破る」という抱負で行こうとする場合には、ある程度までは、どうしても粗読が許されなければならない。中国人の中には、「読書、甚解を求めず」と称して、判りにくいところは、そのままにして、どんどん先に進んだ人もあるにはあったが、しかし、彼らの読書法は、いわゆる「読書百遍」で、飽くまでも精読し、味読して、その内容を腹の底に収めるにあったようだ。そこで「腹中の書を曝す」というような故事が伝えられることになる。

昔、晉に郝隆《かくりゅう》という畸人がいた。七月七日に、近所の富豪たちが、みな、衣類を曝曬《ばくさい》するのを見て、自分は庭の日の当るところへ出て、仰《あお》むけに臥《ね》た。人が怪しんで、その故を問うと、「我は唯、腹中の書を曝すのみ」と答えたというところからこの故事は出たものである。

こうした「読書百遍、義、おのずから見《あら》わる」といった態度の読書法では、一生を通じて、何冊の本も読めるものではない。私のように読書力のない者は、どうしても、書籍を二た通りに分けて、飽くまでも精魂を打ち込んで、一字一句もゆるがせにせず、熟読玩味する少数の書と、ざっと目を通して過ぎる多数の書を区別しなければならない。精読すべきものは粗読したものの中からおのずから選ばれることになろう。多数の書を目次だけ、もしくはマージナル・サンマリィだけ読んで書架に立てて置いて、何かの用に立ちそうな場合にこれを抜き出すことにする。

高桑純夫氏の短論文「現代と読書」によると、「飯のように喰う愛読書をもたぬ奴には信頼をおきかねる」と故青年哲学者三木清氏が言っていたそうである。高桑氏は、確かに、一冊の書に精魂を打ち込み、その源泉から不断の生命を汲み出すのも読書法の一意義であるが、「しかし、時代は移った。これは明らかに現代的読書法には属しない。一冊の士はもはやこの多岐な現代を生き抜くにも堪えない。人間の精神はあらゆる部分から構成されているのだ。」「解放の現代は、精神のあらゆる部分が恣《ほしい》ままにその開眼を求める。一冊の士は現代では不具者であり、逃避者であり、偏執狂以外の何物であろう。北一輝の『改造法案』一冊を生命の綱とした不具者どもが、いかに怖るべき破壊を敢えてしたか。記憶に新たなところと思う」。この高桑氏の短論文が発表されたのは今から丁度二十年前であるが、今日の学生にも、また、読んで貰いたい気がする。

私は長い間、最高裁判所で毎年行われる司法試験最後の一般教養の口頭試問の試験委員を仰せつかっている。その際、専門の法律書以外に、どんな本を読んでいるかときくと、ほとんど何も読んでいないと答えるものが多い。これらの人たちが間もなく、裁判官、検察官もしくは弁護士になるのかと思うと、いささか淋しい思いがする。試験を通過して、研修所を出て後は、読書の範囲もおのずから広くなり、教養の程度も大となることと想像されないでもないが、しかし幾分の不安なきを得ない。研修生は法律書だけで頭を固めていると或る機会に私が言うと、元の検事総長某氏は「いや、法律書といっても、新しい訴訟法以外の法律は何も知らない」と申しておられたことを思い出す。これは、もとより酷評に過ぎるものであろうが、こうした傾向なしとは言い難いものがある。

昭和八年に小泉信三君がその最初の随筆集『師・友・書籍』*を出版した時、その一冊の寄贈を受けた鎌田栄吉氏は、その表題を「書籍を師友とす」と読んだ。これは元より老人らしい読み誤りで、小泉君は単に師と友と書籍について書いた随筆を集めたことを示したに過ぎないが、しかし、小泉君が広い読書人で、常に書籍を師と頼み、友と親しんでいた該博な知識の持ち主だったところから、この大先輩がこう読み違いしたのも無理はなかろう。

まことに書籍は私どもの師であり友であるが、しかし、それはいつも良師良友であるとはかぎらない。悪師悪友である場合も決して少なくない。また、いくら良書でも読む人によっては利用されないで悪用される場合もあろう。「書籍は我々に書籍の利用を教えることが出来ない」といったのはフランシス・ベーコンだったろうか。今の学生は一体どんな書籍を師友とし、どんな風にこれを利用しようとしているのであろうか。書籍は邪教の護符や呪文のように使われることが稀れではない。

福澤先生の著書は、明治維新の大業を成し遂げ、鎖国攘夷の愚を棄てた封建的学術で教育された下級士族に、開国の指導原理を与えて、よく彼らを踊らせ、民衆を操ることが出来たのであるが、私どもが先生を知ったその最晩年には専ら居家処世、修身道徳を説くことを念とされ、独立自尊主義を高唱されたのであるが、しかし、どれだけの説得力を一般社会に対してもっていたろうか。

私は普通科在学当時、長野県人の某君から同県在住の某氏が毎朝仏壇に燈明をあげ、香を焚き、鉦《かね》を鳴らして、『福翁百話』の一節を朗誦するという話を聞いた。大真面目《まじめ》で、「鯱ほこ立ちは芸に非ず」などと節を付けて読み上げ、鉦を叩いている姿がおかしく想像される。これなどは極端な例だが、慶應義塾社中には、福澤先生の著書を有り難がる者が多かった。しかし、それも、私の入学する約一年前に出版された『福翁百話』、私が二年生に進んでから刊行された『福翁自伝』、それに普通科五年の国文教科書に使用された『修業立志編』の外には極く少なかったろう。最も私どもも少年の血を湧き立たせたものは、先生逝去の直前、すなわち明治三十四年一月に『時事新報』紙上に公表された「瘠我慢の説」だった。私どもは鉦こそ叩かず、線香こそ焚かなかったが、いくらか節まで付けて、「立国は私なり、公に非ざるなり」とこの論文を朗読した。だが、今にして思えば、この論文一篇だけを読んで、直ちに勝安芳や榎本武揚の心事を忖度し、その行動を論評するのは元より危険であろう。維新史の研究は我々の手におえないほどの莫大な資料に依拠しなければならない。

明治三十三年夏の静浦保養館一夕の会談で、先生は読書の必要を熱心に訓えられたが、しかし、先生自身の読書法を承わることが出来なかったのは遺憾である。私はただ先生の書庫に収められていた書籍が頗る多岐、多様、複雑であり、先生の読書の範囲の頗る広汎であったことを想起するばかりである。

秋も漸く深くなった。一年中の読書の最好季節が来た。この秋こそは良い本を沢山に読みたいものである。

（『三田評論』昭和四十四年十月号）

＊『師・友・書籍』（小泉信三著、岩波書店、昭和八年）

試験

入学試験、進級試験、卒業試験、就職試験——またも、試験シーズンがやってくる。私は幸いにして、入学試験も就職試験も受けた経験がないが、学期試験や学年試験には、いつも悩まされた。慶應義塾学生生活満十年、数々の楽しい記憶が残っているが、試験のことを思い出すとぞっとしたり、うんざりしたりする。学校の本館近くには沈丁花が多かった。試験の開始は、今よりは、やや遅かったと見えて、春の彼岸頃、この花の強い香のするころになると、嫌な学年試験が始まる。花の薫りまでも、癪の種である。

落第はむろん嫌やだ。だといって、教科書やノートを読み出すと、つい、睡くなる。睡気覚ましにもっと面白い本が読みたくなる。「山僧は経読みさして眠りけり、手枕近く鴬の啼く」。こんな歌を口吟んで見たが、どうも、ぴんとこない。そこで、「山僧は経読まずして眠りけり」と、上の句を訂正して見たが、やっぱりいけない。しまいには、「山僧は経投げ捨てて眠りけり」とやってどうやら午睡の夢にはいった。

我々のグループには、試験全廃論者もいたが、それよりも、毎学期受ける試験を二度だけに止めて、第三学期の試験は受けないことにしようではないかという意見が圧倒的だった。その頃は、成績表が学期毎に出版された。一学期と二学期の点数を加えて、三で割ると、私どもの仲間は、大概、みな、及第点を取れることが確実だった。ただ福澤大四郎君だけが大学予科生だったので、幾分点数の不足が心配されたが、それも平常点で補えると自信たっぷりだった。

しかし、この計画は時の教頭門野幾之進氏の激怒を買った。校則を破り、校紀を乱すものである。たとい、点数は及第点でも落第させてしまえ。ことに、その仲間に福澤の伜や孫がいるのが、怪しからん。他の学生の見せしめのために厳罰に処せろ。明治三十三年三月のことだったと記憶する。福澤先生いまだ在世の頃である。我々は別段悪事をはたらいたとは考えない。なるほど、試験勉強こそしなかったが、有益な書籍を、しこたま、抱えて、箱根の木賀で大に勉強してきたつもりだ。福澤先生の意見を糺《き》いて見ようということになったが、先生は「うるさい、うるさい、そんなことは鎌田（塾長）に聞け」といっこう取り合ってくれない。鎌田塾長の穏便な取り計いによったものか、誰も落第の憂き目を見るものはなかった。*

福澤先生は、試験前でも、試験中でも、毎朝、銅羅を鳴らして、私どもを散歩に誘い出した。「試験中だというので、机にばかり、しがみついているのは馬鹿の骨頂だ。試験中こそ、朝早くから散歩でもして、浩然の気を養うべきだ」と言う。朝の散歩が、どれだけ試験の成績に影響するかは、いささか疑問であるが、私どもは、とにかく、先生の言うがままに試験中でも毎朝の散歩を怠ったことがなかった。それればかりでなく、糖分をとると頭がよくなるという意見を信じて、学校から帰ると、よく、芝の神明まで、名物の太々汁粉や太々餅を食いに出かける。むろん、乗物などには乗らない。時間が相当かかる。勉強家の佐野甚之助君は、時間がおしいというので、同行を渋るのを無理に引っ張り出す。佐野君はその時の試験に到頭落第してしまった。我々は大に責任を感じて助命運動に出かけようとする。落第点を附けた先生の宅に出かけて坐り込みまでやり兼ねない気勢である。ところが、佐野君は、そんなことはやめてくれ、といって聞かない。「鶏口たるとも牛後たるなかれ」、運動などをして貰って、びりっこで及第するよりも、このまま現級にとどまって、来年は一番で卒業（普通部）して見せる、という鼻息である。

佐野君決して劣等生ではないが、たとい、一年おくれても一番で卒業できるだろうか。私どもは甚だ不安だったが、彼は余程勉強したと見えて、翌春は見事一番で大学予科に進んだ。その好漢佐野君も今はとっくにこの世の人でない。

私が試験苦軽減の策として取ったのは、学校の講義に毎回かかさず出席することだった。いつも教壇の真下《ました》に座を取って、先生の顔を見上げながら、熱心に耳を傾けていると、あまり興味のない科目にも、それ相当の面白味のあることが発見される。少しでも疑問があれば、時間後に、無遠慮に質問する。講義中に質問して、苦い顔をされることもある。時たま、先生の誤りでも発見すると鬼の首でも取ったように鼻を高くする。こうして、毎回出席していると、受験勉強は、割合楽になる。大抵、試験の前日に、数時間、教科書やノートと頸っ引きすれば、大体及第点位はとれる。それでも、なかなか、そうはいかない場合がある。こんな時には夜の一時二時まで睡らずにいなければならない。翌朝は、頭がぼんやりして、いい答案などは書けない。それでも、先生たちはみんな、寛大な方々だったと見えて、落第点を頂戴したことは一度もなかった。

明治四十一年三月で、私は試験地獄から免れた。亡者が閻魔に変った感じがした。こんどは、こちらが試験をする方へ廻った。「試験という奴は、最もよく準備をした者に取ってすら、侮り難い（formidable）ものだ。なぜならば、最大な馬鹿者も最も賢明な人の答えることのできるよりも以上に問うかも知れないからである」。こんなことを言った西洋人がある。学生時代、難問題を出されて頭を悩ましている時などには、先生と地位をかえて、こちらが試験をする側に廻れば、もっと厄介な問題を出して、先生を苦しめてやることができる、などと不逞な考えを抱いたことがあったが、因果は覿面《てきめん》で、こんどはこちらがそういう立ち場に立たされることになった。爾来六十一年、少なくも年一回は多数の学生に試験の苦盃をなめさせる。採点に少なくも二週間は、たっぷりかかるが、それでも自分が試験されるよりは楽だ。いまだに試験の夢を見ることがあるが、いつも、された方の夢で、した方の夢は見ない。或いは見ても、この方はされた方ほど深刻でないので、醒めた後の記憶に残っていないのかも知れない。

以前は、慶應義塾の入学は今ほど困難でなかったので、受験勉強といえば、多くは学期もしくは学年試験の関門を無事に通過するための勉強だった。伜や娘の入学に、教育ママが華々しい活動を始めたのは、凡そ何年頃からであったろうか。「金が物言う慶應義塾」などという記事を雑誌に載せられて、訴訟を起すことを主張する小泉信三君や成瀬義春君（高等部主任）と黙殺論を主張する北島多一氏（医学部長）とが合同教授会で渡り合ったのも今は遠い昔となった。

この頃は私のところへ入学運動にくる勇敢な教育ママも、めっきり減った。入学の狭い門が広くなったわけではあるまいが、運動しても駄目だと悟った賢明な婦人がふえたからであろうか。「運動してはいれるような学校なら、何もはいる値打ちはあるまい」。これは或る大学の学長先生から聞いた言葉である。私もこの故智にならうことにしている。

学年末試験は、自分の学生時代に味った試験苦をなるべく軽減するように、五十年来、参考書持ち込みで、提出された問題について短論文を書かせることにしている。

何かのパーティなどで、昔の学生に会って、「私は昭和何年の卒業です。先生からAを頂戴いたしました」などと言われると、いささか、好い気持ちになる。悪い点を附けて、終生、憎まれるよりも、良い点を附けて、後々までも感謝された方が利口だなどと思うこともあるが、どうも、これは教師の良心が許さない。落第点を附けた時の後味は極めて悪い。何とかならないものかと、二三度読み返して見るが、駄目なものは、やっぱり、駄目だ。たとい、一生、憎まれ通しても、CやDを附けなければならない場合がある。

学生として、また、教師として、試験制度の弊害は痛感しているが、これに代って、学生を、よりよく勉強させる方法は、どうも見当らない。

約二週間を丸潰しにして、数百枚の答案に目を通さなければならない時は、目前に迫っている。利己的な私はこの短論文から成る答案に、自分のまだ知らなかった新しいものを教えられる悦びを感じようとしているが、不幸にして、そんな答案にはまだ出会ったことがない。今年はどうであろうか。強烈な学生運動の中から、老教師を驚かす新鮮な名答案は現れないものだろうか。

（『三田評論』昭和四十五年三月号）

＊　本書二三〇ページ、「福澤三八君」参照。

水泳自慢

私は運動神経が鈍いとでもいうのか、小学生時代から一通り陸上のスポーツ修行をやったが、相撲がやや強かっただけで、野球、庭球、みな駄目だった。しかし、小学校の尋常二年生の頃から水泳を始めると、私の性《しょう》にあっていたものか、上達が極めて速かだった。横浜に住んでいた私は、毎年夏になると、手拭と畚褌《もっこふんどし》を入場券の木札の長い紐でくくって、ぐるぐると振り廻しながら、毎日毎日、野毛坂をおりて、吉田町を通り越し、左に折れて、埃《ほこり》っぽい内田町の海岸づたいに水泳場へと急ぐのである。今なら、おそらく、大腸菌の、うようよしていることが発見されそうな、あまり綺麗でない海で、長いあいだ泳いで帰路につく。大道《だいどう》に荷をおろしている飴湯屋《あめゆや》で、飴湯の熱いのに、生薑《しょうが》の粉をふりかけ、一杯飲んで、冷えた腹を温めるのも楽しい思い出になっている。

慶應義塾にはいってからも、水泳部はまだできていなかったが、水泳はやめなかった。自尊党の同志四、五人が申し合せて、神奈川県の富岡で、ひと夏、水泳練習をしたのは、明治三十四年のことだった。私どもよりも、かなり下級生に鹿島一郎君という少年がいた。今の神奈川県の名望家、鹿島源左衛門君である。富岡は今では横浜市金沢区の一部になっている。この少年のお父さん、当時の源左衛門氏のお世話で、長昌寺というお寺の本堂を借りて合宿することにしたのである。

私は、東京をたった一行と横浜で合流し、先ず鹿島家を訪れて、寺に案内してもらうことにした。鹿島家は、探すまでもなく、直ぐわかった。石段をあがると、赤く塗った門がある。立派な玄関に立って案内を請うと、「はい」という返事と一緒に、いかにも質素な服装の婦人が現われて、式台に手をつき、丁寧にお辞儀をされた。そそっかしい中村愛作君は、こんな堂々たる玄関構いの大家《たいけ》の奥さんが、こんな素朴な出で立ちで、こんなに鄭重に我々青書生の前に頭を下げるとは考えなかったのであろう。多分、女中だとでも思ったのであろう。いくぶん、横柄な口調で、「一郎君はいるか」と問うと、その婦人は、「はい」と答えて、直ぐに、奥の方を向き、「一郎、一郎」と声をかけた。さては、一郎君のお母さんであったかと、愛作君は顔を真赤にして、へどもどしている。私ども一同、みな恐縮する。

やがて、奥さんは一郎君と一緒に私どもを立派な座敷に案内してくれる。何事にもよく気の附く愛作君のお母さん、すなわち福澤先生の長女お里さんが、東京を出るとき、カステラを二箱持たせてくれた。一箱はご厄介になる鹿島さんに差し上げなさい、一箱は、あなたがたが、みんなで、おあがりなさいと、弟の大四郎君と悴の愛作君に渡したものである。私どもは、一箱は言い付かった通り、うやうやしく一郎君のお母さんに差し出したが、あとの一箱を早くたべたいと思っていた。主人側が座敷をはずして、私どもだけになると、すぐ、廊下に出て、座敷に背を向け、カステラの箱をあけた。庖丁も、何もないので、手で大きくむしり取って、口一杯に頬張った。丁度、その時である。うしろの方で、「よくお出で下さいました。一郎の父でございます」という声がした。慌てて、向き直り、膝を正して、かしこまったが、カステラが喉につまり、胸につかえて、何も喋べれない。散々の失敗だった。

慶應義塾水泳部再建の計画が立てられたのは、この富岡の長逗留の際だった。再建といっても、以前の水泳部は、明治二十年に同志が集って、水泳倶楽部をつくり、芝浦辺に水泳場を設けただけのもので、後の合宿式のものとは全然違ったものだと後に聞いた。私どもの仲間は誰もこの旧水泳部のことは知らない。

富岡は東京に近いし、横浜居留の外人が初めて日本で海水浴を試みたのはこの地だという言い伝えなどもあって適当な場所のように思われたが、いかにも長い藻が多く、足にからまるのが不快だった。もっと良い場所はないかと、金沢文庫や金沢八景で有名な金沢その他の各地へ出かけたが、結局、葉山の堀の内を選定し、相福寺を宿舎に当てて、水泳の練習を始めたのは明治三十五年七月十二日からだった。この年の夏は、生憎、雨降りの寒い日が続いた。我が儘な私は、水泳部が開始されても、天候恢復を待っていて、いつまでも葉山行きを怠っていた。漸く、いくらか夏らしい天気になったので、後れ馳せに相福寺に出かけると、同志の面々、みな、私の遅参を責める。早速、海にはいったが、水はまだ冷たい。

数え年八歳の小学生時代から、毎年水泳の練習を怠らなかった甲斐があって、私は慶應義塾の水泳部ができた初めから、部内では一、二を争う「名人」だった。横浜では向井流の泳法を習った。葉山では最初の一年は神伝流、二年目からは水府流太田派を主として稽古した。学校を卒業してからは、英国に留学するまで、水泳部長兼師範を勤めて得意になっていた。水上の打毬や西瓜取りには、必ず参加して、よく相手を沈めた。部員は、私を「部長」ではなく、「ブラ長」だと嘲った。

遠泳には、葉山逗子間、葉山鎌倉間、葉山江ノ島間のいずれにも参加した。不参加は、明治三十七年、宵闇の相福寺裏の山道で、蝮に噛まれて、横浜の宅に帰り、一カ月間、臥床をやむなくされた年だけだった。ことに評判になったのは、明治三十六年八月二十三日、最初の江ノ島遠泳で、参加総員二十二人の内、私どもの第一小隊五人だけが、七時間二十分を費して全泳した時だった。小坪辺からは、潮の流れが強くなり、稲村ガ崎に差しかかった頃からは、南の風が吹きすさみ、高浪が何段にも崩れて襲いかかる。まことに苦しい遠泳だったことは事実だが、今から思えば格別大した「冒険」でも、「壮挙」でもないのだが、その当時では、やや珍しい催しだったと見えて、『時事新報』などは、ほとんど一面全部を費して書き立てた。永野良造の第二小隊も、福澤大四郎の第三小隊も、中村愛作の第四小隊も、みな、全滅したので、第一小隊の高橋誠一郎が、すっかり「英雄」になってしまった。「個人ならば、いざ知らず、一団体が隊伍を造りて、海上を三里も泳ぎ通せるは、義塾水泳部今回の挙を以て嚆矢とすべし」とマスコミは大きく書き立てた。この遠泳の全泳記念写真は『図説・慶應義塾百年小史』に麗々しく載せられている。

明治三十九年六月十二日の江ノ島遠泳は、これよりも更に苦しかった。先ず、逗子の田越川から流れ込む水の冷たさに震え上がった。次には、小坪沖の逆潮《さかしお》に悩まされた。天気は清朗だったが、「此所のみは、浪起りて、潮流急に、必死に泳げども容易に進まず、往々にして押し流されんとす」と記されている。落伍者が相次いだ。稲村ガ崎で出逢った逆潮は更に急で、三十分間も奮闘したが、少しも進まない。「徒らに体力と心気とを費やすのみ。」更に三十分を過ぎた十一時になっても、まだ稲村ガ崎を後に見ることができない。「余りの事に一同元気も体力も尽きたる様なりしが、斯かる間に、高橋、荒井（憲）は最もよく奮闘して衆を抜きたれば、他の人々も奮励し」漸くにして長谷《はせ》の森、極楽寺の山が見え初め、江ノ島にかけ

明治 36 年 8 月、予科時代に水泳部員として葉山江ノ島間を完泳（前列中央が著者、その後ろが名取和作）

た仮橋さえも明かに認めることができた。やがて、「高橋は午後二時二十分を以て、無事、前頭第一に上陸し」うんぬんと書かれている。第二着の荒井は十五分おくれ、更に五分おくれて、最年少の石田一郎という十四歳の少年が上陸した。この遠泳は出発から上陸まで、七時間四十分を費した。

こんな記事を読んでいると、私が、いかにも武者振り雄々しい選手であるようだが、実は、江ノ島の仮橋が見えるようになる前から、疲労甚しく（他の面々はおそらく私以上だったかも知れないが）、部下と速力を合せることができず、自分のスピッド〔スピード――編者注〕で泳ぎ出したのである。私に次ぐ荒井、石田以下、みな同様だ。遠泳のルールは無視されて、競泳のような恰好になってしまった。小隊長自ら部下を棄て、列を離れて前進したのである。

疲れてはいるが、独りになると、案外、快速度が出て、私の姿は、忽ちにして後続部隊からも、監視船からも見えなくなってしまった。一同は、救護船も附けず、ただ独りで泳いでいる私のことを案じてくれていたらしい。その時である。遙か彼方の波間に黒い頭が浮び上って、また沈んだのを見たというものがあった。人間が溺死するときには、ちょうど、こういう風になるという。「高橋君が死んだ」といって、泣いてくれたものもあったという。等級を表わす水泳帽は、白地に赤線一本から、段々と三本になり、次いで、同じく黒線一本から三本になり、卒業すると黒地に一本、白線を入れることになる。その水面に浮び上った頭が、あだかも、黒帽子をかぶった人のように見えたのである。私は、その頃、学校の方はまだ学生だったが、水泳の方は卒業生ということになり、黒帽子をかぶっていた。これが、間違いのもとである。波間に見えた黒い頭は、大海亀、正覚坊のだったろうと、後に評議一決した。

こっちはそんな心配をかけていることなどは全く知らず、上陸すると直ぐに休憩所に当てられた岩本楼にはいり、風呂を浴びて、大広間の真中で、独り、大の字なりに寝ていると、どやどやと遠泳に参加したもの、その他がはいってきた。寝ている私を見附けると、みな一斉に、素頓狂な声で「高橋君、生きていたのか」と叫ぶ。

私が江ノ島に上陸した時、海の中まではいって迎えて呉れたのは、体育会長福澤捨次郎さん唯一人だった。この島一流の旅館に休憩所を設けて呉れたのも、捨次郎さんだった。

私が水泳部長兼師範になってから二年目の明治四十二年の夏だけ、静岡県江尻〔現静岡市清水〕の海岸に水泳部を移した。同町の望月睦三郎氏のお世話になり、秋葉山峰本院の新築した建物を借り受けて宿舎に当て、袖師海岸で練習することにした。

この時の大遠泳は袖師ガ浦から三保の松原の突端に向って進み、ここで右折して興津の清見寺下に達し、更に左折して袖師ガ浜に帰るものだった。「高橋部長、これが先頭たり」とある。「十哩遠泳」と称したが、割合に順潮で、五時間余で終了した。出発したのは午前八時であるが、私は先着者として午後一時十分に帰着、殿《しんが》りは一時四十分。この時も、大海亀が現れた。

江尻の海岸は風光明媚で、海水も綺麗だが、ただ、石塊《いしころ》が多く、水からあがって、甲羅干しをする砂地が少ないのは、まだ、我慢ができるとしても、この年だけのことかも知れないが、水不足には、ほとほと、閉口した。毎日、人夫を雇って、山下の井戸から水を運ばせる始末だ。これでは水泳部の経済は成り立たない。

恰もよし、鎌田塾長が泊りがけで来江された。先生は直ぐに水汲みの費用を学校が負担することを承知して下された。高橋部長、これで、一先ず、息をつくことができた。

望月氏が、鎌田塾長と江尻滞在中の氣賀勘重先生、それに私の三人を鯵釣りに招待して下さった。船中には年増の美人が乗り込んでいる。私はこの婦人は芸者だろうと思ったが、塾長はこれを望月夫人と解したらしく、丁寧に手をついて、学生が大勢来て、いろいろご厄介をかけますと、鎌田先生には不似合いなほど慇懃な口調で挨拶される。女はへどもどして返事ができない。風が少し出て、船が動揺する。鯵は一疋も釣れない。女は船に酔ったと称して、途中で船を陸に附けさせて降りて行く。後にこの時の話をすると、塾長平然として、「芸者を奥さんと間違えた方が、奥さんを芸者と間違えたよりはよかろう」と申される。なるほど、と思う。

毎年の海上運動会では、数多くの模範水泳をやらせられた。中でも、得意なのは、「手足《しそく》がらみ」、「鯔《いな》飛び」、「水書」だった。当時の新聞はこんな風に報道している。「高橋の手足縛りは、先ず諸手《もろて》を背後に廻して、腰の所に緊縛し、なお両足も堅く縛りて、静かに飛び込み、斯くて五十ヤードを遊泳するものにて、老練の程、唯、嘆賞の外なく」うんぬん。

福澤会長は「高橋のように痩せた男が両の手足を縛られて、海へ抛り込まれるのは、気の毒で見ていられない」と言っておられたという。

明治三十八年八月十四日の運動会では市村繁次郎君に硯持ちをさせて、水書をやった。翌日の新聞は「市村硯石を持ち、高橋右手に筆を執り、左手に半紙（水書板？）を持ち、水中に立ち泳ぎをなしながら、墨痕鮮かに「人事無辺」の四字を記し、更に「乙巳八月」と細書し、而かも、筆力見るべきものあり」と褒めている。

競泳は好きではなかったが、この年の大会最後の六百六十ヤード競泳には、「ぜひ、出場してくれ、君が出ないと大野与三松が優勝する。大野に優勝されれば、彼奴、どこまで増長するか判らない。彼奴の我慢の鼻をへし折ってくれ」と煽てられて出泳し、大野に約六、七十ヤードの大差をつけて優勝したものの、その晩から発熱して寝込んでしまったことは、「ネクタイ」と題して、昭和二十二年七月の『女性線』という雑誌に書いておいた。このレースには水泳部の金メダル、福澤体育会長寄附の銀時計、父兄や来賓からの寄贈品十数点の外に、細い手編みの絹ネクタイが一本添えてあり、これには「優勝の君へ」と記してあったということを後に知ったが、私が賞品の包みを開けた時には、このネクタイは、もう、山県繁三君という理財科の助手に抜き取られていた。これは、毎夕、森戸の海岸に天降るエィンジェルと呼ばれた美人が自分で編んだものだという。私はこの天使に一度も会ったことがなく、本名も知らずにしまった。山県君は一種風変りの秀才だったが、その後、間もなく、失恋して、米国に渡り、数奇な運命を辿った後、日本に帰って寂しく死んだ。大野君も常軌を逸した快男子で、学校を中退して、最初のブラジル移民団に加わり、笠戸丸に乗り込み、南米に渡ったが、あまり成功しなかったようだ。

水泳部長になっても、普通科生徒の頃から、長くやってきた幹事の延長のようなもので、別段、困難な問題にぶつかることもなかった。前述した江尻の水飢饉などが頭を悩ました最大のものだったろう。部長も、部員と楽しく一緒に泳いでいれば、それでいい位に考えていた。会計は幹事まかせだった。

こんな風に書いているうちに、学校を卒業してから留学するまで、三年間勤めた部長時代に一度だけ妙な出来事のあったことを思い出した。

水泳の練習を終って、相福寺の宿舎に帰ると、幹事の一人が、某君という年少の部員の父親が来て、ぜひ、部長さんに会いたいといっている、今まで自分が応対していたが、部長さんでなければ埒が明かないらしい、という。

その人は本堂の一隅に、ちょこなんと坐って、部長の帰りを待っている。私はその前に坐って、「高橋です」とお辞儀をする。先方は何か二言三言、「お天気が好くて結構です」というようなことを言ったが、直ぐに話は途切れる。二人の間に沈黙が長く続く。そうこうしているうちに、その人は、もじもじしながら、「えー、部長さんは、まだお帰りになりませんでしょうか」と切り出した。これには驚いた。お粗末ながら部長さんは眼前に、ちゃんと控えている。「部長です」と言わずに、「高橋です」と言ったのがいけなかった。先き様は、また別の幹事が一人現れたのだと思ったのであろう。

その時、「私が部長ですよ」と言ってしまえば、何でもなかったのだが、意気地のない私には、どうしても、「俺が部長だ」と名乗る勇気がでてこない。「もう、帰っているかも知れません、見て参ります」と答えて立ち上ってしまった。

さて、立ち上りはしたものの、どうしていいか判らない。部員たちの、ごろごろしている庫裏にはいったが、「いずれを見ても山家育ち」で部長らしく見える面構えのものは一人もいない。その時、ふと、思いついたのは、竹川吉太郎君という賄い方である。この人なら、風采堂々とまではいかないが、年齢の点からいって、立派に部長先生に成りすますことができよう。早速、炊事場へ行って見ると、竹川君、忙しそうに部下を督励している。私は同君の顔を見ると、いきなり、「袴を持っているか」ときいた。「あります」という返事を聞くと同時に、「袴をはいて、大急ぎで、本堂へきてくれ」とたのむ。竹川君、いかにも腑に落ちない様子で、「いくにはいきますが、一体、何をするのですか」と訝る。歩きながら、手短かに事情を話す。

私は、袴をはいて、妙に取り澄ました顔の竹川君を客人に紹介する。「こちらが部長先生です」。竹川君の演技は満点だった。用件は、その日、友人たちと何処かへ遊びに行って、不在だった倅に渡してくれといって、金を預けるにあった。学生幹事では信用が置けなかったのであろう。

この部長らしくない部長は、明治四十四年五月の英国留学とともに、懐しい水泳部との縁を切った。ロンドンでは、市《まち》のプールで泳いだが、それも胸を病んでやめなければならなくなった。帰朝後は静養地の伊豆、相模の海岸や温泉場で泳いだ。大磯に山荘を営むようになってからは、毎夕、照ガ崎の水泳場に出かけた。いざ泳ぐとなると、病後の身も忘れて、全速力を出したり、波と闘ったりした。海岸で見物していた義塾の大先輩、元の王子製紙専務の鈴木梅四郎氏や、後年の初代最高裁長官三淵忠彦氏から褒められて、鼻を高くしたこともある。鈴木氏曰く「あなたの水泳は、決して結核患者のそれではない」と。

ある日、山荘を出て、海岸に行くと、波が非常に高い。しかし、泳げないこともあるまいと、茶屋で水着に着替えて海にはいった。誰も泳いでいない。みんな波を恐れたのだろうと思い、しばらく泳いで、陸《おか》へ上がると、若い連中が四、五人、裸で、砂に腰を下ろし、両手で脛を抱いて、怨めしそうに海を睨んでいるのに気附いた。その中の一人が、私に声をかける。多分、塾生だったろう。「先生、大磯海岸の監視は不公平ですよ。実に怪しからん」とぼやく。「どうして？」ときくと、「今日は水泳禁止だといって、私どもを海に入れない。仕方がないと諦めて、ぼんやり海を眺めていると、先生が一人で、ずかずかと水へはいっていく。誰も留めない。それで、私どももはいろうとすると、いけないという。それなら、高橋さんを、何故、止めないか」と訊くと、「あの人は名人だというのです」。

昭和の初め頃だったろうか。静岡県の浦川村というところで催される夏期講習会へ招かれて出かけた。講師は私一人だけ。聴講者の中には、暑中休暇で帰省中の高師や諸大学の学生が多い。

午前中で講義を終って、聴講生たちと一緒に食卓につく。食事が終ると、タオルを肩にして水泳に出かける者が多い。「私も連れていって呉れないか」と頼むと、その中のリーダー格の男が、「およしなさい。ここの流れはとても急で、危険ですよ」と止める。そうすると他の人たちが、「我々がついているから大丈夫だ。午前は経済学の講習をして頂くから、午後は、そのお礼に、我々が水泳のコーチをしてあげよう」と反論する。

漸くお許しが出て、みんな一緒に天竜右岸の渓流で泳ぐ。水は少し冷めたいが、清純極りなく、爽快この上もない。学生たちのことも忘れて、一人で泳ぎ抜いて陸に上がると、私の泳ぐのを見ていたと見えて、さっきのリーダーが、私の前に頭を下げる。「先生、午後は水泳の講習をお願いします。」私としては、水泳の方が経済学よりも自信がある。快く引き受ける。

まだまだ、自慢したいことが沢山あるが、大分長くなったし、お聞き苦しかろうから、これでやめる。普通科生の頃、スウィントンのリーダーか何かで読んだ言葉に、「読むことと泳ぐことのできない人間は馬鹿でなければならない」というのがあったことを思い出す。また、私どもの子供の頃、自慢する子がいると、「自慢、高慢、馬鹿の始まり」とからかったものだ。泳げることで、馬鹿を免れたが、この自慢話で馬鹿になってしまった。水泳をやめて、約三十年になるが、それでも、今朝の新聞で、「第四十二回早慶水泳競技会。早大、全種目に一位、大差で三十連勝」などという大見出しのトップ記事を見ると、老を忘れて水に跳び込みたくなる。

（『三田評論』昭和四十五年七月号）

体育会八十周年に思う

昨昭和四十七年は慶應義塾体育会が創立されてから、丁度、八十年になるというので、十一月三日、文化の日を卜して記念式典が午前十時から日吉の記念館で挙行された。

この式典に参列して先ず思い出したのは十年前の三十七年十月二十八日の日曜日に、同じ時刻に、同じ場所で行われた創立七十周年記念式典の時のことである。

当日は体育会に功労のあった歴代の会長と理事が表彰されることになっており、私を初めとして、板倉卓造、槇智雄、小泉信三、浅井清、潮田江次、石丸重治、小島栄次、奥井復太郎、氣賀健三の十人が壇上に、ずらりと並ばせられた。私は、今、「私を初め」と書いたが、その「私を初め」が甚だ疑問であった。私に、どれだけの功労が体育会に対してあったたか？　この点も甚だ怪しいが、とにかく、体育会の理事を一年ばかり勤めたことは事実である。それよりも不思議に思われたのは、私を一番上手《かみて》に坐らせたことである。なるほど、この日表彰されるもののうち、八人は私よりも後輩であり、年少である。しかし、板倉君だけは、生れたのも、慶應義塾を卒業したのも、私より五年先きである。その大先輩を、何故私の次席に置いたのであろう。どうも判らない。

しかし、さすがに、司会者は、この大先輩に敬意を表わしたらしく、坐った順序に、その名を呼んで、高村象平会長から表彰状と記念品を贈呈した後、我々被表彰者の代表として板倉君の挨拶を求めた。

板倉君は老いたりといえども、なお、往年の雄弁を失わず、極めて明快な調子で、自分は体育会から感謝されるよりも、むしろ体育会に感謝すべきである旨を述べた。これまでの一生を通じて、一番笑って暮した時代、そして、友人と胸襟を開いて語り合った時代はいつであったかを振り返って見れば、それは体育会におったときであると思うと説いた。「何よりも我々が体育会に対して感謝しなければならないことは、体育会に関係したことによって我々は非常に多くのよい友達をつくることができたということであります」。

なるほど、我々の学生時代に良友を得る機会を最も多く与えてくれたものは体育会であるかも知れない。しかし、私は板倉君の歯切れのいい弁舌に聴き惚れているうちに、「はてな?」という疑念が頭を掠めた。板倉君は、一体、学生時代に体育会の何部に属していたろうかということである。大学部と普通部の相違はあったが、私は学生時代、かなり長い間、板倉君と親しく交際した。ことに明治三十五、六年のころには白金志田町の素人下宿で同じ部屋に机を並べて勉強した。生意気な私はこの先輩とよく喧嘩もしたが、また何かと教えを受けることも多かった。ただ、そのころ若い学生の間に非常な人気のあった女義太夫を聴きに芝の琴平町まで、遙々出かけることだけは、この大先輩の驥尾《きび》に附くことをしなかった。この方は別室の同級生西原雄次郎君がいつも附き合っていた。実際、板倉君は女義太夫、ことに二代目綾之助贔屓の、品のいい、堂摺連《どうするれん》ではあったが、スポーツには全然関心を持たないばかりでなく、むしろ反感をすら持っていたように思い出される。自分自身、スポーツらしいものをやったことがないばかりか、「体育亡国論」を捲し立てていた。

板倉君が体育に興味を感じ出したのは学校を卒業して、『電報新聞』に入社してからではあるまいか。社命を帯びて、早慶野球戦などの観戦記を書いたのが、なかなかの名文で好評を博した。それが、君をスポーツに誘う機縁となったようである。学校の先生になってからは、葉山の水泳部へ来て水泳の稽古をしたこともある。君が危なっかしい恰好で、文字通り一所懸命にプカプカやっていると、普通部で英語を教えて貰っている少年達が何人か、その廻りに泳ぎ寄って、「先生、良い点を附けてくれないとブクを食わせますよ」と脅迫する。先生は承知の意を表明しようとしても喋べることができない。言葉に代えて合点、合点をすると顔が半分水の中にはいる。まことに微笑《ほほえ》ましい情景である。

板倉君が慶應義塾体育会のために力を尽されたのは大分後のことであろうか、私などとは違い君の理事時代はかなり長く続いた。体育会の功労者として表彰さるべき第一人者であることは論のないところである。

私が理事を勤めたのは、前に一言したように、僅か一年位だったろうか。それも、板倉君の何度目かの外遊中、いわば、同君不在中の代理のつもりで引き受けたまでである。しかし、私は普通科生時代から体育会の役員を勤めていた。水泳部とは創立以来深い関係があった。学生時代は幹事として、卒業してからは部長兼師範として、明治四十四年に留学を命じられるまで、この部との関係が絶えなかった。そのことまでも勘定の中に入れると、私がこの記念式典で感謝される十人の筆頭に挙げられたことも、あながち発起人たちの誤りではないらしい。

この体育会創立七十周年記念式典の最後を飾ったものは元の塾長、小泉信三君の講演だった。小泉君は講演をされる時は、いつも用意周到で、この時も、ちゃんと草稿を用意しておられた。君は、この講演のために「少し準備して参りましたが」、「今、板倉先生がお話しになったこと」と大部分同じことに帰着する、「従って重複を免れませんけれども、しばらくご辛抱を願います」と前置きして、「スポーツが我々に与える三つの宝」というその持論を諄々と繰り返して述べる。小泉君の謂うところの体育三宝とは、練習の体験、フェアプレーの精神、良友の獲得である。

私はその頃は、もう大分耳が遠くなっていた。ことに弁者の後《うしろ》に居ると一向に聞えない場合が多い。この時も、壇上に据えられた弁者のテーブルのやや右手寄りの椅子に腰をおろしていたので、折角の講演が耳にはいらない恐れがあった。私は壇から降りて、聴衆席の真正面の空席に腰をおろして謹聴することにした。

この難聴が産んだ些細な所為で、私は或る人から意外な誉め言葉を頂戴した。「あなたが、壇上から降り、一般聴衆の中にはいって、小泉先生の講演をお聴きになった態度には、本当に感心しました。他の方々は多く小泉先生の後輩であり、先生の講義を聴いた人たちも何人かおられたでしょうが、それが、皆、壇上で聞いているのに、小泉先生よりも先輩のあなたが、ひとり、壇を降りて傾聴なさった態度には全く心を打たれました」と大真面目で誉めて下さる。「小泉君に対する尊敬の念や講演者に対する礼儀からではなく、私の耳が遠いからですよ」といっても、先方は中々承知してくれず、飽くまでも、私の謙虚な態度を称讃してやまない。有り難いような、くすぐったいような気持ちである。人間は詰まらないことで、褒められたり、貶されたりするものだと感じる。

さて、それから十年の歳月は夢の間に過ぎて、八十周年記念式典が挙行されることになった。その間に、前回表彰された十人の内、七人までが故人になってしまっている。

高村君ら五氏に佐藤会長から感謝状を贈呈した後、司会者は私に体育会の思い出話をしろという。私の産れたのは明治十七年五月九日で、慶應義塾体育会の生れたのは二十五年五月十五日である。私が曾つて「私の履歴書」の中に書いたように、父の考え通りに幼稚舎に入舎していたら、慶應義塾の生徒もしくは学生として体育会八十年の歴史を目のあたり親しく見ることができたであろうが、惜しいかな、明治三十一年に普通科に入ったのが慶應義塾を知る初めだったので、六年間の「古代史」は見ることができなかった。その頃、体育会は弓術、剣道、柔道、端艇、野球の五部ぐらいしかなかった。体育会創立の当時は以上五部の外、操練部と徒歩部とがあったが、徒歩部は私の入学する以前、二十八年に廃止され、操練部は私が入学すると間もなく、三十二年に普通科の正規の課目「体操」の中に入ることになった。庭球、蹴球（ラグビー）、水泳、自転車などはその後にできた。大学生になってから、寄宿舎の中庭に土俵を築いて相撲を始めたが、これは私の在学中は体育会の一部にはならずにしまった。それが、今では、三十六部になっているという。私のような古代人には到底数え切れない。

運動神経の鈍い私は、あれこれといろいろな種目を齧《かじ》りはしたが、水泳を除いては、どれも物にならなかった。テニスは、一切の道具が福澤家の物置にあったのを先生の令息や令孫が見附け出して、自尊党の連中が同家の空き地で練習を始めたので私もこれに加わった。何でも余程以前にアメリカあたりから送られてきたものだという。その中の首の曲ったラケットは精巧を極めた見事なものだったが、私どもには、やはり日本製の安物の方が使いいいように思われた。後には窮狸窟前の空き地で練習した。私は駄目だったが、私どもの仲間の福澤大四郎君や中村愛作君はかなりの上達振りで、庭球部ができてから選手の列に加わったように思いだされる。

相撲は、上背《うわぜい》があったので、寄宿舎相撲では、先ず大関格だった。紅白勝負が催された時、紅組の大将が里見純吉舎監（後の大丸社長）、白組の大将が私だった。もっともこれは名前だけで、実力は双方とも副将にあった。勝負は副将で決まるものと思われたのだが、どうしたことか、私の方の副将が敵方の大将に負けたので、いよいよ、大将同士の決戦となった。その頃、大砲《おおづつ》万右衛門が横綱を張っていたので里見さんはヒョロ筒と渾名され、私の方は当時売り出しの太刀山峰右衛門から取って、干乾《ひぼ》し太刀山と呼ばれた。この勝負は四つに組んだまま同体に流れ、預りとなったが、私は大怪我をして長らく医者通いをしなければならなかった。

山岳部もまだできてはいなかったが、二、三の同志を語らって、夏山を幾つか極めた。私どもが、登山を思い立ったのは、日本山岳会の連中が南アルプスの赤石登攀を試み、小渋川の徒渉に失敗し、急流に押し流され、会員中の名文家小島烏水氏によって、「赤石山に登らざるの記」と題する紀行文が同会の機関誌『山岳』に登載され、「赤石一回の登山は富士百回の登山に勝る」と叫ばせたのに刺激されたのによる。「そんなに困難な山なら、一つ登って見ようではないか」ということになり、何の用意もなく、草鞋穿きで、蓙《ござ》を丸めて背負い、金剛杖を突いて、てくてく登ったのであるが、思ったほどのこともなかった。このことを日本山岳会で聞きつけ、是非、登攀記を書いてくれと依頼されて悪文を草した思い出がある。

ボートは私の入学した頃は、レッド・クラブと大和クラブの二つに分かれていた。初めの頃は、春の陸上運動会に対して、秋の水上運動会と称して、芝浦の料亭を借り切り、その芝生で私どもは競漕を見物した。エートはまだなく、六挺が一番長かった。私は水泳部のボート以外のものには乗ったことがないが、唯一度、端艇部に入れと勧《すす》められたことがある。

慶應義塾の端艇部の先輩に水上久太郎という方がおられた。小泉信三君の親戚に当たる義塾の大先輩、美沢進氏が校長をしておられた横浜商業学校、いわゆるY校で教鞭を執るかたわら、同校に端艇部を創設し、選手の養成に努めておられた。どうやら物になりかけているので、敢えて競漕を申し込むなどという思い上がりは更々ないが、いわば、稽古を附けてやるつもりでこちらのレースに来てはくれまいかという丁重な招待があった。こちらも、無論、師匠格で出掛けたのであるが、先方の選手と競漕すると十何艇身（？）かの大敗となった。教える者が教えられることになった。

Y校の勝因はどこにあるか。横浜港内の波浪が先方に幸いしたこともあるが、向こうの整調を漕いだ深沢熊太郎氏ほどの傑出した漕手がこちらにいないことが一番大きな敗因であるということになった。そこで、「深沢熊太郎探し」が塾内で始まった。そうして、その選に先ず当たったのが私だというわけなのだ。どこが似ているのかと聞くと、背は高いが、痩せて重量がかからない、それに足の長いところが深沢そっくりだとのことである。だが、唯それだけのことで名漕手になる自信などは、どう自惚れても出てこない。到頭、端艇部には入らずにしまった。

私が最初に部員になったのは弓術部だった。弓は横浜の小学校時代からやるにはやっていたが一向に上達しない。却って子供の時分の方がよく当ったように思う。慶應義塾に入ってから眼鏡をかけるようになったので、弓の弦《つる》で眼鏡を飛ばしてしまうことが度々である。その上、人並み外れて手が長いせいか、弦を一杯に引くと矢が落ちることが屢々である。矢が落ちてくれれば、まだいいが、引き切ったのを知らずに右手《めて》を放つと、矢は弓腹《ゆばら》と弦の間で折れ、細い鋭い簓《ささら》のようになって弓手《ゆんで》に突き刺さることがある。寸弓を引くことを自慢にしていた私と同級の海老塚四郎兵衛（当時三郎）君はこうした災難に遭って大手術をしなければならなかった。私は、そんなこんなが原因となって弓を引くことをやめてしまった。しかし、福澤先生は私の体格から見て、弓が一番適した運動だと考えておられたらしく、度々弓術の道場通いを勧めて下されたのであるが、我儘な私は再び弓を手にしようとはしなかった。先生のお亡くなりになった翌朝、通夜から帰った感情家の島津理左衛門君は窮狸窟の二階で、私をつかまえて、「先生の遺言だと思って、あすから直ぐに弓を引け」と涙をぽろぽろこぼしながら興奮し切って私に迫ったことを思い出す。

野球も小学校時代からやってはいたが、この方は弓よりも、なお下手《へた》だった。それでも、たった一度だけ、対抗試合に出場したことがある——というと大きく聞えるが、三田の山の上の寄宿舎、すなわち旧島原藩邸内に寄宿しているものと、山の下、すなわち外塾の寄宿生との対抗試合である。山下組は、どうしても人数が揃わないので、私にも是非出場しろという。自分の下手を誰よりもよく知っていた私はさんざん固辞したが、どうしても承知してくれない。「それなら一塁手に廻してくれ」というと、よしということである。そのつもりでグラウンドへ出ると、こんどは遊撃手に廻れという。「駄目だ」といくらいっても、洒落ではないが駄目だ。到頭、ショート・ストップを勤めたが、勿論、うまくやれるはずはない。球は何度となく、私の股の下を通りぬける。

山下組は大敗北である。試合果てて、見物の弥次がぞろぞろと帰って行く。私もその後について帰りかけると、彼らの話声が耳に入る。今日の試合の批評である。「山下側は、あのショートが特に駄目だったな」。この声に当のショートは流汗三斗の思いをしていると、他の一人が、私を弁護するつもりで、却って一層嫌やなことをいう。「だが、あいつは学校はよく出来るぞ」。居ても立ってもいられない気持ちとは、まさにその時のことだろう。私は踵を返して、当てもなく反対の方向に駆け出してしまった。

その頃の慶應義塾の野球部は実にだらしがなかった。明治学院、麻布中学、正則中学、水戸中学などを相手にして勝ったり、負けたりしていた。こんな状態にあるのも、要するに、学校の成績の悪い、頭の弱い連中にやらしているからだ、我ら「秀才」が乗り出せば、必ず立派な成績を挙げて見せる、と叫び出したのが、私どもの少数グループの中の「秀才」、福澤先生の令孫中の最年長者で、学校の成績は抜群の中村愛作君だった。義塾の野球選手が横浜商業学校に挑戦し、十一対十八で無残な敗北を遂げたのを恥じ、一同丸坊主になって帰ったことなどに憤慨し、醜態見るに堪えずとして、我ら秀才組だけで晩茶クラブを組織した。発起人は愛作君だったろう。晩茶クラブというのは、当時我国野球界の覇者だった横浜の外人野球団アマチュア・クラブ、訛って甘茶クラブを撃破するという意気込みで附けた名である。私どもは余り人の見ていない麻布や新宿の原っぱで猛練習を始めてはみたが、愛作君を初め「学校の秀才」は終に野球の秀才ではなく、晩茶クラブはいつの間にか消えて行った。

横浜の外人野球団ばかりでなく、一高の野球部にも歯が立たなかった。彼らの態度は頗る傲慢不遜で、試合を申し込んでも、「試合」としては受け附けず、稽古を附けてくれというのなら引き受けようというのである。「練習」に過ぎないので、自校のグラウンド以外では一切やらず、一塁寄りの方が傾斜したお粗末な球場にラインを引かずにやるのである。その野球界の暴君を先ず打ち破ったのが早稲田大学であり、その直後に慶應が大勝した。そのあとが、いわゆる早慶戦時代となる。

早慶戦中止の際、私のやったことについては谷井一作君その他が伝えてくれている。もう野球部だけの問題ではなく、体育会全体の問題、学校全体の問題になっていた。新聞社長連名の調停案を、代表の『日本』新聞社長で塾の先輩、伊藤欽亮氏と会見して、蹴飛ばしてしまったことや、早大当局と会談して試合中止に持ち込んだ林毅陸先生と大論戦を交えたことは、生一本の青年の純情から正しいと信じるところに従ってやったまでであるが、その非妥協的な態度は未だに反省させられる。

この体育会創立八十周年記念大会では司会者から追想談をやれという依頼を受けていたが、与えられた時間は僅かに三十分である。たとい時間の制限はなくとも、年寄りの昔話は、する方はいい気持ちだが、聞く方はうんざりする。私は私が体育会に関係しておった頃の会長、福澤捨次郎氏の思い出に重きを置いて三十分ほど話した。

体育会八十年の歴史を顧みて、私の知る限り、最も大なる感謝を捧げなければならない人は福澤捨次郎氏であろう。しかし、私は体育会の役員としても、また理事としても、氏の創案を実施に移す熱意を欠いていた。決して名会長の下の良き理事ではなかった。

氏は「塾の運動会はお祭り騒ぎである。それも決して悪くはないが、これとは別にレコードを取る真摯なものを始めてはどうか」と申される。私も無論賛成ではあるが、その実現に向って努力することがなくて終った。

水泳部の江の島遠泳に一流の旅館の広間を借り切って下されたのも、寄宿舎の土俵開きに横綱の常陸山の土俵入りをさせたり、彼を師範として迎えたりしてくれたのも同氏であった。何代目かの木村庄之助が土俵に上って相撲の解説を行った朗々たる音声が今も耳に残っている。「先ず土俵に上って、手二つ打つは天地陰陽のかたち、四股三つ踏むは天地人の三才……」などという言葉が口を突いて出る。

会長は、水泳部では、クロール泳法の研究を勧められた。ダニエル・クロールとかレッグレス・クロールなどについて述べたアメリカの雑誌を貸して下された。また飛び込みの方では、「スプレッド・イーグル・ダイブ」だとか「ウーヅン・ソルジャー・ダイブ」などの写真入りの説明のはいっているものを貸して下さる。私は競泳で優勝して銀時計を頂戴した。実に至れり尽せりのお世話になった。私はクロール泳法の研究もダイビングの練習も、一向にやらなかったことを遺憾に思っている。

理事になってから、福澤会長からジムナジューム建設の相談を受けた。まことに結構なお考えではあるが、これには少なからぬ経費が入用だ。しかし、当時は、まさに第一次大戦後の成金輩出の時代である。「日本一」を誇る大新聞、時事新報社長の「あなたが陣頭に立って寄附金募集をやって下さるなら所要の金は集まるであろう」というと、「私が出かけて勧進することだけは勘弁して貰いたい。依頼状に署名するくらいにしてくれろ」と申される。それでは効果が薄いでしょうと押し問答が続いた挙句、会長は、「それでは成瀬に出させたらどうか」という意見を出してこられた。「成瀬」とは塾員の成瀬正行氏で、当時、福澤桃介氏に次ぐ大成金である。早速、人を介して同氏に当って見ると、「私は慶應義塾では、むしろ後輩の方です。その後輩の私が先輩を差し置いて、独りで体育館建設の費用を寄附するのはいかにも出過ぎたことです。皆さんとご一緒に一部を負担するということならば、お引き受け致しましょう」という返事である。「それならば、どのくらい出して下さるか」と問うと「一万円」という返事である。これでは、とても駄目だと折角の会長の名案も水に流れてしまった。青写真まで出来たのであるが……。

こんなことを喋っているうちに私の持ち時間は切れたようだ。私の後には早大教授、大西鉄之祐氏の講演があることになっている。私はこれで降壇する。

新しい年を迎えて、九十歳の齢を重ねた。体育会よりも約十年の年長である。さすがに、もう、体育らしい体育をやる勇気もない。今は唯、体育会の昔話に打ち興じるばかりである。

（『三田評論』昭和四十八年二月号）

III

福田博士の思い出

福田徳三博士は、その絶句にいわゆる「戦々兢々たる五十五年」の戦闘的生涯を終って、白玉楼中の安らかなる眠りに入られた。私は今需《もと》めらるるがままに、博士追憶の筆を執る。

私の故博士に対する思い出の特に深いのは、明治四十一年八月に行われた講演旅行の際のことである。一行は福田博士、鎌田栄吉氏、川合貞一博士、故田中萃一郎博士及び私の五人であった。講演は岐阜を振り出しに、舞鶴、松江、米子、鳥取、津山、岡山、福山、尾道の九カ所で行われた。一行は八月一日午後八時五十分に新橋を発して、翌二日午前七時二十五分岐阜に着し、萬松館で休憩した後、同県立中学校講堂において開かれた岐阜倶楽部主催の講演会に臨んだ。

午後六時半、講演会を終って、岐阜名古屋両市の連合三田会から招待を受け、長良川の鵜飼を見物に出かけたのであるが、ここに博士を主役として一場の活劇が演出せらるることとなった。この活劇の顚末は、当時の萬朝報にも、また、最近博士逝去後二、三の新聞紙上にも誌《しる》されておったが、これらのものには甚しい誇張があり、誤聞があるので、私はこの機会において、事の真相を述べておきたいと思う。

この日は暑気が烈しかった。五百名に余る聴衆を以って満された会場内の寒暖計は九十三度〔華氏。摂氏では約34℃〕を示していた。喋る方も容易ではなかったが、聴く方も楽ではなかったと見えて、博士の講演中には退場する者が続々と現れた。博士当日の演題は『価値の教育、教育の価値』というのであって、甚しく難解なるものであった。席に居残った聴衆の顔には明らかに倦怠の色が浮かんでいた。博士の語調は次第に苛立って来たように思われた。

しかし講演会は幸にして無事に終った。会後博士は東京高等商業学校出身某氏の訪問を受けて、これと会談しておられたので、急《せ》き立てるのも如何かと思い、私どもは一足お先に幹事の案内で金華山下に向った。長良川の清流には幾艘かの舟が並べられて、主客四十名がこれに分乗した。間もなく盃が始まり、談話が湧いた。しかしながら、どうしたことか博士の姿はなかなか見えない。私どもはそろそろ心配になって来た。再度の迎えを出すように幹事を促した。ちょうどその時である。一両の車が川縁に着いたと見る間もなく、猛烈な勢いで車から舟に飛び乗った壮漢が、下駄を両手に持って、凄じい勢いで鎌田氏に迫った。それが福田博士である。博士の形相は恐しかったがその言い草はいかにも子供らしいものであった。「鎌田栄吉、あやまれ、おれの前に手をついてあやまれ、こんな遠方まで人を引っ張り出しておいて、おいてきぼりを喰わせるとは何事だ」。

鎌田氏は、また始まったか、困ったものだという面持で舟縁に凭《もた》れて、水の流れに、目を落しておられた。博士の慰め役は我々が引受けなければならぬ。私どもは一所懸命に博士を宥めた。博士はガブガブと酒を飲んで、コロリと横になった。そして怒り草臥《くたび》れた駄々っ子のようにグウグウ眠ってしまわれた。月の加減で鵜飼の下って来るのは遅かった。鵜舟の篝火の見え初めたのは十二時近かった。私どもは博士を揺り起そうとしたが、博士はついに起きなかった。

ただこれだけのことである。翌朝はケロリとした顔をして、博士は鎌田氏と談笑を交えておられた。ところが、この事が当時の萬朝報その他に報道せられて、鎌田福田両氏がムンズと組んで舟より落ち、水中において烈しい格闘を行ったが、「鎌田、力や勝りけん」、終に福田を水底に組み伏せ云々という大袈裟な記事となって現れたのである。新聞によっては長良川を琵琶湖と記しているものもあった。

次の八月三日の舞鶴講演会は何事もなく終った。博士はこの地が軍港だという所から、特に『講壇海軍党と獨逸の貿易』という演題を掲げられた。これはまことに味のある大演説であった。一行は、五日舞鶴港を発して、海路、松江に向い、翌六日午後三時から同市市会議事堂において開かれた松江市教育会及び島根県教育会連合主催の講演会に臨み、これを終って、午後七時から臨水亭という旗亭で催された同市有志の招待会に臨んだのであるが、その席上でまた一事件が持ち上がった。

博士は、舞鶴の講演会では婦人の聴講者が多かったため、松江でも同様と考えられたので、

『出雲民族と母系氏族』という婦人に受けそうな演題を掲げておられたのであるが、その予想とは反対に、ここでは婦人の来会者が一人もなかったので、急に題目を『日本の経済的国是と朝鮮』と改められた。講演の始まる前に、島根県知事の某が休憩室へ見えて、当県は誠に純朴な地方であるから、どうか、余り人心を激動させるような言説は慎んで頂きたいという意味のことを穏かな言葉で遠回しに述べた。その席には福田博士は居られなかった。私どもはこの言葉に不快を感じたのであるが、別段危険思想を鼓吹に来た訳ではないから御安心なさいと答えて置いた。もし博士がこの席に居られたなら、もうこの際に一騒動持ち上がっておったろうと思われる。

臨水亭の晩餐会には知事も出席しておった。高橋義比という人の歓迎の辞に次いで、鎌田氏の謝辞があり、その後で主人側から、県視学であるとか、中学校の先生であるとかいう人々が立ち上がって、席上演説を始めたのであるが、これらの人々の言説中には、明かに知事の意を迎えて、慶應義塾の標榜する独立自尊主義を攻撃しようという態度が窺われた。例えば、こんな風である。「自分は慶應義塾の発表しておられる『修身要領』中にただの一言も孝道が説いてないことを不思議に思っていた。しかるに、先年見学のため上京して、慶應義塾幼稚舎を訪い、故福澤先生自ら筆を執って、誌された掛額の文字を見るに及んで年来の疑問は氷解した。即ちそれには『子供たる身の独立自尊法はただ父母の命に従って……』云々と録されているからである。今の慶應義塾の方々は一向に親孝行の徳を説かれないのであるが、祖師福澤先生の念頭には常にこの日本固有の道徳が存しておったのである」。

我々も無論一言なきを得ない。私は一行中の最年少者であり、最も責任の軽い地位に在ったので、私が立ち上がって一矢報いようと思っているうちに、隣におられた博士が早くも立ち上がってしまった。こいつはいけない、どんなことを言い出されるか解ったものではないと、心配していると果して博士の言葉は激烈を極めていた、結局「お前達に道徳とか教育とかいうことが解るか」という風に聞えた。さあ大変である。島根県教育界のお歴々総立ちとなって、博士攻撃を始めた。その上彼等は大分酒を飲んでいた。彼等は酒臭い息で忠孝道徳を説き、もったいなくも教育勅語を引用して、博士を以って不忠不義の徒であるかの如く罵った。

博士は、その時、すっくと立ち上がり、声を励まして叫んで曰く「事、教育勅語に関する神聖なる問題を、かくの如き芸者と称する醜業婦を侍せしめたる酒席において論ずるとは何事であるか、論ずべきものがあるならば、後刻席を改めて論じよう」と。

我々が旅館皆美館に引上げてから、博士は二、三の論客と「席を改めて論じ合った」のであるが、これはむしろ「席を改めて飲み直した」といった方が適当であったようである。

この講演旅行の際における博士の喧嘩噺はこれだけであるが、博士がいかにも学問に忠実であることに感心させられたのは、岡山の講演会の際であった。講演会は、八月十一日午後一時から、後楽園内の鶴鳴館で行われた。その日は、第一席が田中博士、第二席が私、第三席が福田博士ということになっていたのであるが、博士は数時間以前から一行から離れて姿を見せなかった。私はまた博士が、どこかで迷子になっておられるのではなかろうかと心配していたのであるが、ちょうど、私の講演の終った頃にやっと会場に見えられた。博士当日の演題は『ロードベルトスと熊澤蕃山』と掲げられていた。しかるに博士はその日になってから、少し疑問の点があることに気付かれたので、蕃山の『集義和書』を見たいと思って、図書館や古本屋を探し廻っておられたのだそうである。

私はこんな風に、故博士に対する記憶を、次から次と物語るつもりであったが、わずかに二十三年前の講演旅行の一端を述べただけで、大分長くなったので、これだけで筆を擱くことにする。

（『文藝春秋』昭和五年七月号）

ランプ屏風

私の親しく教えを受けた慶應義塾の大先輩に濱野定四郎《はまのさだしろう》先生という方があった。慶應義塾の創立者福澤先生は安政五年の冬以来、洋学誕生の地たる江戸鉄砲洲の奥平藩邸及び芝新銭座にその家塾を開いておられたのであるが、元治元年三月、ひとたび郷里豊前中津に帰省し、郷党の俊才六人を伴って同年六月に帰塾せられた。その六人の青年中の一人に当時十九歳の濱野先生がおられた。先生は明治維新の際、藩命によって一旦帰国せられ、中津藩大砲隊照準手として官軍に加わり、明治元年七月、会津進撃の途次、たまたま江戸を通過して義塾を訪れ、福澤先生より懇々説諭せられて、大砲隊を脱走し、そのまま塾内に隠れ留まったというような話が石河幹明氏の『福澤諭吉伝』に記されている。濱野先生は明治十一年、慶應義塾長に就任し、爾後長くその職に留まっておられたのであるが、明治二十年十月、今の慶應義塾長小泉信三氏の父小泉信吉《のぶきち》氏が総長となるとともに、会計主任に移って、其の地位に甘んじ、後、久しく義塾大学予科に於いてフランシス・エー・ウォーカーの『経済学』を講じておられた。私が義塾普通部から同大学予科に進んだ頃は、既に、大学予科における経済学の講義をも、新帰朝の同塾第一回留学生、名取和作、氣賀勘重の両氏に譲って、単なる洋書訳読を担任しておられた。私は先生からチンダルやヘルムホルツなどの講義を承るを得たことを、在学当時の快い思い出の一に数えている。

濱野先生は英語訳読の天才であられたばかりでなく、建築、設計等に関する知識にも富んでおられた。福澤先生の明治二十年十一月二日の演説中には「濱野定四郎君は校長に兼て建築の労に任じ、殆んど一年半の経営辛苦を経て、漸く第一講堂は成を告げ」云々という語が見えており、また、福澤先生が濱野先生に宛てて「物理器械の学漸く進歩して」「人人老少の別なく、自在に空中に翔ること飛禽に異なるなきに至らば」運輸交通、衣食住、政体、法律、科学、農工商等人事百般の上にいかなる変化を及ぼすべきやを問われたやや長文の書翰が『續福澤全集』第六巻に収められている。私はこの飛行機発明以後における社会人事の変化に関する濱野先生の回答がいかなるものであったかを知り得ないのを残念に思う。先生は又、幕末一般下士の例に洩れずして、少年の頃、内職に従事せられたためでもあろうか、手細工がお上手であったらしい。それについて、私は涙ぐましくなる程、愛情のこまやかな先生の逸話を思い出す。

先生は非常な読書家であった。少壮の頃は、一日平均十五時間読書せられたということである。私共の教えを受けた晩年においても平均四時間は読書せられるということであった。ジードの『経済原論』の英訳が新着した時、先生は徹夜してこれを読破せられたという話を聞いた記憶が残っている。先生のお宅は三田慶應義塾構内稲荷山の直下にあった。固《もと》より極めて質素なお住いであって、恐らく書斎も寝室も同一であったろうと思われる。先生は少年の頃習い覚えられた経師屋の技倆を発揮して高さ一尺ばかりの雛屏風ようのものを造られた。先生はこれをランプ屏風と呼ばれた。深夜の読書に、夫人の安眠を妨げまいがためである。先生自らこれに題して曰く、

よる書見目ざとき妻をさまさじと
工夫したりなランプ屏風を

先生の奥さんは先生の昔の恋女房であるという噂が学生の間に専ら高かった。先生は恋を得て、野心を失ったとも、口さがない人達は取沙汰しておった。私は固より事の真偽を知らない。私はただ、手製の雛屏風に洋燈の火影を老夫人の寝顔から遮って深更独り読書する先生の快楽は恐らく青雲の士の到底味わい得ざるものがあったであろうと想像するばかりである。

私が慶應義塾大学本科二、三年の頃に最も深い感銘を与えられた教授に法学博士福田徳三氏があった。福田博士が慶應義塾に教鞭を執られたのは明治三十八年十月から大正七年三月までであった。福田博士が明治大正昭和に亘って我が経済学界に残された足跡は実に大きい。宮本又次氏が「博士は本邦経済学の黎明期に当り、多くの方面において新しい研究領域を開拓して進んだ先駆者であった」と言っておられるのは正しい観察である。博士もまた、決して濱野先生に劣らぬ読書家であったが、両者の読書の態度は著しく相違しておったように思われる。濱野先生がひた

すら、書籍を愛し、書籍に耽り、書籍に溺れておられたに対し、福田博士の方は、書籍と戦い、書籍を征服し、書籍を利用せずんば已まざるの概を示しておられたように感ぜられる。

博士は、八年間我が国に滞在し、帝国大学教授を勤めておったラートゲン教授の『日本の経済及び財政』を読み、同教授が、日本には真正の意味における大学なるものなし、と説き、更に進んで、日本における西洋風の学校の鼻祖と誇っている慶應義塾はまた、最も時勢に後れた教授法を採っていると論じたのに激して、「ラートゲン君時代既に日本には大学があった。それはラートゲン君に大いにコキ卸された慶應義塾だ」と絶叫しておられる。博士は、大学とは大学生あって初めて成り立つものであることを強調せられる。博士の語を以ってすれば、「教授なくとも大学はなお或いは存在し得る。いわんや建物をや、いわんや運動場をや。しかるに学生がただのシューラーでは大学はいずれの意味においても存在せぬ。試験のための学問、免状のための学問、月給のための学問、旗の学問、提灯の学問はただの学生でもやる。学問のための学問をやるものでなければ一種の実業練習生であって大学生ではない」のである。

昔、緒方洪庵の開いておった適塾の蘭学書生は前途に何等の目的をも有することなく、名を求めず、富を欲せず、ただ昼夜苦しんで難解の洋書にしがみつき、粗衣粗食、一見看る影もなき貧書生の境遇に在りながら、気位のみは高くして、王侯貴人を眼下に見下し、ひたすら洋学の研究に没頭しておったと言われている。また、創立当時の慶應義塾において初めて西洋の経済書を教科書に充てた頃は、教える者も学ぶ者も等しく斯学の門に初めて遊ぶものであって、これらの書は教師にとっても、学生にとっても同様に難解至極であったが、再三再四復読して漸くその意義を解するに及んで、師弟相共に拍手して快哉を叫んだと記されている。実際当時の慶應義塾においては、教師と学生との間の距離は尠少《せんしょう》であって、彼等は相互に研究し合ったのである。否、当時は学ぶ者のみであって、真に教える者は無かったようである。今日の大学では、教える者と学ぶ者との隔りが余りに大となっている。教授や助教や助手のみが学んで、そうして教えているのであって、一般学生は自ら学ばずして、ただ教えられているばかりである。彼等は学問に興味を有せずして、ひたすら就職のみを念頭に置いている。

これと同じく、読書する者も多くは必要感に駆られ、利用欲に促さるるものであって、濱野先生のように何の求むる所もなく、ただ一心不乱に読書の三昧境に没入せらるる人は極めて稀となったようである。純真な少年少女がお伽話に読み耽るような態度で、高尚な科学書をランプ屏風の下に味読しておられた濱野先生の高風が偲ばれる。

（『現代の経済』昭和十五年一月号）

古河虎之助君追憶

三月二十六日夕頃、阿部章蔵君〔水上瀧太郎〕の告別式に列して帰途交詢社に立ち寄り、二、三の友人と故人の追憶談に耽っておった際、ちょうど来合わせた豊国セメントの村瀬末一君から古河虎之助君が重態であるという報知を受けた。「しかし今朝は幾分持ち直したそうだ」と同君は付け加えた。あの壮健な身体の所有者が五十四の若さで、よもやと考えておったのであるが、とうとういけなかった。これよりしてわずか四日の後、君の訃報に接し、阿部君の告別式後九日にして同じ築地本願寺において君の霊前に焼香礼拝しなければならなかった。古河君との交際はまことに淡いものであったが、しかも、玲瓏秋月を望むが如き君の俤《おもかげ》は永く忘れることの出来ぬものであろう。

私が初めて古河君を知ったのは慶應義塾普通部在学時代であった。当時普通部には古河家の少年子弟が大勢学んでおった。虎之助君は私よりも一級下であったが、同級には長谷川鐵太郎君や吉村萬治郎君や木村利吉君がおり、やや上級には鈴木市之介君などがいた。これが新聞や雑誌で名前と丁髷姿の写真だけは知っている足尾の銅山王古河市兵衛翁一族の公達かと我々少年学生の注意を惹いていた。虎之助君は当時三田の校内に在った小幡副社頭邸に預けられておったように記憶する。

明治三十五年、足尾の鉱毒問題が喧囂《けんごう》を極め、都下の学生が大挙して渡良瀬川沿岸の鉱毒被害地視察を行うや、由来冷静を以って聞ゆる我が塾生中にもさすがにこれに参加するものが少なくなく、やがて一部の学生の発起によって、この問題のために明治二十四年以来十年一日の如く絶叫し続けたのみならず明治三十四年には直訴をすら行った明治の佐倉宗吾、田中正造氏を初めとして、島田三郎、安部磯雄、潮田千勢子等の諸氏を迎えて三田演説館に鉱毒問題大演説会を開会するの準備成り、開会の日も目睫の間に迫った時、学校当局は校内の掲示場に貼られていたこの演説会のビラの上に、「当義塾において本演説会を開催することを禁ず」という提示をぴったり貼り付けてしまった。この不意の断圧に周章して、発起人数名が塾監局に教頭門野幾之進氏を訪うて禁止の理由を問うと、教頭はただ一言、「此の学校には古河の子供が来ているではないか」と答えた。演説会はついに会場を日本ユニテリアン教会の会堂、即ち惟一会館、後の労働総同盟本部に移すのやむなきに至った。

この事件のために古河君の慶應義塾における存在は一層一般学生の注意の的となった。学生の間には被害民に同情する者とその暴動を指弾するものとの二派があった。当時最上級におった板倉卓造君の如きは「無思慮の学生を煽って数十百名を狩り集め、学生大挙鉱毒視察と称して恰も百姓一揆の如き狂態を演じ」つつあるの愚を力強く攻撃していた。我々普通部生の中には事の是非善悪よりも、同窓の古河君及び其の一族に対する同情から特にこの問題について云々することを避けておったものもあったであろう。

市兵衛翁はその翌三十六年四月五日、七十二歳を以って没した。虎之助君は明治二十年一月一日、翁五十六歳の時、その長男として生れ、十七歳にして父を失い、三十七年春には義塾普通部を卒《お》え、同年十一月には小田川全之氏を輔導者として米国コロンビヤ大学に留学し、三十八年一月六日には、陸奥宗光伯の次男であり、市兵衛翁の養子であり、翁の没後古河家を相続した潤吉氏の養嗣となり、潤吉氏早世の後、三十八年十二月十九日、古河家を相続し、古河鉱業会社社長に就任した。私がのどかに三田の大学生生活を続けつつある間に、君は早く多故多忙の生涯に入っておったのである。まことに「富則多事」の言に偽りはなかった。

私は久しい間、全く君と会う機会がなかった。同窓としての君に対する記憶は次第に薄らいだ。ところが私が西洋から帰って数年の後、図らず、君から鄭重な招待状を頂戴した。君の令妹と吉村萬治郎君とを結婚させることにしたから、その披露会に出席してもらいたいというのである。吉村君は明治四十一年に義塾法科を卒業し、ドイツに留学しておった秀才である。同君卒業の際には、法科の教授中には、将来義塾の教授たらしむるがために、同君を助手として学校に留めんとする意向が強かった。古河君は社長就任後わずかに一ヶ月を出でずして君を輔翼《ほよく》すべき副社長原敬氏に、内務大臣就任のために去られたのであるが、後年長く古河合名副社長として君を補佐し、社務に尽瘁するに至った親戚の吉村君をここに義弟としてその側近に有することとなったのである。

その後、私は大磯東京間の往復に際し、同じく大磯の別荘に週末を静かに楽しむ同君と往々汽車を同じうし、一時間余を相対座して閑話に襟を開くことが屢々《るる》であった。政治を論ぜず、経済を談らず、普通部時代、少年の春の思い出に耽り、ようやく老境に入らんとする現在の趣味好尚について話し合いながら、密かに君の風貌を見守れば、実に静影璧を沈むるの概《おもむき》があった。

私は古河君との車中の会談では、常に爽かな快い感じのみを受けたのであるが、ただ一度だけ、同君に対していかにもお気の毒な思いをしたことがある。古河家では毎年足尾の鉱山労働者大勢を大磯に招待して慰安会を催すの慣いであった。ある年の秋、海岸を散歩していると、ちょうどその日はこの慰安会の当日であって、浜辺には鉱夫諸君と思われる多数の人の群れが見られた。その中の二、三人の話声がフト私の耳に入った。彼等は「大磯なんて、つまらねー所だな、もっと面白いことがあるのかと思って来た」と呟いているのであった。その翌朝、私は例の通り古河君と汽車で一緒になった。「鉱夫達はもう帰りましたか」と聞くと、古河君は何時もの静かな調子で、「ええ、皆んな非常に満足して昨日の夕

古河虎之助氏

方引き上げました」と答えた。君の眉間には何の雲翳も認められなかった。ただそれだけのことであるが、私は招く者、招かれる者、雇う人、雇われる人の間には疏通し難い障塞の存することを知って漫《そぞ》ろに一抹の悲哀を覚えたのである。

しかしこうしたことの有り勝ちであることをよく知ってか、君は主人として客を迎える際には、一方ならぬ心遣いをしておったようである。先に述べた君の令妹と吉村君との結婚が成立して後、早くも二十年余の歳月は流れて、吉村君の令嬢と古河君の養嗣子従純氏とがめでたく華燭の典を挙げられた時、私も招待を受けて、盛宴に列したのであるが、休憩室で眉目清秀の白髪の一老紳士から親しく言葉を掛けられて、誰であったかが思い出せず、何の挨拶も出来ずに閉口しているのを、古河君は遠くから見ておられて、ツカツカと私の傍によって来て、「長谷川ですよ」と紹介してくれた。そう言われて老紳士の顔を再び凝視すれば、まことに君の異父兄長谷川鐵太郎君である。劉廷芝の詩ではないが、普通部時代の紅顔の美少年の俤《おもかげ》が浮び出て来る。食堂が開かれた時、私は全然顔馴染のない人の隣りに席を与えられて、手持無沙汰で控えているのを、古河君は見兼ねてか、またも私の側らに来て、「こちらは岩倉公爵です」と紹介してくれた。

久しく汽車の中でも、君に会うことなくして過ぎた。最後に古河君夫婦にお目にかかったのは昨年十二月十五日、帝国ホテルにおける藤原銀次郎氏招待会の際であったと記憶する。ただ短い挨拶を交わして別れたのが、君との淡い交際の終りであった。私は君のような完璧に近い好紳士を再び見出し得ないように思われてならぬ。

(『三田評論』昭和十五年五月号)

水上瀧太郎作『倫敦の宿』

水上瀧太郎全集編集所の平松幹夫氏から、同全集第九回配本、小説第六巻の付録『月報』に何か書けと鄭重な依頼を受けた。平松氏の手紙には「同巻は、ちょうど、前欧州大戦当時の倫敦を舞台とせる作品『倫敦の宿』[*1]を中心に、『伊太利の女優』、『ロバアトソンの一世一代』、『フアンニイの処女作』、『久しぶりで芝居を見るの記』、『無名会の「夜の潮」』、『食卓の人々』等の随筆六篇を収録致す予定に有之、大部分が、先生御外遊当時の英京に取材せる作品に候へば、往時の御回想を御洩し下さらば、自から同巻収録作品の解説評価とも相成る可きかと被存候」としるされている。しかし、私が倫敦《ロンドン》を引き上げたのは大正元年であり、水上君が英国に渡ったのは大正三年であるから、私は全然水上君の滞英時代を知ることがない。作者水上が、どの程度まで、作中の人物拓植《つげ》であるかすらも、私には明らかでない。到底平松氏の御希望に沿うことは出来ぬが、ただ故人に対する追慕の情やみ難きの余り、求められるがままに、漫然書き綴ることとする。

『英京雑記』や『都塵』[2]が、私にとって甚だ面白く読まれることは、ただにその作品の傑《すぐ》れているばかりでなく、篇中に現れる日本人の誰彼が私にとって親しい人物であることと、その背景を成す倫敦が曾遊《そうゆう》の思い出深い土地であるからであろう。

ちょうど、私が帰朝して後、数日ならずして留学の途に上った小泉信三君、即ち「抜ん出て背の高く、風采のすぐれてゐる上に、学問のある」ところから、「三人の寄宿者の中で、ほしいまゝに尊敬を一身に集めてゐた」和泉が折角、「舌たらず」の低能な宿の娘に「しつゝこい程信頼を見せ」られながら、間もなく剣橋《ケンブリッジ》に移ることとなって、多く篇中に顔をあらわすことのないのは甚だ遺憾であるが、その代りに、私より一年遅く慶應義塾を卒業し、同じく一年後れて渡欧した澤木四方吉《さわきよもきち》君、即ち「美術史専攻で、元来獨逸《ドイツ》にゐたのが戦争開始と共に身を以て逃れて来て、一年間英京で暮らしながら、心は常に伊太利へ憧れ」ていた高樹が、胸部の疾患に悩みながら、この小説の終《おわり》に近くまで、倫敦に滞在してくれたことはまことに喜ばしい次第である。水上、澤木両氏の為人《ひととなり》を熟知している私には、この小説の中に現れている「何事によらず、いつたん引受けると夢中になつて」世話をする拓殖と、「自分の直接かゝはりの無い事には少しの同情も持たない」高樹の対立が、ほほえましく感ぜられる。この二人は共に尖鋭な神経の所有者でありながら、水上君はかなりに寛宏であり、澤木君は飽くまでも狷狭であった。「がつしりと肥って、額の迫った、眉毛も太く眼も大きい」拓殖と、「額の広い、色白の、近眼鏡をかけた弱々しい」高樹の面影が、両者共に無き今においては、特になつかしく瞼《まぶた》に浮かんで来る。それにつけても、『都塵』中に登場する今一人の主要人物郡虎彦氏、即ち「失恋の悩みと病気を身に担」い、「世界を驚かす戯曲の完成を夢み」る茅野と相識る機会なくして終ったことは遺憾に堪えない。

　私自身は「倫敦の宿」を前後三度び変えたが、ついに、接吻を投げてやるクリスティンにも、折重って倒れながら、熱い呼吸を感じさせられるヂンにも、落葉を踏みながら、そのぐにゃぐにゃした体を支えてやらなければならぬグレイ夫人にもついに出会うことなくして英京滞在の日を終ったことは、今から思えば、聊《いささ》か淋しい気がする。私の一番長くおつた家庭は、ウェスト・ハムステッドのスチーアという老建築師の家であった。この家には、板倉卓造、濱田精蔵、伊藤重郎などという塾員が私の以前にペーイング・ゲストとして滞在しており、私の後には、占部百太郎氏がかなり長く宿泊しておられた。長男は南阿戦争で討死し、次男のジャックという美青年が会社勤めをしていた。メーブルとリリイと呼ぶ姉妹の娘がいて、姉はショップガール、妹はタイピストであった。インテリの妹娘は、既に何年か前に日本に帰った板倉博士に対する尊敬の

『倫敦の宿』扉

念を当時なお失わずにおって、しばしば「ミスター・イタキューラの手は婦人のように優しかった」と繰り返していた。無学な姉娘の善良さはまた、強く占部博士の心を動かしたと見えて、『英国憲法史』の著者は帰朝後も、何度となく思い出深くこの娘の話をされた。博士は約二十年後の第二回目の渡英に際して、わざわざこのウェスト・ハムステッド、コットレー・ロードの家を訪れられたのであるが、既にスチーア一家は久しい以前に他へ移転して、行先きが不明であるという葉書を日本に居る私に下さったことを記憶している。老博士の筆は若々しく感傷的であった。

私の渡英中、この国を悩ましておった最大な問題は社会問題であって、無学な女たちまでが黄色い声を張り上げて、強制失業保険や炭坑夫の総罷業などについて議論を闘しておった。ドレッドノートとか、スーパードレッドノートとかいって、ドイツとの製艦競争が激しく行われてはいたが、しかし、当時、三年後の世界大戦を予知したものが果して何人あったろうか。よし、全世界にわたる階級的戦争が行われることはあっても、経済的相互依存の緊密となった今日においては長期にわたる国際的武力戦などの起こることは絶対に無いと考えておった者も少なくはなかったようである。しかるに、わずか三年を出でずして、世界大戦の幕は切って落とされた。しかして、水上君滞在の頃の倫敦の家庭や下宿屋の食堂や客間における雄弁家の題目は、ことごとく皆、戦争に関するものと化しておったのである。しかして、我が水上瀧太郎君までも、無智な女子供を相手として、太い眉根を動かしながら、しかつべらしく「軍事上の意味で英国は独逸を打ち破ることは出来ぬと思ひます」と弁じなければならなかったのである。ツェッペリンの倫敦襲撃や、下宿屋の独探異変が、恋愛や肉欲の葛藤と結びついて、私の見たとは著しく相違した倫敦の戦時色を漂わしている。

私は今、再び廻《めぐ》って来た大戦下に、第一次大戦時代の倫敦を舞台としてこの長編を再び繙くの機会を得て、『月報』の原稿を書くことなどは全く忘れて深夜まで読み耽ったのである。空襲におびえている倫敦のさまが想われる。小説中のクリスティンやヂンが、私の宿のメーブルやリリイの顔になって眼前に彷彿する。

（「水上瀧太郎全集月報」第九号、昭和十六年十月）

＊1 『倫敦の宿』（中央公論社、昭和十年）
＊2 『倫敦の宿』は第一部『英京雑記』、第二部『都塵』から成る。

福澤三八君

昭和三十七年七月三十一日午後九時十六分、福澤三八君が信濃町の慶應病院特別病棟で、脳軟化症と肺炎でなくなられた。明治十四年七月十四日の生れであるから、享年八十一ということになる。三八という名は男子の三番目、女子を入れて八番目というところから付けられたものである。一太郎、捨次郎、三八、大四郎――福澤先生の令息四人は、これで全部故人となってしまった。お三（お里）、お房、お俊、お滝、お光――女五人も、今は明治九年生れの志立鉄次郎氏未亡人お滝さんが健在であるだけとなった。

私が三八君と知り合ったのは、大患後の福澤先生が明治三十二年十月ごろから再び始められた早朝の散歩だった。私はこの毎朝の散歩で、先生の令息三八、大四郎の両君、それに令孫の中村愛作君らと親しくなり、間もなく、この三人と福澤家の一室を借りて通学していた北海道の佐野甚之助、長野県の島津理左衛門の両君らで組織していた「自尊党」に、すすめられるままに加入することになった。この党の総裁は福澤先生——といっても、党員がひとりぎめにきめているだけで、誰も先生に総裁就任を求めたものはなく、先生は何もご承知なかったことであろう——副総裁は三八君だった。私は最下級生。

集会場に当てられることの多かった三八君の部屋には、小さいが、しかし、なかなか立派な表装を施した額がかかっていた。それには「自尊」の二字が書かれていた。稚拙愛すべき三八君の筆に成ったものである。

この「自尊党」と称する十代の少年たちの集まりの出来たのは、明治三十二年二月十一日に稿を脱した独立自尊主義に基づく慶應義塾の先輩たちの『修身要領』よりも古い。福澤先生は早くから「自主独立」というような言葉を使っておられたが「独立自尊」の文字を考え出されたのは極めて後のことである。三八君は、先生が福澤家の一室にかかっている「自尊」の額を見て、「独立自尊」の文字を案出したのだろうと得意満面だった。「自尊党」の結成が『修身要領』の発表よりも早いことは明らかだが、しかし、それが、明治三十年六月の三田演説会における先生の演説『人の独立自尊』よりも古いか、どうか、ということになると私は何ともいうことが出来ない。

私どもは、ただ単純に「自尊」というのは、自己を尊重することだと考えていた。この自尊心こそは修身道徳の根源であると信じたが、しかし、「自尊心」の解釈になると、党員のあいだに必ずしも意見の一致があったわけではない。往々、奇矯な言を弄する癖《へき》のあった三八君は「自尊は結局自惚れだ」と言い出して、まじめな理窟屋の島津理左衛門君の反対を買ったりした。三八君は各人の自惚心の均衡から社会秩序は保たれるものと考えていたようである。

私どもは福澤先生や慶應義塾の大先輩たちが、「自尊」の上に「独立」をのせて、「独立自尊」と唱え出したことを甚だ面白くなく思った。個人の尊厳を承認する「自尊」第一主義で行くべきだと信じた。

われわれは、煎餅をかじり、ポンスを飲みながら誰を憚ることなく、何にとらえられることもなく、思うままに放談し、議論を戦わした。演説会と称して、僅か五、六人が、かわるがわる、弁士となり、聴衆となって意見を述べ合うこともたびたびだった。時には、夜陰、ひそかに、火のついたランプを袖屛風にかくして、三田演説館に忍び込み、幽霊の出そうな薄暗い館内で演説会を催したことも何度かある。公然演説館の使用を塾監局に申し入れれば、電灯料をとられるからである。党員中、一番奇抜な議論を吐いていたのは、副総裁の三八君だったように思いだされる。

君は明治三十三年春、義塾文科を中途退学して、欧洲に留学することになった。親戚に当る林董《ただす》氏が英国大使として赴任することになったので、これと行を共にし、先ずスコットランドのグラスゴォ大学に入学して、物理および化学を勉強することにきまった。

自尊党員は、数日の後に迫った学年試験を受けることをやめ、箱根木賀の亀屋にかなり長く滞在して三八君との別れを惜しんだ。われわれは試験勉強の愚を笑っていた。その頃の慶應義塾は一学期一学期の成績表（以前には「勤惰表」と称していた）を発表していた。党員はいずれも秀才（？）揃いなので、その学年の第一学期と第二学期の採点を加えて、三で割ると、優に及第点になる。それならば、何も第三学期の嫌な試験勉強をする必要はない。われわれは試験を放棄して箱根に行く。しかし、決して勉強を放棄したわけではない。早川の清流を前にしてモリモリ勉強するぞ、という意気で、本をウンと抱えて箱根に赴いたのである。*

しかし、この自尊党員の試験放棄は学校当局の激怒を買った。この「秩序紊乱」の張本人が福澤家の御曹子たちであることが、教頭門野幾之進氏らをいっそう刺激して、たとい及第点はとっても、落第させてやるといきまいているという報道が箱根にはいった。大四郎君や愛作君はさすがにあわてて上京した。もう退学の届けを出している三八君は、ひとり悠然と温泉につかっていた。私どもは亀屋の離れを借りていた。この離れには小さな浴室が附いていた。ある日の午後、三八君はこの浴室で、真っ裸で金盥を叩き出した。その音が微妙な音楽のように聞えて、いつまでもやめられなかった。母屋《おもや》の風呂が混んでいたので、この離れの浴室へやって来た若い婦人が、金盥を叩く音に、多分、幼い子供がひとりではいっているのだろうと思い、更衣室で裸になって浴室へ足を入れると、大の男があられもない姿で夢中になって金盥を叩いているのにびっくり仰天して悲鳴をあげたので、三八君も驚いて飛び上ったというようなこともあった。

塾の教師をしていた日本生れの英国人エドワード・ブラムウェル・クラークさんが、グラスゴォ大学に当てた慶應義塾からの三八君推薦状の草案を作った。クラークさんは特に「慶應義塾」と書かないで「福澤学校」と書いた。「福澤」の名は西洋にも通っているが、「慶應義塾」などという学校のことは向うでは誰も知らない、と考えたのである。しかし、門野教頭は断乎これを排して、「福澤学校」を「慶應義塾」と訂正させた。こんな話も伝った。我々は門野教頭は慶應義塾を「福澤」から独立させようと考えておられると取沙汰した。

三八君は欧洲留学中にその偉大な父を失った。明治三十四年二月三日、君は異郷の客舎にあって、電報を受け取る前に、胸騒ぎなど、不吉な予感に襲われたと、帰朝後、物語った。

君は三十七年グラスゴォ大学卒業後、ドイツに渡り、ライプティッヒ大学に学び、専ら数学を研究して、三十九年に帰朝した。翌四十五年五月には Vier Mathematische Abhandlungen を時事新報社から出版し、さらに矢継ぎ早やに同年十月 Klassifikation der Unstetigkeiten von Funktionen einer reellen Veranderlichen を同じ社から出版した。

君が数学の研究に打ち込み、函数説の奥義を極めるにいたったことは、もとより幼少の頃から数理を愛したによるものであろうが、しかし、ある程度まで、福澤先生在世の当時から慶應義塾に擡頭していた理科系学科新設の気運に動かされるところがあったであろう。文科を中退し、英独に留学し、これを終えて帰朝すれば、母校には立派に理科か工科が新設されており、その数学の講座が君を待っているであろうと予想したのではあるまいか。

しかるに、熱心に理科系学科の新設を考えておられた福澤先生は、愛児三八君を英国に送った翌年病歿された。先生の死後、慶應義塾評議員会は調査委員会を設けて新学科増設の案を検討したが、義塾の財政状態では到底不可能であるという結論に到達した。慶應義塾創立五十年記念の募金も図書館新築に費されることになった。三八君がその蘊蓄を傾けて学生を指導する日は容易にやってこない。君は長く大学予科の「高等数学」を教授しなければならなかった。教える方は、こんな初歩の数学と思っても、教えられる方は、難解に辟易した。

四十一年春、私が塾の政治科を卒えて、教員生活にはいることになった時、三八君は私と一緒に何日かを箱根旅行に費してくれた。あちらこちらと宿を転々したが、ことに姥子の静かな温泉宿が二人の気に入った。昼間は山野を跋渉したり、湖水で小舟を操ったり、二人別々に机に向って読書したりしたが、夜になると、君は非ユークリッド幾何学だとか、ハイパァ・スペースだとか、ハイパァ・タイムだとか、私には耳新しい知識を与えてくれた。君は空間の三次元の存在しか考えることができず、生命の初めから終りまで唯だ一と流れの時間に沿って生きている人間をあわれと見ていたのではあるまいか。君は第四次元を有する人間の存在を恐れる。十方浄土の諸仏は、あるいは第十次元を有するものであるかも知れない。超時間を考えれば、われわれは、天地開闢の古でも、幾億年の未来でも、今、眼前にこれを見ることができる。私は判ったような判らないような気持ちで君の話に耳を傾けた。

君は夜ふけて、便所へ行き、青くなって帰ってきたことがある。どうしたのだときくと、大便所の壁に多量の血がかかっているという。私も起きて、二人で行って見ると、白い壁に墨汁か何かが、したたかかけられていたのである。第四次元を有する生物の仕業ではなかった。

君には案外に神経の細いところがあった。ある日、宿屋の食事に親子煮《に》の蓋物がついていた。三八君は一と箸つけるとすぐに蓋をしてしまった。「まずい」と呟く。私は、なかなか好い味だと思ったので、みんなたべてしまった。翌日になって、ようやく「あの親子煮のなかには大きな蜘蛛がはいっていた。君が気持ちを悪くすると思ってだまっていた」と打ちあけた。

私がひとりで、本を読んでいると、外から帰ってきた三八君は、山の中で蝦蟇《がま》合戦が行われている。弱い方に加勢してやろうではないかと、息をはずませていう。二人は棒切れを持って飛び出した。なるほど、数十疋の大蝦蟇が、それぞれ他を組みしいている。私どもは負けている方に味方して、のしかかっている奴を叩いて廻った。生《なま》暖い春の一日である。無知な私どもは、「弱きを助けて、強きを挫く」義侠心に駆られて、蝦蟇の恋路の邪魔をしたらしい。

その頃、国鉄の熱海線はまだできていなかった。二人は箱根の山を降って電車で国府津に出て、この駅から汽車で、三八君は東京へ、私は横浜へ帰ることにした。国府津の浜辺を歩きながら二人は最後の「割り勘」をやった。勘定は頗る簡単なので暗算でやろうとしたが、この数学者はどうしても承知しない。波に濡れた砂の上に大きな数字を書く。数学者の三八君は案外計算が下手だ。私はもとより算数に弱い。計算が出来上らないうちに、波がサラサラと寄せて来て、数字を消す。こんなことを三、四度も繰り返した。

ここに一枚の古る写真がある。若い頃の福澤三八君と故清子《すが》夫人、それに長女の島子さんと冬子さんを写したものである。幼い冬子さんは、今の潮田元塾長夫人である。

冬子さんは冬生れたので、こう名付けられたのだろう。島子さんは、浦島さんという産科のお医者の世話になって生れたので、その島の字をとったのだと聞いた。この写真の写された時には、まだ生れていなかった三女の浦子さんは浦島の浦をとって名付けられたのだそうだ。

三八君が鶴原定吉氏の二女清子《すが》さんと結婚したのは、帰朝の翌々四十一年秋だった。鶴原氏は、日本銀行理事、関西鉄道社長、大阪市長、韓国総務長官などをつとめた人である。

学校を卒業したばかりの私も、招かれて、十一月五日の午後一時から、麻布広尾の狸蕎麦跡にあった福澤家の別荘で催された結婚披露の園遊会に赴いた。

福澤三八君一家

定刻に、二百十余名に及ぶ招待客が、天幕張りの立食場にはいって雑談にふけっていると、「どいた、どいた。お嫁さんのお通りだ」という声がする。振り向くと、媒妁人の豊川良平氏が、無遠慮に来賓たちを押し分けてはいってくる。清子さんはそのうしろから恥ずかしそうについてくる。豊川氏は、豊臣、徳川、張良、陳平の一字ずつを取って、自分の名にしたという、当時名うての豪傑で、三菱銀行を創立し、第百十九銀行を合併し、三菱会社銀行部長の椅子に腰を据えていた。

結婚披露の宴会には、先ず、仲人《なこうど》が、新婦新郎を紹介するものと心得ていたが、豊川氏は、ただ傲然と来賓を睥睨《へいげい》しているだけで、一向に口を開かない。いくぶん場内が白けたように思われたが、しばらくすると、新郎の三八君が、いきなり挨拶を始めたのには、いささか、びっくりさせられた。挨拶というよりは、演説といった方がいいように思い出される。

君は、結婚後、しばらく子供に恵まれなかった。よほど子供がほしかったと見えて、自尊党員たちと散歩の道すがら、先輩の葦原雅亮さんに子供の出来る秘訣を熱心に質問していた。葦原さんは、長いあいだ寄宿舎の舎監をつとめた天草の坊さんで、奥さんとのあいだに、二年間に四人の子をあげたことのある珍しい子福者である。一月に一人産み、十一月にまた一人。次の年には、双生児《ふたご》が生れた。しかし、そのすぐれた記録の所有者にも、三八君に伝授すべき奥義は持ち合せていないらしく、当惑したような顔つきだった。

葦原さんは、一行と分れてから、やはり、子宝を多く恵まれている義弟の中井励作氏を訪れて、子種を授かる法を尋ねた。同氏は長く官吏生活を送り、農商務次官から八幡製鉄所長官になった人である。この人も、もちろん、奥さんを妊娠させる法などは心得ていない。しかし、いささか、思い当ることは、自分が役所から少し長い出張を命じられて帰ると、細君が妊娠している場合が不思議に多かったことである。

私は葦原さんが、この話を三八君に伝えたか、どうかを知らない。

三八君は、それから間もなく、九州の三田会に出張し、腸チフスを病んで、しばらく同地で静養を続けた。同君が、子種に恵まれたのはその時からである。島子さん、冬子さん、浦子さん――三人のお嬢さんが生れた。

（さきに載せた写真の裏面には、明治四十三、四年の頃に三八君夫婦としま子、ふゆ子の両嬢を写したものと鉛筆で記してあった。しかし、長女島子さんの生れたのは明治四十三年九月二日、次女冬子さんの生れたのは大正元年十一月二十六日ということであるから、この写真の写されたのは、どうしても、大正二年か、もしくはその以後でなければならない）。

その頃、三八君は、白金三光町の坂上に西洋風の立派な邸宅を構えていた。気兼ねなどをすることを知らない私どもは、いい気なもので、勝手にここを自尊党の常設集会所に当てていた。夫婦は、いつも、嫌な顔をしないで、私たちを迎えてくれた。

浦子さんが生れて後のことである。ある日、例のごとく、集会を同邸内で催すと、主人は私どもを洋館の裏庭に案内した。そこには、青桐が三本並んで植えられていた。「娘が年頃になって嫁に行くときは、この桐の木で、簞笥をこしらえてやるのだ」。主人は得意満面である。女の子が生れたときに、桐の木を一本植えておくと、嫁入りのときには、それを切って、簞笥が出来る――こんな昔からの言い伝えを小耳に挟んでいたのであろう。

「青桐で簞笥が出来るものか」と、誰かが言うと、「青桐では駄目か」と驚いて訊く君の顔は無邪気な小児のようだった。なるほど、青桐は簞笥にはなるまいが、幹の青さ、葉の青さ、――美しいなと、私は梢を見上げたのである。
招かれて、大阪の三田会に出かけたときのこと。三八君は、町を歩きながら、気分が悪いとい
い出した。幹事をつとめていた藤田組の宮原清君（後の神島化学工業社長）が、近所の薬屋で、
仁丹を買ってやると、大へんよく利いたらしく、「これはいい薬だ、たくさん買って東京へ持っ
て行く」と言ったと、宮原君は、あきれたように私に話した。
子供のように無邪気で、世間知らずだった君は、また、子供のようによくおこった。
君は、交詢社で、毒舌で有名な某君を殴り飛ばした。どういう経緯《いきさつ》があったのかは知らないが、
とにかく、社交クラブで、同じ社員に暴行を加えたのである。殴られた相手は、古い慶應義塾の
法科出の小煩《こうる》さい理窟屋である。彼は三八君の除名を主張した。しかし、不思議なことには、誰
も、これに同調するものはなかった。そればかりでなく、彼が殴られたとき、ポケットから小さ
なナイフを取り出して、「切るぞ」とおどした態度が嘲笑の種となった。
この三八君の武勇談を伝え聞いた義兄の福澤桃介氏は「三ちゃんは強いよ、世の中になんにも
恐いものがないんだから……」と言ったという。
三八君は「自分には観音力がある」とうそぶいていた。
私は、冷やかして、「三八さんにも、恐いものが一つある。金《かね》の値打ちの下がることだ」と言
ったが、その当時は、この言葉が讖《しん》をなす戦後の日本における君の窮迫を予想したわけではなか
った。

学生の頃、口の悪い私が、君の子供らしさをあざけると、君は切歯扼腕して、「今に見ろ、福澤先生というと、諭吉のことか、三八のことか、分らなくなる」と息巻《いきま》いた。

しかし、君は、実際には「先生」と呼ばれることを好まなかった。私が学校を卒業して、初めて教師になった頃、自尊党の例会で、私もいよいよ「先生と呼ばれるほどの馬鹿」になったと自嘲すると、居合せた堀切善兵衛君（慶應義塾大学部教授、衆議院議長、イタリア大使）が、「教師はいいものですよ、銀座通りなどを歩いていて、うしろから『先生』と呼びかけられると、じつに、いい気持ちになります」という。すると、三八君は顔をしかめて、自分は人込《ひとご》みのなかなどで、「先生」と呼びかけられると、ぞっとすると呟いていた。

やがて、君は予科の「先生」に嫌気がさしたらしい。同じ頃、ドイツに自費留学して帰朝し、理財科の経済学や財政学の教授になった星野勉三（半六）君とくらべて、その給料の、ばかに少ないことなどは、君自身は、あるいは何とも思っていなかったかも知れないが、私ども友人にして見れば、いかにもお気の毒に堪えなかった。その上、数学嫌いの多い予科の学生を相手にして、順列、組合せ、微分、積分の初歩などを教えていることは、決して面白い仕事ではなかったろう。

それればかりでなく、君は自分の数学研究そのものにも、一時興味を失ったのではあるまいか。一体、君の数学研究には、気違いじみたところがあった。気が向けば、もりもりやるが、嫌になると、まるで放ってしまう。

先に記したドイツ文の二論文を発表した後、君は、第三の論文の完成に夢中になっていた。その苦心の原稿を未完成のまま、深夜ストーブに投じてしまったと、君は私に語った。「ナゼ、そんな勿体ないことをしたのだ。纏らなかったのか」と訊くと、「いいや、こんな努力を続けて何になる。馬鹿馬鹿しいことだと感じたのだ」という。

明治四十三年三月限りで、君は、一時、慶應義塾の教職を退いてしまった。予科の高等数学の教師が面白くなければ、君独得の数理哲学を編み出して、これを講義して見たらどうだと勧めたが、自分には哲学は分らないと答えて、一向、乗り気になってくれない。『時事新報』学芸部員として、「新知識」という欄を設けて、世界の物理化学や機械学方面の進歩を紹介してはいたが、纏った論文は暫くのあいだ公にしていなかったようである。

もともと、趣味の広い人ではあったが、その頃、とくにいろいろな方面に興味を持ち出したようだ。

ピアノを稽古しているうちに、この洋楽器で日本の長唄を歌うことをおぼえ、ピアノで満足できなくなって、三味線を弾き出した。「綱館之段」を稽古して、「綱は七日の物忌《ものいみ》して、仁王経を読誦なし」という文句にぶつかると、『仁王護国般若波羅蜜多経』が読みたくなる。『仁王経』から、それからそれと仏典をあさる。これに対して自己流の解釈を加える。後には、相対性原理と西方浄土について独想するようになった。西方に浄土ありという釈尊の教えが不合理である、非科学的であると感じられるのは、ニュートンの説を基礎とするいわゆる正統科学もしくはこれとよく一致するわれわれの常識に反するからである。地平説が信じられていた時代の西方浄土説は、地球が自転し、また太陽の周囲を公転し、太陽系もまたある非直線運動をしているということがほとんど疑いの余地のないものになった今日では、正統科学的立場から見て、西方その他の方向は常に変化する。したがって、もし西方に浄土があるとするならば、浄土のある方向は常に変化しなければならない。そこで、西方浄土の教えは、はなはだ曖昧だといいたくなる。しかし、アインシュタインの相対性原理の立場から見ると、西方に浄土があるといったからとて、これまで一般人の考えるような理由で、これを不合理である、非科学的であると見なすことは出来ないと三八君は考える。

君は江戸趣味に耽溺した。「江戸の夢を見る」という意味か、「江夢」と号して、しきりに漢詩を作った。『交詢月報』には昭和四年一月以来、十七年十二月まで毎号「福澤江夢」の詩が載せられている。

熱心に書の稽古をした。立派な無地の六曲大屏風を仕立てさせて、葦原さんと私を招き、これに三人で筆をふるおうと言い出す。福澤、葦原両君は、ともに師を求めて、書道を研究しているからいいが、私は子供の時分、学校で習字をやらされた以外には、大きな字など書いたことがない。「嫌だ」と言ったが、承知しない。夕食を御馳走になったのが因果だと観念して筆をとる。まずい書が出来上ったが、私だけが押す印がない。葦原さんが得意の篆刻をやってくれることになる。

書だけで満足しないで、南画風の画もかき出した。さすがに、この方は私にも画けといわない。

かつて、自画に題して

写得胸中景　霜牋分外寛
千尋巌谷邃　一脈石泉寒
皓月生峰頭　清風度樹端
図成還自楽　不願俗人看

と吟じていた。それでも、私を「俗人」と見なかったのか、何度か近作を取り出して見せてくれた。

広重の『東海道五十三次』の揃いを買ったから見に来てくれと招かれる。その頃、私はまだ浮世絵道楽を始めていなかったが、行って見ると複製だった。

君は豆腐が好きだった。私どもはよく根岸の笹の雪へ餡《あん》かけ豆腐を食べに出かけた。しかし、君は、ただ豆腐を料理して食べるだけで満足せず、これを画にして、壁にかけて眺めていたかった。自分の南画では、とても豆腐の味は出せないと観念したのか、洋画家に依頼して豆腐の画をかかせた。豆腐一丁だけが、皿にのっている図という註文である。画家は、定めて悩まされたことであろう。

しかし、昭和七年頃からは、再び数学に対する研究心を燃したらしい。同年九月一日から、義塾大学予科の数学講師となり、同十四年七月一日からは、藤原工大予科の教員を兼ねることになった。

この年の八月には『空間の性質に就いて』、翌八年二月には Die Hyperzeit、同年八月には Anwendung der physikalischen und chemischen Eigenschaften der Substanz auf die mathematischen Untersuchungen über n-dimensionale Grössen、九年一月には『可撓結構と可撓座標系』、同年九月には『二つ以上次元をもつ碁将棋』(『三田評論』第二九二号から第二九七号にかけて掲載された「二つ以上ヂメンシオンを有つ碁将棋」に幾分の訂正増補を加えたもの)、十年五月には『碁将棋の数学的研究』、同年十二月には『詩の数学的研究』、十一年十一月には『高次元形体とその鏡面異性体可撓放射座標』、十二年十二月には『数的独想録』上巻、十三年には『新碁盤』、十四年十一月には『存在濃度の変化』(『日吉学会論叢』所載)、十七年九月には『高次元世界に於ける引力の法則と空間の歪』などが相次いで公表された。

なるほど、君はその専門の数学に立ち帰り、その成果の発表欲に駆られた観があるが、しかし、それは、やはり、君の趣味の数学化であった感が深い。その中の『碁将棋の数学的研究』は早く大正十二年八月の『三田評論』(第三二三号)から、十三年三月(第三一九号)にわたり、続々と連載されて、世間を驚かしていたものである。琴棋書画の風流韻事、そのいずれをも数学的に考察しなければやまなかった観がある。

君は数理経済学者の著書にも、ある程度、目を通していた。数学者の眼で見たジェボンズとマーシャルの優劣論を聞かされた記憶が残っている。

君がもし、直腸癌にかかることがなかったなら、戦時戦後の困難と戦いながらも、まだまだ奇想天外の論文を発表していたであろう。

君は、十八年十月一日から休講し、二十六年三月三十一日に解職になった。

不幸は病気ばかりでなかった。慶應義塾の医学部を卒業して、三女浦子さんと結婚した養嗣子の億之助氏は軍医官として召集されて戦死し、夫人も病死し、君の趣味の範囲も狭められ、外出はほとんどせず、詩作と揮毫と菜園作りと令孫の愛撫に日を暮していた。終戦直後、私が久しぶりで、君の喜多見のお宅を訪問し、しばらく雑談を交わして、帰ろうとすると、自分の菜園で出来た南瓜を一つ持って行けという。南瓜は私の大磯の山荘にもよく出来ているが、しかし、君の好意を無にするわけにはいかず、有り難く頂戴し、重いのを我慢して、持ち帰り、老母に煮てもらって食べた。

本年（昭和三十七年）七月九日、重態の報に接し、慶應病院に君を見舞うと、ちょうど、リンゲル氏溶液の注射中で、幾分苦しそうだったが、私の顔を見ると、しきりに何か話しかける。しかし、どうも私には聞き取れない。あまり長くいるのもどうかと思って、そこそこに辞去した。あとで、三八君は「もっと話をしたかったが、残念なことをした」と浦子さんにもらしたとのことである。この報知があったので、直ぐにも見舞おうと思いながら、つい多忙にかまけて、日が経ってしまった。

三十一日、いよいよ危篤状態に陥ったと聞いて、駆けつけると、君は断末魔の苦しそうな大きな息を続けていた。冬子さんが、耳に口を寄せて、大きな声で、私の来たことを告げた。何の受け答えもない。「およしなさい。かえって病人を苦しめることになる」と言っても、なお、冬子さんは、涙声になって、何度も呼びつづける。私は、ただ、じっと病人の顔を見つめて立った。六十五年にわたる交際はこれで終るのである。

（『三田評論』昭和三十七年九・十月号）

＊ 本書一七四ページ、「試験」参照。

故堀江帰一博士をしのぶ

今回の分は去る四月十九日、三田の五一七番教室で催された故堀江帰一博士追悼会における取りとめのない思い出話である。『三田評論』の本年六月号に載せられた小泉信三氏の講演の後に行ったものである。

イスをごめんこうむります。きょうは御病気と承っておりました小泉さんが特に御登壇下さいまして、われわれもまことに喜ばしく存じます。先日、交詢社で、老人病の大家といわれておりますす緒方知三郎博士の御講演を伺ったのですが、老人病には、にせの老人病と真の老人病とがありますそうで、にせの老人病はその人の注意、あるいは医者の治療によりましていやすことができるのですが、真の老人病になると、これはもういかんともすることができない、これにかかったらいよいよ一巻の終りだという、まことに心細いことを申されまして、老人の多い聴衆は惨として声なしといった有り様でした。小泉さんの病気は、これはおそらくにせの老人病であったろうと存じます。あまり美食せられ、美酒を飲まれたためにおかかりになった病気と伺っております（笑）。私は「粗茶淡飯残年を終る」といいますか、一向うまいものもたべず、いい酒などはもちろん、いい茶さえ飲まないのですが、はなはだしく老衰いたしておりますので（笑）、もうこれはいかんともすることのできない真の老人病患者です。それで、先ほど、病後の小泉さんは相当長い時間立ち続けてお話しになったのですが、私はイスをお許し願いましてお話を申し上げたいと存じます（拍手）。

このごろ、よく塾員諸君の卒業何十周年というようなお祝の会に御招待を受けることがございます。もう私の講義を聞いた人で卒業後五十年を迎えておるというような方たちもございます。こういうような幸福な方々に向いまして、何か話せと言われまする際に、私よく申すのですが、「諸君は何という幸福な方々であるか。諸君は、先生と呼ぶべきものをまだ持っておいでになる。これは実に幸せだといわなければならぬ。先生が生きていることは親が生きているようなものだ。親にも善い親もあり、悪い親もある。私などは諸君をあまりよく指導しなかった悪い先生でしたが、それでも諸君は恩師としてお迎え下さる。これは、私の幸せばかりでなく、それ以上に諸君の幸せなのである。どうぞ、ますます私どもを大事にして、『孝行』をしていただきたい」（拍手）。

私も数年前までは先生と呼ぶべき方々を持っておったのですが、だんだんとこれらの先生方がなくなられまして、ただいまでは一人もおられないのです。これは実にさみしいかぎりです。堀江先生は、先ほど来お話のございましたように、早くおなくなりになりましたが、しかし、もしお達者だとするならば、東大の山田三良博士などよりははるかにお若いと思います。その点では、東大の法学部に学んだ私とほぼ同年配の人たち、山田博士の講義を聞いたとか中田薫博士の教えを受けたとかいうような人たちを私はまことにうらやましく思うのです。山田博士は明治二年一月のお生れだそうです。堀江先生は明治九年と伺っておりますから、ずっとお若い。中田博士は明治十年のお生れですから、堀江先生よりはわずか一年の年少です。東大の法学部に学んだ人はこういう幸福を持っておりますのに、慶應義塾に学びました私は大分以前から、もう一人の先生も持っておらないのです。堀江、福田、氣賀、ヴィッカーズ、これら経済学部の先生はいずれも、みな故人になってしまわれました。

私は堀江先生から、まず貨幣論、次に銀行論、最後に財政学、この三つの講義を伺ったのです。今日は、慶應義塾における経済学攻究の歴史を少し申し上げて見ようと存じたのですが、ただいま小泉さんがきわめて簡単な言葉で明快にお述べになりましたので、すべてこれを省略することにいたしますが、堀江先生が慶應義塾で講義をお聞きになりましたのは、おそらくガーレット・ドロッパーズという米国学者だったろうと思います。ドロッパーズは、先ほどお話のございましたように、明治二十三年一月から三十一年十二月まで、九年間慶應義塾で講義をしておられましたので、堀江先生の在学当時、ずっと講壇に立っておられたと存じます。そのあとで講義をいたしましたのがエノック・ハワード・ヴィッカーズです。小泉さんや私どもはドロッパーズの講義は全く聞きませんで、ひとえにヴィッカーズ先生の教えを受けたのでございます。ヴィッカーズ先生は三十一年十二月に着任されまして、翌年一月から講義を始められ、四十三年に帰国されたのです。

ドロッパーズ時代には、慶應義塾における経済学の講義の重要な科目はほとんどみな西洋人によって行われておったと申して差し支えなかろうと思います。もっとも大学部ができました当時は、ドロッパーズ先生が経済学原論の講義をしておられますほかに、経済学と題して真中真道という人が講義をしておることになっております。これは『慶應義塾百年史』にも載っておるところでございます。それから、後に堀江先生が講義せられましたところの貨幣、銀行、これは小野栄次郎氏が担当しておられます。その後になりましては高木正義氏がこれを引き受けておられます。この高木正義という方は、私どもが入学いたしました後においても、担任の科目はかわっておりまするが、まだ塾で講義をしておられました。

堀江帰一博士

この小野栄次郎氏あるいは高木正義氏の講義しておりました貨幣、銀行論を堀江先生が留学から帰ってお引き受けになったのです。財政学の方は、これは二年にわたった講義ですが、最初の一年はアイルランドのダブリン大学経済学教授チャールズ・フランシス・バスタブルの『財政学』（パブリック・ファイナンス）と題する書をとって教科書に当てておられました。これは七八〇ページにわたる彪大な著書であります。一八九二年に出版されたものですが、私どもはその訂正増補第三版を開いて先生の講義を聴きました。このバスタブルという学者は大へん長命な人でして、堀江先生が亡くなられて後もずっと生存しておりました。一八五五年に生れて一九四五年、すなわち昭和二十年一月に死んだということが記されております。

それで、堀江先生はこのバスタブルをどう見ておられたか。後にお出しになりました『財政学』、これは先生の大著でありますが、私どもが先生の財政学の講義を伺いました際には、まだ出版されておりません。私は四十一年の春に卒業いたしたのですが、堀江先生の『財政学』が出版されたのは四十二年のことです。先生はこの書の中で、バスタブルに関してこういうことをいっておられるのです。「英国経済学史上に於いて斯くの如き包括的著作が出たことは特筆に値する所である」と。これによっても、先生が相当の尊敬をバスタブルに払っておられたことが推察されます。先生は、なお彼について次のようにいっておられます。「氏は財政上に於ける官有財産、官業を論ずるに当っては、専ら、英国伝来の思想である自由放任主義に基づき、租税に依存す可きの必要を論じたが、租税その他の問題に於いては大陸学者の所説を参照した。そうして、租税負担の分配については、課税利益説または国家勤労説を排して、納税力説を主張したが、累進税、所得区別課税（これは勤労所得と財産所得を区別して課税するものを指すのでしょう）などの問題に就いては、ルロワ・ボーリュー氏（これはフランスの学者であります）の反対説に賛成し、所得の種類に依る税率区別を以て無用であるとする保守的態度に出でた」。こういうのです。こう説いておられるところを見ますと、この点ではバスタブルに賛成しておられないように思われるのですが、講義を伺っておりましたところでは、そうまで深刻な批評を彼に対して加えることもなかったようです。この時代にはドイツでは有名なアードルフ・ヴーグナーの著書が非常な勢力を持っておりましたが、ついで先生は、「独のワグナーが、租税の効用を以て単に国家の財政的必要に応ずべき十分な収入を挙げる手段であるばかりでなく、市場の作用で齎《もたら》された分配の不平等を意識的に平均化する手段であると主張するに対し、バスタブルは課税の目的に関して狭い概念を取る」といっておられるのです。どうしてこういう狭い考えをとったかと申しますと、それは、大部分、斯うした社会改革の道具として課税を使う企図に伴う技術的困難と、これによって純然たる財政上の目的に対する有効性をそこねるに存すると申さねばならぬからでありましょう。事実、社会改良の目的に課税を使うことになりますと、そこにいろいろな技術的困難のあることが見出されます。そうしてまたそれがために純然たる財政上の目的を十分に達することができないことになる。そこでバスタブルは、これに反対して比例税法を主としてとったものと見てよかろうと思います。

先生の講義は、先ほども高村〔象平〕塾長のお話しになりましたように、おそろしく高速度でして、ことにこのバスタブルの講義は、原書を見ながら聴いていれば、判るだろうなどと思ったら大きな間違いでして、うかうかしていると先生、どこを講義しておられるのかまるで判らなくなってしまう。そこで、私は考えまして、講義の始まる前に十分か十五分の休憩時間がありますので、その間に一生懸命に目を通しておくのです。一時間講義が済みますとまた先生、十分ばかりお休みになる。先生は他の先生とちがって、この休憩時間に教員室には行かれずに、教壇の机で何か仕事をしておられる。その間にまたあとを読む。そんなことをしておりますと、どうやらついて行くことができます。よくもよくもああいうふうに早く外国語を日本語になおして読み下すことができたものだとしみじみ感心させられたのです。私も後にはずいぶんいろいろの原書を使って講義をしましたが、とても先生の真似は出来ません。

翌年は、先生の著書はまだ出ておりませんが、先生御自身の講義を伺うことになっておりました。ところが、講義半ばの十月二日に先ほどお話の出ましたように腸チフスにかかられましてずっとお休みになったのです。その代講をせられましたのが福田徳三先生です。福田先生のお弟子は多いが、その財政学の講義を聞いた者はきわめて少ないんじゃないかと思います。一橋の出身者たちでも福田先生の財政学講義を聴いた人はほとんどないようです。

福田先生は堀江先生の代講を始められます時、なるべく先生の講義を踏襲しようと考えて、学生のノートを借りて読んで見たら、カール・テーオドル・エーベルクの『財政学』（フィナンツヴィッセンシャフト）そのままであることを発見したので、自分もエーベルクに従って講義する、と申されたのですが、これはどうも事実と相違するようです。堀江先生がそれほどエーベルクに依存されたとは考えられません。

この福田先生の講義がまた早口で、わたしのような筆記の下手な者はとうていノートをとることが出来ないので、実に悩んだものです。後に、福田先生にこの話をしますと、あの講義は俄かごしらえだったので、とくに早口で喋ったのだと申しておられました。

堀江先生ら優秀な留学生の帰朝、福田先生ら卓越した教授もしくは講師の招聘によりまして、外人教師本位の慶應義塾理財科は次第に日本人中心となるのですが、私の在学当時はまだ、経済史、経済学史、商業政策、労働問題の四講座はヴィッカーズの担当するところでした。こうした過渡期に、西洋人の教師と、日本人の教師の間にいざこざが起り、そのため学内に派閥を生じるというようなことは東大その他ではありましたが、わが慶應義塾では、たとい両者の間は、しっくりとまではいかなくとも、大した衝突もなかったようですが、私どもが卒業いたしました後にヴィッカーズ先生と堀江先生の間に気まずいことが起ったのです。ヴィッカーズという方はまことに几帳面な人でして、アメリカ流と申すのでありましょうか、随分と学生に勉強を強いる。試験などもすこぶる厳格でした。同じ試験を幾組かに分けて同じ時間に別々の教室で行ったのですが、必ず一脚の机に一人坐れ、二人坐ってはならぬということが厳重に申し渡されております。それぞれの教室に監督を置かなければならない。ある学年試験の時に、一つの組の方へは堀江先生が監督においでになって、その当時の言葉で申す「立ち番」をしておられたのです。当のヴィッカーズさんは三つくらいの教室をあっちへ行ったり、こっちへ来たりして見廻っておられたのですが、堀江先生は、試験の立ち番などに時間を費すことはまことにばかげたことだとお考えになっていたのかもしれません。ポケットから何かの本を出して読んでおられました。そこへヴィッカーズが入って参りまして、監督堀江先生の態度を非難することはさすがに遠慮されたのですが、学生を見渡しますと、あれほど厳重に申し渡して置いたにかかわらず、一脚の机に二人坐っている者がある。そこでヴィッカーズ先生、真赤になって怒りまして、「こんな不規律なことでは試験をやってもむだである」、こう意気まいたのです。これを聞いて堀江先生もまた憤慨されて「むだな試験なら諸君は受ける必要はないだろう。私も監督する必要がない」と怒鳴られた。この時の試験問題はなかなかむずかしかったと見えまして、頭を悩ましていた学生はみんな喜んでぞろぞろ出てしまった（場内爆笑）。

これが大へん厄介な問題になりました。その当時ヴィッカーズ先生の助手をしておりましたのが先ごろなくなった三辺金蔵さんでした。三辺さんは、何とかしてヴィッカーズ先生をなだめようと先生に面会を求めたのですが、三辺君の英語というのがおそろしくぶっきら棒でしたためヴィッカーズさんの怒りは一そう激しくなりまして（笑）、「お前は私の助手ではないか。助手が私に命令を下す法があるか」（笑）、「もしプレジデント（塾長）が言うならば、聞きもしようけれど、自分の助手の命令に服することはできない。さっさと出て行け」と申されたそうです。何でも、この時の三辺さんの英語が、みんな命令調、インペラティーブ・ムードになっていたのだと英語の先生の畑功さんは解釈していました。結局、この事件はすったもんだの末、どうやら片づいたのですが、ヴィッカーズさんはその後国へ帰ることになりました。あるいは幾らかそのときのことが氏の帰国を早めることになったのではないかという気もするのです。

先生は年をとっても悪童ぶりの抜けない方でした。先ほど乙雄さん（堀江博士令息）からお話のありましたように、堀江先生は幼いころから慶應義塾の幼稚舎に学ばれまして、だんだん上に進まれたのですが、堀江先生の幼な友達で後に毎日新聞社長になった奥村信太郎（不染）さんが、堀江先生のなくなられました直後、先生を追懐して、こう書いておられるのです。「少年堀江君は決して勉強家ではなかった。寧ろ悪い方面に或る大胆さを持っていた。彼は全く本を読まなかった」と。これは先生の親友の書いておられるところですから、その通りであったろうと思われるのです（笑）。「悪い方面に或る大胆さを持っていた」、これはおそらく、ひどいいたずらなどをされたのだろうと思います。しかし、このいたずらっぽいところ、茶目っ気のありますところはずっと後まで続いていたように思われます。私どもが先生と親しくおつき合いをする以前のことですが、『時事新報』の社員の中で親しい人たちが寄り合いまして飲食の会などを開くことがあります。その仲間に評判の恐妻家がいる。ばかに奥さんをこわがっている。先生はその人をからかってやりたくなる。先生は特にほかの人たちよりも先に席を立ちまして、すぐにその足で、その恐妻家の家を訪れる。玄関に立って「○○さんいるか」と声をかける。奥さんが出てこられて、「まだ帰っておりません」という。そこで、先生は小首をかしげて、「それはおかしい。確かにおれより一時間も前に出たはずだが、奴さん、どこへ行ったのだろう」（場内爆笑）。こういうようなことを言い残して帰って行く。あとの夫婦げんかを想像して、ひとり悦に入っておられる

（笑）。そういう茶目っ気が晩年まで抜けなかった方です。

　先生は、明治二十五年四月に幼稚舎を卒業されました。当時、幼稚舎は今のように小学校だけでなく、中学の課程まであったのです。ですから、先生は幼稚舎を卒業されまして慶應義塾の正科（後の大学予科に相当）に進みまするとともに、これはやはり奥村さんの言葉ですが、「このなまけ者の少年は年長の同級生に伍したのが発奮の動機と為ったものか」、いつの間にかまじめな読書生に変じたのです。普通科から入ったものは概して幼稚舎から来たものよりも年が多かったのです。「こうなると彼の持っている大胆さは忽ちよい方面に働き始めた」のです。十七歳の色白の丸々とした美少年は、ルートレッジの最廉価版のアダム・スミスの『国富論』を、東京経済雑誌社から発行されておりました嵯峨正作、石川暎作両氏の日本訳を手引きとして熱心に読み続けました。古典の版本を大へんやかましく言うようになりましたのはこの時代よりあとのことでありましょう。同じ表題の本であるならば、なるべく安いものを買う、これが経済原理にかなったことだというふうに考えられておりました。当時ルートレッジ版はおそらく一番安く、また一番容易に手に入った『国富論』だったろうと思います。ルートレッジ版で『国富論』を丸善で買いますと、私どもの時代には一円七十五銭ですみました。これで大体は間に合うのですが、後になりまして他の版本と対照してみますると、たしか一ページに五、六カ所も間違いのある箇所のあることに気附いた記憶が残っております。堀江先生は最後まで版本のせんさくなどには興味をお持ちにならない方でしたが、このスミスの版本をお買いになりまして、その当時出ておりました石川暎作訳と対照して、こつこつ御勉強になったのです。つまり先生は、経済学に志した最初において、まず経済学祖アダム・スミスの自由主義経済学説の洗礼を受けられたのです。

ついでに一言させていただきまするが、この最初の『国富論』の翻訳は嵯峨正作、石川暎作の共訳ということになっておりますが、事実上、ほとんど全部石川暎作の翻訳に成るものと申して差し支えないと存じます。石川暎作という人は慶應義塾に学んだのですが、学費が尽きますと、千葉県へ参りまして小学校の教師を勤め、それから福澤先生の友人に尺《せき》振八という洋学者がおったのですが、この人の共立学舎の数学の教師を勤めたりして生活の道を講じ、次いで大蔵省に入ったのですが、やがて病を得て退官した後、経済雑誌社に入社いたしまして、『東京経済学講習会講義録』にこのアダム・スミスの翻訳を連載したのです。そうして満二年かかりまして、明治十七年十月にこれを成就されたのですが、十九年四月二十七日、二十八歳の若さで死んだのです。彼は血をはきながらスミスを翻訳しておったものと思われます。今日では、『国富論』の邦訳は非常に多く行われております。何種ありまするか、未完成のものまでも数えまするとト指を屈することができるんじゃないかと思われるほどですが、その翻訳者のほとんどすべてといってもいいかと思いまするが、この石川暎作氏に対して何の感謝も払っておらぬということは実に遺憾しごくです。この翻訳者たちが、それでは石川訳を参照していないのかと申しますと、決してそうでないと私は思います。たいていの翻訳者はこの石川訳を座右に備えて参考に供しておったのでしょうが、この若くして死んだ篤学者に対して何の感謝も捧げていないことはまことに心外です。

堀江先生は二十九年十二月に慶應義塾大学理財科を卒業されまして、翌年三井銀行に入社されました。その当時は学期ごとに三度進級する仕組みになっておりまして、登級などということが行われましたので、二十歳で卒業されたのです。つまり成績のいいものは一期飛び越して進級するのです。ですから秀才は、割合早く卒業することができました。先生は三井銀行に入社されると直ぐに退社されてしまいました。後に銀行論を講義された先生ですが、銀行屋はよほど性に合わなかったことと存じます。およそ何日在社されたか。私は乙雄さんのお話によりまして一週間で退社されたというふうに承知しておったのですが、昨晩『慶應義塾百年史』の中編を見ておりますと二週間ということになっております。どちらが正しいか一つお話し合いを願いたいと存じます（笑）。

三井銀行をおやめになりました先生は幾ばくならずして時事新報社に入社され、自由主義経済学の若い学徒としてその筆をとられたのです。

『時事新報』は、創刊以来、常に福澤先生がその論説の筆をとっておられたのですが、『福翁自伝』に記されておりまするように、先生はその年の傾くに従いまして、みずから筆をとることが少なくなり、自分はときどき立案して他人に起稿させ、これに加筆する場合が次第に多くなりました。そして、先生の意を体して経済方面の論説を多く起草したのが堀江先生だったのです。堀江先生の読書力が強大で、文章を書くことの自由だったことは、先輩及び後輩の驚嘆の的となっておりました。福澤先生がつとにこの青年記者に注目されましたことは先ほど小泉さんのお話のありました通りです。当時福澤先生が石河幹明氏に与えて静浦行きを勧められた書簡中には、「堀江氏も同道なれば妙なり、此の人も折々は養生第一と存候」と記されております。福澤先生は静浦という所が大へんお好きでして、私どもも先生の晩年に、沼津の駅に先生を迎えて、御一緒に静浦まで歩いて参り、保養館と申します宿屋で御馳走になったことなどを思い出します。* 堀江先生もまた福澤先生の知遇を深く感じておられましたこと、これも先ほどお話のありました通りです。

英国留学中の堀江先生が福澤先生の訃報に接したのは、二月十日、霧の深い、寒さの身にしみる午後だったということです。横浜正金銀行の中井芳楠という人がロンドンにおられまして、そこで福澤先生がなくなられたということをお聞きになったのだそうですが、そのときの堀江先生の歎きは日記の上ににじみ出ておりまして、読む者までも胸せまる思いがいたします。私もその日記の一節を書き抜いて参りましたが、先ほど乙雄さんがお読みになりましたので、その部分は省略いたします。

「先生一度び逝きて先生が遺したる事業は果して如何ある可きや」。

こういう不安がこの時堀江先生を襲ったのです。とくに堀江先生とは最も関係の深い福澤先生の遺された大事業、『時事新報』の前途を案じてこう申されたのではないでしょうか。われわれは福澤先生歿後、堀江先生逝去後、この大新聞の辿った運命を顧みますると実に痛嘆にたえないものがあります。よく世間では、慶應義塾、『時事新報』、交詢社、この三つのものが福澤先生の遺された三大施設であるということを申しておりましたが、慶應義塾は御承知の通りますます隆盛に赴いておりまするし、交詢社もその基礎を固めて存続いたしておりますが、とくに福澤先生が堀江先生に「背負って立て」といわれた時事新報だけが、経営そのよろしきを得ず、昭和十一年十二月二十四日を最後として、事実上なくなりましたことは実に遺憾です。

堀江先生は帰朝後幾ばくもなくお父さんのお墓に詣られ、やがて車を転じて白金本願寺の福澤先生の墓前にぬかずかれました。これも日記に出ているところですが、先ほど乙雄さん、ここのところはお読みになりませんでしたので一言だけ附け加えますが、「福澤先生長逝して既に一年半、形骸は永く墓標の下に眠るも先生の教は尚ほ滅せず、聊か慰むを得可し。菊花数枝を捧げて英魂を祭る」とこう明治三十五年八月三十一日の日記に記しておられます。

堀江先生の第一回の欧洲遊学の際には、英国では、ちょうどチェンバレンの関税改革案が暗示せられておった時代でありましたが、帰朝後の博士は、主として自由主義をひっさげて論壇に立たれ、保護主義者に対する鋒鋩《ほうぼう》すこぶる鋭利なるものがありました。慶應義塾は当時自由主義経済学の本営と世間では考えておったようです。必ずしもそうでなかったともいえるのですが。当時、東京帝国大学農科の先生に横井時敬という人がおられまして、この人を三田演説館に迎えて講演を聞いたことがございます。私もこの講演を聞いた一人ですが、横井博士、演壇に立たれると同時に、「自分は今、馬を敵陣に乗り入れた感がある」（笑）と言われました。つまり、博士は自由主義の本拠地に乗り込んで、保護主義を主張してやろうと烈しい闘志に燃えて来塾したのでありましょう。それからまた、これは私直接聞いたのではなく、友人からの又聞きですが、その当時、保護主義を主張しておられた河上肇さん――この河上肇さんという方はおそろしく説の変る人であります。最後には共産主義者になりました。ロシヤで共産主義革命の行われたことを聞いて、すっかり喜んでしまい、「帝郷近きにあり」などと言っておられたのですが、この頃は横井博士に追随しておられた保護主義者でした。その河上氏が慶應義塾の理財学会でしたかで講演され、保護主義を一席弁じられたのですが、そのあとに堀江先生が演壇に立たれまして、卓をたたいて、「行灯の火影暗き古昔はいざ知らず、電灯燦として輝く今日の世界に、保護主義の幽霊が再び現れるとは奇怪至極である。速かに消えてなくなれ」(笑)と、こう大喝されたということです。

ところが、堀江先生は第二回目の滞英に当りまして、この国の自由党内閣の社会政策が着々と実行されようとする気勢を示したのを見て、先生の考え方ががらりと変ったのです。私は、ちょうど先生が英国におられました翌年、すなわち一九一一年に英国留学を命ぜられたのですが、その当時、この国は長期間にわたるストライキに悩まされておりまして、私がロンドンにおりましたころはドッカー(船渠人足)のストライキであるとか、鉄道現業員のストライキであるとか、炭坑夫のストライキであるとかいうような重要な企業における罷業が相次いでおこり、その解決は容易でない。まことに社会不安の時代でした。われわれ留学生までも石炭をたくことが不自由になって苦しんだ記憶がございます。間もなく私は病気になりまして、バークシャーに移り、療養所生活を送ったのですが、療養所で同病相憐れむ患者たちがバルコニーなどに集まって雑談に耽る際にも、この罷業のことが一番多く話題になったのです。ある朝、私がバルコニーへ出て参りますと、「お前、けさの新聞を見たか。あの冷徹なアスキス（首相）が、この問題の解決難に泣いたと書いてあるぞ」と申しました。患者を慰めるためでありましょう。病院の園丁の植えた球根が芝生のあちらこちらに芽を出し、花を咲かせておりました。その花を見ながら新聞を読んでおりますと、誰の心尽しか、アスキスの机の上にダフォディル（水仙の一種）の花が飾ってあったという記事が目につきました。この花は春の花とか希望の花とかいわれるものだそうです。労働争議解決に望みあれ、という意味なんでしょう。そういう時代に、アスキス内閣の行った多くの社会立法によりまして堀江先生は動かされるところがはなはだ多かったのだと存じます。

英・独・米に滞在して社会問題の研究に没頭し、明治四十四年二月に帰朝された博士は、やがて欧洲大戦に際会し、戦時経済状態の推移につれて生じた幾多の社会的、経済的病患に当面して、大隈内閣に始まり、寺内内閣を経て、原内閣に至りますわが歴代の政府が、何ら適切な治療法を講ずることがなく、国民生活の安定を確保するために何ら有力な施設を試みることがないのに刺激されて、博士の態度は著しく変化し、往年の官業反対論者はここに国有事業の拡張、営利事業の社会化を主張するものとなったのです。そして博士はこれまでよりもいっそう勇敢に書斎から街頭に進出されまして、労働運動の自由を主張し、治安警察法第十七条の撤廃を叫び、無主義な国際労働会議を笑い、労資協調主義を排し、社会民衆党の成立に努力されたのです。その頃、労資協調会などというものが成立いたし、後に労資の文字を削って、ただ協調会というようになりましたが、これは、温情主義的労働搾取を行おうとするものだなどという言葉が慶應義塾の教員室でもしばしば使われたのです。先生は、こういうものを排斥する態度をとられたのです。

そして、博士は労働取引所、賃金国定制度、社会保険等を論じ、労働問題および労働組合の現在および将来を考察し、経済組織の改造を説き、最後に博士が熱心に提唱されたものは、実に国家資本主義だったのです。すなわち、諸般の事業を国有にし、あわせてこれに民主的監督を加えようとするにあったのです。

先生は、わが農村における地主対小作人の争議に対しては、政府がさらに根本的に米価の平衡を期する政策を施し、地主、小作人間における富の分配を公正ならしめるための処置に出で、さらに進んでは、一部の土地を国家の所有に移すことを急務と考えられました。

また、物価問題を解決するためには、特に米、薪炭というような一定少数の物資だけでなく、国民生活に重要な関係を持つ多数の貨物に対しては、その最高価格の公定を行うにとどまらないで、さらに進んで、こういった物資を生産製造する一切の産業をあげて国家みずから生産の衝に当り、自己と消費者である国民の利益を調和させる目的として定められた価格で物資の分配をつかさどるべきである、こういうふうに説かれました。

さらに、当時やかましかった失業問題の根本的救済策として、第一に、経済的循環期の過程を円滑ならしめ、第二に、労働権を確立し、国家の力をもって失業労働者に適当の職業を授けることに努め、もしこれを授けることの出来ない場合には、その人がある職業を通じて獲得することの出来るだけの所得を国家から給与して、その生活を保障すること、第三に、国民養老年金の制度を設定し、今日の経済組織においては、競争があまりに自由であり酷烈であるに加えて、資本主義跋扈の勢いがはなはだしく、労働者をして、その生産上における貢献に相当して収得すべきはずのものであって、しかも収得することを得なかった報酬を、国家の力によって年金の形態で補償させ、老齢のために労働不能となり、永久的に失業の状態に陥ろうとする者の生活を保障することを熱心に説かれました。大正八年十二月三十一日、博士は、まさに往かんとする年を顧みて、自分の「思想は大に社会主義的傾向を有するに至れり」と日記にしるしておられます。

博士の社会政策上の思想にはただいま申しましたような変化を見たのですが、貨幣論及び銀行論の方面では多くの変化を見なかったことは先ほどお話のありましたごとくです。博士は、貨幣論者としてあくまでもメタリストであり自由鋳造主義者の立場にとどまっておられたのです。私は、先日、大磯から出て参ります時、堀江先生の全集十巻（昭和三―四年版）を車の中に入れまして、これさえあれば堀江先生の追懐談をするのに資料は十分と思っておったのですが、昨晩先生の貨幣論を何十年ぶりかで読み返してみようとしましたところ、この全集に収められているものは、私どもが学校で講義を聴いた明治三十七年初版の『最新貨幣論』ではなく、これとは「全然異なった工風の下に執筆した」と先生自から語っておられる大正十五年版の『貨幣　銀行　外国為替』に旧著よりの抜萃を註の形で取り入れたものだったのです。編者永田清君はなかなか苦心を払われたらしいのです。その永田君も今は亡き人の数に入りました。ただいま学校の方にお頼みしておきました旧著が一冊届いたのですが、後の著書と比べて見る暇が御座いません。前著の出版以後、ことに第一次大戦以後には、貨幣および銀行制度の上に大きな変動があり、後著にはこれらの変動について記述することを怠っておられないのですが、しかし、先生の貨幣理論はその根本においては大した変化を見なかったものと存じます。

その銀行論では、先生は、わが国の銀行業界に幾多の病弊の伏在することを認め、経済社会の健全な発達を期するためにその改善を主張し、第一に、銀行を合併その他の方法によって大規模のものとし、支店制度を誘導するとともに、小資本の銀行をして存続するの余地なきに至らしめ、第二に、機関銀行を一掃して、銀行をして真に公共の機関たらしめ、第三に、企業銀行と預金銀行との別を明らかにし、預金銀行が企業銀行を兼営する場合には、営業上の安全を維持する保障を置き、第四に、預金銀行をしてその本色である預金取引に基礎を置いて金融上の便宜をいたさしめることを旨とすべきである、こういうふうに述べておられるのです。これを達成するためには国家の法令もある程度まで作用しなければならないものと考えられたのですが、なおこの点においても先生は自由主義者の面目を保っておられまして、民智の進歩に根拠を置き、民衆の力によって銀行業を監督するの一事をもって、さらに必要なものと見ておられるのです。

博士の説くところによりますと、わが国の普通銀行業は英国の預金銀行制度を模倣して組織されたものでありまして、創案者である松方公爵の意見では、商業金融の中央機関である日本銀行に対して預金銀行である市中諸銀行を配置し、そうして市中銀行は徹頭徹尾預金銀行の型式で営業させることが当初の眼目であったのです。ところが、彼らのあるものが、表面には、預金銀行を標榜しながら、内実には、ドイツの企業銀行も三舎を避けるような危険な営業を行い、またそのあるものが、銀行業者として当然守らなければならない公共的任務に従わないで、暴利の獲得をこれ事とする不始末の結果は、昭和二年のパニックにおいて遺憾なく暴露されたのであるというふうに見ておられるのです。しかしながら、博士は、これらの事実を論拠として、あえて銀行を国有にし、国家みずから社会公共の利益を主眼として信用の膨脹収縮を左右するというようなことを提唱されるには至らなかったのです。博士はかくのごとき所説に幾分の尊敬を払いながら、これにどれだけの実行的価値があるかということを疑問とされておりました。博士は、単に、国家をしてその管掌する財政を通じて景気循環の統制に協力せしめることの効果を認めたに過ぎなかったのです。

堀江先生は明治三十五年以来二十五年間、一日のごとく慶應義塾大学教授として教壇に立っておられました。ただ、その間において先生は三度お休みになったと記憶しております。第一には、先ほどちょっと申しましたように、四十年十月二日に腸チフスにおかかりになり、「人事を弁ぜざること数十日」という重態に陥り、翌年四月一日教員会議に出席されるまでかなり長い間学校をお休みになりました。それから明治四十三年四月十五日に出発されて翌年の二月二十五日に帰朝されるまで、一カ年の間欧米各国を歴遊され、社会問題を研究されました。その影響がすこぶる大であったことは先ほど申した通りです。それから大正六年に、中華民国財政総長梁啓超氏がその同志とともに組織したところの財政金融学会において、財政金融の講義をされ、かたわら、民国の貨幣制度改革について梁啓超氏の企画しておる事業に援助を与うべきことを求められて、大正六年十月七日、日本を離れ、十二月二十九日帰京されるまで約三カ月間、北京に滞在されたことがあります。まあそれくらいなものでありまして、あとはずっと教壇に立って講義を続けておられました。

その二十五年の間に博士の講義ぶりは大した変化を見なかったのですが、しかし、その風丰《ふうぼう》は著しく変化しました。先ほどの小泉さんのお話の通りです。これは小泉さんの言葉でありますので小泉さん自身お話しになった方がいいと思いますが、私が書き抜いて参りましたので読ましていただきます。これは先生がなくなられてしばらくたって小泉さんの書かれたものです。「二十年前の博士は白皙紅顔、カラーもネクタイも常に新しい其の洋服姿は、慶應義塾の教員中にあっては、最も清楚なるものであった」。しかるに最近に至っては、博士は最も身なりに構わぬ一人となった。「顔色も甚だ失礼ながら、薄黒く、髯も屢々のび、其の洋服は嘗つて折目を持っていたかを疑わせるようなものであった（笑）」。こういうのです。それについて、私は少し堀江先生のために弁護をしたいのですが、先生は、複式の生活をすることはいかにも不経済である、日本の着物と洋服を着る、家にいるときは和服を着ているが、出かけるときは洋服を着る、これは不経済千万であるから、すべて洋服で通そう、こういうふうに決心されて、家におられるときも洋服であります。それでそのままお出かけになるのですから、「嘗つて折目を持っていたかを疑わせる」ということになったわけでしょう（笑）。そのときに私は先生と二人で申し合せまして、私の方は、先生とあべこべで、和服で押し通そうということで、震災後、洋服は一切こしらえないことにしました。

これは先生の容貌風采の話ですが、それとは別に私は先生のなくなられました直後、こんなことを書いたことがあります。

博士はその間に於いて次第々々に一人になって行かれたように思われる。私は博士を見るたびに孤独の淋しい感じが伴っているように思われた。慶應義塾大学経済学部の教授達の大部分は博士の教えを受けた後輩であった。然しながら、その主義主張に於いて博士と共鳴し、博士に追随した者が果して在ったであろうか（国家資本主義までついていくことができた人たちがあったであろうか）。博士の性格と主張とは固より実業界に在る慶應義塾の先輩の容れる所とはならなかった。（慶應義塾の学徒としては異端邪説を唱える者のように言われたのです）。博士は常に新興労働階級に向って呼びかけた。博士はその新聞雑誌に於いて発表する諸論文が、労働階級の人々によって閲読せられ、時々彼等より激励感謝の書状を受け、若しくはその私宅を訪れて意見を徴せられることのあるのを欣んだ。然も博士は真にこの階級を抱擁することを得たであろうか。労働無産階級の多数は永く博士をその指導者と仰いだであろうか。博士は社会民衆党の誕生に際して、その産婆役をつとめた。然も博士と同党との関係は単にそれだけに終るべき運命のものであったように思われる（私は先夜乙雄さんともこの点をよく話し合ったのです。そこにいろいろな解釈がなされるのですが、どうもやはりこういうふうに申さなきゃならないのです）。

まことに論壇に立った博士の武者振りは華々しかった。然し、私にはその華々しい武者振りのうしろに、何となく淋しい影の附き纏っていたことが感じられてならなかった、云々。

先生の御趣味は、料理、相撲その他、いろいろあったようですが、晩年には芝居を楽しまれたようです。時折は歌舞伎座の立見などもされました。日記を見ますと、「朝、妻に芝居の話しを為す。愛情掬す可きなり」と書かれているところなどがあります。私も何度か先生と御一緒に見物した記憶が御座います。とくに思い出されますのは、二人イスをならべて帝国劇場で「権八」（『其《その》小唄《こうた》夢《ゆめの》廓《よしわら》』）を見物した時のことです。これは、劇通の間では、「権上」とか「権下」とか申しておりますもので、「権上」すなわち鈴ケ森夢の場の方はよく上演されるのですが、「権下」、三浦屋小紫部屋の場の方はあまり出ません。これは例の「髪梳き権八」ですが、これが終りますと、権八が六郷川の渡し船の上で見事に立ち腹を切って果てるという最後の場面になるのです。権八は十五代目市村羽左衛門でしたが、権八が悲惨な、しかも華やかな最期を遂げて、芝居はおしまいになったのです。私は帰ろうと思って立ちかけたのですが、ふと気が付くと、隣席の先生はイスに腰を落したままで低い声で何かぶつぶつ言っておられるのです。何を言っておられるのかと思って、私もまた腰を下して先生のつぶやきに耳を傾けますと、権八の短い生涯のはなやかさをたたえ、それに比べれば、はるかに長い自分の生涯の味気なさをかこっておられるのです。権八のような生涯を送りたいとまではお考えにならないでしょうが（笑）、こういうような感傷的な気持になられるところにも先生の晩年のさみしさが見られるのではないかと存じます。

先生がおなくなりになりましたあとで、先ほど話の出ました全集を編纂する必要上、先生の書斎に入りましたら、英語もしくはドイツ語などの本ばかりが並んでおりまして、日本の本はほとんど一冊も見当らなかったのです。私などがつまらぬ本を出しますと、必ず一本を先生に贈ることを怠らなかったつもりですが、そういう本は一冊も本棚に立っておりません（笑）。まあ、こんなものは置いたって仕方がないというので、どんどん古本屋に売り払ってしまい、有用な西洋の本を買う足しに供されたのでしょう（笑）。ただ、その中にたった一部日本の本があったのです。それがなんと、『大南北全集』、すなわち、文化文政期を代表する狂言作者、四世鶴屋南北の全集でした。ちょうど外国へ漂流した日本人の漁民のように、この全集だけが洋書の中にまじっていたのです。これによっても、先生はその晩年には相当芝居によって慰められるところがあったように感じられます（後に聞きますと、福澤先生の本だけはどこか別のところにしまってあったそうです）。

先生は克明に日記をつけておられました。先ほど乙雄さんがお読みになりましたものなども、多くはこの日記の中に出ているところでしょう。明治三十二年八月九日から昭和二年十二月二日に至るまで、つまりなくなられる日までのものが、断続はありますが、残っております。逝去の前日、すなわち十二月一日の日記には、「夜、十時四十八分品川発、大阪に向ふ」と書いてあります。おなくなりになりましてから書斎に入ってみますと、先生の机の上には原書が開かれている。そのそばには書きかけの原稿用紙が置かれている。その原書を参考にしながら、原稿を書いておられたのです。原稿の最後のところはセンテンスが終っていない。ちょうどそこまで書いたときに自動車が来たとでもいうわけでしょうか。先生ほど寸陰を惜しまれた方は少ないと思います。先ほど、小泉さんのお話しになりましたように、私どもはときどき一緒に食事をする会などを催しました。ある晩、私は先生と二人だけで会食する約束をしたのですが、何かの都合で少しおくれて、いつもご一緒になる料亭に参りました。おそらく三十分とは遅れなかったと思いますが、「どうも遅刻して相済みません」、こうお詫びをしますと、先生は笑って、「いや、あなたが見えないのでこれだけ原稿が書けたよ」と申されました。つまり、私を待つあいだ、ちゃぶ台に向って原稿を数枚書いてしまわれたのです。先生は、じつに、ほとんど人間わざとは思われないくらい筆の立つ方でした。

いよいよ二日、最後の日記になりますと、「朝七時、名古屋にて目覚む。十一時過ぎ梅田着、放送局にて講演。梅田から京都。松吉に宿、夜、岡崎公会堂にて講演、微雨。」とございます。この松吉という宿屋、これは私も堀江先生に紹介されて、一度泊ったことがあります。松吉へ行かれる前に、放送局、あるいは講演会の方でとっておいた宿屋に行かれたのですが、そこが気に入らなかったので、先生はご自分のなじみの松吉へ変られたと聞いております。松吉で風呂から出られ、おなじみのおかみさんが後《うしろ》から浴衣をかけながら、「先生、大へんおふとりになりましたね」というと、「ああ、死ぬときは脳溢血だよ」と冗談に言っておられたそうですが、やがて食事を済ませて、岡崎の公会堂に向かわれました。公会堂の演壇に立って、「自分はこの公会堂で講演するのはこれが初めてです。きょうは大いにやります」と前置きして、十分間ほど弁じて倒れられたということです。そのときに、聴講者の中から、「自分は医者ではないが、医者の知識のある者だ」と称する人物が現れて、これは脳貧血であると断定し、乱暴にも先生を逆さにして振ったということが伝えられております。こういうことがなかったならば、もうしばらく先生の御寿命は取りとめられたのではないかとまことに残念に思われます。小泉さんは特に京都まで行かれ、たしか先生の臨終にお会いになったと存じます。私は、ただ先生の遺骸を夜、東京駅に迎えただけだったのですが、その晩の寒さは実に身にしみ渡りました。

大へん長くなりましたが、終りに一言私と堀江先生の関係を述べさせていただきたいと思います。

私は学生時代まことに生意気でございまして、よく先生に反駁的な質問をいたしました。また、ただ質問するだけで満足できないで、『三田評論』と申します学生の機関雑誌、今の『三田評論』とは性格の違ったものですが、これに先生の学説を批判するような、幼い文章を書いたりしたのです。しかし先生は少しもお怒りにならず、よく私が教室で質問をいたしますと、そこではあまり熱心にお答え下さらず、翌週の講義のときに、私がイスに腰かけておりますると、先生はポケットから試験の答案用紙――試験の答案は用紙の半分しか書いてないのが多いので、それをむだにしまいというところから、これを切っておいて自分が原稿を書いたりなどするのに使っておられました。――その試験用紙の半切に記した解答を私の鼻の先へポタンと落して行かれるのです。こういうやつには口で言うよりは書いて読ましてやった方がいいというので（笑）、わざわざこんな手数のかかることをしてくださったのだと存じます。

そんな風に先生にはまことに御無礼ばかりいたしておったのですが、やがて私が卒業いたしまして学校に残ることになりますと、先生は自分と同じように学校とかけ持ちで、時事新報社へ入れとすすめて下さいました。しかし、自分の能力がとうてい先生の比でないことを熟知しておりました私は、とうとう二足の草鞋をはかずにしまいました。

私が留学中病気になり、日本へ帰りましてもなお温泉場や海浜で養生を続けておりますと、先生から、「あまり病気を苦にするな。学校へ帰って来い。講義でもすればかえってよくなる」というお勧めがありましたが、何しろ病気が病気ですので、万一、他《ひと》にうつしでもしては大へんと考えまして、横浜の十全病院で喀啖その他の検査をしてもらいました。ところが幸いにして菌は出ないということでしたので、先生のお勧めに従いまして学校に帰って講義を始めることにしました。

それから、自分の恥を申し上げるようでまことに恐縮でございますが、私は今ではごく温厚な人間になったつもりでありますが、若いころはまことにけんかっぽかったので（笑）、ある時万来舎と申しておりました教職員クラブで、ある先生を私が殴り倒したというふうに伝えられたのです（場内爆笑）。今更、言いわけをする必要はありませんが、私は殴り倒すつもりなどはなかった。この先生は日本の古い文学を英語に翻訳することに大へん熱中しておられまして、近松門左衛門の浄瑠璃を翻訳しようというので、私が幾らか徳川文学をかじっているとでも考えられたのですか、いろいろと私の意見を求められたのです。ところが、ある点で意見の食い違いが生じまして、その先生、ちょうど忠臣蔵三段目の師直が判官の胸を中啓で打つような格好で、私の胸のあたりをこういうふうに何度もたたくのです。とうとう私も腹にすえかねてその手を逆に取りまして突き返したのです。そうすると、見事にそれがきいたのですか、一間半ほど先の方へ飛んでって倒れてしまわれた（笑）。私が強かったのではなく、先方が弱過ぎたのです。そうして「高橋というやつはけしからん。学校の教職員クラブで暴力をふるうとは何事であるか。ああいうやつは早速免職に処すべきである」。こうわめき立っておられたのです。私は殴り倒すなどというつもりはなかったのですが、結果から申しますとそういうことになった。まことに申しわけのない次第だと存じまして、堀江先生が理財科の主任、今日でいえば学部長をしておられましたので、先生にお目にかかりまして、「まことに申しわけのないことをいたしました。これで教職を去ります」と辞意を表明したのです。そうしますと堀江先生笑われまして、「もし君がほかの先生を殴ったというのならば、それは辞表を出さなきゃならぬかもしらぬが、あの男を殴ったというのであれば、だれも君を攻撃しやしない」と申されるのです。これは妙な話と思いましたが（笑）、結局堀江先生に説得され、そのまま辞表を撤回いたしまして、今日に至るまで、いまだに教職についているのです。

それから先ほど話の出ました福田徳三博士でございまするが、福田博士と堀江先生はどちらも喧嘩っぽい方でしたが、それが不思議と馬が合って仲がよかったのです。福田さんという方は大へん烈しい気性の方でして、高商（一橋大学の前身）では、松崎校長と、また慶應義塾では鎌田塾長と大喧嘩をやったという有名な話を残しておられますが、一面から申しますと、なかなかお世辞のいいところがありました。学生の会などで福田先生に向って、「今、日本の経済学者で最もすぐれた人はだれですか」、こういって聞きますと、先生はしばらくその学生の顔を見ておられたのち、「第一の経済学者はだれであるかと聞かれると自分の口からはちょっと言いにくいが」（笑）、「第二の経済学者は、と聞くなら、それはここの堀江帰一だ」。こういうことを言われたそうです（笑）。また、東大の学生の同じような会で、福田先生に同じような質問をしますと、第一の学者は誰か、おれは知らないが、「第二はここ（東大）の山崎覚次郎だ」。こういうふうに言われました。まことにお上手なところのあった先生ですが、私は、ルヨ・ブレンタノの翻訳の問題から先生といがみ合いまして、先生はとうとう憤然として辞表を塾長にたたきつけて磯部の温泉へひっ込んでしまわれたのです。「どうも慶應義塾という学校は譜代の教師が幅をきかせて、外様の教師が虐待されるところだ。高橋のような小僧教師までが幅をきかして、おれのような学徳高い先輩までもばかにされる。こんな学校には一日もとどまることができない」。こう言って去ってしまわれたのです。この結末をどうつけるか。この場合も、私はいよいよ辞職の時が来たと観念していたのですが、堀江先生と幹事の石田新太郎さんが磯部温泉まで慰留に行かれまして、どう説きつけたものか、間もなく福田先生ふらりと舞い戻ってこられました。私は堀江先生に、「どうも大へん御迷惑をかけました」とお詫びをしたのですが、「いや、君のお陰で浅間山の噴火を、はからず見たよ」。こういうことを言っておられました。ちょうど磯部の温泉へ着かれて一晩泊られたその夜、浅間山が大爆発をやったのだそうでして、その壮観を見ることのできたのは全くお前のお陰だと笑っておられました。

大正十二年、関東大震災で私の横浜の家はきれいに焼かれ、大磯の家は半つぶれになりましたので、どこかに塒《ねぐら》を求めなければならぬと、宿屋などを探しておりました。ところがどこの宿屋も空いた部屋がない。困りぬいておりますと、堀江先生は懇切なお手紙を下さいまして「自分の家の二階をお前のために提供してもいい、これは自分の気まぐれのお世辞では決してない。実は昨夜家族会議を開いたのである。そしてその決議に従って、お前にこの手紙を書くのだ」という意味のことが記されておりました。私は感謝にたえなかったのですが、あまりに先生の御厚意に甘え過ぎてはと存じ、他に仮りの宿を求めることにいたしました。

先生はまた、私ども後輩の申すこともよく聞き入れて下さいました。先生は大正十一年の暮れ、あることから、一、二の同僚と一緒に慶應義塾をやめる決意をされました。先生にやめられては大へんと、小泉さんと私とで堀江先生はじめ、あちらこちらと説いて廻りました。一番、困難と思った堀江先生を説いて、思いとまって頂いたときのうれしさはいまだに忘れません。大晦日の夜のことです。先生の同日の日記に「夜、高橋、小泉両氏来訪、塾辞職の件を中止す」と簡単に記されているのがこれです。何人かの先輩を訪問し、かなり夜のふけた淋しい町を二人で空腹をかかえて歩いていましたが、そば屋ならまだ店をしめずにいるだろう、どこかにないかと申しますと、小泉さん、「阿部の家（奥さんのお里）が近いから……」というので、阿部邸に推参し、老夫人から大へん御馳走になりました。

それほど堀江先生の恩恵を受けておりながら、老衰のためか、先生の御命日も忘れてしまいまして、三十五年忌の法要が昨年十二月二日に営まれたということも、実は乙雄さんからお手紙を頂戴するまでは全く気付かなかったのです。まことに申しわけのない次第です。

大へん話が長くなりまして御迷惑だったと存じます。これをもちまして私の堀江先生追懐談を終らせていただきます（拍手）。

（『三田評論』昭和三十八年十月号）

＊　本書一六五ページ、「読書」参照。

丁卯会

三井銀行取締役社長柳満珠雄氏から丁卯会《ていぼう》で、故池田成彬《しげあき》氏の思い出話をしてくれないかという依頼を受けた。その時まで知らなかったが、「丁卯会」というのは、三井銀行内に設けられている元同行常務池田成彬氏をしのぶ会である。池田氏が慶應三年、すなわち丁卯《ひのとう》の年の生れであるところから、こう名付けられたのである。

わたしが、それほど親しくお附き合いしたこともない池田氏の追懐談を求められたのは、ある四角張らない会の席で、隣り合せた柳氏に、久しい以前に池田氏からきいた川村清雄画伯（慶應義塾に所蔵されている福澤先生の未完成肖像画の作家）と、ある有名な女流教育家のロマンス（？）を、うろ覚えのまま話したに始まる。米国で知り合った若い二人が恋に落ち、初めは画伯の方が思いを焦していたが、後には女史の方が熱を上げるようになった。しかし、画伯の恋は俄かにさめて、折角のロマンスは儚なく消えて行った。女史が明治四年旧暦十一月十二日、岩倉具視大使の一行に加わり、北海道開拓使派遣の女子留学生五人中の一人としてアメリカ号で横浜を出帆したのは、その七歳のときで、サンフランシスコから帰国の途についたのは明治十五年十月、十八歳のころだった。画伯が徳川宗家の給費生として渡米したのは、女史よりも一年前の明治三年、数え年十九のときで、同五年、フランスを経て、イタリアに赴き、ヴェネツィアに久しく滞在し、明治十四年、女史よりも一年前に帰国した。二人のあいだに淡《あわ》い恋が芽生えたのは、この間のことだろうか、それとも、その後のことだろうか。女史が二度目の米国留学の途に上ったのは明治二十二年七月、二十五歳のときである。池田成彬氏が満二十三歳でハーバード大学に留学したのは、その翌明治二十三年八月のことである。池田氏は何時《いつ》、何処《どこ》で、川村氏からこの恋物語を聞いたのだろうか。

この話を聞いたとき、池田氏は川村画伯に、何故《なぜ》、あれほどの女性に恋されながら、それを振り切ったのかと訊いたそうだ。川村氏の答えは簡単だった。「蕎麦滓《そばかす》が目についたからだ」。冷徹そのもののようなこの大実業家は、いかにも面白そうに笑った。その人にして、なお、こういう話に興味を持ち得るのか。

丁卯会で、この話をするとすれば、もう少し、たしかめておかなければならない。わたしは、ある会の席で、成彬氏の令息池田潔氏に、こんな話が、お宅の食後の閑談の中に出たことがありませんかと聞いて見た。潔氏は全然知らないという返事である。図書館で、女史の伝記を二冊借りて読んだ。東京国立文化財研究所の隈元謙次郎氏のご厚意で、川村画伯に関する研究資料をかなり多く借覧した。その中の、木村駿吉氏（咸臨丸以来福澤先生と深い関係のあった木村芥舟の二（四）男で理学博士、とくに電波の研究で有名）著『川村清雄　稿本　作品と其人物』（大正十五年十二月版、謄写版、百部限定、非売品）には、「性生活」と題する一項があり、「恋に身を亡ぼす人間のゐる間は、芸術の名人は必ず出現する」という書き出しで、画伯の婦人関係が、かなり露骨にしるされているが、女史との恋愛事件は書かれていない。

どうも、これだけでは丁卯会の話の種にはならない。それに第一、池田氏自身のロマンスならいざ知らず、川村画伯の恋物語では一向面白くない。何か他に話題を求めなければならない。

そんなことを考え考え、会場に向った。三月三十日（昭和三十九年）である。三井銀行の若い行員諸君でも聴いてくれるのだろうと思っていたが、同行本店五階の立派な一室に通されて見廻すと驚いた。実業界、政治界、言論界の錚々《そうそう》たる方々ばかりである。人の話を聞くよりも、自分の話を聞かせたい猛者《もさ》揃いである。わたしはいささか面喰った。

わたしに池田氏の偉《えら》さを教えてくれた最初の人は中村愛作君だった。中村君のことはご承知のかたも多かろう。福澤先生の数多いお孫さんのなかの最年長者である。明治三十八年に慶應義塾の政治科を卒業し、アメリカに留学して、帰国後直ちに三井銀行に入社した。学生時代、柔道の選手として鳴らしたばかりでなく、学校の成績も極めて優秀だったので、わたしどもは学校に残るように切にすすめたが、どうしても承知せず、「おれは金がほしい、中上川彦次郎になるのだ」と言って三井銀行に入ったのである。

同君は「池田という人は演説が下手だが、銀行家としては偉いんだよ」とわたしに話した。「演説は下手」というのは、池田氏が明治三十二年十一月に欧米の銀行制度視察を終えて帰られた後、三田演説会でやった演説が不成功だったことを記憶していたためであろう。

明治の初期には、三田演説会の演壇に立って、どうやら無事に演説をやりとげることができれば、まず一人前の弁士だといわれたものだそうだ。わたしどもが、この演説会を傍聴しだした明治三十年代になっても、まだなかなか弥次がひどかった。愚弄的な弥次になやまされた登壇者は、決して池田氏のように演説を得意としない人たちばかりではなかった。この頃、少壮雄弁家として、自他共に許した林毅陸氏（後の慶應義塾長）ですらも、当時の学生機関雑誌『三田評論』に載せられている明治三十二年一月二十八日の三田演説会の弁士月旦で、「君、性来短気、嘲罵にあふて激するの癖あり。未だ上乗に達せざるの故か」などと皮肉られている。池田氏も弥次さえ飛ばなければ、もっとその意を尽すことができたのであろう。

池田成彬氏

中村君が池田氏を褒めちぎったのは、もとよりその銀行家としての手腕の卓越を認めたからであろうが、同君はとくに個人的に池田氏に感謝すべきものを持っていたようだ。

三井銀行では、毎年、前年入社した若い行員に「芸術試験」というものが課せられた。「芸術試験」といえば、音楽や絵画の試験のように聞こえるが、じつは、大学、専門学校出には算盤、現金勘定、銀行簿記などが課せられ、その以下の学歴の者には、別に英語、作文、数学が課せられるのである。入社したての中村君はこれを受けなければならない。中村君は算盤や簿記の試験には、到底自信が持てない。腐り切っていると、京都出張の命令が出た。これぞという用事もない。京都で何日かぶらぶらして帰ると試験はもう終っていた。池田氏が営業部長から常務取締役に昇進されるころのことであろう。

中村君と池田夫人艶さんとは親類の間柄だ。夫人は福澤先生の愛甥中上川彦次郎氏の令嬢である。中村君は、晩年、「お艶さんは、まだ、自分の父親を亭主より偉いものと考えているが、池田の方が中上川より偉いよ」と激賞をおしまなかった。

わたしが、親しく池田氏とお話する機会を得るようになったのは、同氏が大磯に新居を構え、週末をここで過ごされるようになってからである。月曜日の朝の電車でよくご一緒になった。昭和九年ごろと記憶する。わたしは電車のなかで、向い合せてすわった池田氏から、ユダヤ人を研究している学者を知っているなら、紹介してくれないかという話を受けた。いったいユダヤ人のどういう方面を調べている学者を要求されるのかときいて見た。池田氏の返事はあまりはっきりはしなかったが、なんでも、欧洲に流寓したユダヤ人が、国家権力の搾取や社会民衆の攻撃に対して、どんな防護の手段を講じてきたかを知りたいらしかった。あいにくそういう方面の知識を十分に持ち合せている学者の心当りがなかったので、この話はそのままになってしまった。

それから二年ほどたって、昭和十一年十一月の『日本評論』を見ていると、塾員の和田日出吉氏（木暮実千代さんの良人）が「三井三菱献金帳」という読み物を書いておられるのに気附いた。これには、当時、わが国の寄附行為が、その本来の性質である自由意志を全く喪失して、まさに強制徴収の性質を具有するようになったことが述べられている。わたしが、「ユダヤ人の悩み」というお粗末な随想を『朝日新聞』に連載したのは、この月の終りだった。池田氏の名は出さず、ただ「大財閥の巨頭」とだけ書いておいた。

わたしは、これより前、七月の『時事新報』紙上で、政府万能、官僚中心の統制経済が次第に強化されようとしていることから、敏感で怯懦な羊の群れのようなわが財界人が、昔、ユダヤ人の陥った運命を免れようとして、彼らを擁護する剛健な闘士を求めてやまないとき、ファッシズムと資本主義の結合が成立すると記した。

池田氏の注意は三井財閥の転向に集中した観があった。ある新聞に掲載された矢張り和田氏の筆に成る時局小説の挿絵に、髯のはえた老人が髪を高島田に結い、振り袖に、帯を竪《た》てやの字に結《し》め、威張りくさって立っている軍人に秋波を送りながら、軍刀を渡しているさまが描かれていたことを思い出す。髯のはえている美人（？）は池田氏の似顔である。

氏が病軀をおして、決然、近衛内閣に入り、大蔵大臣兼商工大臣となったのは、十三年五月のことである。

わたしが、慶應義塾長問題で初めて池田邸を訪れたのは昭和八年の晩秋であったろうか。何でも、その日、おそくなってから、国府津の名取和作氏の訪問を受け、「池田君が君の意見を聞きたいといっている。池田君は夜の更けることは一向苦にしない人だから、これからでもいいだろう、会って見ないか」という。池田邸に電話で都合を問い合せると、おそくとも結構ということである。大磯の夜は暗い。わたしの山荘から池田邸までは凡そ三十分くらいかかる。わたしは提灯をさげて出かけた。池田邸の門をはいろうとすると、どこから射すのか、薄く弱い光にかすかに照されて門柱の下にうずくまっている男の姿が見えた。わたしは、近寄って提灯を差しつけた。髯むちゃの男がわたしを睨んだ。

世相は険悪を極めていた。この前年二月九日には、前大蔵大臣で、同じく大磯に別荘を持っていた井上準之助氏が射殺され、三月五日には、三井合名会社の理事長団琢磨男が農民血盟団員に暗殺され、次いで、五月には五・一五事件が起った。池田氏の身辺も危険だった。いつも護衛がついていた。

玄関の呼び鈴を押すと用心棒氏が真先きに現れた。門のところに怪しい男がいると告げると、忠実な彼氏は「さようか」といって大急ぎで飛んでいった。幸い、兇漢ではなく、ただの浮浪者だったらしい。

もう、十時を過ぎていたろうか。広い応接間の夜の寒さが身に滲みる。池田氏は自分で太い松薪をストーブにくべながら語る。二人の意見は不幸にして一致しなかったが、決して不愉快な会見ではなかった。池田氏は自分には教育のことは分らないと何度も繰り返しながら、その主張は頑として譲らなかった。

こうした問題で、その後、何度か池田氏のご馳走になった。会場はいつも築地の錦水だった。新橋駅で降りて、錦水に向う途中、財布を落として、池田氏から十円拝借したことなどが思い出される。

週末を大磯で休養して上京する池田氏と湘南電車で一緒になり、品川駅に出迎えている自動車に便乗させてもらい、三田の校門前でおろしていただいたことも何度かある。運転手台には、いつも、例の護衛の壮漢が乗っていた。池田氏は名取和作氏か誰かに、「高橋君は時節柄わたしと一緒の車に乗るのを気味悪るがっていはしまいか」といっておられたということを聞いた。しかし、わたしは、少しも不安や恐怖を感じなかった。ただ、車中の雑談を楽しんだだけだった。池田氏は演説は上手ではなかったかも知らぬが、座談はたしかに面白かった。

それから十三年を経過して、また塾長問題がこんがらかった。こんどは、わたしを候補者に推す学校の先生たちもあった。池田氏はこれに反対だったらしい。氏は、あるとき、こんなことをいった。先日、金原（賢之助）経済学部長の訪問を受けたさい、「君たちは高橋君をそんなに尊敬しているのか」と訊いて見た。すると金原君は「それほど尊敬もしていませんが、高橋さんなら評議員会が通るだろうと考えただけですよ」と答えたというのである。わたしは、もとより若い先生方に尊敬されているなどとは決して自惚れていないつもりだが、しかし、こう正直に、ずばりとやられると、剃刀で切られたような感じがした。

その翌二十二年一月、わたしは時の総理大臣吉田茂氏から文部大臣にならないかという勧告を受けた。じつに意外千万である。[*1]吉田氏は、なんと思って、わたしのような、ただ一介の学究に文部行政の大任をゆだねようとするのか。無力不才、とうてい、その器でないことを痛感し、躊躇し、逡巡していたわたしが、友人知己の激励黙《もだ》し難く、ようやく就任受諾に傾いたころ、わたしは池田氏を訪問して、その意見を叩いた。

池田氏は大臣にとって厄介な相手が二つあることを承知しなければならないといわれる。国会議員と官僚だ。国会議員は自分が百も承知のことを質問する。共に国事を談ずるというよりも、むしろ、小股をすくったり、挙げ足を取ったりして、とかく大臣いじめをやりたがる。官僚のほうは、これに反して、飽くまでも、いんぎん、ていちょう、何を言っても、ただハイ、ハイとすこぶる従順であるかのように見える。しかし、いくら大臣の命令でも、自分たちの気に入らないことは、のんべんくらりと構えて、いっこうに実行しようとしない。あなたが、もしこの二つの難物によく対処することができるという自信があるなら、大臣になることをお引き受けになるもよかろう」と池田氏は説くのである。結局、池田氏は、「お前にはそんな自信はあるまい。大臣などにはなりなさるな」と言っているように思われた。

池田氏といちばん親しくお話する機会のあったのは、大磯―東京間の車中と、老鶴会という会だった。老鶴会の成立を見たのは、二十一年の十月だった。落寞たる敗戦後の世界に淡々たる交友の清楽を味わおうとするのが目的だった。旧伯爵の樺山愛輔氏を中心に、池田成彬、吉田茂、安田靫彦、明石照男、浅野良三、赤星鉄馬、橋本実斐、矢代幸雄、楢橋渡、沢田廉三、野村駿吉といった大磯在住の老人たちの集まりである。会の世話は東大の今野源八郎氏がして下すった。石田礼助氏が飛び入りしたこともある。老鶴会という名は、『夫木和歌集』の「鶴もすむ、松も老いたり、こゆるぎの」うんぬんという歌から思いついてわたしの附けたものである。会場に当てる料亭もないので、会員の家を持ち廻りで月一回ぐらい集まった。池田氏は出席率のいい方だった。毎回、まことに楽しい会合だったが、今とり立てて語りたいこともない。ただ、わたしの山荘が番に当ったので、老母がふかしてくれた薩摩薯のご馳走で会を開いたさい、池田氏に浮世絵版画を見せろと言われて、少しばかりお目に掛けたことを思い出す。池田氏はわたしとは違って高級な書画骨董を蒐集されたと聞いている。むろん、わたしのお目に掛ける低級な版画などに感心されることはなかったろう。氏は「骨董三楽」ということを言っておられた。「買って楽しむ。見て楽しむ。売って楽しむ」がこれである。戦後は、もっぱら売って楽しんでおられたようだ。

昭和二十四年に池田氏の『財界回顧』や『故人今人』が出版されて間もないころ、これと藤原銀次郎氏の『回顧八十年』を読みくらべて、いささか興味を感じ、感想文めいたものを、求められるままに『読売新聞』に載せた。およそ、次ぎのようなものである。

「両翁は国はちがうが、いずれも、生魚の味を知らない地方に生れ、共に慶應義塾に学び、等しく新聞人の経験を嘗め、同じく中上川彦次郎全盛時代の三井財閥に入り、一方は長く三井銀行にとどまって、そのカミソリのごとき鋭さを示し、他はいくばくもなく同銀行を去り、三十年間王子製紙の経営に従事して、絶倫の辛抱強さ、粘り強さを現し、相前後して戦時内閣に入り、老軀をひっさげて祖国の破局を防止しようとする効果のない努力を続け、今、一方は大磯にあって白砂青松の間に、他は白金の暁雲庵に茶道と芸道のうちに、静かに老を養っている」。明治、大正、昭和、三代の財界に華々しく活躍したこの二人の八十翁は、「今、みじめな敗戦後の不自由な生活をかこちながら、ひとり、過去の光彩ある思い出にふけっているのである」。

「両翁は共に福澤先生在世のころの慶應義塾に学ぶ幸福を有しながら、いずれも先生について物語ることが甚だ少ない。池田氏の如きは、福澤先生に直接接したのは時事新報に入ってからであるが、先生については、『感心したことも沢山あるが、また感心しないことも、傍らにあって、却って分った気もする』と、はっきり、言い切っている」。

これら両翁が、ほとんど時を同じうして公にした回顧録を併せ読むと、彼ら金融資本界と産業資本界の両巨頭が、それぞれの立場から物語っていることが、面白く、また可笑しく感じられる。王子、富士、樺太工業、三社合併以後、藤原氏の方では、「王子製紙は、言葉通り、順風に帆をあげた巨船の観がある。負債は三カ年で返してしまったばかりでなく、会社の内容は一挙にして充実してきた」と、いとも誇らかに物語っている。ところが、池田氏の方を読むと、この合併のさい、産婆役の池田氏や興銀の結城豊太郎氏は条件を付けたということである。「合併したらよくなるに決っているから、紙の値を高くするようなことをしては独占的となり、社会の非難を受けることになるから、将来、みだりに紙の値を上げてはいかんということです」。しかるに、王子製紙は、その後、相当の値上げをしたらしく、随分非難の的となった、と池田氏はあけすけに説いている。

わたしはまた、第一次大戦後の大蔵大臣、三土忠造氏や井上準之助氏の無能振りを、第二次大戦中の大蔵大臣池田成彬氏が手厳しく攻撃していることを注意しなければならなかった。

わたしは三土氏を個人的には全く知らない。ただ東京往復のさい、茅ヶ崎に松風庵という別荘を持つ同氏と湘南電車の同じ客車に乗り合せたことが何回かあるくらいのものである。氏の門下と称する元東大総長南原繁氏のいうところによると、氏は特に財政経済の分野では、「その明晰なる頭脳と豊富なる経験を以て、自他ともに許したわが国の第一人者」だったとのことである。

井上準之助氏の方はかなりよく知っている。初めて氏と話す機会を得たのは、昭和の初め『改造』という綜合雑誌の主宰した失業問題に関する内務大臣安達謙蔵氏や大蔵大臣井上氏との座談会の折だった。その後、井上氏が目白の日本女子大学校評議員に就任したとき、忠実な氏は同校を参観し、かなり長い間、わたしの講義を傍聴して行かれた。そんなわけで、氏が大磯の白岩神社の近くに別荘を構えるようになり、月曜日の朝など、停車場のプラットフォームで一緒になると、向うから愛想よく声をかけ、二等車に向い合せて腰をかけ、品川で下車するまでお談義を聞かされることが度々だった。氏は金解禁後の自分の施策に対する非難に答え、「わたしは経済政策の定石を打っているのだ」としきりに強弁これ努めていた。

なるほど、自国の正貨が流出したならば、物価は下落し、輸出は増加し、輸入は減少し、為替は自国にとって有利な方向に転じ、そうして、正貨は流入することになるであろうというのが経済の常道であろう。しかし、こうした通貨の自然的自動的調節作用は、なかなか教科書通りには現れなかった。昭和五年一月十一日に告示された金銀輸出取締令の廃止で十二年間、金の輸出を堰き止めていた堤は切られて、正貨は急激に流出し、物価は暴落し、さらに政府が金解禁決行の準備策として、またその善後策として励行したいわゆる緊縮政策の拍車をかけられ、世界不況とからみ合って、不景気はいよいよ深刻化したが、しかし、貿易は予期したほど急速に順調に転ずることがなく、企業の減資や解散が相次いで起り、この年十二月十日には、全国失業者総数三十二万二千人と発表され、農村は「豊作飢饉」に襲われた。国家の最大消費者である政府が、みずから財政の整理緊縮を断行し、なかんずく、最大なる国費を消費している軍備の縮小を企図し、これに向って整理の斧を加えようとするのに対して、軍部はいきり立った。

英国その他の諸国の金本位放棄もしくは停止につれて、わが国の金本位維持はますます困難となった。しかし、政府、ことに井上大蔵大臣は、その面子にかけて頑張りつづけた。池田氏は早くから政府の金解禁に賛意を表し、これに対する援助を惜しまない旨を述べて井上氏を激励していた。氏は金解禁の失敗を見ても、『池田成彬伝』の著者の言葉で言えば、「井上との関係でモーラル・サポートを与えていた当時の池田としては、にわかに再禁止を唱えるわけにはいかぬ事情があった」のである。しかし、氏はその晩年の著『財界回顧』の中で、「やはり、イギリスが再禁止したとき（昭和六年九月二十一日）に、日本もやめるのが本当でしたね」と後思案に耽っておられる。

氏はすでに昭和五年の三井銀行支店長会で、過去における同銀行に対する世間の評判が決して良いものばかりではなかったことを注意している。こうした非難は全くの誤解または誣妄《ぶぼう》に出たものが多く、そうでないまでも、的を外れ、正鵠を得ないものであるが、しかし、翻って、これらの諸問題を静視すると、そのなかには銀行経営の本義から見て同行の態度措置において遺憾の点がないと断言し難いものもあると思われると述べている。『三井銀行八十年史』のしるすところによると、「自由経済の大道を濶歩して来た」同行の「最も合理主義的な健全経営の方針に出た措置の中には、世上の誤解と非難とを受けるものが」あったのである。

こうした反省を加えていたに拘らず、三井銀行は、いわゆる「ドル買い」の非難を受けなければならなかった。九月二十一日に英国が金輸出再禁止を行うにいたったという報道を、朝、大磯から出て来て、東京駅に出迎えた同行本店外国営業部次長、大矢知昇氏から受けた池田氏は、三井銀行が、「ドルの先売約定決済の手当をする必要上、即日横浜正金銀行から一千六百万ドルを買い入れ」、さらに「二十三、四両日に電灯、電力会社外債の利払い等のために、五百三十五万ドルを買い足」すことを認めなければならなかったのである。なお、三井財閥内では、物産会社がかなりのドル買いをやっていたという。『池田成彬伝』にあるように、「これが『三井のドル買い』として世の指弾を受ける大問題となった」のである。「井上蔵相らの政府側は陰に陽にドル買いを攻撃し、『非国民的投機』とののしった」。そうして、「ドル買いといえば、池田があたかもその張本人であるかの如くにいわれる」にいたった。

　わたしは、前記の『読売』紙上の書評で、往年池田氏のとった態度を非難攻撃するつもりなどは毛頭なかった。ましていわんや、井上蔵相を弁護しようなどとは考えてもいなかった。わたしは、昭和五年のころ、誰も読んでくれなかったろうが、『金解禁と消費節約』と題する小冊子を上梓し、水野越前守の天保度の節約令を誹謗した「広い世界を、小さい心で、節約ばかりじゃ、なかなかいけねえ」という「ちょぼくれ節」までも引用していた。

　しかし、当の井上氏は、浜口首相が右翼青年佐郷屋留雄に狙撃され、やがてその職を辞して後も、第二次若槻内閣に蔵相として重任し、その政策の実施に汲々たるものがあったが、ついに難局を乗り切ることができず、内閣の瓦解とともに辞職し、六年十二月十四日［ママ］*2、金の輸出は再び禁止され、氏自身、翌七年二月九日、血盟団員小沼正の兇弾にたおれたことを思うと、物言わぬ人となって十八年、その日本銀行大阪支店長時代以来親しい間柄の池田氏から、「実際ひどかった、第一次大戦後の大蔵大臣は……」とこっぴどくやられると、いささかお気の毒の感がある。もし同氏が、なお生き存《なが》らえて、月曜日朝の湘南電車に向い合せて坐ったら、定めて、大分弁《おおいた》で、当時三井銀行のとった態度についての不平不満をまくし立てたことであろう。じっさい、井上氏は、金解禁を決行するに際し、当時、欧米旅行の途にあった池田氏を待ちわび、その帰国後、直ちに氏を訪問してその意見を徴した。そうして、池田氏は「もし政府が金解禁をやるならば、われわれ銀行界としては援助を惜しまない」旨を述べて、井上氏を激励したのである。

わたしは、この二人の銀行家出身の大蔵大臣のいずれにも味方するわけではないが、ただ前掲の短文の終りに、「幸不幸を問わず、生きながらえて往時を語り得る者は仕合せである」とだけ書き加えたのである。

このわたしが不用意に漏した感想が、池田氏側近者の一部を憤慨させたという噂を伝え聞いて、唖然たらざるを得なかった。名取和作氏は「君があんなことを書いたのは、池田が慶應義塾に入学すると、すぐに福澤先生が嫌いになったといっているのに不快感を抱いたためだろう」とわたしを詰った。福澤先生を尊敬するというよりも、むしろ崇拝しているわたしは、先生に対する池田氏の批判的な態度に、教祖を誹謗された狂信者のように憤ったなどという人もあったそうだ。これはひどい。池田氏をドル買いの張本人という以上に不当な言であろう。わたしは、あるいは池田氏以上に福澤先生に対して批判的であるかも知れない。むろん、わたしが先生に感心するところも、感心しないところも、池田氏とは同様でないだろうが……。

前に記した大磯の老鶴会が池田氏追悼の意を表したのは二十五年十月二十一日、安田靫彦画伯邸で開かれたその第三十五回だった。「十月九日、会員池田成彬翁遠行さる。永く日本財界の柱石たりしが、老来尚高邁なる識見は内外の倚託を受くる事大なりき。時局益々険艱の時、翁の如き偉材を喪ふ。邦家の為、洵に哀みに堪へず」と会誌にしるされている。安田靫彦氏の筆である。当日会する者、私を加えて六人。

大体、こんな話を、思い出し、思い出し、喋っているうちに大分時間がたった。もう止めてもよかろう、と思っているうちに、ふと蘇った古い記憶がある。やはり湘南電車のなかだった。わたしは池田氏夫婦の隣りに腰をかけていた。どういう話のつながりからか、わたしは、「われわれ学校教師の一番の楽しみは、おそらく、いささかでも自分の得たものを学部の機関誌に発表することだろう」という意味のことを言った。この一言が意外な影響を池田氏に与えたらしい。氏は夫人と顔を見合せて、「うちのなんか、それをやらんからいかん」と漏された。「うちの」というのは令息潔氏を指すものらしい。

わたしは潔氏が名文家であることを、同氏が塾長問題に関してわたしに寄せられた長文の私信によって承知していた。同氏の論説や随筆が新聞や雑誌を賑わすようになったのは、それからしばらく後のことである。

ある文化人の集まりで、潔氏の名文をたたえる声があった。その時、ある人が、池田潔氏の文章は小泉信三氏の系統をひくものだろうというと、他の一人が「小泉さんよりはユーモアがある」と附け加えた。

わたしが口をすべらして、こんなことをいうと、聴き手のあいだに爆笑が起った。気がつくと、わたしの隣に小泉さんがひかえていた。


（『三田評論』昭和三十九年八・九月号）

＊1　本書三六八ページ、「阿部勝馬氏追想」参照。
＊2　十二月十三日が正しい。

小泉信三君追想

小泉信三君急逝の報に接して、初めはただ愕然たるのみでした。やがて、悲しみが込み上げてきました。今は遣る瀬ない淋しさが犇々《ひしひし》と身に迫って参ります。がしかし、どうやら、静かに故人を追想する余裕が出て参りましたので、ご依頼に応じて、同君についての思い出の一端を物語ることとしました。

同君歿後、間もなく発行された『週刊新潮』の五月二十八日号は、同君のなかの「虚像」と「実像」というような文字を使っていたことを思い出します。私は、勿論、同君の「実」を描きたいと思っています。しかし、同君の生地のままを写す力は私にはありません。同君は生地のままを剥き出しに見せてはくれなかったでしょう。私はただ同君から受けた印象の真を物語ろうとするに過ぎません。そうして、それはレントゲン線の透過力を使ったものではなく、ただお粗末なレンズを通じて写した「実像」に過ぎないのです。

小泉さんはまことに仕合せな人であったと申してよかろうと存じます。もとより、いろいろな不幸、災難にもあわれましたけれども、まず仕合せの人と申さなければならぬと存じます。しかし、禍福は糾《あざな》える縄の如しと申しますか、人間万事塞翁が馬と申しますか、その幸が不幸のもととなり、不幸が幸のもとともなりました。

小泉さんのお父さんは、有名な小泉信吉《のぶきち》氏です。このすぐれた父の子として生まれたということは大変な仕合せであったにちがいないのですが、しかし、小泉君は七歳〔ママ〕*1の時にこのえらい父を失ったのです。杉山敦麿さんというわれわれの先輩が慶應義塾におられたのですが、やはり小泉信吉氏と同じく旧和歌山藩の人であったように記憶しております。信吉氏が歿しましたさい、杉山氏がくやみに、小泉家へ参っておりますと、まだ七歳のいたいけな信三君が二階から降りてきまして、そこに詰めておる人たちに向いまして、「信吉もあんまり酒を飲んだんで、とうとう亡くなりました」ということを申して、一同を泣かせた。こういう話を杉山さんが、後年私に聞かせてくれたのです。

小泉信吉氏は明治二十一年の慶應義塾学生の大ストライキの際に非常に苦心された方です。*2この事件の顚末は『慶應義塾五十年史』にも、『百年史』(中巻前)にも記されているので、諸君はいずれもご承知のことと思います。私の入学したのは明治三十一年で、この事件後、すでに十年を経過していましたが、それでも時折、このストライキの昔噺を先輩から聞かされることがありました。ことに明治四十四年にロンドンに留学したさい、何度か私を食事に招いてくれた三井物産同市支店長、磯村豊太郎氏から、このストの手柄話を聞かされました。酒がまわるにつれて、同氏はいいよいよ弁舌さわやかに往年の追懐談に打ち興じました。氏が塾の正科を卒業したのは、このストの翌二十二年四月で、卒業後、しばらく塾の教員を勤めていたこともあります。後年の北海道炭礦汽船の社長です。なお、このストライキのリーダーのなかには、前三井銀行社長柳満珠雄氏の父荘太郎氏（後の第一火災海上保険取締役社長）がおり、後年、この騒動の話がでると、同氏と磯村氏とは、共に往年の主謀者として、互に「功名」争いをして、相譲らなかったということです。

このストのさいには、福澤先生の態度は学生に甘く、義塾当局に厳しかったようです。ストの動機となったのは、この年大蔵省主税官を辞して、塾長に就任した小泉信吉氏が新たに採用した試験の採点法でした。したがって学生の風当りは、とくに小泉氏に強かったが、しかし、この試験制度改正案は教場長門野幾之進氏（千代田生命初代社長）の発案だったらしい。福澤先生は退学処分を受けた学生の委員や一同を一再ならず自宅に呼び集めて慰撫説得につとめたが効果がなかったのです。さすがの先生も、「塾のゴタクサには困り申候。（中略）是れは小泉の不幸なり。色々説もあれども、目下これを云ふは不利と存じ、老生は勉て黙し居候」と称して、しばらく静観するの外はないと観念しておられました（明治二十一年二月二十七日附、中上川彦次郎氏宛書翰）。

同盟休校は二月十六日から三月五日まで続きました。学校当局が福澤先生に相談しないで、新制度の実施に反対する学生を退塾処分に附したのは二月十七日でした。退塾はすなわち退舎です。

これによって、住居難になやむ学生を先生は自分の麻布広尾の狸蕎麦の別邸に収容したりしました。小泉塾長がようやく譲歩の色を示し、学生側が先生の説得に服して授業を受けるようになったのは六日です。その翌七日の午後、先生は教職員一同と塾生を三田演説館に集めて演説し、そのあとで運動場で園遊会を催すなどして塾内の融和をはかりました。

これで争議は一応片附いたようであるが、問題は長く尾を引きました。教員中の物議はなかなか収らず、福澤先生は小泉塾長の意に反して、門野氏に暫時塾務から「休息」するように勧告する以外に途がなかったのです。門野氏は、後年、みずから、その後、「私は先生から甚だ信用がなくなった」と物語っています。門野氏が後年塾長に擬せられながら、ついにその職に就くことができず、後輩である鎌田塾長の下に教頭たる地位に甘んじなければならなかった源は、あるいはこんなところに発しているのかも知れません。

ひとり門野氏ばかりでなく、その総長就任のさい、「小泉君の温良剛毅を以て塾務を総べ」と、その前途を祝福された小泉信吉氏に対する福澤先生の信頼も、このスト以前に早く薄らいだようです。中上川彦次郎氏に宛てた二十一年一月三十日の手紙には「(前略)此方を顧れば、塾も甚多事にて、殊に新鮮の壮年を入るるは今正に大切なる事情もあり(内実は小泉も事務を処するはあまり巧ならず、所謂郷里心と愛憎情を脱すること能はず、是れが為めには今後も随分困る事情を生ずべしと、老生は独り自から心配致し居候)」と記されています。この時の先生は、次男捨次郎氏を「半身でも塾に入れて」、思い切った議論を吐かせることが必要だと考えておられたのです。

福澤先生ならびに慶應義塾の同窓が小泉氏を塾長に推したのは、同氏が義塾出身でありながら、あるいは官立開成学校に入って教授となり、あるいは、大蔵官吏となり、あるいは横浜正金銀行の創立に参加したりしたその経験によって、大学部設置の気運が熟した義塾の資金募集にその手腕を充分に振ってもらおうとしたにあったのでしょう。

先生は、小泉氏が総長となるならば、自分と小幡篤次郎氏とは顧問もしくは隠居の地位につこうと覚悟しておられました。福澤が義塾の表面に立っていたのでは金は集まらない。政府からの援助は末代までも行わるべきでない。たとい何人《なんぴと》の政府になっても、権を執れば、義塾に反しなければならない。官にあって運動しようとするには、民間の独立者を邪魔にしなければならない。これが東洋の一国である日本固有の風である。金を集めるには、福澤を疎外するか、然らざれば、他に不思議の金を拾い出すかしなければならない。これは早く明治二十年十月一日の中上川氏宛の書翰に現れたところです。

先生は小泉氏に多大の期待をかけながら、ついに幻滅を感じなければならなかったのではありますまいか。氏が塾長を辞した後、三井財閥が、その「大伽藍」の大掃除を行うべき人材を求めたとき、高橋義雄氏や小泉氏の名を挙げる者もあったのですが、先生は高橋は一個の書記であるに過ぎず、また「小泉の如来様でも間に合」うまい、差し詰め中上川氏の外にその人はないと説いています（明治二十四年六月二十四日中上川氏宛書翰）。

前掲二十一年一月三十日附先生の書翰は、小泉氏に関する部分だけが昭和三十五年十二月版の『百年史』中巻（前）に引用され、さらに三十七年五月版『福澤諭吉全集』第十八巻にその全文が登載されて、今では人の目に触れることも多くなりましたが、これより何年か前、故中上川鉄四郎氏（彦次郎氏の四男）から同家に秘蔵されるこれらの書翰の話を聞いたとき、私は意外な感に打たれました。明治二十七年十二月一日に小泉氏が病歿したさい、その霊前に先生の捧げた凡そこの世のありとあらゆる讃詞を羅列した弔文と思い合せてあまりにも相違の甚だしいのに驚かなければならなかったのです。私は亡き先生に対して「巧言令色、鮮し仁」と叫びたくなりました。しかし、地下の先生は「一面は真相、一面は空」と案外涼しい顔でうそぶいておられるかも知れません。

小泉信吉氏が、招聘すべき外人教師の待遇問題などで、塾長を無視した福澤先生の態度に不満やるかたなく、ついに職を辞して、郷里に帰ろうとして、夫婦で福澤家に暇乞いにまいりましたとき、福澤先生は「おちかさん（信吉氏夫人）、なぜ信さん（信吉氏）を止めてくれないのか」と申されたそうです。そうすると気丈な夫人は、「それも、これも、みんな先生が悪いからじゃありませんか」と言って泣いたということです。

その小泉君のお母さんがまた偉い方であったと聞いております。小泉氏が亡くなりました直後、交詢社で聞いた話ですが、慶應義塾関係に三賢夫人とうたわれた方々がおったと申すことです。

なるほどそう言われますと、私もそんなことを聞いたように思います。三賢夫人と申しますと、中村のお里さん、いま慶應義塾の先生がたの著書を多く出版していますす書店泉文堂の経営者、中村仙一郎君のお祖母さんに当たる方です。福澤先生の長女でありまして、われわれはよくこの方を女福澤などと称したものです。まことにおだやかな方でございますが、しかし非常にいい頭を持っておられました。

それから第二が小泉のおちかさんだということであります。これが信三君のお母さんです。和歌山藩の御殿医林玄泉という人の長女です。

それから第三が阿部のおゆうさん、これは明治生命社長阿部泰蔵さんの後妻になる方です。この方は、私はほんの僅かしか存じないのですが、大変いい印象を受けております（第三の賢夫人は阿部夫人ではなく、門野幾之進氏夫人お駿《しゅん》さんだともいわれています）。

その小泉さんのお母さん、賢夫人と早くから聞いておっただけで、あまり話す機会もなかったのですが、ある日、小泉さんの二階を借りまして、三辺金蔵君を加えて、私どもたった三人で話し合ったことがあるのです。その当時、小泉君は鎌倉におりまして、三田四丁目の小泉家にはお母さんと確か女中とがおったように記憶いたしております。小泉君の二人の妹さん、勝さんは横山家に、ノブさんは佐々木家に、もうかたづいておられたのではないかと存じます。私どもが二階で話をしておりますうちに、小泉氏、何か用事があったと見えまして、下へ降りたのです。私も手洗いに参りたくなりまして、階段を降りました。そうしますると、下の座敷で母子の親しい話し声が聞えるのです。お母さんらしい声が申されますのに、この間どことかで大変大きな足袋が見つかったので、お前さんのに買っておいたよ、と言うのであります。小泉君の足は大きいので有名でした。十二文半と申しますか、十三文と申しますか（小泉君の奥さんは十二文と申しておられるそうです）、非常に大きな足の持主でしたので、子煩悩のお母さんは悴の足のはいる大きな足袋を手に入れるのに苦心しておられたことと存じます。親は幾つになっても、まことにありがたいものだということを感じたのです。

こういうふうにして、慶應義塾関係の三賢夫人の二人を自分の母として、また姑として持っておった小泉氏は、じつに幸福の人であったと申さなければならぬと思います。

われわれ学生時代に、小泉氏を初めて認めましたのは、庭球の選手としてでした。その以前、まだ慶應義塾に入る前と思いますが、御田小学校の生徒時代に弓の会で金的を射止めたという話を聞きました。この時はただ名前を聞いただけでして、小泉という少年がどんな人か存じなかったのですが、やがて庭球選手として、ことに少年選手として実にりっぱなプレーを見せてくれたのです。よく当たりました。そしてご承知の美貌です。その武者ぶりは実にはなやかでした。

ところが、やがてどうしたのか、少し年をとりますと、さっぱり当たらなくなってしまったのです。慶應義塾方が負けておりますます対抗試合で、小泉君がラケットを握って悠揚たる態度でコートにあらわれますと、ああ小泉が出た、さだめて立派に勝ってくれるであろうと期待して喝采を送るのですが、案に相違して無残にころりと負けて引っ込んでしまうのです。われわれ小泉ファンはまことに遺憾にたえなかったのです。もう、テニスなどには身がはいらず、ただ惰性的にラケットをふっているという風に見えました。

テニス選手としての小泉君が不振におちいると同時に、慶應義塾の秀才としての名声はいよいよ高くなって参りました。しかし、最初、秀才小泉氏を発見いたしましたものは慶應義塾の先輩学者であるよりもむしろ、当時の高等商業学校、いまの一橋大学の前身でありまする商大から慶應義塾に参りました福田徳三博士でした。松崎蔵之助という方が校長をしておられましたころ、その松崎氏と喧嘩をして、松崎校長をなぐったとか何とかいう噂が立っておったのですが、一橋をやめて、慶應義塾にきたのです。この先生は後には理財科の経済原論を担任し、マーシャルの講義*3を引き受けたりしておったのですが、しかし初めは「純正経済」という政治科の科目を担任したのです。これは慶應義塾第一回の留学生、名取和作さんが担任しておった講座ですが、ある事情から同氏はこれをやめまして、福田博士を迎えて、この講座を譲ることにしたのです。

われわれの間に伝わりました噂では、福田さんという方は非常に自信の強い先生で、慶應義塾は経済学部が特にふるっておる、当時は理財科と申しておったのですが、理財科が盛んで、他の科ははなはだふるわない。自分が慶應義塾へ来て政治科を担任することになれば、政治科が大いにふるうだろう。福田徳三の大名によって政治科の学生が著しくふえるだろう。こういう自信を持って純正経済を担任したというのです。

小泉氏が、後に申しておられることですが、自分が理財科へ行けば、福田博士の講義を聞くことができるかどうかわからぬというのです。つまり理財科の経済原論は、氣賀、福田、堀切、星野、四人の先生が分担して講義をしておられました。ですからうまく福田先生の担任しておられる組へ編入されればいいのですが、他の先生のところへ行ったんでは折角の福田さんの講義は聞くことができない。政治科へ入れば確実に福田先生の講義を聞くことができるというので、政治科へ入った、こういうふうに小泉氏は申しております。福田博士がまだ慶應義塾に参ります以前、小泉氏が大学予科の時代から福田博士の大名を聞き、これを慕っておったと思われるのです。

小泉氏が政治科の一年に入りました時に私は三年でございまして、一年と三年の合併級で純正経済学の講義を聞いたのです。福田博士のことは時間がございませんので省略いたしまするが、ずいぶんずべらなといえばずべらな講義であったのですが、しかし学生は非常な興味をもって博士の講義を聞いたのです。この福田博士がまず惚れ込んだのが小泉君であります。博士はドイツならびにアメリカの経済雑誌を読みまして、その中のすぐれた論文であまり長くないものを選びまして、学生に翻訳させたのです。その中で特に小泉氏の翻訳いたしましたものがすぐれておる、こう福田博士は考えたのでありましょう。そのころは私はもう学校を卒業して、この学校の大学部の綜合機関雑誌、『三田学会雑誌』(今のように経済学部だけの機関誌ではなかったのです)の編集をやらせられておったのですが、こういうのを掲載しろと言われまして、むろん喜んでこれを同誌に登載したのです。最初に選びましたのがヨーゼフ・シュムペーター、これはご承知の非常にすぐれた経済学者でありまして、その諸著は今も盛んに日本で読まれておる学者でありますが、この当時におきましては、明治四十二年と記憶いたしまするが、シュムペーターも経済学界にデビューした当時でありまして、まだそれほど名前も聞えておらなかったのです。この人の書きました「社会価値の概念」、これを翻訳して『三田学会雑誌』に掲げたのです。

それからそれに次ぎまして、マックス・ウェーバー、これもいま日本の学界で非常に尊重されている学者です。この人の「価値自由論」、それからルードルフ・シュタムラーの法哲学によるカール・ディールの「実際経済政策に対する理論経済学の意義」といったような論文の翻訳を続々と『三田学会雑誌』誌上に公けにしたのです。小泉君はその最晩年の著のなかで、長年のあいだこの雑誌の編集を辛抱強く続けた私の功績を認めてくれています。

そして博士はやがてジェボンズ[*4]の翻訳を小泉氏に勧めまして、これを自分と坂西由蔵氏とで編纂しておりまする叢書「内外経済学名著」の中の第一冊として世に出したのです。この書の出版されたのは大正二年四月でした。小泉君は、その頃は、ロンドン大学で勉強しておったのでしょう。伊豆山温泉相模屋で、療病中の私が、偶然お目にかかった福田博士からこの本を頂戴したのは翌三年一月二十六日でした。この本は先ず、小泉君を激賞した福田博士の序文によって世の注意を引きました。「小泉信三君は慶應義塾が近年に於て産出したる麒麟児の一人なり」、「予（福田博士）は慶應義塾に教鞭を取ること前後八年、其間予が講座に列り予が門に出入したる塾生千を以て数ふ可し、然れども、頭脳の明快・理解の透徹・学力の優秀・人格の堅固の点に於て未だ小泉君の右に出づるものに接せしことなし」、「之を先輩の中に就いて求むれば、恐らく小泉君以上の卓越せる学者其数少しと為さざる可し。唯だ義塾出身者の世に出で身を立つる或は実業界或は政治界に専らにして、学問の世界に方針を定むるもの極めて少し。幸ひ大学部の発展に伴ひ留学生の派遣比々相続ぐに及び、有為なる学者の三田学舎に起るもの多しと雖も、之を経済学に就いて云へば堀江（帰一）、氣賀（勘重）両先輩に続くもの殆ど之なきの状あるは甚だ遺憾とす可き所なり。予は任に義塾に就きてより常に謂《おもえ》らく、予が如きはバプテスマのヨハネたるを得ば畢生の幸福のみ、在任数年若し一個半個の龍象を打出し得て之を義塾に寄進するを得んか、予は其責を尽したるものなり、少くとも第二の堀江博士第二の氣賀教授が予が門下より出づることあらんか、予が性《ママ》来の狷介を以て塾僚を煩したる罪は償はるゝものとするを得んのみと。予は今小泉信三君を得て之を三田の諸君に還付す、予は予が事を成し終へたりと自信するものなり」云々と称し、小泉君の健在なる限り、義塾経済学の将来は安心して可なりとして、心永く君の帰朝を楽しみ待ったのです。

この福田博士の序文は小泉君を一朝にして経済学界の寵児にしてしまいました。その後、新聞、雑誌で、いやしくも小泉信三を論ずる者は、ことごとく、みな、この博士の讃辞を引用するようになったのです。

福田博士という人は非常に喧嘩っぽい人でありまして、鎌田塾長その他の方々と何度も喧嘩をしたのですが、みずから、予が生来の狷介をもって塾僚を煩した罪は小泉君のような秀才を出すことでつぐなうことができるだろう、という意味のことを申しておられるのです。

ところが小泉氏みずから後年申しておりまするように、福田博士という方は過褒過貶の人でありれます。ばかに褒めすぎてみたり、ばかにけなしすぎてみたりする人なのです。この小泉訳のジェボンズをもらいまして私は、どうも小泉氏はえらいことをやった、私どものように数学に弱いものでは、とうていこういうりっぱな仕事をやることができない、こう申しますると、福田博士は、「なによく読んでみれば、かなりごまかしているよ」とこう言うのです。はたして、ごまかしたかどうかは知れませんが、なかなか皮肉に小泉君を観察しておったようです。

これより後、小泉氏が帰国してからしばらく経ちまして『マルクシズムとボルシェヴィズム』という本を公にしたのです。この時、福田博士はこれに対してひどい酷評を下しておるのです。当然読むべき本を彼は読んでいないというようなことを申しまして、私信をもって小泉氏を非難しました。小泉氏、よほどこれには不快であったとみえまして、三辺金蔵君と私を三田の東洋軒の二階へ招待して、そこで昼飯をご馳走して、この不平不満を私どもに訴えたのです。ご馳走してまでも不満を聞いてもらいたかったのでしょう。その時に、私は、福田博士と始終喧嘩ばかりしておったのですが、ほめられたからといってそう喜ぶべきでもなく、けなされたからといって、そうしょげることもないだろうというような話をし、またこれも、福田博士が君を慶應義塾における愛弟子と考えておるので、愛すればこその苦言ぐらいに思っていれば、それでいいんだろうというようなことを申した記憶があります。福田博士という方は随分と逸話の多い先生ですが、いま申しましたように、ほめてみたり、けなしてみたりするのです。日本学士院会員の井藤半弥さん、これは慶應の出身者ではございませんが、この方などは、気味の悪いほど褒められたことがあるそうです。ある時、福田氏はかたく同君の手を握り、「俺は君が好きだ、君がもし女であるならば俺は君と結婚しようと思う」と言われたそうです。この福田先生からけなされてもさほど悲観すべきではなかろうと思うのですが、福田博士が亡くなりまして三十何年経った後に、小泉君は福田博士を追想して、その学恩を感謝し、そして昔のことを考えるならば、もっと福田博士との後年の交りが親密なものであってもよかったと思わざるを得ない、福田博士にしてみれば、おれがあれだけ小泉を引き立ててやったのであるから、小泉はもっと福田一辺倒であるべきだ、こういうふうに考えておられたろう。今から思いまするならば、――三十何年の日月をへだてて博士を回想いたしまするならば、まことに遺憾なものがあったということを述べ、その後で小泉氏は、しきりに福田博士という人間がまことに扱いにくい人物であった、狷狭な人であったということを、しみじみした口調で説いておられるのです。

英国その他のヨーロッパ諸国に留学しておりました当時のことは、小泉氏、いろいろ書いておりますので、ごらんになった方も多かろうと思いますが、同君の奥さんの兄、水上瀧太郎君などもかなり書いております。「博識で、抜ん出て背の高く、風采のすぐれてゐる上、学問のある」ところから、ロンドンの宿の「舌たらず」の低能の女の子に、「しつゝこいほど」ちやほやされたというようなことを、半ばうらやましかったんでしょうか、水上君書いております。*5

日本へ帰って参りましての小泉君の仕事は、経済学者としては、まずアダム・スミスを紹介したこと、ヘルマン・ハインリッヒ・ゴッセンを紹介したこと、それから国家社会主義の先駆者とでも申すべき、カール・ロードベルトゥスを紹介したことなどが注意さるべきです。それからドイツの労働運動の指導者フェルディナント・ラサールを紹介したこと、英国及びドイツの社会運動史を研究したこと、ギルド社会主義を論評したこと、労農ロシアの経済政策を攻究したこと、その他まだいろいろ挙ぐべきものがあると存じますが、やはり最大の仕事はリカードの『経済及び課税原理について』を翻訳し、これに長い評論をつけ加え、さらにまたリカードの研究を次ぎから次ぎと『三田学会雑誌』その他の学術雑誌に寄せ、さらにこれを一冊の書にとりまとめて出版したことであります。

リカードの翻訳をやっておった時のことです。同君は、暑中休暇をつぶして汗を流して訳筆を進めておったのですが、そのころ、私のところへ手紙をよこしまして、自分はいまリカードの翻訳に熱中しておる。読んでみると実にリカードという男は、悪文家である。あのリカードのまずい文章を自分の名文に直したらば、かえって悪訳になるんじゃないだろうか。原文が悪文であるから、やはり日本文としても悪文に翻訳すべきではないだろうか、こんなことをいま考えている、というような手紙をよこしたのです。私は、原文は悪文でもやっぱり名文に直した方がいいだろう、というような返事を出したことを覚えております。リカードみずからが、"I am but a poor master of language" というようなことを申しておりまして、自分はことばを操ることがまことに拙だと白状しておるのです。日本の学者の中には、このことばを「余は言語学の貧しき教師なり」と訳した人がおりまするが、これは少しおかしいように思われます。リカードの『原論』は、小泉君のよりも先きにも出ておりますが、とにかく小泉君はりっぱな翻訳を出しました。

そのころはもう小泉信三という名前が輝き渡っておりましたので、本屋の岩波書店では、――これは申し落しましたが、小泉さんと私で監修いたしまして、慶應義塾経済学部の人たちを動員して、『経済学古典叢書』というものを岩波から出版しておったのです。その第一編といたしまして、氣賀勘重先生のアダム・スミスの翻訳、これは不幸にして三分の一しか出ておりません。それからやがて小泉氏がリカードを翻訳することになったのです。その小泉訳リカードができ上りますと、岩波では原著の価値と訳者小泉氏の名声によってこれを大いに売ろうというので、文庫本として出版してしまったのです。どうも少し約束が違うようじゃないか、叢書の中の一冊として翻訳したものを先ず文庫本で出すのはどうかと思ったのですが、とにかくたくさん売れればそれはけっこうだろうというので、文庫本としてまず出版いたしました。そして、その後で、これを豪華版の『経済学古典叢書』の一冊として出したのです。はっきり覚えませんが、何でも岩波の方ではこの豪華版を七百五十部刷ったとかということを申しておったようです。ごく僅かだけ刷ったのです。文庫本の方はたくさん刷ったのでしょうが。その時、岩波茂雄君が小泉君に出しました手紙、これを小泉氏が私に読んで聞かせたのです。七百五十、これが全部売れたとして、なお当店の損失はこれこれになる、こういうことを言ってきた。どうも岩波ほどの人物でも、商人というものは算盤勘定の高いものだということを、半ば不平まじりで申しておられました。

『リカアドオ研究』はやや読みにくいのですが、小泉氏の経済学上における研究の中で一番まとまっているものではないか、これもやはり論文集の形をとっておるのですが、これを小泉君は論文として提出し、学位を請求したのです。昭和八年七月十日附けです。経済学部教授会はこれを採択し、私が主査委員として審査報告を書き、「リカアドオの理論はその在世の当時よりして賛否両様の議論の標的となり、当代においてもディール、アモン、オッペンハイマア、ホルランダア等、彼を取ってその論著述作の主題とせる数多くの学者が見出される。教授はこれ等新古の著書述作について、熟読翫味し、ことごとくこれを取って自家薬籠中の物たらしめ、渾然、以って加ふべきものなきリカアドオ研究を成した。まことに我が経済学界の一偉観たるを失はない。」「経済学博士の学位を授与せらるるの資格充分以上なりと信ずる」と結んだのですが、一人の署名ではいかんというので、やはり同僚の三辺金蔵君の名前を加えまして二人で審査したということにして、手続をとり、小泉さんは博士になられたのです。その時には小泉君はもう慶應義塾大学総長になっておられたのです。塾長になったのは同年十一月です。あの頃の博士令によりまして、総長が時の文部大臣に申請する、文部大臣から博士号を与えることを認可するという通達がありまして、そして小泉氏が小泉氏に博士号を授与する、こういうことになったのです。時の文部大臣は斎藤実子爵でした。昭和九年四月二十三日に総長は学位授与を申請し、六月十九日に認可が下り、翌二十日に慶應義塾大学総長小泉信三は「東京府　小泉信三に経済学博士の学位を授与致候間此段及御報告候也」ということとなったのです。

小泉氏の慶應義塾塾長としての業績について、ここに一々申し上げますことは、とうてい時間の許さないところですから省略いたしまするが、何を第一に挙ぐべきかと申しますると、やはり、藤原銀次郎氏の寄付によりまする工大を――当時藤原工大と称しておったのでありますが、これを慶應義塾に設けることになったことでしょう。

この際の藤原銀次郎さんと小泉君の折衝は、じつに根くらべ、ねばり合いであったと申してよかろうと存じます。後に小泉君は「藤原銀次郎」というかなり長い文章を、同氏の死後に書いていますが、これによりますと、同氏は自分が長年にわたって積み上げた財産を挙げて工業大学の創立に努める、そうしてそれが完成した暁には、慶應義塾長である君（小泉君）に学長になってもらいたい、学問教育のことは一切君に一任する、ただし、学校経営は自分（藤原氏）にやらせてもらいたいということだったそうです。この申し出を受け容れるべきや否やについては慶應義塾側にかなり議論があったらしいのです。それからまた、新しい工業大学の教育方針についても、藤原氏と慶應義塾側の間に意見の相違がありました。藤原氏は、しきりに「すぐ役に立つ人間を造りたい」と主張してやまない。これに対して、工学部長谷村豊太郎――この人は十八インチ砲の製作に功績のあった海軍造兵中将で、東大の教授だった工学博士――はこれに対して「すぐ役に立つ人間は、すぐ役に立たなくなる人間だ」、と応酬してやまなかったそうです。そうして、同氏は、この大学で、基本的理論をみっちり教え込む方針を確立したのです。

藤原さんの考えによりますと、藤原工大は工場地帯に設くべきものである。学校で、幼稚な、あるいは旧式な機械などで教育された人間を、卒業後、自分の工場などで採用します時には、新しい機械の使い方を改めて教えなけりゃならぬ、まことに厄介至極なので、学校には機械などをあまり備えないで、工場へ行って、見学し、勉強するということにすれば、かえっていい結果が得られるという考えを藤原さんは持っておられたのです。

藤原さんという方は、後には、まことに思いきってよく慶應義塾その他に寄付されたのですが、はじめはなかなか寄付などはしない人でした。

ひところ、慶應義塾出身者で一番の金持ちは「両藤」だということを申しておる人がありました。二人の藤が一番今のところでは裕福である。これは藤山雷太氏と藤原銀次郎氏です。ところがこの二人がなかなか寄付をしてくれないのですね。慶應義塾の態度も悪かったようです。福澤桃介氏などは、慶應義塾のやつらは、桃介に幾ら出させてやったなんどと手柄顔に言う、それが不愉快だから、おれは出さないなどと申していました。寄付金集めは、まことに大変な仕事ですが、小泉君は塾員中の第一、第二の金持ち、両藤の中の一人に今の金にして二、三十億を投じて工大を建設させるに成功したのです。また藤山氏は、雷太氏の歿後、令息愛一郎氏の代になって、無条件で、巨額の寄附をしてくれることになりました。こうした点で、小泉氏の功績は認めなけりゃならぬのです。

さて、その藤原工大ですが、慶應義塾の方では、これを日吉に設くべきだと考えておったのですが、藤原氏としては、工場地帯に設けたいというので、小泉君は、同氏と折衝に折衝を重ねたのです。これも小泉氏みずから私に話したことですが、同君はこの問題で藤原さんと会うことが十八へんに及んだが、それでまだ解決がつかないということでした。いかに藤原という人物がねばり屋であるかがこれでもわかる。こういうような歎声を小泉君はもらしておったのです。それから、藤原さんに会いました時、同氏は、小泉君にはとうとう負けましたよ、何といっても小泉信三というくらいで実に心臓の強いのには驚いたというようなことを言っておられまして、結局、同氏のねばりに対する小泉君の心臓の勝利に終ったのでしょう。この両雄の論議の末に妥協が生れ、その後、藤原工大はめでたく正式に慶應義塾大学の工学部となったのです。

戦災によりまして殆んど全部、はじめ藤原さんの寄付しました八百万円というものが煙になってしまったのは遺憾でありますが、とにかく慶應義塾の工学部がここに開かれましたことは、小泉君の第一の功績にあげなければならぬと存じます。

戦争中における小泉君の行動、これにつきましてはいろいろ議論があると思うのでありまするが、今日はこれに触れることを避けます。これはまた、小泉氏の個人的に最もにがい経験をなめた時期と申さなければなりません。たった一人の男の子信吉《しんきち》君を太平洋で亡くしました。この好青年は二年現役の海軍士官でした。それから次いで二十年の五月二十五日の大空襲では、小泉君自身焼夷爆弾にやられ、ご承知のような大やけどをしました。それから二十一年になりまして、先ほども申しましたお母さんを失ったのです。実に小泉君にとって最大な災厄であったと申さなけりゃならぬのです。

小泉氏は最後まであの頻々たる大空襲のうちにあって慶應義塾の建物を守らなけりゃならぬと説いておられたのですが、これも全体の六分の一を失うという結果になったのです。都下最大の戦災校と言われております。その上、日吉は占拠されてしまうというようなことになりました。小泉氏は非常にこの問題で悩まされたことと存ずるのです。空襲警報などが出ました時には、慶應義塾の先生たちは、慶應義塾におればここに残り、よそにおっても慶應義塾にはせつけて、この建物を火災から守るべきだ、慶應義塾の建物は、尊い先輩の寄付によってできたものだ、ということを申し渡したそうです。

私は、その頃は、もう名誉教授に祭り込まれてしまいまして、こういう命令は受けませんでしたが、その時に、これも亡くなりましたが、野村兼太郎君という経済学部の教授がおられまして、小泉氏に向って、こういうさいには学校に残っている先生がおれば、むしろ、早く家に帰れと言うべきではないか、何と申しても一番尊いものは人間なんである。ことに大学の生命というものは、たとい全部ではないかもしれないが、教授にかかっている、その教授たちの尊い生命を尊重して、空襲警報が出たら、ただちに家に帰すべきではないか、建物はむしろ二の次でないか、こう抗弁したそうです。そうしますと、小泉君、居丈高になって申しまするのには、「自分はいまの慶應義塾の教授の中で建物より価値があると思われる人間は、不幸にして発見することができない」と言ったそうです。

野村君非常に憤慨して、私に訴えていました。

小泉君は理性の人のように世間では認めていたが、実際には「正反対だった」と、君の歿後、丸ノ内駐車場常務の石井小一郎氏は週刊誌記者に物語っています。同君の談によると、小泉君のお嬢さんも、「ほんとうは、父は感情の激しいほうで、それを押えて生きているのです」と、よく言っておられたとのことです。野村兼太郎君の私に物語ったところが事実だとすれば、これは明らかに小泉君の失言だったでしょう。おそらく、小泉君の激しい感情が、理性の力で押え切れなくなって飛び出した言葉だったのでしょう。小泉君自身も、その最晩年の著のなかで、戦況が不利になってからは、「時には荒っぽい言葉を使ったことも憶えています」と書いています。

小泉君の激しい感情は、空襲警報が鳴ると、学校の先生方が、あたふた急いで帰って行くのを許せなかったのでしょう。教職員は、ことごとく協力して、学校の建物を防護すべきであると考えたのでしょう。しかし、あの五月二十五日の大空襲の際には、義塾ではなく、塾のごく近くの自宅で消火につとめておって負傷されたのです。小泉さんは、「逃げさえすれば、よかったのだよ」と述懐しておられました。

この大負傷は小泉さんにとって最大な不幸だったということを、先日交詢社の理事室で申したところが、同君のご親類の方がそこにおられまして、しかし、あの大やけどがなかったならば、小泉はおそらくパージにかかったろう、と言われました。追放されたろうと言うのです。果してそうか、どうか、わかりませんが、その懸念が非常に大であったのです。退院後、三田の旧名取邸に住んでいました小泉氏を見舞いまするると、ちょうど小泉氏の義兄になりまする松本烝治氏、当時は国務大臣をしておられたと記憶しますが、この方が待たせてあった秘書と一緒に帰って行かれるのとすれ違ったのです。たぶん、これは追放の問題の成り行きについて報告に来られたんだろうと思いまして、小泉氏にどうだと聞きましたところが、「いやあ、はなはだ前途暗憺たるものがある」と嘆じておられたのです。同君自身、パージぐらいは当然である、次第によっては、もっとひどい目に遭ってもしかたがないと観念していました。

しかし只今申しましたように、不幸が相次いで起こりましたので、小泉さんに対する同情はいたるところに湧き起こり、遂にマッカーサー司令部の指令によることもなく、適格審査委員会とか中央適格審査委員会とかで黒と断定されることもなく無事なるを得ましたことは、小泉氏にとりましても、慶應義塾にとりましても、まことに喜ばしいことと申さなければなりません。

小泉氏は先ほども話の出ましたように、まことに風采のすぐれた人でありまして、おそらく自分の容貌に対して、大変な自信を持っておったろうと思うのです。その美貌が、あの大やけどで失われたのです。小泉君はやけど後、もう散歩などができるようになりましても、あまり人に顔を見られることを喜ばない、うちに引きこもっておるというような噂を聞いたのです。私、見舞いに参りました時に、私は、以前、君の顔を見ていると、実にりっぱだと思っていた、神様はよほど精根こめて君の顔をこしらえた、こう思っていた、と申しましたあとで、冗談に、しかしその神様もしまいには、だいぶ面倒くさくなったと見えて、君の手をこしらえる時には、ぞんざいになったようだな、と申しましたところが、小泉君は、自分でこうやって両方の手を見ておりまして、なるほどおれの親指の恰好は右と左が違うというようなことを言っておったのです。じっさいそんなようなところがあったかもしれないのですが、とにかく神様は見事に小泉信三の風采をこしらえておる、私はこう思っておったのです。ところが、さすがに年は争われないもので、最近になると、君の顔はだいぶたるんできた、頬の肉が少しぶら下ってきた、どうも残念なことだ、この美術品は修理を要すると思っておったところが、今度のやけどで、ちょうどこてをかけられたように、またピンと張り切ってきた。そして今までになかった威厳がそなわるようになって、見ようによると、かえって昔よりもりっぱな顔になった。老醜などとはとうてい言うことのできない気品ある顔になった。私は慰めるともなく、こう言ったのですが、私だけの思いなしか、小泉氏、嬉しそうにしておりました。それから後、とはっきり申すことができないかもしれませんが、同君は人中に出ることを一向いとわなくなったのです。よくいろいろな会に出席しまして、演壇に立って長広舌をふるうこともたびたびになったのです。

このやけど後の顔こそは、小泉信三がみずからこしらえたもの、助手として慶應病院の形成外科の医者を使ってこしらえ上げた顔だと私は思っております。整形外科もしくは後の形成外科の厄介になりまして、自分の考えに基き、医者の技術によりまして、あのりっぱな顔をこしらえ上げたものと言えると思うのです。あの顔こそは、小泉君がほんとうに自分で責任を持ち得る顔ではないかというようなことを申したのですが、私としては必ずしも冗談ではないつもりなんです。神様の与えてくれた顔は失われましたが、自分が造り上げた顔が残ったのです。

小泉氏は自分がりっぱな容貌風采を持っておりましただけに、貧弱な風采の人をどうも喜ばなかったように思うのです。名前は申しませんが、慶應の助手をしておりました秀才がいました。私のゼミにおった人です。慶應義塾の廊下を、これは戦争前のことですが、小泉さんと私とが並んで歩いておりますと、この秀才がごく背の低い人でありまして、……顔はきれいですが、まことに背の低い人でして、それがちょこちょこ私どもの前を行くのです。それを見ますと、その人を呼び止めまして、小泉君申されますのに、「君は背が低いな」こう言うのです。その人はよほどきまりが悪かったと見えまして、頭をかいて、横へそれてしまいました。

気の毒なことだと思っておったのですが、小泉氏、私をかえりみまして、「あれは君のゼミの出身だそうだが、少し体育をやらせたらどうかね」と注意してくれたのです。そのためではなかったでしょうが、その秀才は二、三年、もう少しおりましたか、慶應義塾の助手をやめてしまいまして、共産党に走ったのです。

この人は私が文部省へ入ります直前には、教職員代表の一人として文部省に押し寄せて参りまして、時の文部大臣田中耕太郎氏あたりとひどくやり合ったという話が残っております。ところが私が文部省に入りますと、同君はぴたり来なくなってしまいました。私が意気地がなかったせいか、教職員組合は私が文部省に入りましてからは、全く狂暴な態度などはとらなくなってしまったせいでもありましょうか、その人は全然姿を文部大臣室に見せなくなったのです。後になりまして、私のゼミの会であいましたとき、その話をしますと、どうも先生が文部大臣になったんで、押しかけて行く気にならなくなりました、というようなことを申しておられたのです。

小泉氏の思想につきましては、もう申し上げる時間もなくなったのですが、ちょうどわれわれが大学部に進みました当時には、マルクス主義の修正主義、これが勢力のあった頃であります。マルクスの『資本論』を読む、あるいは『共産党宣言』を読む前に、私どもはまずベルンシュタインその他の修正社会主義者の意見によって教えられたのです。それがために遂に本来のマルクス主義におもむくことができなかった。これはわれわれの仲間はすべてそうではなかったかと思うのですが、その後になりましてマルクスというものが非常な勢いをもって頭をもたげてくるのです。私どもの時代には、『資本論』の英訳などというものは一冊出たきりでした。どこの本屋へ参りましても、ロンドンあたりの古本屋などを見ましても、新しい古本、おかしな言葉でありますが、きれいな『資本論』第一巻が古本屋の店先きに必ず何冊か並んでおるが、これが売れないのです。二巻三巻がいつ出るのかわからぬというような状態です。マルクス主義がはなはだ不評判な時であったのです。

小泉氏が外国から帰ります時に、マルクス・エンゲルスの『共産党宣言』の英訳をたくさんに買って帰ってきました。私もその一冊をもらったんです。ご承知の通り非常に薄っぺらなものです。表紙も何もついていない廉価版でした。

小泉さんは自分のセミナアで、この『共産党宣言』を使って講義をしたのです。その学生の中に野坂参三君がおったのです。この時に受けた感銘が長く消えることがなく、自分を今日あるに至らしめたということを野坂氏が申しておられるのです。マルクス排撃の陣営に立つことになった小泉君と、マルクス主義の尖端を行く共産主義者野坂参三君との交渉は、かくのごとくであったのです。

なおもう一言つけ加えて申しますならば、先ほども申しました小泉君の経済学界にデビューいたしました時の著作は、ジェボンズの翻訳です。ジェボンズの経済理論や彼と同じく限界効用学説に立脚したオーストリア学派の価値学説の影響はマルクスの剰余価値学説の侵入を阻止する上に多大な効果があったのです。ことに、オーストリアのベーム・バワークのマルクス主義批判というものが、わが国においても、はなはだ影響力がありました。これらのものが小泉君の反マルクス主義理論の構成に対して、きわめて大きな貢献をしておるのです。これはある日本の社会主義者、マルクス主義者の申したことでありますが、——もうだいぶ前のことになりますが、——

いま反マルクス主義の陣営に立っておる者の中の驍将とみなされるべきものが二人ある。一人は高田保馬であり、一人は小泉信三である。この二人の理論に対して、反論を加えようとすると、高田の方はその説の弱点をとらえてこれを突くことがすこぶる容易である。ところが慶應の小泉の言うところは、これを論破することがはなはだ困難である、こういうふうに申しておった言葉を思い出します。

その違いはどこからくるか。高田保馬氏に対しましても、西洋の学者の影響は非常に大ではあったのですが、同氏の説にはまま自分の説が入ってくるのです。その高田保馬自身の説を突けば、もろくも破れるのである。ところが小泉信三に至りますると、ことごとくこれは西洋の学者の説なのである。その論陣は実に固いのである。これを破ることはなかなか容易でない、こういうふうに申しておったのです。

ですから小泉氏は、なるべく純粋のマルクス主義に向って論陣を張りたかったのです。マルクスを破るならば、早くからあった西洋学者の反マルクス主義の論法をもってすれば、これを破ることができる、こういうふうに考えておったのでありましょう。小泉君の最後に近い名随筆に「主人を出せ」というのがあります。これはつまりマルクスを出せということなのです。番頭、手代は引っ込んでいろ、主人のマルクスを出せ、マルクスならば相手にしようというのです。

私は、主人を出せなんというのは、押し借り、強請《ゆすり》でもやる悪ざむらいの言いそうな言葉である、私は君を悪ざむらいとは思いたくないというような冗談を申したのですが、今はもうこういう言葉がたきもなくなりました。

小泉君の死後『週刊新潮』に掲載された「皇太子ご夫妻と小泉先生の死—神話となったご結婚時の役割—」のなかの京都大学教授猪木正道氏の談によると、「小泉さんについて、世間では、非常にえらくいいすぎる面があります。たとえば、経済学で、小泉さんは文化勲章をもらったけど、経済学ではたいしたことはない」とあります。しかし、その猪木氏も、さすがに、小泉君のラサール研究を賞讃するに吝かでない。これはおそらく、初め『三田学会雑誌』第十一巻第五、七〜十号に載せられたものなどを指すのでしょう。これらの論文は大正九年版『社会問題研究』や同十四年の同書改訂版に収録されています。実際、小泉君の優れた著書には論文集の体裁のものがはなはだ多い。小泉君に、もし昭和八年から同二十二年にわたる長い塾長時代がなかったら、君は、かならず、文化勲章受章に何人も異存のない経済学上における畢生の大著を残すことができたでしょう。

小泉君はなかなかの社交家で、銀座の交詢社とも相当深い関係を持っておったのですが、どうも晩年はあまり交詢社へ参りませんでした。私ども、これを遺憾といたしまして、なるべく交詢社の午餐会へ顔を出してくれないかということを申しておったのですが、なかなか出てきてくれないのです。ところが、虫が知らせたとでも申すのですか、最期に近い午餐会には三回続けて出席されました。ちょうど私の前に席を構えておられたのです。最初は安藤鶴夫君の話の時に参られました。その次の週は、慶應の教授、西岡君の話を聞きにきました。最後に柳家小さんの話に耳を傾けておったのです。私、これが間もなく別れになるとは知らないものですから、冗談をとばしまして、「むつかしい話はわからないが、小さんの話なら小泉さんでもわかるので聞きにきたのだろう」と申して笑ったのです。これは小泉氏の随筆にも見えております通り、同君が三代目柳家小さんを大変好きだったというような関係から、今の小さんの話も聞きたいと考えて、同師匠を来賓とした午餐会に出席したことと思います。

小泉信三博士
（六大学春季リーグ戦の始球式——昭和40年）

私は友人にすすめられて交詢社に入るには入りましたものの、しばらくの間は、一人で同社に参りますことが何だか気恥かしいように思われまして、さっぱり、ここには顔を出さなかったのですが、小泉君、ある日私をさそいまして交詢社へ行かないかというのです。それじゃ君に連れて行ってもらうということになって、学校の講義を終ったのち、同社へ参りましたところが、受付で誰何されたのです。私は小泉さんのあとについて行ったのです。小泉さんはむろん顔なじみでしたので何のこともなかったのですが、忠実な受付氏は私の顔を見まして、「その後のかたはどなたですか」とこう聞いたのです。私もちょっと極まりの悪い思いがしたので、首をちぢめて、あとずさりしたのですが、小泉氏はあとを振り向いてその受付の人の顔をねめつけ、「正会員だぞ」と申したのです。正会員なんてものが交詢社にあるかどうか、存じなかったのですが、とにかくえらそうな名でありますので、私はますます恐縮して、冷汗三斗の思いをしたのですが、そのあとに小泉君つけ加えて、その受付の人に「よく覚えておきたまえ」ということを申したのです。これが、私にとりまして交詢社最初の印象として残りました。あのとき、小泉氏と一緒でなかったら、私は自分で「正会員」などと名乗る勇気はなく、すごすご逃げ出したでしょう。あの時に追い返されてしまいましたならば、おそらくその後は交詢社に参ることもなく、理事長などを仰せつかるということもなかっただろうかと存ずるのです。

しかし小泉君もいつも従業員をやっつけてばかりはいられず、時にはずいぶん従業員にやっつけられることもあったようです。小泉君はいつも昂然と構えて、寸分の隙もないようですが、どこか隙のある人でして、意外なところでポンと一本打ち込まれてギャフンと参るところがあったようです。

ちょうど、早慶戦で、慶應義塾が勝利を得ました時、小泉さん大喜びで、交詢社へ参りましてバーで祝盃をあげようと思い、バーテンに向いまして、「きょうは慶應が勝ってまことに愉快だなァ」こう申したんだそうです。そうしますと、そのバーテンが小泉氏の顔をじっとにらんでおりましたが、やがて「社員の皆さんは慶應びいきでいらっしゃるでしょうが、われわれ従業員は、断然、早稲田びいきです」と申したということで、さすがの小泉さんも一本取られたかたちになったそうです。小泉さんはこの話をいかにも愉快そうに私に話しておられました。

小泉君という人は、いつも長者の風格を具えておりました。ある東大の先生、これは非常な老人――われわれよりは七つ、八つも多い人ですが、まだ達者でおられます――よく人に語られまして、「小泉も高橋もどっちも慶應出身者だが、こんなに印象の違った人間はない。高橋と話をしていると友だちと話をしている気になるが、小泉と話をする時は、いつも親父と話をするような気持ちがする」ということを申しておったそうです。私ども、小泉君と話をいたします時には、さすがに親父とも思いませんが、いつも兄貴ぐらいには思われまして、かならず何か教えられるところがありました。

小泉氏が慶應義塾の図書館長をしておられたころであります。私もよく図書館を利用したのですが、図書館のある給仕が同僚にささやいたそうです。「小泉さんも高橋さんもどっちも背が高い。けれども小泉さんは自分の背の高いことがいかにも得意らしいが、高橋さんの方は、背が高いのがどうもきまりが悪そうだ」。

小泉さんはいつも自信満々でした。小泉さんの父の友人で、貝塚茂樹氏や湯川秀樹氏、それに阪田英一氏や阪田泰二氏の祖父に当る小川駒橘氏が亡くなられたとき、「小川死す」という電報を遺族からもらって、小泉君は自分の親しい交詢社員の小川雄逸君が亡くなったと速断し、早速香典を送りました。雄逸君は直腸癌で長らく病床にあったのです。ところが、やがて、雄逸君夫人から手紙がきました。夫は一時危篤状態に陥ったが、幸いにして持ち直したと書いてある。しかし、自信の強い小泉君は、一時持ち直しはしたものの、結局、いけなかったというのだろう、と思って読んでいるうちに、送った香典が、パラリ落ちた。「折角だが、香典はお返しします」。

一緒に田町駅で、乗車券を買おうとしていたさい、小泉君の足もとに銀貨が落ちているのを見付けて注意すると、小泉さんはすぐにそれを拾ってポケットに入れました。そうすると別の人が「おい、それは、おれのだ」。

小泉さんには、こういうユーモラスなところがあって、いっそう人気を高めたことと存じます。

塾長を退任し、昭和二十四年に東宮御教育常時参与を仰せ付けられて後の、君の文筆上の仕事は主として随筆にあったと言っていいでしょう。平和の中における進歩を持論とし、今日普通に進歩的と言われている人々の言論が、陰に陽にその立場と相容れないものがあるように感じた小泉君は、その明快で、格調の高い文章を駆使して、勇敢に、これに挑戦した。同様のことを言いたいが、その勇気がないか、もしくは能力のない相当の年齢に達した上層階級の人々は、小泉君を自己の闘士として歓び迎え、その短論文や随筆に会心の笑を漏したのです。君の晩年は君の生涯の中でもっとも輝かしいものであったかも知れません。その陸離たる光彩のうちに君は忽然として天国に赴いたのであります。

小泉氏について書けとか、しゃべれとか言われました際に、筆をとったり話をしたりしておりまするうちに、どうも不明な点などがぼつぼつ出て参るのです。そうすると、これは一つ小泉君に聞いてみよう、電話でもかけてみよう、こう思うことがあるのです。その時に、ああその小泉は死んでしまったんだ、死んだがためにこんなことを書いたり、しゃべったりしなけりゃならぬのだ、こう考えます時の寂しさというものは実に耐え得ないものがあるのです。諸君もご同感の方が多いと存じます。

（『三田学会雑誌』第五十九巻第十一号、昭和四十一年）

＊1　満では六歳。
＊2　本書一三二ページ、「学校スト昔話」参照。この話題については少なからず重複するところがある。
＊3　A・マーシャル『経済学原理』の講義。
＊4　W・S・ジェヴォンズ『経済学の理論』。当初の訳書名は『経済学純理』。
＊5　水上瀧太郎『倫敦の宿』（中央公論社、昭和十年）。本書二二三ページ、「水上瀧太郎作『倫敦の宿』」も参照。

氣賀勘重、増井幸雄両博士を偲ぶ

《昭和四十二年十二月六日、両博士二十三回忌記念講演》

足を痛めておりますので、はなはだ失礼でございますが、腰をかけてお話しいたしますことをお許し願いたいと存じます。この度は氣賀、増井両博士の二十三回忌ということでお招きいただいたのですが、実はいまから三年前、両博士がお亡くなりになりましてから二十年に相当するので、お二人を偲ぶ会を開いたらどうかという話を同僚諸君にいたしたのですが、両氏とも仏教徒であられる、仏教のほうでは二十年忌の法会ということはあまりやらないように思う、もう三年待って二十三回忌を営んだらどうか、こういうことでございました。なるほど、そうかも知れないけれども、私自身がもう三年生きられるかどうか（笑）、はなはだ心もとなかったのでございますが、そういうことならいたし方がない、もう三年待とう、せいぜいがんばって、あと三年生きようということを申して延期説に賛成したのです。怪我をしたり、病気をしたりはいたしましたものの、どうやら今日まで生き長らえることのできました幸福をしみじみ感ずる次第でございます。しかし、この三年の間に、氣賀先生の未亡人がお亡くなりになり、また当然出席して思い出を談られたであろう小泉信三君を失いましたことはまことに遺憾です。

さて、氣賀、増井両博士は、不思議な縁とでも申しましょうか、お生まれになりましたのはさきほど遊部経済学部長がお述べになりました略歴の中にもございますように、だいぶ隔たりがあります。氣賀先生のほうは明治六年のお生れですし、増井さんのほうは二十一年でございますから、だいぶ違いますが、同じ年の三月と十一月にお亡くなりになりましたばかりでなく、お生れになりましたのはどちらも静岡県浜名郡であります。そしてどちらも慶應義塾にお学びになりまして、慶應義塾をご卒業になり、同じく慶應義塾に教鞭を長い間とられたのです。いったい慶應義塾というところは静岡閥が幅をきかしているという戯談《じょうだん》が行われております。なるほどそういわれてみますと、慶應義塾の先生方、理財科あるいは経済学部だけでなく、ほかの学部におきましても——いまはどうでございますか存じませんが——静岡県出身者が非常に多いのです。田中萃一郎先生という文学部の偉い先生、それから法学部の神戸寅次郎先生がおられまして、この方々から数えまするると、実にたくさん静岡県人がおられます。増井君ののちには金原賢之助君、寺尾琢磨君などが静岡県出身です。静岡閥と申しましても、別段、閥をこしらえて慶應義塾内に勢力を張ろうなどという野心のある方は一人もなかったようですが、ただ同県のよしみで、幾分、お互の親しみはあったことでしょう。

静岡自慢の氣賀先生は「君たちは東海道五十三次ということをいうが、この五十三次の中から静岡県を引いたらどういうことになる？」、静岡県で五十三次の中にはいっている駅が、三島から白須賀までですか、二十二次あるという自慢をさんざん聞かされたものです。なるほどそういわれてみると、静岡県というところは偉い県だ、などということを申したのですが（笑）、まことに、たわいのない話です。

それからまた、氣賀先生と増井君との――はなはだ失礼ですが、氣賀先生のご生前は、私は慶應義塾流に学生時代から「先生」とは一度も申し上げたことがなく、いつも「氣賀さん」とお呼びしていましたが、先生歿後はいつも「先生」と申すことにしています。実際氣賀先生からは英語やドイツ語や経済学を教えていただいたのですから、この頃は〝先生〟と呼びたくなるのですが、増井君は私よりも四年の後輩ですから、ついどうも〝君〟といってしまうのです、どうぞお許し願いたいと存じます。なお、このお二人の関係を申しまするならば、氣賀先生がはじめ経済学部、つまり理財科の教授になられましたとき、本科では交通政策を講義されたのです。当時、この講座を、先生は交通政策とか、交通経済とかは申されませんで、「運輸交通」と称しておられました。運輸交通では長すぎるからというので、われわれ学生はこれを詰めて〝運交〟と申しておったのです。しかし、〝運交〟ではいかにもきたならしいというので（笑）、〝交通〟でどうだろうというようなことになり、だんだん交通経済とか、交通政策とかいうことばが使われるようになったのです。氣賀先生から、この運輸交通論の講義をお引き継ぎになりましたのが増井君です。それから、氣賀先生は農業政策、工業政策なども講義しておられたのですが、こちらのほうはご自分の令息がお継ぎになるがよかろうと、実はわれわれは考えておったのです。ことに、先生は農業経済がお得意だったようですから、先生の令息氣賀健三君が、この農業経済をおやりになるのが、いちばんいいんではないかと思っておったのですが、氣賀先生、私に申されますのには「健三には農業経済はやらせられない」(笑)。「どうしてやらせられないのですか」と聞きましたところが、「健三には百姓の経験がないんだ」というのです。百姓の経験がない、農村の生活をしたことのない者に農業経済をやらせるのはいかん。先生は浜松、当時は町でありましたが、ここのご出身と思いますが、やはりお百姓の経験がある方だろうと思います。ご養家は浜名湖畔の気賀町――それでああいうことを申しておられたんだと思うのですが、とうとう健三君は農業経済をやらないで、経済政策理論を勉強することになったのです。なお、内輪話を申しますると、戦後、いまの小池基之君がこの講座に推薦されたのですが、小池君にやらせることにも、氣賀先生、あまり賛成ではなかったようでした(笑)。「彼も百姓の経験がないんだ」(笑)。こういうことだったのですが、とうとう押し切りまして、農業経済を小池君が担当するようになりました。そののちにおきましてはむろん両者

氣賀勘重博士

の間はすこぶる円満でございまして、さだめし小池君は氣賀先生から貴重な教えを受けられたことと存じます。

氣賀先生の著書としましては、先ず挙ぐべきものは、さきほど遊部君がお読みになりましたように、フィリッポヴィッチの『経済原論』及び『経済政策』の解説です。これが先生の名によって学界に残されておりますいちばん有名な著書です。いったいこの後期オーストリア学派の大家をなんと発音すべきであるか、これがそもそも問題だったのであります。オイゲン・フィリッポヴィッチ・フォン・フィリップスベルヒという長い名前ですが、あれをフィリッポヴィッチとどうして読むのか、フィリッポヴィッヒとでも読みたいのではないかなどということを申し合ったのですが、氣賀先生は「オーストリヤで聞くと、みんなフィリッポヴィッチといっておったから、おれはフィリポヴィッチでいく」、こういう主張であったのですが、これは正しい読み方なのでしょう。いまはみんな、何の疑問も持たず、フィリッポヴィッチといっております。多少間違いがありましても、その人に親しい人が紹介しまするとそういうことになるのです。氣賀先生のお名前も本当は「キガ」ではなく、「ケガ」だそうですが、今では誰れも「ケガ」勘重とか、「ケガ」健三とかは申しません。ゴッホという有名な画家がおりますが、あれをどうしてゴッホと発音するのか、オランダ流に発音すれば、ホッホ、フランスではゴーグじゃないかと思うのですが、そんなことをいったって通じませんので、みんなゴッホ、ゴッホと咳でもするように申していいます。

フィリッポヴィッチは実に氣賀博士の異名となりました。ゲッチンゲン在学の頃、博士にフィリッポヴィッチの『原論』を推薦したのはコーン教授であり、次いで、ライプチッヒ大学で、同じ人の『政策』をすすめたものはビュッヒャー博士でした。それならば、博士自身はどこまでフィリッポヴィッチに傾倒しておられたでしょうか。先生は、決して彼を偉大な学者とは思っていない、これぞといって、創見の見るべきものがあるわけではない、ただ精粗、繁簡、そのよろしきを得、あまねく諸般の問題を網羅検討して遺漏のない点を取るだけである、と申しておられました。

とにかく、『原論』『政策』ともに売れ行きは上々で、幾度か版を重ねました。先生が伊達跡にお宅を新築されまするると、口善悪《さが》ない京童――ではなく慶應童はこれを「フィリッポヴィッチ御殿」と称しました。その「御殿」も、大分古くなりましたので、最近、取りこわしたと聞きました。これは私どもにとりましては、ライトの帝国ホテル旧館取りこわしより、もっとなごり惜しいことです。

このフィリッポヴィッチの『原論』の解説ができましたときに、氣賀先生は慎重な方でありまして、最初まず堀切善兵衛君に稿本を読ませて、疑義を明らかにし、校正の労を分担させたのです。堀切君の示唆によりましてどれくらい訂正せられたかはわかりませんが、その後、第四版を出す前に福田徳三博士に読んでもらったのです。氣賀先生が私に見せて下すった旧版を見ますと、そのページの上の方に、鉛筆で丸のついているところが、たくさんにあります。ここは一考を要する、というしるしに福田博士が書かれたものだろうと思います。それによりましていくぶん訂正は施されたかと思いますが、たいした誤訳と称すべきものはないということを福田博士は私に申しておられました。福田博士という方はなかなかやかましい人でして、「氣賀はあの本をおれに読めというから、ひとつ誤訳を指摘してやろうと思って一所懸命に読んだのであるが、それほどのものは発見することができなかった」、こう残念そうにいっておられたのですから、まず名翻訳であったと思います。

先生は『原論』の解説を終って、やがて同じ人の『政策』と取り組まれたのです。先生は、原論よりも、政策のほうにむしろ興味をもっておられたようです。先生は、その訳稿を私に読めといわれました。私は拝見いたしまして、いささか注意すべき点があれば、ご注意申し上げたことを記憶しているのですが、さて、それが出来上りまして、一冊頂戴して、先ず序文を見ますと、その中で私に感謝することばがあります。感謝されることはまことにうれしいが、そこに「門下高橋誠一郎氏が本書の印刷校正其他の細務に関し多大の労を添えた」云々ということが記されております。前に申した堀切君は「同窓」、福田さんは「畏友」、それが私になると「門下」になる。あまり格が下りすぎる。それで学校の先輩たちは非常に憤慨してしまいました。「いったい門下なんていう封建的なことばが慶應義塾にあるだろうか。福澤先生は慶應義塾には師弟の関係などはない、と喝破しておられるではないか。それだのに氣賀君は〝門下〟ということばを使っている。それは慶應義塾のボキャブラリィにないことばである」(笑)。これはいまも耳に残っているのでありますが、林毅陸先生がもっぱらこういうことをいって憤慨しておられたのです。林先生と氣賀先生は学校におられたころ首席を争ったなかだそうです。だいたい氣賀先生のほうが成績はよかったようですが（笑）、卒業の際には氣賀先生が二番に落ちて、林先生が一番で卒業された。そういう因縁があるためかどうかは存じませんけれども、しきりに私をたきつけられたのです。田中萃一郎先生なども同様でした。私も、ちょいとおこりたかったのですが、あまり先輩がおこってくれたので、私自身、おこる気になれませんでした。そこで、私申しますのに「いや、門下でも結構である」と。

私が慶應義塾にはいりまして、まず英語の手ほどきをしていただいたのが氣賀先生である。ABCから教えてもらいました。私が普通科二年に進みましたときに、先生はヨーロッパに留学されまして、伊沢道暉先生や中村丈太郎先生から英語教授を受けたのですが、やがて私が予科に進みまする頃には、もう先生は留学からお帰りになられまして、私どもは先生からドイツ語の手ほどきを受けたのです。語学の先生としては氣賀先生は非常にやかましい方でして、ずいぶんわれわれはいじめられました。一年ではブハイムのリーダーを使いました。それから予科の二年になりまするど、ウイルヘルム・ハウフのメルヘンを教科書に当てました。あの中の「カラバーネ」を読んだのです。なかなか先生はやかましい。二年になりましたときに、どうもドイツ語では先生にかなわないから、経済原論で仇を討ってやろうじゃないかというので、みんなで申し合せまして先生を質問攻めにする。質問というよりむしろあげ足とりをやったといった方がいいのですが、ある時、私があげ足とりをやりますと、先生「そんなことをいちいちいっておったんでは講義ができなくなってしまうではないか」といってひどく叱られたことを覚えております。本科に進みましてからは先生のあげ足とりもやめてしまいまして、静かに講義を伺ったのですが、私は政治科にはいりましたために、ドイツ語は三並良先生に教えを受けました。三並先生は、われわれ本科一年の学生にゲーテの「ファウスト」の第一部を教科書に使って講義をされたのです。いまから思えば、ずいぶん乱暴な話ですが、しかし、ああいう偉い作になりますと、ドイツ語のできる者もできない者もあまりたいした違いはないと思う（笑）。どうかしますと、先生よりも、かえってわれわれの解釈のほうが正しいと思うようなこともありました。それから、ゲーテをやめまして、フローレンツの編纂した『ドイツの近代文学について』という本を教科書に使ったのですが、これが非常にむずかしい本でして、フローレンツはご承知かと思いますが、長く日本におり、東大あたりで講義しておった人でして、たしかドイツへ帰って亡くなったように記憶しております。よくもこんなにわけのわからん文章ばかり選び出して編纂したものだと思ったのです。それで、われわれにはあまりおもしろくなかったものですから、私は理財科の講義を聞きにまいりました。ここでは氣賀先生がドイツ語を担任しておられまして、まず伺いましたのはフックスの『経済原論』です。これは実に面白かった。小さな本です。『ザンムルング ゲッシェン』の中の一冊でしたが、この本が福田徳三博士の『国民経済原論』のタネ本だということがのちに発見されまして、そのころ横紙破りで知られておりました向軍治先生はこのフックスの原書と、福田先生の名著を右と左にもって、教員室の諸君を回って見せて歩くのです。このとおり全然剽窃だと触れ歩いておられたのですが、氣賀先生はニコニコ笑って、この論争には参加されませんでした。

それから、二年になって伺ったヴェルネル・ゾムバルトの『社会主義及び社会運動』この講義も有益でした。氣賀先生が偉いのか、ゾムバルトが偉いのか、そこはわかりませんですが（笑）、とにかく非常におもしろく伺いました。それと同時に、ファンデルボルヒトという人の『対外貿易政策』という原書を使ったのですが、このほうはあまり興味をそそられませんでした。

三年に進みますと、先生は、たいへんなものを使われました。グスタッフ・シュモラーの大著、新歴史学派の最大産物『一般国民経済学綱要』を教材にあてられたのです。『綱要』とかなんとかいう題名になっていますけれども、実に大きな本でして、二冊になっております。その第二部が出版されてまだまもないころだったと思います。これを先生は使うといい出したんです。これはわれわれのためよりも、先生のためであったように思われます。「おれは慶應義塾でシュモラーを講義しておるぞ」ということが、先生をたいへんに満足させたんじゃないかと思います（笑）。われわれも高い本を買わされて実に苦しかったのですが、それでもあの上下二冊の緑色の表紙の本を抱えて先生の講莚《こうえん》に列する楽しみは相当なものでした。しかし先生の講義はなかなか速力がありましたが、さすがにあの大きな本のことですから、わずかに商業政策を講義されただけに終わってしまったのは残念でした。これだけの講義を聞くのに十三円なにがしを使わせられたのかといって、みんなでブウブウいったことなども思い出されます。

そういうふうにしまして、私は氣賀先生の恩恵を被ることがはなはだ大でありますので、私を先生の〝門下〟とお呼びくださろうとも、なんとお呼びになろうとも結構である。私はけっして不服は申しませんということを、林先生そのほかの方々に申し上げたのです。

それから、ずっと後になりまして、さきほどおあげになりました通り、『経済学古典叢書』の第一編として、アダム・スミスの『国富論』の翻訳をなさいました。これは大内兵衛先生（同じくこの日の講演者）の翻訳より少し早いと思いますが、しかし、氣賀先生はどうもこの翻訳をおやりになる時には、もうそろそろ健康を害しておられたんではないかと思います。わずかに三分の一をお訳しになりまして、とうとうやめてしまわれたのです。「そんなことをいわないで続けていただきたい」。実はあの叢書の編集委員に小泉さんと私がなっておりましたので、先生にお目にかかって「ぜひ続けていただきたい」ということを申したのですが、「そんなことをするとおれは死ぬよ、おれを殺すつもりか」ともいうような、えんぎでもない、強いことばを使っておられたのです。よほど健康が衰えておったのではないかと存じます。不幸にしてこの翻訳は第一巻だけで終りましたのです。そのほか、ただいま頂戴しました略歴の中にはなかったかと思いますが、『企業の連合及び合同』と題しまするもの、これが先生の著書としましてはすぐれたものではないか、翻訳以外では。そんなことをいま思い出したのです。これはやはりリーフマンの『カルテレ・ウント・トラスト』を種本にしたものと思いますが、だいぶ先生がこれに肉付けをしておられました。

次に、先生の思想でありまするが、これはなんと申していいのか、まず思想的に色はなかったように思います。先生は大正六年でありますか、ただいま遊部さんのお読みになりました中に出ておりますが、衆議院議員に立候補されました。これはわれわれとしては非常に遺憾でして、先生に向かいまして「どうして衆議院議員に立候補などなさいますか、失礼ですが、あなたは政治家として成功なさる方ではない」ということを不遠慮に申したのです。これに対して氣賀先生のいわれますのに「いままでの政治はわれわれを容れないものであったかしれない。しかしこれからは学者の調査したところをもとにして、政治を行わなければならない世の中になる。自分の学問、自分の外国の書物を読む力、こういうようなものを利用するときが必ず近いうちにくる。今日の政党といえども、自分のような学者を大いに利用するときがくるであろう。そのときに備えて立候補するのだ」。こういう抱負と期待をもって先生は第十三回の総選挙に立候補され、見事に当選されたのです。先生を動かすに与って力のあったものは原敬の秘書だった同窓の高橋光威氏だったでしょう。まことにご尤もなお考えですが、時世がなお先生を容れるには早すぎたのでありまするか、あまりはなやかなこともなくて、一回だけで先生はおやめになりましたのです。

先生は次の大正九年の第十四回臨時総選挙に不幸にして落選されました時、私に、原敬はおれを貴族院議員に推薦する義務があると傲語《ごうご》しておられました。

先生は、シナ事変勃発と同じ昭和十二年に脳溢血症にかかられまして、ずっと寝ておしまいになりました。はじめは二年間休職を請求されまして、学校はこれを認めたのです。しかし二年ではなかなか治りませんでしたので、先生は永い、そうして深い関係の慶應義塾をついに退職されたのです。病床にあられること六年九ヵ月でした。

博士は、ついに太平洋戦争の終局を見ないで、昭和十九年十一月十一日に逝去されました。翌十二日、私が大磯から渋谷伊達跡のお宅に駆けつけた時は、もう、半身不随の苛立《いらだ》たしい気分から全く免れて、安らかに棺の中に眠っておられました。健三君が、遺骸の傍らで、博士の若い時分の写真をたくさん見せてくれました。中には、アードルフ・ヴーグナーやグスタッフ・シュモラーの写真などもまじっていました。ドイツ留学時代の聴講記念でしょう。写真を見ているうちに、空が曇って、村雨がすぎて行きました。鎌倉から馳せつけた堀江帰一博士の未亡人が雨に濡れてはいってこられました。氣賀、堀江両博士は実に慶應義塾経済学部の双璧でした。十八年前に早く未亡人となった堀江夫人は、今新たに寡婦となった氣賀夫人としめやかに物語を続けておられます。

私事を申してはなはだ恐縮でございますが、私がこの夏以来、足を痛めまして慶應病院に入院しておりましたさい、池田さんというマッサージの先生が療治にまいりまして、ニコニコして私をいかにも旧知のごとくにあしらうのです。私は「あなたに会うのはこれがはじめてのように思うが、どうしてあなたは私を知っているのか」と問いますと、「自分は氣賀先生のお宅にたびたび伺って先生をマッサージした。そのときにあなたがお見舞にいらっしゃることがたびたびだっ

たのでお目にかかっておる」、こういうことを申しておったのです。このマッサージの先生は、

わずかに見える目で私を見ておったことだろうと思います。なんとなくなつかしい感じがいたし

ましして、病院で氣賀先生の追懐談に耽った次第です。

増井幸雄博士は、私の受けた感じでは、まことに温厚の君子人でした。学問上におきましては

あくまでも綿密、周到な研究を遂げておられました。しかし政治に野心などはなかったように思

います（笑）。立候補などされるつもりはむろんなかったと存じます。堀切君、林先生、氣賀先

生と相次いで襲われた代議士熱は増井君の時代には、もう冷《さ》めておったことと存じます。

私が経済学部長を仰せつかっておりましたころに、経済学部が真っ二つに割れたことがありま

す。これはだいたいで申しますならば、先輩と後輩の間の開きがもとになっておったと思われ

ます。氣賀先生は後輩たちを「若い衆」と申しておられましたし、「若い衆」の方では先輩を

「大きい先生」と呼ぶものもありました。衝突の直接原因となりましたのは、奥井復太郎君の起

草しました学則改正案でした。先輩の中には、経済学部と経営学部もしくは商学部の分離を考え

ていた人もあります。遙かのちに商学部というものができたのですから、年寄り連中の考えのほ

うがかえって新しかったとも申すことができるのでしょう。ドイツでは初め経営経済学（ベトリ

ーブスウィルトシャフツレーレ）ということばを使っていたようです。いまでは、経営学（ベトリ

ーブスレーレ）といっている人が多いようです。経営学が経済学から独立したことを示すものか

も知れません。

しかし、当時はやはりこうしたものは経済学部の中に入れておくのがいいんではないか、これが独立の学問になるのには、まだまだ相当の年月を要するだろう。慶應義塾で、この方面の学問に力を入れるとすれば、最初は、ハーバード大学あたりから教授を派遣してもらわなければならん。ところが、これが待遇などの点でなかなかおり合わない。こちらで申し出た報酬では、先方は、とうてい、適当の人をご周旋申すことはできませんとハーバードの総長は断ってきました。小島栄次君や小高泰雄君がこの方面の研究のために留学することになったが、帰国して開講するまでには、まだまだ日がかかる。いったい、アメリカなどで、この方面の研究が盛んになったについては一つの隠れた理由がある。大学で経済学を教えると、若い秀才は、みな、社会主義に走るおそれがある。これでは、大学の寄附が集まらん。金持ちが金を出さない。そこで、実際に、学校を出て、直ぐに役に立つ学問をさせる必要がある。こんなところから、「皿洗いの方法学」などという講座まで設けられることになる、などとひやかしているアメリカの経済学者もあります。今のところでは、経済学部の中に甲班とか、乙班とか、第一部とか、第二部とかいう名をつけておいたほうがいいんではないだろうかという説が、若い人たちの間には強かったのです。そこで、奥井案を幾分取り入れて、経済学部改革が、どうやら成立を見たのですが、一時は経済学部が二つに分離するんではないかというような心配があったのです。私――経済学部長は少壮教授に同調しました。私が経済学部長を二期勤めて、増井君がその次の経済学部長になられますると、経済学部は丸く治まってしまったのです（笑）。これは要するに、私という人物が不徳だったのによるのかも知れません。

増井君の業績はさきほど遊部君の読まれましたように、フランス経済学と交通政策、この二つにあったと申してよかろうと思います。著書は案外——と申しては失礼かも知れませんが——多いのです。私はいくらもないと思ったのですが、一昨日図書館で調べてもらいましたら、なかなかあります。いちいち目を通すこともできなかったのですが、だいぶ重複が多いようです（笑）。しかし、とにかくあれだけお書きになったのは、なかなかえらい努力だったろうと思います。フランス経済学のほうには、さきほど申されましたように、フランソア・ケネーの『経済表』の翻訳がございます。これは戸田正雄君との共訳になっておりまして、昭和八年に岩波文庫本として出版されました。この著には早く明治三十五年のころ、松崎蔵之助博士の翻訳されたものがあります。これは『経済表』と訳しませんで、『経済大観』と訳しておられるのです。なぜ、こんな名をつけたのか。あの「世界三大発明の一」とも称される『経済表』を、単に『経済表』などという小さな名前で訳すのは、その当を得ていない、むしろこれは経済学の全般をおおいつくすものであるから、経済大観と訳すべきものだという意味のことを、松崎博士は序文の中で

増井幸雄博士

叫んでおられるのです。ところがこの翻訳はなにしろ非常に古いものでありまするし、いろいろな点で不満が多いので、増井、戸田両氏の手によりまして改訳が行われたのです。これは立派な翻訳でありまして、いまもなおフランス経済学、ことに重農学派経済学説を調べます方たちの座右に、常に備えられておることと存じます。

それから、増井君が渾身の力を注がれましたのは、ジャン・バティースト・セーの研究です。セーの『トレーテ・デコノミー・ポリティク』、これの翻訳を増井君は完成されました。この翻訳を一方においてなされるかたわら、『三田学会雑誌』に、始終、セーの研究を公にせられました。セーの研究で、これほど精緻なものは、おそらくいまだ現れないと申してよかろうと思うのです。私ども『古典叢書』の編集員の間ではセーを入れる――さきほど申しました氣賀先生のスミスの翻訳は、この『経済学古典叢書』の第一編として出版されたものです――ことはみんな賛成でしたが、どうもセーの大著としましては、この『トレーテ』よりも、『クール・コンプレ・デコノミィ・ポリティク・プラチック』(実際経済学全講)を入れるべきであるという説が強かったのです。それで私ども編集員は増井君にそのように話したのですが、増井君ははじめは『クール・コンプレ』の翻訳を承知しておられたようですが、まもなく私に向かわれまして、「どうもセーの代表的な著作としては、早いものではあるが、『トレーテ』を翻訳すべきではないか」ということを申されたのです。私も考えて見ますと、これはなるほど正しい議論だと感心いたしまして、ただちに他の委員を説きまして、『クール・コンプレ』をやめにして、『トレーテ』の翻訳をお願いすることにしたのです。

セーという経済学者は非常な熱血漢であったように思われます。一七九二年のフランスの国難に際して、「文芸部隊」とでも訳すべきでありましょうか、これにはいりまして、シャンパーニュに戦ったのです。一七九九年十一月には、首席執政ナポレオンによって、共和暦第八年霜月制定の法制委員会の一員にあげられました。けれども、彼はナポレオンに好かれるような議論をすることを拒んだので、彼の不興を買ってしまいました。つまり、セーは自由主義者でありまして、その議論はどうもナポレオンの喜ぶところとはならなかったのです。そこでナポレオンは九七年、その妻のジョセフィーンを住わせていたマルメーゾン城にセーを呼びまして、彼と食事を共にしたり、後庭を散歩したりしながら、自分の財政上の意見を説いて聞かせ、セーをして、その『トレーテ』の中の所論を訂正させ、政府の政策と一致させようとしたのですが、セーはガンとして聞き入れません。そのためにとうとうナポレオンの怒りに触れて、委員の職を逐われたばかりでなく、一八一四年までその著の再版を出すことが出来なかったのです。

王政復古後になりましても、「政治的経済学」の「政治的」という形容詞が戦慄の因となりまして、なかなか経済学の講義を始めることが出来ませんでした。一八一九年、工芸学校内に「産業経済学」という名で、やっと経済学の講義をすることができた。この講義をもとにして彼が書きあげたものが、さきほど挙げた『クール・コンプレ』です。この著の初版は一八二八年から九年にわたって六巻として出ております。のちに悴が校訂しまして二巻として出版したりなどしております。一八〇三年の『トレーテ』よりものちに出したものですから、このほうがいいようですが、どうもやはり最初のもののほうが彼の代表作と申さなければならんと思います。この点でも増井君の意見にわれわれは服した次第です。セーはご承知のフランス国立専門学校コレジュ・ド・フランスの先生にやっとなることができたのですが、就職後二年で早く世を去るのです。

こういう熱血漢を愛し、その名著の翻訳に従事されたり、研究に努力したりされたのですが、おおよそ増井君の性格はセーとは違っていたのではなかったかというような印象を受けておるのです。

まだまだいろいろ申し上げたいこともございまするが、あまりに長くなりますから、あとは大内先生にお願いすることにいたしますが、大内さんは「社会政策学会について」お述べになるそうです。これは氣賀、増井両氏とも深い関係のある会でございます。

われわれがマルクス主義におもむくことができなかったのは、要するに時代のためだと思うのです。氣賀先生のフィリッポヴィッチの『原論』の終りに近いところに、経済政策上の思潮の概略が述べられております。そしてそこに、マルクス主義に対するベルンシュタインの批評が紹介されております。われわれはマルクスを読む以前に先ずフィリッポヴィッチを通じてベルンシュタインを読んだのです。つまり修正主義の議論が先に頭の中にはいり込んでしまったのです。それがためになかなかマルクスには、はいることができなかったのです。増井君はフランス経済学をおやりになったのですが、フランスにおきましては、セーと同じくコレジュ・ド・フランスの教授だった自由放任主義者ルロア・ボーリューの『集産主義』のなかで、すでにベルンシュタインのそれを予示する説がなされています。私どもが経済学を学び始めました当時、いちばんこの国で盛んであったものは、おそらくソリダリテ・ソシアルの思想ではなかったかと思います。はじめのうちはイズムに発達しませんで、ただ社会連帯観と称されたのでしたが、のちになりましてソリダリズムに発展するのです。そしてニーム派のソリダリストにシャルル・ジイドがおるのです。私どもはこのジイドの『プランシップ』の英訳の講義を予科時代に氣賀先生から伺ったのです。氣賀先生以前には、ヴィッカーズ先生が本科一年でこれを使っておられました。のちになりまして彼の著わしました『クール』を、私どもは慶應義塾で教科書に使った記憶があります。ドイツにおきましてはご承知のように社会主義者と自由主義者の間に論争が行われていたのですが、その中道を行こうとする者に、歴史学派の経済学者がおったのです。そして一面におきましてはヘーゲルその他の哲学者の影響を受け、他面ではプロイセンの官僚政治の伝統から強烈な国家学説を学び、これが適用にさいしては歴史学派の創始者たちに教え込まれた相対性原理によって指導されたいわゆる講壇社会主義者たちが社会政策協会と申しますか、はじめは名前は違っておったようでありますが、フェライン・フュア・ゾチアル・ポリティークというものを構成したのです。それのまねをした、——これは大内先生、どういうふうにごらんになりますか、とにかくこれがお手本になっておったと思うのですが、社会政策学会というものができまして、氣賀先生などがそのメンバーになられたのです。こういう時代にわれわれは教育を受けたのです。そこで、あまりマルクス主義には深くはいることができなかったのでしょう。大内先生は私より少しお若いので、先生の学生時代になりますと、マルクス主義はいっそう盛んになっておりましたので、私どもよりはよほど〝マルクスかぶれ〟がしておられるようで（笑）ありまするが、遊部経済学部長になりますと、マルクスに対する帰依はいっそう大となります。

それを思い、これを考えまして、氣賀、増井両先生を偲ぶこと、まことに切なるものがございます。それでは、私はこれでご免被りまして、大内先生のお話を伺うことといたします。長時間にわたりご清聴くださいましたことを感謝いたします。（拍手）

（『三田評論』昭和四十三年一月号）

横浜礼吉君逝く

元御木本真珠店常務取締役で、永らく慶應義塾評議員の任に在った横浜礼吉君がお亡くなりになった。大正十一年、経済学部のゼミナールで君を知って以来、交遊五十二年、今、その訃に接して胸迫る思いを如何ともすることができない。私は現在、四谷の慶應病院のベッドに横たわりながら追憶の筆を執る。ただ哀感のみに支配されて、何から書き出していいかわからない。暫らく筆を置いて瞑目する。

私は永いあいだ、附き合いながら、横浜君が芝居好きだなどということは全然知らなかった。会えば、話題は多くキリスト教と経済学である。私はこの敬虔なキリスト教徒が現代日本の演劇をどう観ているかを聴く機会を遂に逸してしまったが、数年前から同君が「塾員市川団子君」すなわち今の三代目市川猿之助君の後援に異常の熱意を示しておられることを寧ろ異様にすら感じながら、猿之助君が主役を演ずる公演のさいにしばしば催されるこの「はげます会」の総見の日にはいつも同君が送ってくれる切符を、ずうずうしくそのまま頂戴して見物に出かけた。私の席は、いつも一階第一列の中央にとってあった。老余衰残、耳が遠く、眼が霞んできた私が、俳優諸君から「先生、かぶりつきでご覧になることはやめて下さいよ、あらが見えて、残酷ですよ」*とぼやかれながら、できる限り、このかぶりつきを選んで見物することにしているのを知っておられての心遣いである。そればかりでなく、先年、骨折を二度やってから、老人の足取りが、いっそう危なっかしくなっているので、万一の場合を気遣って、いつも、女婿の服部禮次郎君ご夫婦の席が隣に取ってある。その上、お好み食堂で食事のご馳走になる。まことに、至れり尽せりの歓待ぶりである。

今年春も花便りに先立って横浜君から芝居便りが来た。二月二十六日附けの手紙である。猿之助君が七役早替りで、黙阿弥の『加賀見山《かがみやま》再《ごにちの》岩藤《いわふじ》』すなわち「骨寄せの岩藤」を演じることになったから、ぜひ観てもらいたいというのである。こん度は前のように日を定めて総見をせず、会員各自の都合のいい日に観ることにしたので、三月十五日から二十日までと、二十二日、三日のお暇な一日を選んで夜の部の猿之助君の演技を見てやっていただきたい、と申し越されたのである。ご見物下さる日を「お定め下さいましたら、甚だ勝手でご座いますが、ただお日だけ、拙宅までお知らせ下されたく、お願い申します」云々という、いかにも横浜君らしい行き届いた手紙である。「お日だけ」の四字は、それぞれ二重丸が附せられている。私の物臭さをよく知っての上のことであろう。加封された仮りプロに載せられている演劇評論家大木豊氏の筆によると、猿之助君は「骨寄せの岩藤」で、「決死的な宙乗りを演じて見せる」のだという。また「宙乗り」か、しかも「決死的」とはいささか恐れ入ると思いながら、五代目菊五郎以来何人かの俳優によって演じられたのを観た私は、今度猿之助君がどこまで低俗卑近なケレン味を脱してこの役を演じるかを、ぜひ見たいと思いながら、見物の日を決めて横浜君に電話することを、つい怠って何日かを過した。三月一日、交詢社でお会いしたとき、このことを思い出して、さすがの私もまことに申し訳のない思いがしたが、同君は私の怠慢を責めるでもなく、私の申し出た通り三月十九日に一緒に見物することを約束して別れた。

横浜礼吉氏

ところが、私は十五、六日ごろから風邪気味で、咳がやたらに出る。この分では十九日の芝居見物は無理だろうと考え、いつもなら、もう送られてくる筈の切符が、まだ着いていないのを幸いに、私の分を他に廻してくれるように、慶應義塾中等部一年生の内の女の子に、電話帳を繰って、「横浜君」にその旨伝えさせた。三月十八日の午前のことである。その子が、先方が電話口に出ると、「もし、もし、こちらは高橋誠一郎ですが、ご主人はおいでですか」と云うと、婦人の声で、ただ「はい」とだけ答えて、やがて、男の声に変った。子供は受話機を私に渡す。先方は「はい、禮次郎です」と申される。後になって考えると、初めに電話に出たのは横浜氏の長女悦子さんではなかったろうか。そうして、その後に現れたのが悦子さんの「ご主人」で、横浜氏の女婿服部禮次郎氏であったろう。私は明治座の入場券のことだけで電話を切ったが、先方も「承知しました」とばかりで、他には何も申されなかった。

その時は、もう、横浜氏はこの世を去っていたのである。

私の病床を見舞って下された武見太郎氏は肺炎の徴候の著しいことを告げ、入院を勧められた後、私が自分の病気をそっちのけにして、横浜君の臨終の模様を聞くと、同氏は、あんなひどい脳血栓にぶつかったのは初めてだという意味のことを申された。

横浜君の死を聞いても、弔問することすらできない自分の病軀をかこちながら、女婿服部氏に横浜氏臨終の模様をお知らせ下さるようにお願いした。その翌々日、同氏は、横浜氏逝去前後の模様を鄭重な文字で詳細に記した原稿を病室に持参された。

『横浜氏は昭和四十六年、白内障の手術をうけたころから、やや健康がおとろえたようでしたが、ことに、昭和四十八年三月、二度目の白内障手術で慶應病院に入院した際、心臓の異常を注意されてからは、自分でもよほど用心して、しばしば血圧や心臓の検査をうけていました。しかし、ふだんは別段の異常もなく、まいにち「株式会社ミキモト」の相談役として銀座のオフィスに出勤し、水曜日の銀座ロータリークラブの会合、金曜日の交詢社の午餐会などにも、ほとんどかかさず出席していました。

しかも、歿くなるまで三重県にある御木本関係の会社の役員をして居りましたので（昨昭和四十八年七月まで鳥羽市の「御木本真珠島」の専務取締役、歿くなるまで伊勢市の「御木本製薬」の常務）二ヵ月に一度くらいは伊勢・鳥羽方面に往復し、本年（昭和四十九年）に入ってからも、二月のなかばにひとりで鳥羽方面へ出張していました。

三月一日の金曜日は交詢社へ出かけ、帰宅後、「きょうは高橋先生におめにかかった」と語っていたそうです。翌三月二日は土曜日でしたが朝から平常通り南青山の自宅から銀座の事務所へ出勤するつもりで洋服に着かえ、その日に持って出かけるものを自分で風呂敷包みにして玄関におき、居間で車を待っているときに突然発作をおこして倒れました。それは朝の八時半すぎ九時近くのことでした。夫人は、そのとき、ほんのチョット、台所へ立っていて、戻ってみたら倒れていたということです。電話で報らせをうけて、さのみ遠くない白金台から私どもが駆けつけたときは、もう殆んど意識がありませんでした。親せきの医師がスグに来てくれて応急処置をしました。午後になって武見太郎先生が見舞に来て下さり、典型的な脳血栓であるとおっしゃり、入院させるようにというお指図でした。武見先生ならびにかかりつけの菅邦夫先生（元関東逓信病院内科医長）のおすすめで、市ヶ谷河田町の東京女子医大付属の脳神経センターへただちに入院いたしました。

センターの所長喜多村孝一先生はじめ諸先生のご熱心な治療がつづけられ、脳外科手術も行われましたが、とうとう意識も回復せず、入院後二週間で三月十七日（日）午後八時四十五分、同センターで永眠いたしました。その夜おそく南青山の自宅へ戻りました。

（高橋先生のお宅から猿之助の切符〈十九日の明治座〉のことで電話をいただき、私が電話口に出ましたのはその翌十八日の朝だったと存じます。）

横浜氏は、日本基督教団霊南坂教会の教会員でしたから、同教会の牧師飯清《いいきよし》氏に万事の儀式をお願いいたしました。三月二十五日（月）、霊南坂教会で午後一時から葬儀、二時から告別の献花が行われました。親戚、会社関係、同志社、慶應、大勢の方々が参列して下さり、故人もよろこんだことと存じます。また数々の弔電お悔み状をいただき、遺族一同感謝いたしております。』

以上が服部氏から受けた報告である。私としては、何も加筆すべきことがない。


横浜君は腹からのキリスト教徒であった。

君は、父源一郎、母そのの間の四男二女の三男として、明治三十二年九月十日、京都の御所に近い上京区丸太町室町の角で生れた。長女の綱《つな》が次男を産んだ後、産褥熱で亡くなり、その寝棺が細雨の中を近親者に担われて若王子寺山上に運ばれ、土中に深く埋められるのを見たのが、君が死という人生の現実に直面した初めであるという。

横浜家は、もと、江州長浜に住居し、その屋敷跡は横浜町（現在の元浜町）と称されていたほどの名家で、遠祖横浜民部少輔は四万八千石を領していたが、関ヶ原の合戦に石田三成に与して浪々の身となり、やがて、その一族が越前の敦賀在に移ると、そこが横浜村（今の敦賀市横浜町）と称せられるようになった。

礼吉氏の父源一郎氏は明治二十三年五月に上京し、数寄屋橋の一致キリスト教会の田村直臣牧師から洗礼を受け、母そのさんはこれより少しく以前、同年四月に敦賀で一致キリスト教宣教師ボートルから受洗した。当時、この町ではヤソ教に対する仏教徒の迫害や妨害が甚だしかったので、信徒は投石など外部からの妨害を防ぐために、灯火を滅して夜の祈禱会を開き、会が終った後は、一かたまりになって家路についたとしるされている。

君は先ず室町教会の附属幼稚園に通い、ここで早くフレーベル式幼稚園教育を受けた。室町教会は君に取っての産みの親であったと、後年、横浜氏は自ら記している。君は母親に抱かれて祈禱会に出席したことを夢のように憶えていると語っている。まことに、当時の横浜一家は「信仰に恵まれた家庭」であった。

君は明治四十五年、京都竹間小学校を卒えて、ヤソ教の私立同志社中学校に入り、大正六年、これを卒えて、慶應義塾大学経済学部に入学し、大正十二年三月、関東大震災の直前、卒業し、暫時学校で研究を続けておられた。

君は慶應義塾大学部理財科が、新大学令によって経済学部と改めた最初の卒業生である。キリスト教信者の家に生れ、幼少の頃からキリスト教的教育を受け、やや長じて、新島襄先生の学流を伝えるキリスト教主義の同志社中学に学んだ君は、慶應義塾経済学部に入学して後もキリスト教徒としての信仰を失うことがなく、ことに大学生活の最後の二ヵ年間は、青春の感激と情熱を、唯、一筋に初期キリスト教時代以来の社会思想史の研究に打ち込んだ。なかんずく、十九世紀の英国キリスト教社会主義運動の研究に多大の熱意を注がれたように見える。今ここに君の研究を逐一紹介する余裕はないが、昭和三十四年、六十回の誕生日を迎えた際に出版された『あの頃・この頃——基督教社会思想史』の中に纏められているのをご覧頂きたい。

君は卒業後、在塾僅か一年足らずで、翌年一月、去って御木本真珠店に入社してしまった。君は唯、「家庭の事情のために、研究を離れて」云々と記している。

服部氏が書いて下された手書によると、「横浜氏が御木本に入りましたのは、横浜氏の姉「レン」(明治二十九年生まれ、昭和四十八年十月二十四日逝去)が御木本幸吉氏の長男御木本隆三氏と結婚し(大正六年か七年ごろのこと?)ていたからでありましょう。横浜氏は御木本幸吉翁を、一生景仰して居りました」とある。

が、私は私なりの想像を廻していた。

学校に留ってはどうかと勧めたのは私である。君にもその希望がなくはないが、助手としての採否は私一個の独断で決めるわけにはいかない。経済学部の先輩同輩の賛成を得なければならない。教授会にかけるなどという公式の手続きは取らなかったが、その以前に何人かの諸君の内意を聴くと、いずれも異存はない。私は同君の学才の外に、教育者としてのその人物の如何にも立派であることを附言すると、誰やらが、「そういう人ならば、後ちになって学問に対する興味を失ったり、成績があがらなかったりするようなことがあったら学校の経営に当って貰えばいい。学部の後継者ばかりでなく、優れた経営者の後継者を今から養成して置く必要がある」と力強く主張したことを昨日のように思い出す。

そんなわけで、君を学校に残すことはほぼ決ったが。私はその年の十二月、慮らずも、君の義兄で、御木本真珠店の後継者に定められている隆三氏の訪問を、三田丘上の教職員クラブ万来舎に受けた。話はかなり長く続いたが、君の私に問いたいのは、横浜君に果して将来優れた学者になる見込みがあるのか如何かにあった。私は、「その素質は充分にあるが、真実立派な学者になるか、ならぬかは、これからの勉強如何によるところが多かろう」と答える外はなかった。

私は隆三氏が横浜君の学者としての将来を知りたいよりも、むしろ、君をその側近に置いて真珠事業を助けさせたい希望が強かったように思われた。当時、イギリスの美術評論家、『近代画家論』の著者、ジョン・ラスキンの研究に異常な熱意を燃やしていた同君が、親譲りの真珠事業などはそっちのけにして、将来は、これを横浜君に委せ、自分はラスキン研究に没頭したいのが本音ではあるまいか、などとその当時自分勝手な妄想を逞しくしていた。

とにかく、横浜君は義兄の説得によったのかどうかは知らないが、義塾を去って御木本に入社してしまった。私としてはまことに淋しい思いがした。

服部氏に調べて頂いたところによると、当時御木本真珠店は御木本幸吉翁の個人企業だったという。横浜氏は、入店後、ロサンジェルス、シカゴ、ロンドンの各支店にも在勤し、戦後、昭和二十四年五月、御木本が会社組織の「御木本真珠店」となるとともに、同社取締役となり、昭和三十三年十月には常務取締役となった。昭和三十八年十月、常務取締役を退き、相談役となった。なお、同社はその後、真珠の養殖ならびに輸出を行う「御木本真珠株式会社」と合併し、現在は「㈱ミキモト」という社名になっている。

君は慶應義塾を去って後も、その青春の日を送った三田の丘に限りなき愛着を感じていた。その忘れることのできない追懐の情は、昭和四十五年の著『憶う』の初めの部分に溢れ出している。従って、母校のために尽された功績もまた没し難いものがある。その一に、終戦後米軍に接収されていた日吉校舎の返還促進運動がある。君は仕事の関係上米国軍司令部の高官に多くの知人のあることを利して、その時間の多くをこの運動のために費したのである。当時、塾長代理を仰せつかっていた私はしばしば君と談合する必要に駆られた。接収解除の際、潮田塾長から贈られた感謝状の写しを、服部氏の好意によって左に掲げる。

感　謝　状

今回連合軍総司令部より来る十月一日を期して日吉校舎接収解除の正式通告に接しましたこと

は本塾にとってこの上もない快事であります

義塾百年の計も、この返還によってはじめて可能なことで社中一同心底から喜びにたえません事ここに至るまでに総司令部に対し或は第八軍に対して終始貴下の示された熱誠なご助力は我々として感謝の辞に苦しむ次第で、この熾烈な愛塾精神こそは誠に塾員の亀鑑たるものと存じます

ここに本状に添えて記念品を献呈し、感謝の微意を表したいと存じます

昭和二十四年九月

慶應義塾長　潮　田　江　次

横浜礼吉君

横浜君は昭和二十二年六月二十三日、谷井一作君が公職追放となってその席を去った補充として第十七期慶應義塾評議員となったのを初めとして、二十九年十二月三十一日死去した金澤冬三郎氏の補欠として同三十年三月二十五日、第十九期に当選せられたのを加えて、第十七期から二十一期に至るまで都合五期評議員の任に就いた。

その外、慶應義塾アメリカ協会の創立、慶應義塾ビジネススクールの設立準備、慶應倶楽部の副会長、ライオン歯磨会長小林富次郎氏を代表者とするキリスト者三田会の協力者として熱心に奔走されるばかりでなく、初めに述べた塾員市川猿之助君を励ます会の世話人までも、凡そ義塾

関係の会といえば欣んで尽力された。

私個人に寄せられた君の親切も忘れられないものがある。

もう四十年ぐらい昔になる。君は私の王城山荘を訪れて、小さな真珠二つを取り出し、どちが天然で、どちが人工かお分りになりますかと昔の「先生」の鑑識眼をテストしようとした。「当ったら差し上げます」と附け加える。一所懸命、この試験に合格しようと思い、ためつ、すがめつしたが、全然同一で区別を附けにくい。到頭降参して、兜を脱ぐと、君は得意そうに、にっこり笑って、「両手に一つずつ載せて、重さを比べてご覧なさい。重い方が天然です」と教えてくれる。白紙の答案を出したようなもので見事落第、真珠一つ儲けそこなったと、がっかりしていると、両方とも差し上げます、と置いて帰った。母はその一つを指輪に、一つを帯締めにした。母の亡き今も、私の家に残っている。

二度の戦災に焼け出されて、塾の裏門に近い三田小山町に住んでおられたころ、罹災者の君が、戦火を免れた私を招待して山海の珍味をご馳走して下されたこともある。

横浜君は学生の頃私の旧新約時代や中世キリスト教社会経済思想の講義に興味を引かれた云々と説いておられるが、前からのキリスト教徒である君の力を借りて、我々不信者には容易に手に入り難い貴重な資料を披見することのできた学恩を私の方こそ君に感謝しなければならない。私のような不信者の書いた粗雑なキリスト教観が横浜君のような敬虔な信者を満足させたなどとは、聊かも考えていない。

君は御木本に入社して後も、この方面の資料蒐集に努め、海外支店在勤中、ロンドンやニューヨークの古本市場で買い集めたものの中には、相当貴重な文献資料があり、後年閑居の暁には、これらを利用して、学生時代に始めたキリスト教社会経済思想史の研究を続行しようと楽しみにしておられたのであるが、これらのものは二度の戦災で全部灰燼に帰してしまったという。その落胆の状が今も思い出されて涙ぐましくなる。

君はひとり自分の研究に役立たせようとする書籍ばかりでなく、遠い日本にいる私の欣びそうな珍本が目に入るとこれを買い取って郵送して下された。

マルサスの論敵、ウィリアム・ゴドウィンの一八二〇年の著『人口に就いて』などもその一冊である。この本を頂戴した時、非常に有り難くは思ったものの、私はこれより何十年か前にロンドン留学中、この書を買い求めて所蔵している。同じ本を二冊持っている必要はない。いろいろ考えた末、私の所蔵本を横浜君の名前で学校の図書館に寄附し、その代りに横浜君から頂戴したものを私の書庫に収めることにした。横浜君からのものは紙表装で、私のものはモロッコ皮の美本である。と言うと私の態度がいかにも立派なように思われるかも知れないが、古書収集家に取っては、かつての購入者が自分の趣味に従って新しく装幀させた一本よりも、オリジナルの紙表装のままに保存されているものの方が却って尊重されるのである。

この本は、数年前、ロンドンの古書目録で見ると、日本の金にして十何万円かの値段が附いている。横浜君にお会いしたとき、その話をすると、「そうと知ったら差し上げるのではなかった」と冗談を言っておられた。その顔が今は悲しく目に浮ぶ。

君との応酬の最後は、アダム・スミス生誕の日に関するものである。昨年（昭和四十八年）が、ちょうど、この経済学祖の生誕二百五十年に相当するというので、私は『三田評論』の求めに応じて、現経済学部長福岡正夫氏と対談を行った。その速記録が同誌十一月号に載せられている。これにはスミス生誕二百年の行われたころには彼の生れた月日は、内外ともに六月五日と思われていたのであるが、その後、スコット教授の『学生および教授としてのアダム・スミス』という書が一九三七年に現れてから、この日は彼の産れた日ではなく、洗礼を受けた日だということが明かになった。当時は生れた日と洗礼を受ける日との間に大分隔たりがあったらしい。ということを述べたのに対して横浜君は疑問を持たれたらしく、わざわざ『キリスト教大辞典』の「幼児洗礼」の項を手写して私に手渡された。これには西紀二五六年のカルタゴ会議が幼児洗礼を確定し、生後二日目にこれを受けることを定めた旨を記し、ルターやカルヴァンも幼児洗礼を肯定し、現在もプロテスタント教会の大部分で行われていると述べてある。しかし、この項の最後には十六世紀のアナバプティストや十七世紀以来のバプテスト教会は幼児洗礼に強く反対であり、他にも批判的な教会や神学者もある。現代の教会の問題の一つとなっていると書いている。

私は横浜君からこの写しを手渡された時、すぐにこれを読んで、どうもこれだけでは六月五日が果してスミスの生誕の日であるか、それとも、受洗の日であるか、を解く鍵とはなるまい。私どもの知りたいのは、スミスが生れた一七二三年頃のスコットランドのファイフ州辺では幼児洗礼が認められていたかどうかです、と申し上げた。横浜君もこれを認めてくれた。

この些事も、また、悲しい思い出の一となった。私は今、病床に横たわりながら、胸迫る思いで、筆を執っているが、君は却って天国で神の懐ろに抱かれて、静かに、安らかに眠っていることであろう。

横浜君は大正十三年栄子夫人（旧姓堀江）と結婚し、博（大正十四年生まれ）、悦子（昭和五年生まれ）のお二人のお子さんがある。博君は昭和二十四年塾工学部電気工学科を卒業し、現在三菱電機につとめておられる（同社、技術管理部長代理）。

（『三田評論』昭和四十九年五月号）

＊『劇場往来』（高橋誠一郎、青蛙房、二〇〇八年）一一五ページ参照。

阿部勝馬氏追想

いつ、どこであったか思い出さない。私は阿部さんと、同じ宿屋の同じ部屋に、床を並べて寝ていた。何でも、ふたり一緒に、どこかの三田会に招かれた時のように記憶される。場所が変ったせいか、床にはいっても、なかなか眠られそうもない。「眠られませんか」と阿部さんが声をかける。阿部さんも同様、眠られないらしい。

「では、私がこれから講演を一席始めますから、謹聴して下さい、その講演が終るころには、眠られます。演題は『医学上より観たるお家騒動』というのです」

講演と講談の中間をゆくような話し振りである。面白いので、却って眠られなくなる。殿様と奥方の間に子供がない。そこで、養子をする。そうすると、奥方には、殿様に対する情愛のほかに、子供に対する母性愛が生じる。この母性愛に目覚めたことから、今までひそんでいた本能が働き出して妊娠する。ここのところが阿部さんの「学説」の眼目のようであるが、いささか神秘、深遠で、我々素人には理解し難いところがある。やがて、奥方に自分の腹を痛めた子が生れる。奥方の愛情は、養子から実子に移る。藩中は養子側と実子側の二派に分れて「お家騒動」が起る。まずざっと、こんな話であったように思い出される。

話が終ると間もなく、阿部さんはすやすやと眠りについたが、私の方はなかなか眠られない。伊達騒動、加賀騒動、黒田騒動、有馬騒動、越後騒動など、芝居や講談で聞いた数々のお家騒動が、眠られぬままに冴え返った頭に往来して、これらを阿部学説に当て嵌《は》めてみて、その妥当性を検討したくなる。とうとう明け方まで眠られなかった。睡眠薬を持参しなかったことが悔まれる。

私が阿部さんと、いちばん多くご一緒になる機会を得たのは、終戦直後、慶應義塾長の事務を取り扱わなければならなくなってからである。阿部さんは医学部長として、毎回きちょうめんに理事会に出席された。阿部さんは昭和二十一年四月、西野忠次郎氏の後を承けて医学部長に就任されたのである。医学部の若い教授諸君が塾長室へ見えて、北里、北島、西野、三氏の後に、阿部さんでは、余りにも新味がなさすぎることを縷々説いて、他の某教授を推すなどのことがあったが、君は多数の支持を得て、三十年九月までその職にとどまった。君は塾務に関して、我々と意見がよく一致した。後年のことになるが、塾長改選の際、私は君を塾長の最適任者と認めて、そのことを小泉信三君に話すと、小泉君も、自分もそう思うといっていたが、評議員側の賛成を得られそうがないので、あまり強く推すことをしないでしまった。当時の医学部は、医学部長の問題には異常な熱意を示したが、塾長の選挙には、それほどの関心を有してはいなかったようだ。

昭和二十一年十月一杯という約束で引き受けた慶應義塾長の仕事が、いろいろな事情から延びになって、二十二年一月初めに漸くお役目御免になり、やれやれという気持で、もとの経済学部名誉教授兼講師の身分に帰り、一週一日だけの講義にいそしむ境涯を楽しむようになってから間もない、たしか一月二十三日のことだったろうか。例の通り、参考書を抱えて、ちょいと教員室に立ち寄り、すぐ教室へ行こうとすると、そこの椅子に唯一人、ぽつねんと腰かけている阿部さんを見出した。授業時間をすでに五、六分過ぎたためもあろうか、他の先生方は、みな教室へ出て行かれたのであろう。私も阿部さんに軽く挨拶して、学生の待つ教室に急ごうとすると、阿部さんは立ち上って、少し話があるという。「何ですか」と問うと、阿部さんは大真面目で「文部大臣になりませんか」と、意外千万なことを申されるのである。実際のところ、私は冗談だとばかり思った。お家騒動の医学観ほどの面白味もない。講義の時間は過ぎている。「急ぎますから」とだけ答えて、せかせかと教員室を出た。

約二時間近い講義を終えて、教員室に帰った。阿部さんは、むろん、もうおられないだろうと思っていると、ちゃんと、元の椅子に元のままの姿勢で、私の帰るのを待っておられる。今度は阿部さん、諄々と吉田茂総理の意を伝える。なるほど、これで冗談ばなしでないことはわかったが、学校を卒えて約四十年、長い教員生活を営みながら、ただ書斎と講堂の間を往復するばかりの一介の学究に過ぎない私に、難問が山積している戦後の文部行政の重圧を負担する能力などは、もちろん、あろう筈はない。

「折角ではあるが、どうぞ、吉田さんによろしくお断り頂きたい」と答えると、阿部さんは「それでは、とにかく、吉田さんに、一度会ってはくれませんか」と申される。それもご免をこうむりたいとは、さすがに言い出しかねて、吉田総理に面会することはしたが、しかし、どうも文部省入りをする気にはなれない。

それから、二、三日たってからである。阿部さんと経済学部教授の小島栄次君の来訪を、大磯の山荘に受けた。二人とも、夕食の弁当御持参である。まだ戦後、物の不足な頃なので、よく昼の弁当持参でくるお客は何人かあったが、夕食持参はこのお二人が初めてである。私が入閣を受諾するまでは、いつまでも坐り込むつもりであるらしい。梃子《てこ》でも動かぬという気配である。

阿部勝馬博士

私が不承不承、文部省入りを承諾したのは、全くこの両君の強引な説得によるものである。私は、吉田総理とそれほど昵近《じっこん》の間柄でもない阿部氏が、何故あれほど熱心に私を説得したのか、いささか不思議に思われた。私は、阿部さんの背後に、吉田氏の親戚で、側近の武見太郎氏という役者が一枚控えていたことに、全く気づかなかった。そのころは、まだ武見氏とは一面の識もなかった。もしこの夕食弁当持参の説得がなかったら、私の晩年はおそらく今のようにはなっていなかったであろう。

さて、阿部、小島両氏は、どうやら私を説きつけて、満足そうに山荘を出て行かれたが、自動車の車輪が門外の溝にはまり込んで、引き上げるのに深夜までかかったという話を、後に聞いた。近所の人達が加勢に出かけようとして、飼育していた兎の箱をひっくり返し、中の兎が飛び出して、それをつかまえるのに、また骨が折れたなどという喜劇もあったという。

文部省入りをするとなれば、まず第一に必要なのは、有能な秘書官を探し出すことである。そのことを阿部さんに相談すると、阿部さんは心得顔に、「秘書官はもう決っています」と申される。阿部さんは、当時文学部教授をしておられた石丸重治君を説いて、内諾を得ているという。気の早いことだ。私の全く知らぬ間に行われたのである。石丸君の秘書官就任には、小泉前塾長は大反対だったということを、後に知った。御尤もな次第である。私はこの時まで、石丸君とは何の交際《つきあい》もなかったが、亡父が有名な「石丸次官」だっただけに、官界の内外に通じた名秘書官だった。無為無能の私が、どうやら大過なく文部大臣の重責を果すことができたのは、この名秘書官のお蔭であった。

一月三十一日、親任式が行われたのは、大分夜が更けてからだった。大磯の宅へ帰る電車は、もうないだろう。大臣官邸に宿泊の用意は、まだできていない。東京都内には馴染みの旅館もない。窮余の窮策として、慶應病院に一泊させて貰いたいと考え、阿部さんに電話した。いくら慶應義塾大学医学部長兼同病院長の力でも、病人でもない者を入院させるわけにはいかないらしい。阿部さんは、院長室にベッドを一台入れさせて、私を安らかな眠りにつかせてくれた。

翌昭和二十三年六月、私は、大分県の中津市で挙行される福澤諭吉先生の銅像除幕式に参列するために同市に赴いた。私はその頃、文化財保護委員会の委員長をしていた。大分県では三浦梅園、帆足万里、福澤諭吉の三大家の遺跡を、県だけでなく、文化財保護法による史跡に指定して貰いたいという要求を出していたので、銅像除幕式に参列した後、三先生の遺跡の中で、いちばん指定の根拠薄弱な帆足万里の遺跡を少し調べたいと思っていた。

その際、ちょうど阿部さんは九州に帰っておられた。万里は豊後の国速見郡日出《ひじ》の碩学で、阿部さんは、日出の西、二十余丁の同県同郡豊岡の人である。万里の中ノ丁の旧宅には由緒不明の点があり、また、彼が城西の日刈村に営んだ西崦精舎《せいえんせいしゃ》の建物も見当らないということで、彼の遺跡としては、日出の松屋寺の墓地にある墓ばかりである。県の指定は受けていても、墓場だけで国の史跡に指定されることは、どうもむつかしいように思われる。それでも、墓参だけはしておこうと、阿部さんに案内役をお願いすると、快く引き受けて下された。

早速、車を飛ばして日出に赴いた。阿部さんは、帆足万里の墓などよりは、むしろ、天然記念物に国家指定を受けている大蘇鉄を見せたいらしかった。山門をはいると、すぐにこの蘇鉄は目についた。なるほど、立派なものではあるが、私にはあまり興味がない。ところが、阿部さんは悠々と、旧藩主木下家累代の墓所へ私をつれて行く。日出はもと、二万五千石の城下町で、松屋寺は木下侯の香華院である。『白樺』の歌人で、子爵家の養嗣子になった木下利玄氏の墓も、その中にあるだろうか、この日出藩では、お家騒動はなかったろうかなど、つまらぬことが頭に浮ぶ。

しかし、万里先生の墓はなかなか見つからない。阿部さんは汗を拭き拭き、あちらこちらと探し歩いたが、判らない。さすがの阿部さんも、とうとう我を折って引き返し、松屋寺の庫裏できくと、十四、五歳のお嬢さんが、親切に案内に立ってくれた。寺の境内を離れ、野草離々たる小径を大分登ったところに、文簡先生の墓は海を見おろして立っていた。

阿部さんが、自分の学部長時代に設けた医学部だけの定年制の内規に従って、立派に退職された際、その永年の功績を感謝し、顕彰する会が催されたとき、是非出席したいと、出張中の千葉県から後れ馳せに会場に赴いたのは、何年だったろうか。最後に親しくお話しする機会を得たのは、昭和四十年、私が骨折で入院した後だった。退職後の君は、名物のおし寿司を持って、わざわざ見舞って下すったのである。

君は慶應義塾命名記念式典が挙げられて後、僅か九日で逝かれた。悲しい限りである。

（『阿部勝馬君を偲んで』阿部勝馬追想録刊行会、昭和四十九年）

永井荷風氏

永井荷風さんがなくなられたという報に接した。

永井さんが慶應義塾の教授になったのは明治四十三年で、やめたのは大正二年である。私は明治四十一年以来、同じ学校の教員を勤めており、その頃の教員室は各科、ごちゃごちゃの入り込みだったので、永井さんにお目にかかる機会も多いはずであったが、私は、ヨーロッパ留学やら、病気静養やらで、三年間、学校を留守にしたので、同氏の謦咳《けいがい》に接した記憶はごく少ない。

いちばん、はっきり思い出されるのは、同氏から遣唐使に関する参考書を問われたことである。私も遣唐使の事蹟などは、一向に調べたことがないので、四、五日の猶予を請い、先輩にきいたり、図書館にはいったりして、ちょいとした文献目録を作製し、これを永井さんに見せた。

永井さんは、ざっと目を通しただけで、「こんなにたくさんむつかしそうな本を読むのは困る。ちょいと見て、すぐにその頃の事情のわかるものはないでしょうか」という。「いったい、何にお使いになるのですか」ときくと、氏の欧米滞在中、日本の宮様などが、窮屈な日本を離れて、西洋へやってきて、のうのうした気持になり、いろいろな醜聞を流すのをたびたび耳にしているので、これを小説に書きたいと思うが、そのままに書いたのでは、とうてい発表するわけにはいかない、遠い昔の遣唐使になぞらえて書こうかと思っているのです、という返事だった。

遣唐使の女出入を取り扱った荷風さんの小説は、ついに現れなかったようだ。

ちょうど、この頃、永井さんは浮世絵趣味に溺れていた。大正二、三年頃に書かれた『大窪だより』を読むと、その時代の同氏が、一室に引き籠って、浮世絵を見ることを何よりの楽しみの中に数えていたことがわかる。武断専制の精神は、当時も、百年前の旧幕時代も、ちっとも違っていない。永井さんは、虫けら同然な職業芸術家の手で製作された、封建的圧迫の下に萎微《いび》した人心を反映するかのような江戸の木版画のうら悲しい色彩に、身につまされる悲哀の美感を求めたのである。

私は、その時分はまだ浮世絵に興味を持っていなかった。大正十二年の関東大震災後、ふとしたことから版画道楽を始めた時には、永井さんは、もう慶應義塾をやめていた。永井さんが、時々、立ち寄って、古錦絵を眺めた日蔭町の村幸という陰気な店は、まだ残ってはいたが、主人はすでに死んで、若い美しい後家さんが淋しそうに店番をしていた。永井さんが初代豊国の墓を探った功運寺は、もう三田の聖坂上にはなく、遠く中野に移っていた。浮世絵類は、永井さんが買い集めた頃にくらべると、いっそう稀少になっていた。御成道や新橋近くに十軒以上あった浮

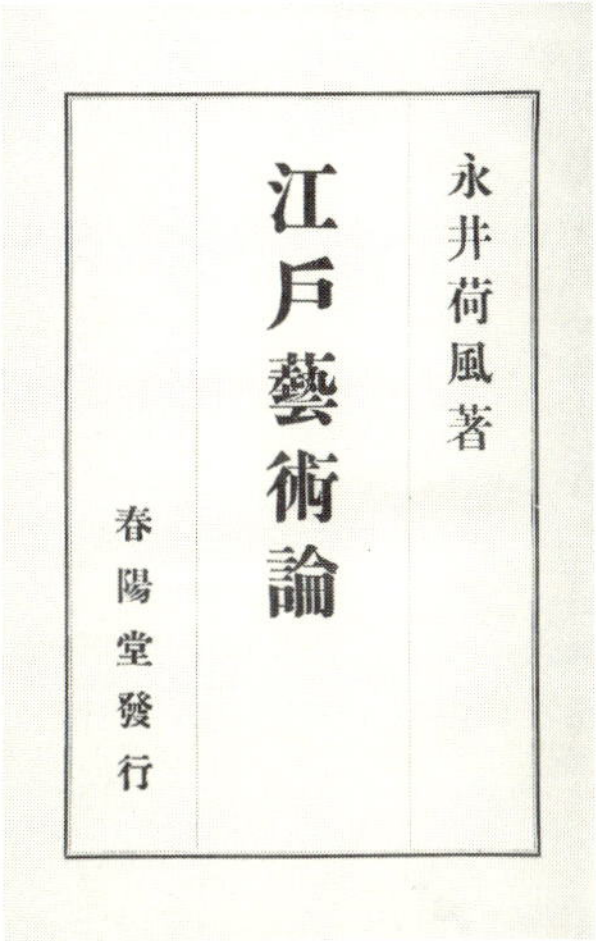
永井荷風著

江戸藝術論

春陽堂發行

『江戸藝術論』扉

永井荷風氏

世絵商の店頭をあさっても、目に触れるものは、多く低俗愚劣な幕末、あるいは明治初期から中期の版画ばかりであった。たまたま、浮世絵黄金時代の優れた品を発見したと思えば、それらには「林忠正」とか「わかいおやじ」とかしるされた朱印のおされているものが少なくない。「わかいおやじ」は、若井兼三郎の戯名である。これらのものは、いずれも、この人たちにともなわれて、洋行して帰ってきたものなのだ。

(『エコノミスト』昭和三十四年五月十九日号)

永井荷風氏の『江戸藝術論』
(荷風全集のために)

永井荷風氏が浮世絵に興味をもつようになられたのは何時の頃からであるか、今の所、私はこれを詳かにすることを得ないが、少くも明治の末期から大正初めにかけての同氏は浮世絵趣味にひたっておられたように思われる。明治四十五年四月の作『妾宅』の中で、裏通りの薄暗く湿った妾宅の有様を書いておられる一節には「襖を越した次の座敷には薄暗い上にも更に薄暗い床の間に、極彩色の豊国の女姿が、石州流の生花のかげから、過ぎた時代の風俗を見せている」とあるばかりでなく、赤い友禅の蒲団をかけた置炬燵の後に立てた二枚折の屏風には、田之助、半四郎などの死絵二、三枚が張交ぜのなかに加わっていることが記されている。そうして置炬燵に肱枕した旦那の珍々先生は、隙漏る川風に身顫《みぶる》いしながら、むかし、喜多川歌麿の絵筆持つ指先もこうした寒さに凍ったであろうとか、葛飾北斎もこの置炬燵の火の消えかかった果敢《はか》なさを知っていたであろうとか思い廻らすのである。珍々先生はまた、「已《すで》に完成し了った江戸芸術によって、溢れるまで其の内容を豊富にされた」芸者上りのお妾の夕化粧を、つまりは生きて物云う浮世絵と見てひとり楽しんでいるのである。

永井氏の浮世絵蒐集が如何なる内容のものであり、また如何なる分量に及んだかは不明であるが、大正二、三年頃に書かれた『大窪だより』を読むと、その頃の同氏が一室に閑居して浮世絵を見ることを何よりの楽しみの中に数えておられたことが判る。大震災後まで残っていた日蔭町の村幸という店に立ち寄って錦絵を閲覧したり、三田の功運寺に初代豊国の墓を探ったりしたことも記されている。初秋新月の宵、忍原横町の貧しげな古本屋の店先で、奈蒔野馬乎人の名作『右通慥而啌多雁取帳』を買い取っておられるが、これは主として歌麿の挿絵に興味をそそられたためらしい。氏の蒐集は浮世絵だけに止らないで、櫛笄などの江戸時代の美術品にまでも及んでいるが、これも浮世絵に残る灯籠鬢などの昔の女を思い出してのことであった。山の手の町端れにたまたま富士を望んでは、まず思い浮べるものは北斎の錦絵である。宮戸座の夜芝居で中村芝鶴の舞台姿を見ては、春章や豊国の役者絵が瞼に浮んでくる。松の花の蒼味を帯びた黄色がその葉の黒い緑色に映じた調子にも、清長や歌麿の版画に見る懐しい緑と黄の調和を思い出すのである。そうした陳列会場に香蝶楼国貞描く夕立雷鳴の三枚続を見ては、いかなる高価を支払ってもこれを手に入れたく思い、また江戸の風景の次第に破壊されていくのを見ては、いかようにもして、せめては残った浮世絵を一枚でも多く国内に保存しようと願うのである。

こうして、浮世絵の鑑賞に没頭しておられた頃にこれに関して書かれたものを一巻に取り纏めたのが『江戸藝術論』であって、その大部分は浮世絵に関する論述から成るものである。大正九年三月、春陽堂から四六判二百二十四頁の小冊子として出版されたものである。全巻十篇の中、最初の八篇は悉く浮世絵を主題としたものであり、最後の二篇は浮世絵と最も深い関係をもっている狂歌と演劇を論じたものである。

「歴史の尊重は唯だ保守頑冥の徒が功利的口実の便宜となるのみにして、一般の国民に対しては却って学芸の進歩と智識の開発に多大の妨害をなすに過ぎず」、古蹟は破棄され時代は醜化されつつある我が国の現代に生きて、心ひそかに整頓した過去の生活を想うの時、氏をして渾然たる夢想の世界に遊ばしめるものは浮世絵であった。浮世絵は実に永井氏をして宗教の如き精神的慰藉を感ぜしめることの出来るものであった。永井氏は、虫けら同然な町人の手によって日当りの悪い横町の借家で製作された眠そうな色彩の木版画に、精神的にまた肉体的に麻痺するような慰安を感じたのである。武断政治の精神は毫も百年以前と異ることのない当時の日本に在って、永井氏は、専制時代の萎微した人心を反映する江戸木版画のうら悲しい色彩に、身につまされる悲哀の美感を求めたのである。それは恰度、平家全盛の世に、作り阿房の一條大蔵卿長成が、世に諂《へつら》わぬ我儘暮し唯だ楽しみの狂言舞に打ち興じておったにも比せらるべきものである。

日本における浮世絵研究は、大正二、三年の頃とくらべると、流石にかなりの進歩を遂げた。

今日、仔細に永井氏の『江戸藝術論』を検討する浮世絵通があったならば、異論を挟みたく思う箇所は決して二、三にとどまらないであろう。然しながら、こうしたことは、聊かと雖も、本書の価値を傷つけるものではない。蜀山、京伝、三馬の昔から今日に至るまで浮世絵について記した文人は極めて多いが、しかも、荷風氏ほど含蓄のある美しい文章で浮世絵を論じた人が果して存したであろうか。荷風氏ほど親しい囁きを江戸の版画から聞き取ることの出来た人があったであろうか。

荷風氏が、明治二十四年にパリで出版されたエドモン・ド・ゴンクウルの『歌麿』について説いておられる所のものは、直ちに移して氏の大正九年版『江戸藝術論』に適用せられることが出来ると思う。氏は曰く、「今日浮世絵の研究は米国人フヱノロサ其他新進の鑑賞家出でゝ細大漏す所なく完了せられたるの後溯ってゴンクウルの所論を窺へば往々全豹を見ずして一斑に拘泥したるの譏《そしり》を免れざるべし。然れどもゴンクウルは衆に先じて浮世絵に着目したる最初の一人たり。其の著歌麿伝の価値は此の如き白璧の微瑕によりて上下するものに非ず。歌麿一家の制作に対する其の詩人的感情の繊細と文辞の絶妙なるに至つては永く浮世絵研究書中の白眉たるべし。殊に歌麿板画の云現しがたき色調を云現わすに此くの如き幽婉の文辞を以てしたるもの実に文豪ゴンクウルを措いて他に求むべくもあらず」と。永井氏その人の「詩人的感情の繊細と文辞の絶妙」とは東西古今を通じて浮世絵文献中にその比を見ざるものである。もしそれ、本書以後における浮世絵研究の成果に依拠して、この白璧の微瑕をあげつらう者があったならば、大正二年十月七日、三越呉服店内に参考品として陳列された一陽斎豊国と一柳斎豊広の肉筆画の前に立って、田舎言葉で、頻りに、四肢の比較がよろしくないことを指摘して得々としておった洋画学生と同様に、「飛んだ御愛嬌」と笑われるであろう。

浮世絵に関する著作には、若干の絵画を挿入するものが多い。肉筆画にしろ、版画にしろ、原画の覆製もしくは写真版の力を借りないで、これを論ずることは難い。然るに、永井氏の浮世絵論は一枚の図版をも挿入することなくして、よく原画の美を彷彿させている。否、原画よりも却って美しい絵画を読者の眼前に繰りひろげている。永井氏は「浮世絵の生命は実に日本の風土と共に永劫なるべし。而して其の傑出せる制作品は今や挙げて尽《ことごと》く海外に輸出せられたり。悲しからずや」と歎じておられる。日本の浮世絵版画が悉《ことごと》く皆、海外に流出して、国内にその跡を絶つに至ったとするならば、日本人の浮世絵鑑賞の機会は失われ、浮世絵に関する新古無数の文献は殆ど全く無用に帰するであろう。しかも、永井氏の浮世絵鑑賞論のみは現実の浮世絵鑑賞から離れて吾人を遠く夢想の世界に誘うの力あるものである。名優没して舞台の姿絵残り、名所破壊せられて名所図絵愈々《いよいよ》その尊さを増す。浮世絵の傑作悉く外人の購う所とならば、永井氏の『江戸藝術論』は愈々日本人をして日本芸術を偲ばしめる便《よすが》となるであろう。名匠荷風氏は浮世絵師の描き得ない極致までも繊細にこれを描き出している。

（中央公論社版『永井荷風全集』第十一巻月報、昭和二十三年）

高橋誠一郎　略年譜

＊年齢は満年齢とする

和暦　西暦	年齢	
明治一七（一八八四）年	（0）	五月九日、新潟の廻船問屋津軽屋のひとり息子として誕生。
二一（一八八八）年	（4）	秋、横浜へ転居。
二四（一八九一）年	（7）	横浜の老松小学校へ入学。尋常科四年、高等科三年をこの学校で過ごす。
二七（一八九四）年	（10）	八月、日清戦争開戦。この頃、毎日のように絵草紙屋の店先に立ち、清親や芳年の錦絵に見とれた。
二八（一八九五）年	（11）	三月、日清戦争終戦。
三一（一八九八）年	（14）	五月、慶應義塾普通科へ入学。九月、三田演説会にて、初めて福澤諭吉の姿に接する。
三二（一八九九）年	（15）	秋、福澤との散歩が始まる。
三三（一九〇〇）年	（16）	十二月、慶應義塾は三田山上に世紀送迎会を催す。
三四（一九〇一）年	（17）	二月、福澤諭吉没。
三七（一九〇四）年	（20）	二月、日露戦争開戦。五月、『三田評論』誌上に「慶應義塾史料」を連載開始。
三八（一九〇五）年	（21）	八月、日露戦争終戦。

明治四一（一九〇八）年（24）　春、大学部政治科を卒業し、ただちに普通科の教員となる。夏、『修身要領』の普及を目的とする慶應義塾巡回講演会に、塾長鎌田栄吉、田中萃一郎、福田徳三、川合貞一らと行を共にする。

四二（一九〇九）年（25）　四月、大学部予科教員となる。三年間、水泳部長も務める。

四四（一九一一）年（27）　五月、経済理論・経済学史研究の使命を帯びて、ヨーロッパへ留学。十二月、喀血、サナトリウムで療養。

大正　元（一九一二）年（28）　九月、帰国。

三（一九一四）年（30）　一月、前年の暮れから、この年の二月まで伊豆山の相模屋に滞在、偶然福田徳三と同宿。四月、理財科（現在の経済学部）教授となる。七月、第一次世界大戦開戦。

四（一九一五）年（31）　大磯に王城山荘を営む。

六（一九一七）年（33）　三月及び十一月、ロシア革命。

七（一九一八）年（34）　三月、福田徳三、慶應義塾を辞職。十一月、第一次世界大戦終戦。十二月、『三田評論』十一月号発禁処分。高橋はこの号に革命的サンディカリストの階級闘争論を寄稿し、これが安寧秩序を妨害するものとして当局の処分対象となった。

九（一九二〇）年（36）　四月、大学令による慶應義塾大学の発足に伴い、経済学部教授兼法学部教授となる。**『経済学史研究』**（大鐙閣）刊。

一〇（一九二一）年（37）　『**私有財産制度論の変遷**』（下出書店）刊。

一一（一九二二）年（38）　十二月、塾長選出をめぐる塾内のいざこざをおさめる。

一二（一九二三）年（39）　六月、アダム・スミス生誕二百年記念講演会が東京帝国大学（三日）および慶應義塾（五日）において開催される。高橋はそのいずれにも登壇した。
『**協同主義への道**』（下出書店）刊。

昭和

二（一九二七）年（43）　一月、父次太郎没。十二月、堀江帰一没。昭和二～三年、アリストテレースの経済思想をめぐり、福田徳三との間に激しい論争が戦わされた。

三（一九二八）年（44）　『**基督教経済思想**』（岩波書店）刊。

四（一九二九）年（45）　『**経済学前史**』（改造社）、『**経済学史**』（日本評論社）、シイニオア『**経済学**』（浜田恒一と共訳、岩波書店）刊。

五（一九三〇）年（46）　五月、福田徳三「戦々兢々たる五十五年」の生涯を閉じる。

七（一九三二）年（48）　『**重商主義経済学説研究**』（改造社）刊。五月、坂田山心中、慶應義塾創立七十五年祝典。

八（一九三三）年（49）　十二月、慶應義塾図書館長を兼ねる（～昭和一九年三月）。『**福澤先生傳**』（改造社）刊。

九（一九三四）年（50）　四月、経済学部長に就任（～昭和一三年三月）。『**アリストテレース**』（三省堂）、『**経済学史**』（共著、改造社）刊。

一一（一九三六）年（52）　二月、二・二六事件。三月、慶應義塾経済学会が結成され、高橋（学部

長）はその会長となる。『**経済原論**』（慶應義塾出版局）刊。

昭和一二（一九三七）年（53）　七月、日華事変勃発。十一月、日独伊防共協定。『**経済学史**』**上**（日本評論社）刊。

一三（一九三八）年（54）　『**浮世絵二百五十年**』（中央公論社）刊。

一五（一九四〇）年（56）　六月、アダム・スミス没後一五〇年記念講演会（於　慶應義塾大学大講堂）にて講演。『**経済思想史随筆**』（理想社）刊。

一六（一九四一）年（57）　十二月、太平洋戦争開戦。『**王城山荘随筆**』（三田文学出版部）刊。

一七（一九四二）年（58）　『**改訂重商主義経済学説研究**』（改造社）刊。

一八（一九四三）年（59）　『**古版西洋経済書解題**』（慶應出版社）刊。

一九（一九四四）年（60）　三月、慶應義塾を退職し、四月に同大学名誉教授となる。十一月、氣賀勘重没。『**大磯箚記**』（理想社）刊。

二〇（一九四五）年（61）　八月、太平洋戦争終戦。

二一（一九四六）年（62）　二月、慶應義塾学事顧問（～昭和五七年二月）。四月、慶應義塾長代理（～昭和二二年一月）。夏、首相吉田茂と初めて対面し、慶應義塾の窮状を訴えると同時に、ＧＨＱに占拠された日吉の返還を懇請する。

二二（一九四七）年（63）　一月、第一次吉田茂内閣の文部大臣に就任（同年五月まで）。二月、日本学士院会員となる。五月、慶應義塾創立九十周年の式典が三田山上に天皇陛下をお迎えして挙行され、高橋は文部大臣として出席し、祝辞を述べる。

二三（一九四八）年（64）　『**西洋経済古書漫筆**』（好学社）、『**福澤諭吉**』（実業之日本社）、『**新輯王城山荘随筆**』（和木書店）刊。

二四（一九四九）年（65）　八月、日本藝術院長に就任（〜昭和五四年六月）。『**経済学史略**』（慶應出版社）、『**西洋経済学史**』（国元書房）、『**浮世絵講話**』（好学社）刊。

十月、東京国立博物館長に就任（〜昭和二五年八月。以後昭和二六年一月まで館長代理）。十一月、財団法人交詢社理事長に就任（〜昭和五七年二月）。十一月、「アダム・スミスの会」第一回公開講演会（於 東京大学）にて講演。『**続経済思想史随筆**』（理想社）刊。『**正統派経済学説研究**』（高垣寅次郎、堀経夫、・久保田明光、中山伊知郎と共著）（泉文堂）刊。『**書斎の内外**』（要書房）刊。

二五（一九五〇）年（66）　八月、文化財保護委員会委員長に就任（〜昭和三一年十二月）。その直前七月、鹿苑寺金閣炎上。

二六（一九五一）年（67）　秋、サン・フランシスコ講和会議を記念する日本古美術展覧会（於 デ・ヤング記念博物館）を管理するため、約五十日間、サン・フランシスコに滞在。

三〇（一九五五）年（71）　九月、日本舞踊協会会長（〜昭和五六年三月）。『**わがことひとのこと**』（慶應通信）刊。『**結婚指輪**』（読売新聞社）刊。

三一（一九五六）年（72）　『**経済学わが師わが友**』（日本評論社）刊。

昭和三二（一九五七）年（73） 一月、映倫管理委員会委員長に就任（〜昭和五三年三月）。七月、母没（八十九歳）。

三四（一九五九）年（75） 五月、『エコノミスト』誌に「経済学と浮世絵」を連載し始める。

三六（一九六一）年（77） **『浮世絵と経済学』**（毎日新聞社）刊。**『新修浮世絵二百五十年』**（中央公論美術出版社）刊。

三七（一九六二）年（78） 一月、文化教育日米合同会議に参加。春、『エコノミスト』誌のあとを承けて、『三田評論』誌上に三・四月合併号より「エピメーテウス」を連載し始める。以来、昭和五三年二月まで、実に一五九回の長期にわたる連載となった。五月、日本浮世絵協会会長に就任（〜昭和五七年二月）。秋、文化功労者に選ばれる。

三八（一九六三）年（79） 一月、財団法人文楽協会が結成され、会長に就任（〜昭和五七年二月）。十二月、国立博物館の廊下で、敷物に足をひっかけてころび、右脚の膝の蓋を割る。慶應病院に入院。入院中に、旧友、板倉卓造没（十二月）。

四〇（一九六五）年（81） 八月、慶應病院に入院、左眼白内障の手術を受ける。

四一（一九六六）年（82） 五月、小泉信三没。七月、国立劇場会長に就任（〜昭和五二年四月）。十一月、国立劇場開場。**『浮世絵随想』**（中央公論美術出版）刊。

四二（一九六七）年（83） 七月、歌舞伎座昼の部を見物しての帰りがけ、正面玄関で左脚に怪我。慶應病院に入院。ついでに右眼白内障の手術も受ける。十二月、『三田学会

雑誌』小泉信三博士追悼号の贈呈式に出席、講演。

四三(一九六八)年(84)　五月、慶應義塾大学名誉博士の称号を受ける。

四五(一九七〇)年(86)　『**随筆慶應義塾**』(慶應通信)刊。二月、丹毒にかかり、慶應病院へ入院。十一月、文化財保護法施行二十周年記念式典(於 国立劇場)に出席、挨拶する。

四八(一九七三)年(89)　十月、慶應義塾経済学会主催のアダム・スミス生誕二百五十年記念講演会で講演。『**回想九十年**』(筑摩書房)刊。『**春日随想**』(読売新聞社)刊。

四九(一九七四)年(90)　三月─四月、気管支肺炎のため慶應病院へ入院。六月、交詢社理事長在任二十五周年並びに卆寿祝賀会。当夜の祝いに、浜田台児作「高橋先生像」ほかを贈られる。

五〇(一九七五)年(91)　五月、三田演説館開館百年の記念式典に出席し、「三田演説会回想」と題して講演。『**高橋誠一郎コレクション・浮世絵**』(中央公論社)刊行開始。全七巻、昭和五二年完結。

五一(一九七六)年(92)　八月、『三田学会雑誌』の『国富論』刊行二百年記念特集号に「経済学の始祖」を発表。これが同誌に掲載された高橋の最後の論文となった。

五二(一九七七)年(93)　四月、慶應義塾大学経済学部懇親会(於 華都飯店)に出席、洒脱なスピーチで参会者を楽しませた。これが高橋の出席した最後の学部懇親会となった。五月─六月、気管支肺炎のため慶應病院へ入院。

昭和五三(一九七八)年(94) 一月、二十日頃より感冒気味であったが、二十七日に発熱、咳嗽、喀痰。

二十八日、慶應病院へ入院。

五四(一九七九)年(95) 秋、文化勲章受章。

五七(一九八二)年(97) 一月三十一日、発熱、二月九日、肺炎のため死去。二月十日、通夜。二月十一日、密葬(於 慶應義塾大学医学部北里講堂)。三月一日、本葬(於 青山葬儀所)。

五八(一九八三)年 **『随筆慶應義塾 続』**(慶應通信)刊。

平成五(一九九三)年 **『高橋誠一郎経済学史著作集』**全四巻(創文社)刊行開始。平成六年完結。

六(一九九四)年 **『虎が雨』**(慶應通信)刊。

十(一九九八)年 **『芝居のうわさ』**(青蛙房)刊。

二〇(二〇〇八)年 **『劇場往来』**(青蛙房)刊。

*この略年譜は、丸山徹『春宵』(平成元年、慶應通信)所収の「手控 高橋誠一郎略年譜」からの抜粋に、同書刊行後の記事を補充し、編集部にて作成したものである。

編者あとがき

どうしたものか、私は昔から月刊雑誌が好きで、今でも毎月幾種類かを取り寄せては、隅から隅まで読む。しかし昭和四十年代から五十年代にかけての『三田評論』ほど、次号の到着が待ち遠しく感じられた雑誌はほかにない。それは私だけでなく、当時の同誌愛読者の多くが、私と同じ期待をもって月々の発行日を待っていたのではなかろうか。これらの読者が雑誌を手にとり、まず開いてみるのが高橋誠一郎の連載随筆、「エピメーテウス」であった。

ギリシャ神話の世界に兄プロメーテウス、弟エピメーテウスというふたりの兄弟がいる。兄は未来を見とおす深い思慮に富み、他方、弟は事が過ぎ去った後に回顧、あと思案する性格を具えていた。高橋は日々のことども、身辺のあれこれを綴った自らの随筆にやや回顧的傾向を認めて、この連載に「エピメーテウス」の題を与えたという。

連載「エピメーテウス」が『三田評論』誌上を飾ったのは昭和三十七年三・四月合併号から昭和五十三年二月号までの、計一五九回にのぼる。

連載随筆のなかから慶應義塾にかかわる内容の作品を選び、昭和四十五年、『随筆慶應義塾』（慶應通信）が刊行された。またその続篇が『随筆慶應義塾・続』（慶應通信）と題して上梓されたのは、著者歿後ちょうど一年が過ぎた昭和五十八年二月であった。『随筆慶應義塾』は、幸い正続両篇とも多くの読者に恵まれたが、既に版が切れ、再刊を希望するファンの声を聞きながら、長い歳月が経過した。

それだけに、高橋の生誕百二十五年にあたる本年、あらたな編集の下に『新編 随筆慶應義塾』の刊行を実現しうる機会が訪れたことは、私どもにとって深い喜びである。

本書でも旧版と同様、『三田評論』誌連載の「エピメーテウス」シリーズを中心に、慶應義塾に関連する作品を選択したが、『王城山荘随筆』（三田文学出版部、昭和十六年）など、既に絶版になった他の随筆集に収載された作品群からも、本書にふさわしい幾点かを厳選し、併せて採録した。また今日なお市販されている高橋の随筆集として『虎が雨』（慶應通信、平成六年）、『芝居のうわさ』（青蛙房、平成十年）および『劇場往来』（同上、平成二十年）がある。本書を編むにあたり、これら三冊との重複を避けるよう心がけた。

*

高橋の生家は新潟の廻船問屋津軽屋である。代々苗字帯刀をゆるされ、「旧新潟最後の豪商」と称せられた。だがやがて時勢が変わり、一家が横浜へと居を移したのは明治二十一年、高橋四歳の秋であった。野毛で幼少時代を過したのち、明治三十一年に慶應義塾普通科に入学。その翌年から、大患の癒えた福澤諭吉の供をして、毎朝の散歩が日課となった。「尻っ端折をして白足袋に草鞋がけ」、長い杖をついた福澤は、饒舌に、「絶えずベチャクチャ喋」りながら、三田から広尾辺まで歩いたという。しかし、明治三十四年一月、福澤は再び病に倒れ、二月三日、ついに他界した。

本書巻頭の「野毛と三田」は、横浜への転居以来、福澤が長逝する頃までの交友関係や、少年の目に映じた福澤の日常を描いた佳篇である。美登利に該当する少女こそ登場しないが、この作品は高橋にとっての『たけくらべ』である。

「野毛と三田」に描かれた時代につづき、大学部へ進んでから親しく教えを受けた恩師たち――つまり氣賀勘重、堀江帰一、濱野定四郎、福田徳三といった人々のうちで、最も奇談珍譚に富んでいるのは福田徳三であろう。生来の短気が災いして、時の松崎校長と衝突、母校の東京高等商業学校を逐われるようにして辞した福田を慶應義塾が迎え入れたのは明治三十八年のことであった。ところが福田は慶應義塾のなかでも枚挙にいとまがないほどの悶着を惹き起こした。就中、「福田博士の思い出」に語られた、明治四十一年夏、岐阜長良川の武勇伝は、最も福田の面目躍如たる傑作であろう。

高橋と福田との間にも少なからず諍いがあった。しかし大正九年、高橋が大著『経済学史研究』(大鐙閣)の出版を決意したかげには福田の熱心な慫慂が背中を押したという。福田は「君の『三田学会雑誌』に載せたものは、全部切り取って一纏めにしてあるから、それを直ぐ印刷に廻せばいい」と高橋を督励した。福田に必ずしも好意を以て受け入れられているとは思っていなかった高橋は、福田の「意外な厚情を感謝して」公刊にふみ切ったと伝えられている。

経済学のあらゆる分野に鍬を入れた福田は、昭和五年、「戦々兢々五十五年」の言葉を遺して歿した。そのあとには多くの俊秀が向学心を鼓舞されて育ち、この点にこそ福田の果たした最大の功績があったというべきであろう。福田を偲ぶ高橋の筆は、恩讐を超えて、微笑と苦笑とを混じながら、碩学の遺徳を伝えている。

福田の学究的生涯は「戦々兢々」、書物と格闘してこれを征服せずばやまない趣があった。一方、やはり稀有な読書家であった濱野定四郎の書物に向う姿勢は、これと全く対照的であった。手狭な家で溺れるようにして深夜まで読書をつづける濱野は、目ざとい老夫人の寝顔からランプの火影を遮る雛屏風を工夫した。「純真な少年少女がお伽話に読み耽るやうな態度で、高尚な科学書をランプ屏風の下に味読して居られた濱野先生の高風」を偲ぶ高橋の筆にはやわらかな敬愛の情が溢れている。「ランプ屏風」は読むたびに心の洗われる清らかな作品である。当時の口さがない塾生たちは「先生は戀を得て、野心を失つた」とも噂したという。

＊

高橋は恩師の追懐談とともに、先立って死んだ自らの教え子を思う痛切な作品を遺している。

「横浜礼吉君逝く」、「遊部久蔵君逝く」などがそれである。本書では前者のみを収載することにしたが、両篇とも高橋自身の病臥中に執筆されたという事情もあってか、深い悲嘆を隠さずに吐露する著者の真情が、読む者の心に惻々と迫ってくる。

また高橋と同世代の友人を語った作品に「福澤三八君」、「古河虎之助君追憶」、「小泉信三君追想」がある。たとえば小泉の追憶談を高橋はこう結んでいる。——小泉について書いているうちに時折不明な点が出てくる。ひとつ小泉に電話でもかけて聞いてみよう。——この一瞬の錯覚のあとに、その小泉は死んでしまったのだという事実が冷えびえと自覚されて、「こう考えます時の寂しさというものは実に耐え得ないものがあるのです」。終生の友を失った者の心情として、誰れもが深く同感を禁じえぬ一節であろう。

高橋にとっては板倉卓造もまた終生の友であった。昭和三十八年の暮れ、高橋は国立博物館の廊下で転び、右膝の蓋を割って慶應病院に入院、その間に板倉の訃報がもたらされた。板倉はつい数日前にここへ見舞に来たばかりではないか。いつもながらの歯切れのいい語り口で談論風発していった板倉の声が耳に残っている。——「『自分の入院中、いちばん甘く感じたのはスープだった。今日はスープを持って来たよ』。八十四歳の老人が重いスープの缶詰十二個をさげて見舞に来てくれたのだ。そのスープはまだ飲みきれずにいる。この脚では悔みにも出かけられない」。本書に収録できなかった「見舞客」と題する作品の一節である。

数多くの人物論は高橋の随筆のなかでも最も読みごたえのある、ひとつの核を形成している。そしてそれとは別に、慶應義塾の塾生としてまた教授としての生活を明るく語った作品群がもうひとつのまとまりを成している。

*

英国留学以来、とくに重商主義期における経済書の、典拠とすべき最良の版本をもとめ、それに厳格な考証を施すことが、経済学史家としての高橋の仕事となった。新奇な説を追い求めるのではなく、むしろ個性を没却して徒らに作意を混えず、典拠となる書物をひたすらに読みぬいて、その極にかえって動かし難い重みを以て残る、堅い石に刻まれた碑文の如き洞察——ここに高橋の学問の核心がある。個性を滅し「述ベテ作ラズ」の姿勢から経済学説の史的展開過程を叙するその学風には、鷗外の『澀江抽齋』や露伴の『運命』を支える創作態度にも深く通ずるものが感じられる。

「思い出の洋書」は、このような高橋の学究生活を支えた愛蔵の古版経済書談義である。書斎における高橋の姿、講堂での声が彷彿とする。

学問一筋であった戦前・戦中の高橋の生活が、戦後にわかに変化して身辺多事の公人となった契機は、やはり第一次吉田茂内閣の文相に就任したことであろう。「阿部勝馬氏追想」は入閣前後の事情を語る高橋自身の証言でもある。

英国留学の頃までの高橋はなかなかのスポーツマンであった。とりわけ水泳は「名人」を自認する腕前で、水泳部長と師範を兼ねた。「水泳自慢」はその頃の楽しい自慢話し。五時間余を要した袖師ガ浦の十哩遠泳にも部長自ら出場、当時の新聞はその模様を伝えて、「高橋部長、これが先頭たり」と書いた。いい気分であった。ニセ部長擁立という抱腹絶倒の一幕も披露されているが、これは作品を読んでのお楽しみ。戸板康二（故人）が聞いたら、必ず「ちょっといい話」の材料に仕込んだことであろう。

＊

本書に収録したような慶應義塾に取材した作品群とは異なる内容の随筆にも、質量ともに多くのものが残されている。あえて分類すれば、（一）経済学、とくに経済学史にかかわる作品、（二）浮世絵を主題とする作品、（三）演劇随筆、そして大正四年以降、高橋の起居する場となった大磯に因む所謂（四）大磯ものである。（一）については『経済思想史随筆』（理想社、昭和十五年）や『西洋経済古書漫筆』（好学社、昭和二十二年）、（二）の範疇に属する作品は大著『浮世絵二百五十年』（中央公論社、昭和十三年）をはじめ『浮世絵随想』（中央公論美術出版、昭和四十一年）など幾点かの著書にまとめられているが、残念ながら、いずれも絶版である。しかし（三）、（四）の作品群は、先に掲げた『芝居のうわさ』、『劇場往来』および『虎が雨』に収録され、今日も広い読者に迎えられている。

『虎が雨』に収録された「坂田山心中」、『劇場往来』中の「久保田氏と小島氏」など、いずれも多くのファンをもつ作品であるが、重複をきらって本書からは除いた。昭和七年五月の坂田山心中事件は映画や歌謡曲の題材にもなったが、一面で世間の軽薄な好奇心を刺激したことも争われない。心中した本人が自分の講義を聴いたはずの慶應の学生であること、そして心中の場所が高橋邸からほど近い坂田山であったことから、高橋は事件の経緯に深い関心と同情を寄せ、「坂田山心中」を書いた。事実を集め、その真偽を吟味する、感情をころした淡々たる筆はこび。それが結果として、無責任な世間の好奇の目から、死んだ若いふたりをかばう力を文章に与えた。

また昭和三十八年五月、久保田万太郎が思いもかけない死に方をしたとき、故人の実生活を非難する声が世間の一部をさわがしくした。高橋は「久保田氏と小島氏」を書き、久保田の作品に惜しみない愛情をそそぎながら、同氏の実生活はむしろ「人情本を地で行ったもの」という表現で、静かに故人の心情をいたわったのであった。

高橋の随筆のファンたちは、このような文章作法における紳士道に、知らず知らずのうちに共感をおぼえていたのだと思う。新しい読者にも、本書と併せて是非一読をすすめたい。

*

陰暦五月二十八日は曾我兄弟の忌日で、この日は必ず雨が降るといい伝えられている。十郎祐成の恋人・大磯の虎のそそぐ涙であるという。三沢川の細い流れを渡り高橋邸の門をはいると、やや急な坂道となる。周囲の木立のやわらかな青葉に「虎が雨」のそそぐ風情が、この季節になると懐しく思い出される。

本書の刊行にあたり、万端のゆき届いたお世話をいただいた慶應義塾大学出版会株式会社第二出版部の及川健治氏と野田桜子さんのおふたりに深く感謝の意を表する。

平成二十一年五月九日

先生の百二十五回目のお誕生日に

丸山　徹

高橋誠一郎（たかはし　せいいちろう）
明治17(1884)年新潟に生まれる。明治31(1898)年慶應義塾普通科入学。明治41(1908)年慶應義塾大学部政治科卒。大正3(1914)年慶應義塾大学部理財科（現在の大学経済学部）教授に就任し、経済原論・経済学史を講ずる。以来、昭和53（1978）年まで三田で講義を続け、義塾における経済学研究の礎を築いた。昭和21年～22年慶應義塾長代理。日本学士院会員。文部大臣、日本藝術院院長、国立劇場会長等を務め、戦後の文化行政を指導した。昭和54年文化勲章受章。昭和57(1982)年2月9日逝去。『重商主義経済学説研究』をはじめとする経済学上の主著は『高橋誠一郎経済学史著作集』（全4巻）にまとめられ、また愛着の深かった浮世絵については『浮世絵二百五十年』および『高橋誠一郎コレクション・浮世絵』（全7巻）、その他多くの随筆集がある。

新編　随筆慶應義塾

2009年9月15日　初版第1刷発行

著　者――――高橋誠一郎
発行者――――坂上　弘
発行所――――慶應義塾大学出版会株式会社
〒108-8346　東京都港区三田2-19-30
TEL〔編集部〕03-3451-0931
〔営業部〕03-3451-3584〈ご注文〉
〔　〃　〕03-3451-6926
FAX〔営業部〕03-3451-3122
振替　00190-8-155497
http://www.keio-up.co.jp/
装　丁――――鈴木　衛
印刷・製本――萩原印刷株式会社
カバー印刷――株式会社太平印刷社

Printed in Japan ISBN 978-4-7664-1668-8